La bibliothèque Gallimard

Source des illustrations

Couverture : d'après Gérard Schlosser, *Ils sont passés par le toit* © ADAGP, 1999.
7 : Ph. © Rue des Archives. 11 : *Bâtons, chiffres et lettres* © Éditions Gallimard. 95 : BNF, Paris – Ph. © Bulloz. 97, 328 : Ph. © Kharbine-Tapabor.
© ADAGP, 1999 : Raymond Queneau : 17.

Raymond Queneau

Les fleurs bleues

Lecture accompagnée par
Domenica Brassel
agrégée de lettres modernes
professeur à l'IUFM des pays de la Loire
et **Patrick Garcia**
professeur de lettres
en lycée à La Roche-sur-Yon

La bibliothèque Gallimard

Florilège

« Je comprends pas les gens qui éprouvent le besoin d'écrire. »

« Pauvre messire, dit la jeune personne d'une voix *vachement mélodieuse* […] »

« Où croyez-vous que nous soyons ? demanda le duc.
– Dans les ténèbres.
– Et qu'allons-nous voir ?
– Pas grand'chose. »

« Asseyez-vous et racontez-moi des histoires.
– Vous me prenez pour Shéhérazade, dit Lalix. »

« Espèce d'autre vous-même, répliqua le duc avec bonhomie. »

« Une couche de vase couvrait encore la terre, mais, ici et là, s'épanouissaient déjà de petites fleurs bleues. »

« Soudain apparaît au niveau du plancher une casquette mi-courte mi-longue en drap moelleux à quadrillage noir et blanc. »

« Les graffiti, qu'est-ce que c'est ? tout juste de la littérature. »

« Vous avez de l'instruction, dit Cidrolin, et vous avez aussi des principes : ne pas boire de l'essence de fenouil avant déjeuner, ne pas raconter ses rêves. Au fait, pourquoi ne pas raconter ses rêves ?
– C'est mal élevé, dit Lalix. »

Ouvertures

L'exercice du style de l'homme des lettres et des chiffres

Original Raymond Queneau ? Singulier auteur en vérité tant il multiplie les sources et les voies dont il nourrit sa création. Pour son lecteur, il entraîne les Muses d'Homère et de Virgile, flanquées des cavaliers de l'Apocalypse, au bal musette où se tutoient Newton (grignotant une pomme) et Rabelais qui griffonne la recette du pantagruélion sur une nappe en papier. C'est que l'humour et la science font bon ménage dans ses textes qui cherchent peut-être, sans vraiment en avoir l'air, le sourire de la sagesse.

Romancier, il écrit en imposant à sa matière rythmes et rimes, utilisant ainsi les outils du poète qui mesure et répète, et comme le poète assigne à son vers une longueur a priori et à ses sons la loi de l'écho, Queneau développe son roman à partir d'un nombre choisi de chapitres, de situations, de personnages qui eux-mêmes peuvent se dédoubler, échanger des scènes, dupliquer des formules, redire des répliques et se rêver mutuellement comme dans *Les Fleurs bleues*.

Pour lui, écrire c'est calculer, parce que calculer c'est aussi rêver : il s'agit pour Queneau de régler un bouquet d'artifices.

Filiation et parodie

Il reconnaît très jeune l'importance de Gustave Flaubert et préfacera à trois reprises *Bouvard et Pécuchet*, fasciné par les personnages de cet étrange roman et, en amateur de mathématiques, il s'amusera à mettre en relation leurs noms et ceux de Bouvart et Ratinet, auteurs d'une fameuse table des logarithmes en usage dans les écoles.

Rappelons que Bouvard et Pécuchet, héritiers burlesques* de la curiosité des Encyclopédistes, explorent l'agriculture, les sciences naturelles, l'archéologie et l'histoire, la littérature, la politique, l'amour, la gymnastique, la religion, la pédagogie, un peu les mathématiques, la politique... dans une Odyssée du savoir théorique et pratique rythmée par de très réguliers naufrages. En pastichant Flaubert et son célèbre « Madame Bovary, c'est moi », on pourrait dire que « Bouvard et Pécuchet, c'est Queneau », à un détail près mais le détail est de taille : si les premiers ne sont que des copistes, notre auteur, lui, est un écrivain.

Avec plus de succès, l'auteur des *Fleurs bleues* se caractérise par sa pantagruélique curiosité. Il s'intéresse à la littérature, au cinéma, aux mathématiques, à la philosophie, à la religion, au judo, aux langues étrangères, à la boxe, à la psychanalyse, à la peinture, à la politique, au commerce, aux échecs... Ce n'est donc pas pour rien qu'il sera conduit à diriger longtemps une encyclopédie, l'Encyclopédie de la Pléiade.

Si Bouvard et Pécuchet suivent cahin caha un itinéraire où tout nouveau domaine remplace le précédent à cause d'un fiasco, Queneau organise plutôt un atelier avec plusieurs pièces qui communiquent, un « ouvroir » (lieu où l'on œuvre) à la fois horizontal (ses intérêts sont simultanés, par exemple littérature et mathématique) et vertical (ses intérêts peuvent se succéder, s'interrompre et renaître, par exemple religion et politique). Mais tout sert à nourrir

* Les mots signalés par un astérisque sont définis dans le glossaire.

et composer « l'exercice du style », c'est-à-dire le mouvement graphique signé Queneau.

En route pour la visite de cet atelier.

Surréalisme, psychanalyse et « faux rêves »

Dès 1924, c'est-à-dire dès l'origine puisque le premier *Manifeste du surréalisme*, écrit par André Breton, date de cette année-là, il travaille au sein du groupe surréaliste mais s'en éloigne en 1929. En

Les quenottes, le quenot et Queneau dans la bibliothèque.

1933, il commence une psychanalyse interrompue en 1939 et jamais reprise. Deux domaines d'intérêt auxquels il tourne le dos ? Que non ! Dans la mesure où l'écriture surréaliste comme la psychanalyse (et celle-là sous l'influence de celle-ci) affirment que le rêve constitue la « voie royale » pour la connaissance de l'inconscient et par conséquent de l'esprit humain ou, plus modestement, de soi-même. Quand on parcourt sa biographie, on s'aperçoit du constant souci de Queneau pour les rêves : il écrira des récits de rêves à l'époque surréaliste, utilisera le thème dans *Les Fleurs bleues* et en 1973 rédigera de « faux récits de rêves ».

Le recueil *Chêne et chien,* autobiographie versifiée, intègre la méthode et les motifs psychanalytiques :

« Mes rêves sont multipliés
par les récits à faire et les dire à entendre. »

Il met au jour des souvenirs qui concernent ses rapports difficiles avec ses parents et la sexualité ou raconte « un rêve », mais toujours sur un mode burlesque*, avec distance. C'est ainsi qu'apparaît dérisoirement la science ou la pratique freudienne sous le vocable de « psychanasouillis ». Il se cherche dans le langage même, l'utilisant parfois comme un masque de carnaval qui oblige le lecteur à de savants efforts de décodage. Il écrit par exemple :

« Chêne et chien voilà mes deux noms,
étymologie délicate… »

allusion à *quen*, racine de Queneau, *quenne* = chêne, et à *quenet* ou *quenot* = chien.

Cette attitude qui déplace les énigmes lui permet d'éviter aussi bien la croyance naïve des surréalistes en la capacité de déverser sur la page le contenu brut de notre inconscient que l'illusion scientiste et tarifée d'une explication définitive de l'esprit humain par la théorie freudienne. Littérairement affirmé dans *Chêne et chien* :

« Moi, le malade, je persiste
à juger ce psychanalyste :
c'est un avide, c'est un rapace,
c'est un bonhomme âpre au gain,
c'est un rapiat plein d'audace,
un bandit de grand chemin. »

Plutôt que d'exhumer les sources du langage, il en utilise les ressources et fabrique des objets poétiques et romanesques qui étagent les registres, multiplient les échos et mêlent les tons. Pour le lecteur des *Fleurs bleues*, il ressuscite Saint Louis et son **chêne** dans les rêves de Cidrolin dont la pé**niche** propose à la lettre son abri canin. Décidément :

« Chêne et chien voilà mes deux noms... »

Religion, politique et philosophie

À quinze ans, il note dans son Journal :

« Crise religieuse ; je renonce au catholicisme. »

Entre trente-deux et trente-sept ans il vivra une période « mystique » et reviendra à la spiritualité religieuse à partir de soixante-cinq ans. Il aura donc eu une curiosité active mais à éclipses pour les textes et les comportements mystiques.

Parallèlement, et de manière aussi irrégulière, l'engagement sinon le militantisme politique l'attire. Dans les années trente, il fréquente des groupes antistaliniens et antifascistes, écrit sous l'Occupation dans la presse de la Résistance, plus tard encore, signe des pétitions contre le maccarthysme, la condamnation à mort de Noirs aux États-Unis, les persécutions de Nazim Hikmet, écrivain turc dans son pays, etc., toutes actions qui font preuve d'une volonté d'intervention dans la réalité de l'époque et peut-être d'un espoir de la changer selon le mot d'ordre que proférait Rimbaud : « changer la vie ».

Faut-il se retirer ou intervenir ? Son intérêt pour la philosophie – il l'étudie dans les années vingt, il édite les cours d'Alexandre Kojève sur le philosophe allemand Hegel dans les années quarante – lui aura permis de ne choisir ni la première attitude ni la seconde, mais de pouvoir passer grâce au biais du savoir et de la réflexion de l'une à l'autre et de les conjuguer, dans une distance critique.

Queneau s'avance dans le monde tantôt comme un duc d'Auge toujours prêt à chevaucher, explorer, découvrir et même enfin trouver la pierre philosophale, c'est-à-dire la sagesse, tantôt, à la manière de Cidrolin qui regarde passer les « houatures » et les campeurs du monde sur le boulevard, s'adonnant à la chaise longue, pour goûter une sagesse détachée au rythme des immobiles balancements de sa péniche.

Peinture, écriture et pictogramme

Un moment de découragement – De 1946 à 1948, déçu, semble-t-il, par la littérature qui ne lui a permis ni d'occuper une place satisfaisante dans le paysage culturel français de l'époque ni d'améliorer sa « situation financière déplorable », il expose des gouaches et tente sérieusement de se consacrer à la peinture jusqu'à s'inscrire à l'école ABC qui délivre des cours de dessin par correspondance...

Il s'agit pourtant du même Raymond Queneau qui écrit des histoires certes parfois « imitées », tient son Journal comme tout écrivain reconnu depuis sa dixième année, et dont on peut en outre, à cette époque, compter une quinzaine d'ouvrages, poèmes, romans et traductions honnêtement alignés sur les rayons de la bibliothèque.

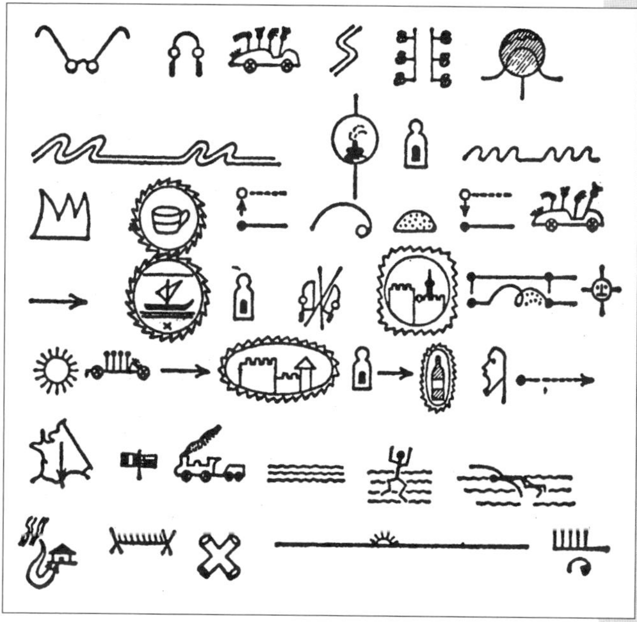

Entre hiéroglyphes égyptiens, bande dessinée et rébus, le pictogramme raconte une histoire sans les contraintes de la grammaire. *Récit d'un voyage en automobile de Paris à Cerbère (en prose)* est proposé à votre sagacité. En voiture !

La peinture comme stimulant à l'écriture – Renonce-t-il en effet à l'écriture ? Pourquoi devrait-on choisir entre lire et regarder ? Il concevra donc des pictogrammes qui racontent de manière linéaire des histoires en images, devenu écrivain de signes et peintre en lettres. Il se fait aussi parfois critique pictural, par exemple du peintre catalan Joan Miró dont il décode les « miroglyphes », analyse les « métaphores », signale les « rimes », en un mot qu'il « lit ». Il refuse l'expression « restreinte » et désire l'expression « généralisée ».

Cinéma, littérature et dialogues

Si Queneau écrit très tôt, il est aussi passionné dès l'enfance par le cinéma. Il crée une société de cinéma, tourne et interprète un petit film intitulé *Le Lendemain* en 1950, participe à de nombreux jurys dont celui du Festival de Cannes, voit *Zazie dans le métro* dans les salles obscures, adapte *Le Dimanche de la vie*. Il travaille avec ou pour de grands cinéastes, de Ingmar Bergman à Jean-Pierre Mocky en passant par René Clément, Louis Malle, Luis Buñuel et Federico Fellini.

Il s'agit pour lui encore d'un « exercice », c'est-à-dire d'une mise en mouvement grâce à l'art même du mouvement, le cinématographe. Ses parcours n'abandonnent donc rien vraiment ni définitivement : il passe de son goût pour les images animées au mouvement de l'écriture. C'est ainsi qu'il « déride » littéralement le jargon littéraire en y intégrant le néo-français, la phrase écrite de la tradition romanesque en y glissant de retentissants énoncés oraux comme le « mon cul ! » de la p'tite Zazie.

Puis, étant passé de l'un à l'autre, il les réunit grâce à l'écriture de dialogues pour ce cinéma qu'il aime. On peut d'ailleurs remarquer que, parmi les mythologies de notre siècle, l'amour **du** cinéma rime souvent avec l'amour **au** cinéma, vu ou entendu comme ces deux spectateurs qui s'émeuvent dans leurs fauteuils devant ces deux personnages qui se meuvent sur l'écran. C'est ainsi que s'opère la confusion des sentiments dans *Les Fleurs bleues* où l'on voit Cidrolin et Lalix aller au cinéma et à la sortie se demander ce qu'ils ont vu : un « ouesterne » ou un film de cape et d'épée ? Un péplum, un film fantastique ou un péplum fantastique ? Il est vrai que la persistance rétinienne ne dure qu'une fraction de seconde et que l'amour est aveugle.

Mathématique, littérature, OuLiPo

Un vrai mathématicien – Queneau, qui s'enthousiasme sérieusement pour les mathématiques vers l'âge de quatorze ans, conservera sa passion pour ses jeux et deviendra membre de sociétés ou d'académies mathématiques françaises et étrangères jusqu'à produire en 1968 une « Théorie des nombres-sur les suites s-additives »...

De ce point de vue il a été un créateur dans le domaine mathématique, cas plus qu'exceptionnel pour un auteur de littérature ! C'est qu'il pratique avec aisance le grand écart. Il fonde en 1960, avec François Le Lionnais, un mathématicien, l'OuLiPo, Ouvroir de Littérature Potentielle qui, entre autres, permet de calculer l'écriture ou d'écrire selon des contraintes calculées.

L'oulipisme, pour simplifier, consiste à œuvrer en littérature comme on joue en mathématiques, c'est-à-dire en appliquant des règles que l'on se donne a priori. En cela, les oulipiens se reconnaissent dans plus d'une tradition et savent que la littérature n'est pas pure expressivité inspirée : la prosodie, la tragédie classique, les contes, le roman obéissent et parfois désobéissent à des règles précises qui vont de la quantité des syllabes au nombre de vers en passant par le calcul des lieux et des temps.

Et la littérature dans tout ça ? – Les oulipiens se fixent comme tâche de proposer de nouvelles contraintes – grâce aux mathématiques sollicitées pour fournir des programmes d'écriture – dans le but de produire de nouveaux textes et de nouvelles lectures.

Un bref exemple de production oulipienne :

Soit la première phrase de *À la recherche du temps perdu* de Marcel Proust : « Longtemps je me suis couché de bonne heure » qu'il faut récrire selon la contrainte du lipogramme qui consiste à éviter l'emploi d'une ou plusieurs lettres de l'alphabet.

Traductions oulipiennes (Oulipo, *Atlas de littérature potentielle*, 1981, Éditions Gallimard) :

– Sans A : Longtemps je me suis couché de bonne heure.
– Sans I : Longtemps nous nous couchâmes de bonne heure.
– Sans C : Longtemps je me suis mis au lit de bonne heure.

– Sans S : Enfant, on me mettait au lit tôt.

– Sans R : Longtemps je me suis couché à la tombée de la nuit (avec les poules).

– Sans E : Durant un grand laps on m'alita tôt, trop tôt pour moi.

On reconnaît ici deux des traits qui distinguent Queneau : d'une part l'humour fondé sur la double manipulation du langage et du savoir, d'autre part le goût de l'organisation – ici en série, sur le mode de la variation*, comme en musique.

Des rimes, des échos et du balai

La littérature est dans l'escalier... – Concierge transcendantal, Queneau mobilise des savoirs, des méthodes et ses expériences – qui traversent la philosophie, les mathématiques, les religions, la peinture, le cinéma, la littérature – comme ses propres œuvres pour concevoir des livres insolites, chambres d'écho qui bruissent de la rumeur encyclopédique du savoir porté par le babil des hommes. Et comme il est rappelé dans *Le Chiendent* :

« T'es un peu cinglé, tu sais. Pour un concierge, travailler du porte-plume, c'est pas une idée. »

Certes, le concierge peut apparaître dans la posture avachie de celui qui « cause, qui cause » (comme dit le perroquet Laverdure dans *Zazie*), plus tenu par son balai que le tenant, mais ce balai peut devenir un « faubert » (le mot renvoie grâce à la paronymie au travail antiromantique de Flaubert) qui lui permet d'éponger, d'assécher les débordements d'une littérature outrée trop à l'écoute de son propre chant. Certes aussi, le concierge habite au rez-de-chaussée et, comme Queneau, introduit le français populaire, ses distorsions syntaxiques, ses gros mots et son orthographe phonétique dans le bel immeuble mouluré d'une certaine tradition littéraire, mais il est aussi « dans l'escalier », connaît tous les locataires, son voisin garçon de café, le professeur de latin-grec et son épouse historienne du premier, le mathématicien du second, le poète du dernier comme les petites bonnes des soupentes. Il connaît comme sa poche le quartier et la ville, il peut tout vous dire, parler à tous et l'on entend même la radio dans sa loge.

Donner un son nouveau – S'il balaye de sa gourmandise rabelaisienne toutes les aires du savoir, il utilise aussi son balai-stylo pour donner un peu d'air, dégager l'espace littéraire où peut alors entrer la voix du temps, la parole ironique qui court les rues. Lalix, qui est préposée à l'utilisation du « faubert » sur la péniche de Cidrolin dans *Les Fleurs bleues*, rappelle un certain nombre de personnages queniens munis de balais. Deux exemples parmi d'autres. Le premier dans *Le Chien à la mandoline* :

« J'ai chassé le malheur avec une pelle
avec un balai puis avec un torchon
j'ai essayé l'aspirateur
et même un simple éventail. »

Valentin Brû dans *Le Dimanche de la vie* semble manier le balai d'une manière plus métaphysique :

« Grâce à ton balai, je suis parvenu à suivre le temps, rien que le temps. [...] Mais maintenant je comprends que je ne dois pas le suivre, mais le tuer. Lorsque, m'étant échappé après tant d'attention, je me retrouve un peu plus tard à la place même d'où je suis parti sans bouger, est-ce que c'est comme quand on dort sans rêver ? »

On voit ici que l'écriture de Raymond Queneau greffe un roman sur un autre, développant en rameau de fleurs bleues telle branche d'une précédente histoire du soldat Brû à « l'œil inconsciemment gris-bleu ».

Éléments de biographie

Nous vous proposons une traversée du siècle en mettant au jour les petites interférences entre la vie de l'auteur et quelques motifs des *Fleurs bleues.* Et pour commencer, un fragment autobiographique, extrait de *Chêne et chien*, 1937.

« Je naquis au Havre un vingt et un février
en mil neuf cent trois;
Ma mère était mercière et mon père mercier :
ils trépignaient de joie. »

À lire *Les Fleurs bleues,* on peut trouver que :

– le duc est d'Auge,

– Cidrolin se nommait Magloire (marque de calvados) dans les brouillons,

– le nombre 21 somme les chapitres,

– on trouve, page 54 : « C'est le vingt et un... »,

– au chapitre 9, est signalée la date de publication du *Don Quichotte* de Cervantès : 1614, dont la série en addition donne 21, si l'on prononce seize cent quatorze (16+1+4 = 21)...

– enfin, le « calendrier pataphysique perpétuel », pour le mois d'As (A et S sont les seules lettres visibles sur la barrière de Cidrolin, page 112) signale au 21 la « saint Possible, schizophrène » (la schizophrénie étant un dédoublement de la personnalité). (Cf. l'année 1955.)

Quant à la suite :

1911 : curiosité pour les langues dérivées du zend et du sanscrit.

1914 : il envoie un conte à un journal qui répond : « Nous ne publions pas d'histoires imitées. »

1915-1916 : travaille à un roman intitulé *Histoire de la Lusapie*, allant du XIIe au XXe siècle. Son professeur de français se

Intéressé par des activités aussi variées que la boxe ou le cinéma, Raymond Queneau prit également des cours de peinture. Cet autoportrait fait à l'aquarelle en est une illustration.

nomme Monscourt et il écrit une farce dont le personnage principal est le professeur Monsecours dont l'élève Queneau s'écrie sans cesse *À mon secours !*

1917 : goût pour les mathématiques.

1920 : obtient son baccalauréat, écrit quelques poèmes dada et s'inscrit à la Sorbonne en philosophie.

1922 : suit des cours de mathématiques.

1924 : participe au Bureau central de recherches surréalistes ; fait de l'aquarelle.

1925 : le premier texte qu'il publie dans *La Révolution surréaliste* est un récit de rêve. Il fait le zouave pendant dix-huit mois au 3e régiment en Algérie et au Maroc et participe donc à la guerre du Rif.

1926 : licence de lettres. « [...] en moi, je crois devoir remarquer deux sortes de possibilités d'ordre individuel. 1° des possibilités d'ordre poétique et révolutionnaire. 2° des possibilités d'ordre érudit et critique... »

1927 : fin du service militaire et emploi dans une banque pendant trois mois.

1928 : mariage avec Janine Kahn, sœur de la première femme d'André Breton. Visite, près de Vichy, de fouilles qui devaient présenter des objets préhistoriques qui s'avérèrent fabriqués. La grotte d'Altamira, en Espagne, découverte par le marquis de Sautuola en 1868, fut considérée comme un faux et le marquis mourut de chagrin en 1888. (Cf. chap. 15 et 16.)

1930 : commence une étude sur les « fous littéraires » qu'il intégrera à son roman *Les Enfants du limon.*

1931 : membre du Cercle communiste démocratique de Boris Souvarine, antistalinien.

1932 : membre de groupes pacifistes et antifascistes. Commence une psychanalyse qu'il interrompra en 1939. (Cf. chap. 12.)

1939-1940 : mobilisé, il circule de caserne en caserne (Nantes, Fontenay-le-Comte, La Roche-sur-Yon) puis se bat quelques jours pendant « la drôle de guerre » avec « l'arrière-garde de l'arrière-garde ».

1946 : participe à une exposition « Si vous savez écrire, vous savez dessiner »... ou peindre. (Cf. chap. 16 à 19.)

1947 : éditeur des leçons d'Alexandre Kojève sur Hegel.

1949 : il note dans son Journal qu'il a étudié le « français, latin, grec, anglais, allemand, espagnol, italien, portugais, roumain, arabe, hébreu, danois, copte, égyptien hiéroglyphique, tibétain, bambara, ouolof, provençal. Sans grands résultats ». « Si tu t'imagines » est la chanson la plus populaire de l'année.

1950 : signe une « protestation » contre des poursuites à l'encontre d'un éditeur du marquis de Sade. (Cf. p. 206 et 250.)

1952 : *Si tu t'imagines,* poèmes. *Le Dimanche de la vie,* roman (adapté au cinéma avec des dialogues de Queneau en 1965). Membre du jury du Festival de Cannes. Élu à l'Académie de l'Humour. Fondateur avec Boris Vian et Lise Deharme de l'Académie de la moule poilue, qui tient ses séances au Relais Bisson.

1953 : écrit les dialogues de *Monsieur Ripois,* film de René Clément.

1954 : dirige l'Encyclopédie de la Pléiade aux Éditions Gallimard.

1955 : participe à une exposition sur le thème des miroirs qui réunit sept peintres et vingt et un poètes. « Deux cent dix-sept personnes poireautaient, formant une queue constituée conformément aux instructions officielles » (p. 71), soit **217** que l'on peut regarder comme **21** et **7**.

1956 : écrit les dialogues de *Un Mort en ce jardin,* film de Luis Buñuel.

1960 : naissance de l'OuLiPo. Louis Malle adapte *Zazie dans le métro* au cinéma.

1961 : *Cent mille milliards de poèmes,* recueil de sonnets dont chaque vers, rendu autonome par découpage, peut se lire avec les autres, ouvrant ainsi, mettant en œuvre une lecture quasi infinie.

1965 : *Les Fleurs bleues,* roman, et des ennuis de santé le décident à cesser de boire de l'alcool. (Cf. chap. 4, 12 et les 59 occurrences de l'essence de fenouil.)

1968 : Sa *Théorie des nombres-sur les suites s-additives* est présentée à l'Académie des sciences par André Lichnerowicz.

Avis de lecteurs

« Il faudrait ne pas connaître Queneau, n'avoir pas lu très attenti-

Histoire et culture au temps de Queneau

	Histoire	Culture	Vie et œuvre de Raymond Queneau
1903	Premier vol en avion.	J. Conrad, *Typhon.*	Naissance le 21 février au Havre.
1911		M. Duchamp, *Nu descendant un escalier.*	S'intéresse aux langues dérivées du zend et du sanscrit.
1916	Bataille de Verdun.	S. Freud, *Introduction à la psychanalyse.* F. Kafka, *La Métamorphose.* D.W. Griffith, *Intolérance.* Naissance du groupe Dada.	Classe ses collections de géologie, paléontologie, conchyliologie ; dresse la liste des films de Chaplin qu'il a vus et une autre des œuvres d'Aristote.
1918	Armistice.	M. Proust, *À l'ombre des jeunes filles en fleurs.*	Lit E. Poe, Ronsard, la Bible, brûle ses poèmes et un roman.
1919	Loi des huit heures.	R. Wiene, *Le Cabinet du docteur Caligari.* W. Gropius fonde le Bauhaus.	Obtient la première partie du baccalauréat, trouve Proust « soporifique », lit Flaubert.
1920	Création du parti communiste français.	A. Breton/P. Soupault, *Les Champs magnétiques.*	Deuxième partie du baccalauréat, lit Rimbaud, Baudelaire, fume la pipe.
1924		A. Breton, *Manifeste du surréalisme.*	
1925		F. Kafka, *Le Procès.* J. Dos Passos, *Manhattan Transfer.*	Fréquente les surréalistes, publie son premier texte (un récit de rêve), devient zouave en Algérie.
1927		*Le Chanteur de jazz*, premier film parlant. F. Lang, *Metropolis.* *Les Nymphéas* de Monet installés à l'Orangerie.	Rédige un tract pour C. Chaplin en butte aux attaques des ligues de décence féminines américaines.
1929	Crise économique.	W. Faulkner, *Le Bruit et la fureur.* L. Buñuel, *Un chien andalou.*	Ouvre une galerie d'art exposant Arp, Magritte, Tanguy, Dalí.
1931	Proclamation de la République en Espagne.	W. Faulkner, *Sanctuaire.* R. Musil, *L'Homme sans qualités.* F. Lang, *M. le maudit.*	Représentant en nappes en papier. Participe à des tournois d'échecs.
1933	Hitler arrive au pouvoir en Allemagne.	A. Malraux, *La Condition humaine.*	*Le Chiendent.*
1939	Début de la Deuxième Guerre mondiale.	J. Renoir, *La Règle du jeu.*	*Un rude hiver.* Mobilisation.

		C. Chaplin, *Le Dictateur.*	
1942	Rafle du Vel'd'hiv'.	A. Camus, *L'Étranger.*	*Pierrot mon ami.*
1944	Débarquement en Normandie. Libération de la France.	J. Anouilh, *Antigone.*	*Loin de Rueil.* Membre du Comité national des Écrivains, issu de la Résistance.
1945	Hiroshima.	R. Rossellini, *Rome, ville ouverte.*	Obtient sa carte de journaliste.
1950	Guerre de Corée. Création du SMIG.	E. Ionesco, *La Cantatrice chauve.* J. Huston, *Quand la ville dort.*	*Petite cosmogonie portative.* *Bâtons, chiffres et lettres.* Satrape du Collège de Pataphysique.
1951	Luttes pour l'indépendance au Maroc et en Tunisie.	J. Gracq, *Le Rivage des Syrtes.* A. Kurosawa, *L'Idiot.*	Élu à l'Académie Goncourt. Pétition pour défendre H. Miller, accusé d'« obscénité ».
1952		S. Beckett, *En attendant Godot.* N. de Staël, *Les Footballeurs.*	*Si tu t'imagines.* *Le Dimanche de la vie.*
1954	Début de la guerre d'Algérie.	B. Brecht, *Mère Courage.*	Dirige l'Encyclopédie de la Pléiade.
1956	Insurrection de Budapest. Invention de la pilule contraceptive. Premiers juke-box.	K. Stockhausen, musique électronique.	Voyage en U.R.S.S. Dialogues français du film d'I. Bergman, *Sourires d'une nuit d'été.*
1958	Naissance de la Ve République.	M. Duras, *Moderato cantabile.*	*Le Chien à la mandoline.*
1960	Invention du laser.	C. Simon, *La Route des Flandres.*	Naissance de l'OuLiPo.
1961	Putsch d'« un quarteron de généraux » à Alger.	J. Genet, *Les Paravents.* G. Ligeti, *Atmosphères.*	*Cent mille milliards de poèmes.* *Texticules.*
1965	Première élection du président de la République au suffrage universel.	G. Perec, *Les Choses.* J.-L. Godard, *Pierrot le fou.*	***Les Fleurs bleues.***
1967	Guerre des Six-Jours. Apparition de la mini-jupe, et de la couleur à la télévision.	M. Antonioni, *Blow up.*	*Courir les rues.* Collaboration à *Éléments de logique mathématique* de G. Kreisel et J. L. Krivinc.
1968	Mouvement de mai. Invasion soviétique de la Tchécoslovaquie.	S. Kubrick, *2001, L'Odyssée de l'espace.*	*Le Vol d'Icare.* *Battre la campagne.* *Théorie des nombres-sur les suites s-additives.*
1974	Affaire du Watergate. Invention de la carte à puce	A. Soljenitsyne, *L'Archipel du Goulag.*	
1975	Fin de la guerre du Vietnam.	M. Duras, *India song.*	*Morale élémentaire.*
1976	Mort de Mao Tsé-toung Premier tirage du Loto.	F. Bacon, *Corps en mouvement.* S. Reich, *Musique pour 18 musiciens.*	*Les Fondements de la littérature d'après David Hilbert.* Mort de Raymond Queneau le 25 octobre.

vement ses propos sur *Le Chiendent* par exemple, pour croire à une composition toute spontanée et anarchique. Ce livre est au contraire infiniment voulu. Peut-être même un peu trop : je veux dire que l'humour, parfois, risque d'en paraître un peu contraint, la drôlerie systématique, les trouvailles un peu trouvées. À moins que je ne me trompe d'une couche, défaisant mon oignon, que je reste en dehors du centre enfoui ? »

Jacques Chessex, *NRF*, 1-9-65.

« Imaginez une Table Ronde qui commencerait ainsi : « Nous autres chevaliers du Moyen Âge. » Voici le livre de Queneau : une source comique où tout est mis en question, l'Histoire, la science, les idéologies, l'écriture. »

M. L., *Le Canard enchaîné*, 21-7-65.

« Au-delà d'une somme qui réunit un nombre extraordinaire de données dans un syncrétisme sans équivalent dans la littérature française depuis Rabelais, c'est surtout un récit initiatique. À le lire, on se trouve lancé dans un travail d'interprétation sans fin, et invité à parcourir des chemins symboliques, comme ces jardins médiévaux, pleins de fausses pistes et de culs-de-sac, au centre desquels pousse la fleur éternelle ou attend la femme dont on rêve. »

J.Y. Pouilloux, *Les Fleurs bleues*,
Foliothèque, Gallimard, 1991.

Les fleurs bleues

ὄναρ ἀντὶ ὀνείρατος[1]
PLATON

1. « En échange de ton rêve, écoute le mien. » Platon, *Théétète*, 201d. À Théétète qui tente, à partir de vagues souvenirs, de présenter la connaissance comme une « opinion vraie accompagnée d'une définition », Socrate répond avec quelque ironie : « En échange de ton rêve, écoute le mien. »

CHAPITRE 1

Le vingt-cinq septembre douze cent soixante-quatre, au petit jour, le duc d'Auge se pointa sur le sommet du donjon de son château pour y considérer, un tantinet soit peu, la situation historique. Elle était plutôt floue. Des restes du passé traînaient encore çà et là, en vrac. Sur les bords du ru voisin, campaient deux Huns ; non loin d'eux un Gaulois, Eduen peut-être, trempait audacieusement ses pieds dans l'eau courante et fraîche. Sur l'horizon se dessinaient les silhouettes molles de Romains fatigués, de Sarrasins de Corinthe, de Francs anciens, d'Alains seuls. Quelques Normands buvaient du calva.

Le duc d'Auge soupira mais n'en continua pas moins d'examiner attentivement ces phénomènes usés.

Les Huns préparaient des stèques tartares, le Gaulois fumait une gitane, les Romains dessinaient des grecques, les Sarrasins fauchaient de l'avoine, les Francs cherchaient des sols et les Alains regardaient cinq Ossètes. Les Normands buvaient du calva.

– Tant d'histoire, dit le duc d'Auge au duc d'Auge, tant d'histoire pour quelques calembours, pour quelques anachronismes. Je trouve cela misérable. On n'en sortira donc jamais ?

Fasciné, il ne cessa pendant quelques heures de surveiller ces déchets se refusant à l'émiettage ; puis, sans cause extérieure décelable, il quitta son poste de guet pour les étages inférieurs du château en se livrant au passage à son humeur qui était de battre.

Il ne battit point sa femme parce que défunte, mais il battit ses filles au nombre de trois ; il battit des serviteurs, des servantes, des tapis, quelques fers encore chauds, la campagne, monnaie et, en fin de compte, ses flancs. Tout de suite après, il décida de faire un court voyage et de se rendre dans la ville capitale en petit arroi, accompagné seulement de son page Mouscaillot.

Parmi ses palefrois, il choisit son percheron favori nommé Démosthène parce qu'il parlait, même avec le mors entre les dents.

– Ah ! mon brave Démo, dit le duc d'Auge d'une voix plaintive, me voici bien triste et bien mérancolieux.

– Toujours l'histoire ? demanda Sthène.

– Elle flétrit en moi tout ébaudissement, répondit le duc.

– Courage, messire ! Courage ! Mettez-vous donc en selle que nous allions promener.

– C'était bien là mon intention et même plus encore.

– Quoi donc ?

– Partir pendant quelques jours.

– Voilà qui me réjouit fort. Où, messire, voulez-vous que je vous emmène ?

– Loin ! Loin ! Ici la boue est faite de nos fleurs.

– ... bleues, je le sais. Mais encore ?

– Choisis.

Le duc d'Auge monta sur le dos de Sthène qui fit la proposition suivante :

– Que diriez-vous d'aller voir où en sont les travaux à l'église Notre-Dame ?

– Comment ! s'écria le duc, ils ne sont pas encore terminés ?

– C'est ce dont nous nous rendrons compte.

– Si on traîne tellement, on finira par bâtir une mahomerie.

– Pourquoi pas un bouddhoir? un confuciussonnal? un sanct-lao-tsuaire? Il ne faut pas broyer du noir comme ça, messire! En route! et par la même occasion nous présenterons notre feudal hommage au saint roi Louis neuvième du nom.

Sans attendre la réponse de son maître, Sthène se mit à trotter vers le pont-levis qui s'abaissa fonctionnellement. Mouscaillot, qui ne proférait mot de peur de recevoir un coup de gantelet dans les gencives, suivait, monté sur Stéphane, ainsi nommé parce qu'il était peu causant. Comme le duc remâchait son amertume et que Mouscaillot, suivant sa prudente politique, persévérait dans le silence, seul Sthène continuait à bavarder gaiement et il lançait des gabances[1] réjouissantes à ceux qui le regardaient passer, les Celtes d'un air gallican, les Romains d'un air césarien, les Sarrasins d'un air agricole, les Huns d'un air unique, les Alains d'un air narte et les Francs d'un air sournois. Les Normands buvaient du calva.

Tout en saluant très bas leur bien amé[2] suzerain, les manants grommelaient des menaces redoutables mais qu'ils savaient inefficaces, aussi ne dépassaient-elles pas les limites de leurs moustaches, s'ils en portaient.

Sur la grand'route, Sthène allait bon train et finit par se taire, ne trouvant plus d'interlocuteur, la circulation étant nulle; il ne voulait importuner son cavalier qu'il sentait somnoler; comme Stèphe et Mouscaillot partageaient cette réserve, le duc d'Auge finit par s'endormir.

1. Gabance : plaisanterie.
2. Amé : aimé.

Il habitait une péniche amarrée à demeure près d'une grande ville et il s'appelait Cidrolin. On lui servait à manger de la langouste pas trop fraîche avec une mayonnaise glauque. Tout en décortiquant les pattes de la bête avec un casse-noisettes, Cidrolin dit à Cidrolin :

– Pas fameux tout ça, pas fameux ; Lamélie ne saura jamais faire la cuisine.

Il ajouta, s'adressant toujours à lui-même :

– Mais où donc allais-je ainsi monté sur un cheval ? Je ne m'en souviens plus. D'ailleurs, c'est bien ça les rêves ; jamais de ma vie je ne suis monté à cheval. Jamais de ma vie non plus je ne suis monté à bicyclette et jamais en rêve je ne monte à bicyclette et pourtant je monte à cheval. Il doit y avoir une explication, c'est sûr. Décidément cette langouste n'est pas fameuse et cette mayonnaise encore moins et si j'apprenais à monter à cheval ? Au Bois, par exemple. Ou bien à bicyclette ?

– Et tu n'aurais pas besoin de permis de conduire, lui fait-on remarquer.

– Passons, passons.

On apporte ensuite le fromage.

Du plâtre.

Un fruit.

Des vers s'y logeaient.

Cidrolin s'essuie la goule et murmure :

– Encore un de foutu.

– Ce n'est pas ça qui t'empêchera de faire ta sieste, lui dit-on.

Il ne répond pas ; sa chaise longue l'attend sur le pont. Il se couvre le visage d'un mouchoir et le voilà bientôt en vue des murailles de la ville capitale, sans se préoccuper du nombre des étapes.

– Chouette, s'écria Sthène, nous y sommes.

Le duc d'Auge s'éveillait, avec l'impression d'avoir fait un mauvais repas. C'est alors que Stèphe, qui n'avait rien dit depuis le départ, éprouva le besoin de prendre la parole en ces termes :

– Alme et inclyte [1] cité…

– Silence ! dit Sthène. Si l'on nous entendait parler, notre bon maître serait accusé de sorcellerie.

– Brrr, fit le duc.

Et son page itou.

– Brrr, fit Mouscaillot.

Et pour montrer de quelle façon il convenait de s'exprimer pour un cheval, Sthène hennit.

Le duc d'Auge descendit à la Sirène torte, qu'un trover de passage lui avait un jour recommandée.

– Nom, prénoms, qualités ? demanda Martin, l'hébergeur.

– Duc d'Auge, répondit le duc d'Auge, Joachim me prénomme et suis accompagné de mon dévoué page Mouscaillot, fils du comte d'Empoigne. Mon cheval a pour nom Sthène et l'autre a pour nom Stèphe.

– Domicile ?

– Larche, près du pont.

– Tout cela me semble fort catoliche, dit Martin.

– Je l'espère bien, dit le duc, car tu commences à m'embrener avec tes méchantes questions.

– Que Messire me pardonne, c'est ordre du roi.

– Tu ne vas pas encore me demander ce que je viens faire dans la ville capitale ?

– Nul besoin ! Messire vient voir nos putains qui sont les plus belles de toute la chrétienté. Notre saint roi les hait

1. Alme et inclyte : nourricier et célèbre.

fort ; mais elles participent avec ardeur aux finances de la prochaine croisade.

– Moult te goures, hébergeur. Je viens voir où en sont les travaux de l'église Notre-Dame.

– La tour au sud est bien avancée et l'on va commencer celle au nord et la galerie qui les joint. On refait aussi les parties hautes pour donner plus de lumière.

– Assez ! hurla le duc. Si tu me racontes tout, je n'aurai plus qu'à m'en retourner chez moi, ce que point ne souhaite.

– Ni moi non plus, aussi vous apporterai-je incontinent le souper.

Le duc mangea copieusement, puis il alla se coucher et dormit de fort bon appétit.

Il n'avait pas encore terminé sa sieste que deux nomades le réveillèrent en l'interpellant du haut de la berge. Cidrolin leur répondit par signes, mais sans doute les autres n'entendaient-ils pas ce langage, car ils descendirent le talus jusqu'à la planche passerelle et montèrent sur la péniche. Il y avait un campeur mâle et un campeur femelle.

– Esquiouze euss, dit le campeur mâle, mà wie sind lost.

– Bon début, réplique Cidrolin.

– Capito ? Egarrirtes… lostes.

– Triste sort.

– Campigne ? Lontano ? Euss… smarriti…

– Il cause bien, murmura Cidrolin, mais parle-t-il l'européen vernaculaire ou le néo-babélien ?

– Ah, ah, fit l'autre avec les signes manifestes d'une vive satisfaction. Vous ferchtéer l'iouropéen ?

– Un poco, répondit Cidrolin ; mais posez là votre barda, nobles étrangers, et prenez donc un glass avant de repartir.

– Ah, ah, capito : glass.

Radieux, le noble étranger posa donc son barda, puis, dédaignant les meubles destinés à cet usage, il s'accroupit sur le plancher en croisant ses jambes sous lui avec souplesse. La demoiselle qui l'accompagnait fit de même.

– Seraient-ils japonais ? se demanda Cidrolin à mi-voix. Ils ont pourtant le cheveu blond. Des Aïnos peut-être.

Et s'adressant au garçon :

– Ne seriez-vous pas aïno ?

– I ? No. Moi : petit ami de tout au monde.

– Je vois : pacifiste ?

– Iawohl ! Et ce glass ?

– Perd pas le nord, l'Européen.

Cidrolin tapa dans ses mains et appela :

– Lamélie ! Lamélie !

On apparut.

– Lamélie, à boire pour ces nobles étrangers.

– Quoi ?

– De l'essence de fenouil, par exemple, avec de l'eau plate.

On s'éclipsa.

Cidrolin se pencha vers les nomades.

– Alors, mes petits oisillons, vous voilà égarrirtes ?

– Paumés, dit la fille. Complètement paumés.

– Seriez-vous française, ma mie ?

– Pas encore : canadienne.

– Et ce glass ? demanda l'accroupi. Schnell qu'on trinque !

– Il est un peu casse-pieds, dit Cidrolin.

– Oh, ce n'est pas le mauvais gars.

– Et naturellement vous allez comme ça tous les deux au camp de campigne pour les campeurs.

– Nous le cherchons.

– Vous êtes quasiment arrivés. C'est le long du fleuve, à moins de cinq cents mètres d'ici en amont.

– Wie sind arrivati ? s'écria le garçon en se remettant sur pieds d'un seul mouvement. Sri hundred yards ? Andiamo !

Il remit son barda sur le dos, un barda qui devait bien faire la tonne.

– On attend l'essence de fenouil, dit la fille sans bouger.

– Ouell, ouell.

Il redescendit sa tonne de paquetage et se rassit avec le même naturel que si le plancher avait été un lotus.

Cidrolin sourit à la fille et lui dit d'un air complimenteur :

– C'est dressé.

– Dressé ? Comprenons pas.

– Eh bien oui, il obéit au doigt et à l'œil.

Elle haussa les épaules.

– Vous êtes un feignant de la méninge, dit-elle. Il reste parce qu'il est libre, pas parce qu'il est dressé. S'il était dressé, il irait tout de suite au camp de campigne pour les campeurs. Il reste parce qu'il est libre.

– Il y en a de l'idée dans une petite tête comme ça, murmura Cidrolin en regardant plus attentivement la Canadienne et notamment le blond duvet de ses cuisses et la semelle de ses souliers. Eh oui, de l'idée…

Là-dessus, on apporta l'essence de fenouil et l'eau plate. Ils burent.

– Et comment nomadez-vous ? demanda Cidrolin. À pied, à cheval, en voiture ? en hélico, en vélo, en auto ?

– En stop, répondit la fille.

– En auto-stop ?

– Bien sûr en auto-stop.

– Moi, je voyage parfois en autotaxi. C'est moins économique.

– L'argent on s'en fout.
– D'accord. Et mon essence de fenouil ?
– Pas mauvais. Je préférons l'eau pure.
– Ici elle n'est jamais pure. Le fleuve c'est l'égout et le robinet le chlore.
– Vous ne voulez pas qu'il vous chante quelque chose ?
– Pour quoi faire ?
– Pour vous remercier.
– De l'essence de fenouil ?
– De l'accueil.
– C'est gentil. Merci.
La fille se tourna vers le garçon et lui dit :
– Chante.
Il fouilla dans son équipement et en retira un banjo de taille minime dont aussitôt il gratta les cordes. Après quelques accords préliminaires, il ouvrit la bouche et ils entendirent ces mots :
– J'aime Paimpol et sa falaise, son clocher et son vieux pardon…
– Où a-t-il appris ça ? demanda Cidrolin lorsque ce fut fini et qu'il eut remercié le virtuose.
– À Paimpol, bien sûr, répondit la Canadienne.
– Suis-je bête, dit Cidrolin en se tapant le front. Je n'y avais pas pensé.
Le minibanjo réintégra le rucksack. Le garçon reprit de nouveau la position debout et il tendit la main à Cidrolin.
– Sanx, dit-il, et à rivedertchi.
Et à la fille :
– Schnell ! Onivati oder onivatipa ?
La fille se lève avec grâce et se harnache illico.
– C'est dressé, dit Cidrolin à mi-voix.
Le nomade protesta :

– Nein ! Nein ! Pas tressé : libre. Sie ize libre. Anda to the campus bicose sie ize libre d'andare to the campus.

– Je sais, je sais.

– Adieu, dit la fille en tendant à son tour la main à Cidrolin. Merci encore et on reviendra peut-être vous voir si on a le temps.

– C'est ça, dit Cidrolin.

Il les regarda grimper le talus avec tout leur bagage.

– C'est un métier de costaud, murmura-t-il.

– Ils vont revenir ? demanda Lamélie.

– Je ne crois pas. Non, ils ne reviendront jamais. Qu'est-ce que j'en aurais fait ? Ils sont à peine partis que c'est tout juste si je me souviens d'eux. Ils existent pourtant, ils méritent sans doute d'exister. Ils ne reviendront jamais s'égarer dans le labyrinthe de ma mémoire. C'était un incident sans importance. Il y a des rêves qui se déroulent comme des incidents sans importance, de la vie éveillée on ne retiendrait pas des choses comme ça et cependant ils intéressent lorsqu'on les saisit au matin se poussant en désordre contre la porte des paupières. Peut-être ai-je rêvé ?

Lamélie n'avait pas à lui dire oui ou non ; d'ailleurs elle n'avait pas attendu la fin de ce discours.

Cidrolin consulta l'horloge dans le carré et constata, non sans satisfaction, que l'épisode des nomades n'avait été qu'un intermède assez bref dans le temps qu'il accordait à sa sieste et que celle-ci pouvait être reprise décemment pendant encore quelques minutes. Il s'étendit donc sur sa chaise longue et réussit à s'endormir de nouveau.

Arrêt sur lecture 1

À l'assaut de la première page

Tout début de roman fait exister un monde : il peut sembler calqué sur la réalité (« Mais qu'est-ce que la réalité ? » semble demander *Les Fleurs bleues*...) ou au contraire obéir à des principes de représentation déconcertants. Par ailleurs, il contient en creux, sinon un programme, en tout cas des indices qui définiront une attente et une attitude du lecteur.

La construction d'un monde

La mise en scène d'une découverte – Le roman commence malicieusement par l'image d'un personnage, qui se « pointe » dans le roman, en même temps que le lecteur. La première phrase invite à accompagner le regard d'un certain duc d'Auge qui découvre en surplomb et de façon panoramique l'aube du monde des *Fleurs bleues* : en effet, c'est encore le « petit jour ». Elle délivre un certain nombre d'informations, dans l'ordre suivant :

– une date en toutes lettres (le vingt-cinq septembre douze cent soixante-quatre) ;

– un nom (le duc d'Auge) ;
– un lieu (le sommet du donjon de son château) ;
– un projet (considérer la situation historique).

De façon immédiate et condensée, le roman semble répondre aux inévitables questions du lecteur : quand ? qui ? où ? pourquoi ? C'est avec un empressement bien suspect qu'il répond aux conventions du genre.

Des écarts burlesques – En même temps qu'il informe, le texte déclare son ironie, comme en témoignent ces décalages :

– Le duc est affublé du nom « d'Auge ». S'agit-il de la mangeoire aux chevaux ou de la vallée d'Auge normande où se fabrique le calvados dont il sera bientôt question ? Dans les deux cas, et dans le troisième qui serait celui d'une contamination des deux significations, il n'a pas une qualité particulièrement aristocratique…

– Les tours familiers (« douze cent » au lieu de mille deux cent, « se pointa », « un tantinet soit peu »), perçus comme d'autant plus anachroniques*, contrastent avec l'univers médiéval qu'une date et un lieu ont suffi à mettre en place.

– Au registre épique, qui accompagnerait volontiers ce possible roman historique, Raymond Queneau inflige immédiatement les outrages de la dégradation burlesque*.

Un paysage de mots après la bataille ? – Qu'y a-t-il à voir depuis le **d**on**j**on du **d**uc **d**'Au**ge** ? Les « restes du passé » ne sont pas, contrairement à ce que l'on aurait pu imaginer, des vestiges architecturaux, mais des survivants de peuplades dont certaines évoquent les invasions (les Romains, les Huns) des premiers siècles. Presque un millier d'années séparent ces invasions du XIIIe siècle, époque de notre roman. Quoi qu'il en soit, ces deux Huns, ou ces Alains seuls ne viennent d'aucun horizon lointain, ni du fin fond de l'Histoire : ils sont engendrés, sous vos yeux, par le langage lui-même, par le jeu sur les signifiants :

– deux Huns parce que 2/1…
– Alains seuls parce qu'« un seul » ou « linceul »…
– Sarrasins de Corinthe parce que « raisins de Corinthe »…

Le monde qu'observe avec perplexité le duc, et auquel il appartient, semble n'avoir pour toute fondation que la fantaisie anarchique du calembour*.

Un « programme » ?

Même si cette première salve de calembours vous a amusé, vous êtes en droit de vous inquiéter un peu… Vous trouvez-vous embarqué dans un roman-canular ? Si l'on cherche à imaginer, par-delà la dérision, l'enjeu des centaines de pages qui vont suivre, la réplique initiale du duc d'Auge permet de tirer quelques fils :

> **Tant d'histoire, dit le duc d'Auge au duc d'Auge, tant d'histoire pour quelques calembours, pour quelques anachronismes. Je trouve cela misérable. On n'en sortira donc jamais ?**

Une histoire de reflet – On a vu comment le langage se réfléchissait lui-même par le biais des calembours. Le commentaire du duc d'Auge, qui signale les procédés du calembour et de l'anachronisme, réfléchit à son tour le fonctionnement du texte. L'incise comique « dit le duc d'Auge au duc d'Auge » décrit le monologue comme un lieu de dédoublement.

La minuscule du mot « histoire » – S'écartant ce que l'on attendrait au début de cette phrase, c'est-à-dire un pluriel (comme dans l'expression « faire des histoires »), le mot « histoire » est au singulier. S'agit-il alors de l'Histoire, c'est-à-dire, selon la définition d'un dictionnaire « la relation des événements du passé, des faits relatifs à l'évolution de l'humanité qui sont jugés dignes de mémoire » ? Et, dans ce cas, pourquoi Raymond Queneau choisit-il une désinvolte et discrète minuscule ?

« En sortir… » – « On n'en sortira donc jamais ? » De quoi faudrait-il sortir ? De l'Histoire, présentée sous le signe du déchet et de la dérision, ou des histoires, celles qu'à la façon de Schéhérazade, les romans ne cessent de raconter ? À l'angoisse de l'enfermement répondent les récits d'évasion, de voyage, les odyssées : le duc ne tardera pas à quitter son donjon pour d'autres espaces, et même d'autres temps.

Quel lecteur pour *Les Fleurs bleues* ?

Un lecteur ludique

Au début d'un roman s'établit un pacte, le plus souvent implicite, avec le lecteur, variable selon les époques et les genres. Et le plaisir de la lecture découle de l'adhésion à ce pacte. Pour apprécier *Les Fleurs bleues*, il faut, non pas de la « croyance » – car rien n'est conçu pour être vraisemblable –, mais de la connivence.

Comme dans un baptême du feu, la fréquence des jeux de mots inflige au lecteur une épreuve d'endurance humoristique. Mais on rappellera que les amateurs considèrent, dans leur paradoxale finesse, que pires sont les calembours*, meilleurs ils sont... Si vous ne les comprenez pas tous, ne vous inquiétez pas et lisez-les à haute voix, ce qui, le plus souvent, les éclaire. Pour mieux décoder l'humour du texte, voici l'analyse de quelques exemples :

Les calembours et les à-peu-près – Il faut rechercher l'homonymie (« Les Francs cherchaient des sols » = des terres ou des sous) et le double sens parfois absurde qui en résulte. La drôlerie de l'à-peu-près (« cinq Ossètes » pour « cinq-à-sept ») repose, comme son nom l'indique, sur l'approximation.

Le sens propre et le sens figuré – Raymond Queneau « accouple » des mots (Gaulois/gitane ; sarrasin/avoine ; Romains/grecques) et rend leur mise en parallèle totalement incongrue en introduisant la rencontre d'un usage du sens propre et d'un usage du sens figuré.

Le détournement des lieux communs – On connaît l'expression figée « un travail de Romain », mais ici les Romains sont « fatigués ».

Les anachronismes – Entre autres, la cigarette « gitane » fumée sur fond de décor médiéval...

Les répétitions – L'efficacité du comique de répétition étant bien connue, on peut relever cette ponctuation triviale et incongrue : « Quelques Normands buvaient du calva », « Les Normands buvaient du calva »... (Rappelons l'origine normande de l'auteur et du calva et le nom tout aussi normand de son personnage.)

Les Fleurs bleues, roman comique ? Au vu de l'incipit*, l'hypothèse est probable, mais on se tromperait si l'on en concluait à la gratuité de l'humour quenien. La philosophie, ou plus modestement la sagesse en littérature, on le sait depuis Rabelais, Molière ou Voltaire, ne dédaigne pas d'agiter la marotte du fou.

Un lecteur vigilant

« À l'instar de ce chien, il convient que vous soyez sagaces pour humer, sentir et apprécier ces beaux livres de haute graisse, légers à la poursuite et hardis à l'attaque, puis il vous faut par une lecture attentive et de fréquentes méditations, rompre l'os et sucer la substantifique moelle. **»**

Soyez donc aussi un lecteur-chien, avide d'os à moelle, tel que Rabelais le définit dans le prologue de *Gargantua*. Mis en appétit par le rire, il convient de se mettre en route, avec le duc d'Auge pour on ne sait quel Graal, de l'autre côté du temps ou du miroir.

à vous...

Raymond Queneau connaissait certainement le début de ces deux œuvres : quelles analogies pouvez-vous relever ? Vous aident-elles à mieux percevoir la dimension burlesque* du début des *Fleurs bleues* ?

« Lorsque Boabdil, dernier roi de Grenade, fut obligé d'abandonner le royaume de ses pères, il s'arrêta au sommet du mont Padul. De ce lieu élevé on découvrait la mer où l'infortuné monarque allait s'embarquer pour l'Afrique; on apercevait aussi Grenade, la Vega et le Xenil, au bord duquel s'élevaient les tentes de Ferdinand et d'Isabelle. À la vue de ce beau pays et des cyprès qui marquaient encore çà et là les tombeaux des musulmans, Boabdil se prit à verser des larmes. La sultane Aixa, sa mère, qui l'accompagnait dans son exil avec les grands qui composaient jadis sa cour, lui dit : "Pleure maintenant comme une femme ce que tu n'as pas su défendre comme un homme." Ils descendirent de la montagne, et Grenade disparut à ses yeux pour toujours.
Les Maures d'Espagne, qui partagèrent le sort de leur roi, se dispersèrent en Afrique. Les tribus des Zégris et des Gomèles s'établirent dans le royaume de Fez, dont elles tiraient leurs origines. Les Vanégas et les Alabès s'arrêtèrent sur la côte, depuis Oran jusqu'à Alger; enfin les Abencérages se fixèrent dans les environs de Tunis. Ils formèrent, à la vue des ruines de Carthage, une colonie que l'on distingue encore aujourd'hui des Maures d'Afrique, par l'élégance de ses mœurs et la douceur de ses lois. »

Les Aventures du dernier Abencérage,
F. R. de Chateaubriand, 1826.

« Le 15 septembre 1840, vers six heures du matin, la *Ville-de Montereau*, près de partir, fumait à gros tourbillons devant le quai Saint-Bernard.
Des gens arrivaient hors d'haleine; des barriques, des

câbles, des corbeilles de linge gênaient la circulation; les matelots ne répondaient à personne; on se heurtait; les colis montaient entre les deux tambours, et le tapage s'absorbait dans le bruissement de la vapeur, qui, s'échappant par des plaques de tôle, enveloppait tout d'une nuée blanchâtre tandis que la cloche, en avant, tintait sans discontinuer.

Enfin le navire partit; et les deux berges, peuplées de magasins, de chantiers et d'usines, filèrent comme deux larges rubans qu'on déroule.

Un jeune homme de dix-huit ans, à longs cheveux et qui tenait un album sous son bras, restait auprès du gouvernail, immobile. À travers le brouillard, il contemplait des clochers, des édifices dont il ne savait pas les noms; puis il embrassa, dans un dernier coup d'œil, l'Ile Saint-Louis, la Cité, Notre-Dame; et bientôt, Paris disparaissant, il poussa un grand soupir. »

L'Éducation sentimentale,
Gustave Flaubert, 1869.

Sur l'épigraphe : « En échange de ton rêve, écoute le mien » (traduit de Platon)

Double vertige

À peine le duc a-t-il commencé son voyage qu'il se met à somnoler et à rêver qu'il habite dans une péniche et qu'il s'appelle Cidrolin... Ce premier transfert d'identité s'opère de la façon suivante :

> Comme Stèphe et Mouscaillot partageaient cette réserve, le duc d'Auge finit par s'endormir.
>
> Il habitait une péniche amarrée à demeure près d'une grande ville et il s'appelait Cidrolin.

Au détour de l'alinéa, un piège énonciatif est tendu au lecteur par le pronom « Il » qui réfère au duc d'Auge mais introduit Cidrolin, son double ou son alter ego. Les anachronismes* qui ont pu surprendre trouveraient ici une explication : qu'un personnage du XIIIe siècle se rêve en homme du XXe siècle, ou qu'un buveur de fenouil contemporain se rêve en chevalier du Moyen Âge, les interférences entre le monde moderne et le monde médiéval seront dans les deux cas inévitables.

> **Mais où donc allais-je ainsi monté sur un cheval ? Je ne m'en souviens plus. D'ailleurs, c'est bien ça les rêves; jamais de ma vie je ne suis monté à cheval.**

C'est ainsi que Cidrolin s'adresse à Cidrolin (écho au duc d'Auge qui disait au duc d'Auge…) pour s'étonner d'un rêve, rêve qui aurait été fait avant que le roman ne commence. Dans cette perspective, l'apparition du duc correspondrait au songe de Cidrolin, le point d'origine devenant un point de fuite situé en amont de la première page.

Comme le dit si bien cet apologue chinois, rapporté par le philosophe Roger Caillois dans *L'Incertitude qui vient des rêves*, qui pourrait être la matrice des *Fleurs bleues* :

« Tchouang-tseu rêve qu'il est un papillon, mais n'est-ce point le papillon qui rêve qu'il est Tchouang-tseu ? »

De Roger Caillois, l'on pourrait aussi citer ce commentaire :

« Rêver de soi est la chose la plus banale du monde. Il n'y a guère de rêve où le dormeur ne joue un rôle, où il ne soit le héros de mille captivantes péripéties. En réalité, cependant, il dort bien tranquillement dans son lit et il ne lui arrive rien. Cette duplication de la personnalité pose des problèmes difficiles.

Sans compter que le personnage qui est rêvé et qui est soi peut à son tour rêver (ou être rêvé rêvant) un songe où il joue un rôle et ainsi de suite à l'infini. La perspicacité orientale n'a pas ignoré ces labyrinthes. »

La perspicacité occidentale non plus... On peut évoquer rapidement cette « histoire littéraire de l'inquiétude », depuis *La vie est un songe* de Calderón de la Barca jusqu'à *Aurélia* de Gérard de Nerval qui s'ouvre ainsi :

« Le Rêve est une seconde vie. Je n'ai pu percer sans frémir ces portes d'ivoire ou de corne qui nous séparent du monde invisible. »

Et comment Raymond Queneau, qui avait participé au mouvement surréaliste avant d'en faire une critique virulente, aurait-il pu oublier ces lignes d'André Breton tirées du *Manifeste du surréalisme* :

« À quand les logiciens, les philosophes dormants ? Je voudrais dormir, pour pouvoir me livrer aux dormeurs, comme je me livre à ceux qui me lisent, les yeux bien ouverts ; pour cesser de faire prévaloir en cette matière le rythme conscient de ma pensée. Mon rêve de cette dernière nuit, peut-être poursuit-il celui de la nuit précédente, et sera-t-il poursuivi la nuit prochaine avec une rigueur méritoire. »

Pourtant, le romancier ne semble pas prendre le thème du rêve plus au sérieux que le reste : nul romantisme, nulle « clé des songes », peu d'indices pour une lecture psychanalytique dans *Les Fleurs bleues*. Le rêve ne constitue, et c'est presque décevant, qu'un principe de composition, ludique et vertigineux. Une fois que le lecteur aura, avec le duc d'Auge ou Cidrolin, passé et repassé la frontière qui les sépare, il ne s'étonnera plus de rien.

Les zones-frontières

La métaphore territoriale de la zone-frontière concerne les passages du texte qui sont aussi des « passes » parce qu'ils assurent la transition entre les mondes de Cidrolin et du duc d'Auge. On relève quatre cas dans le premier chapitre :

> Comme Stèphe et Mouscaillot partageaient cette réserve, le duc d'Auge finit par s'endormir.
> Il habitait une péniche amarrée à demeure près d'une grande ville et il s'appelait Cidrolin. (p. 29-30)

> – Ce n'est pas ça qui t'empêchera de faire ta sieste, lui dit-on.
> Il ne répond pas ; sa chaise longue l'attend sur le pont. Il se couvre le visage d'un mouchoir et le voilà bientôt en vue des murailles de la ville capitale, sans se préoccuper du nombre des étapes.
> – Chouette, s'écria Sthène, nous y sommes.
> Le duc d'Auge s'éveillait, avec l'impression d'avoir fait un mauvais repas. (p. 30-31)

> Le duc mangea copieusement, puis il alla se coucher et dormit de fort bon appétit.
> Il n'avait pas encore terminé sa sieste que deux nomades le réveillèrent en l'interpellant du haut de la berge. Cidrolin leur répondit par signes [...] (p. 32)

> Cidrolin consulta l'horloge dans le carré et constata, non sans satisfaction, que l'épisode des nomades n'avait été qu'un intermède assez bref dans le temps qu'il accordait à sa sieste et que celle-ci pouvait être reprise décemment pendant encore quelques minutes. Il s'étendit donc sur sa chaise longue et réussit à s'endormir de nouveau. (p. 36)

L'analyse de ces « zones-frontières » permet de repérer différentes stratégies :

– **scripto-visuelles** (transition marquée par un alinéa ou s'effectuant à l'intérieur d'un même paragraphe ou d'une même phrase) ;

– **énonciatives** (glissement d'un référent à l'autre par le pronom « il » ou modification du temps verbal) ;

– **sémantiques** (scènes d'endormissement et/ou scènes de repas).

Vous verrez aussi, à la fin du premier chapitre, comment un changement de « plan » peut coïncider avec une fin de chapitre. Au cinéma, qu'il aime, Raymond Queneau emprunte en effet le « montage alterné » (la séquence alternée montre en alternance deux actions simultanées) et va expérimenter des techniques de « raccord » variées, du « fondu-enchaîné » au montage « cut », plus rare.

CHAPITRE 2

– Que vois-je ! s'écria le roi assis sous son chêne, n'est-ce point là mon bien aimé Auge qui s'avance ?

– Lui-même, sire, répondit le hobereau en s'inclinant bien bas. Mes respects, ajouta-t-il.

– Je suis heureux de te voir en florissante santé, dit le roi. Comment va ta petite famille ?

– Ma femme est morte, sire.

– Tu ne l'as pas tuée, au moins ? Avec toi, on ne sait jamais.

Le roi sourit de sa bénévolente indulgence et la flote [1] qui l'entourait ne l'en admira que plus.

– Et toujours pas d'héritier ? demanda le roi.

– Hélas ! dit le duc. Je n'ai que mes triplées, ce qui est, je vous assure, un calvaire.

– À propos de calvaire, dit le roi, je suis bien heureux de te voir. Nous préparons un nouveau croisement et nous comptons bien que tu te joindras à nous.

– Cela ne me dit pas grand'chose.

– Ttt, ttt. Ne prends pas parti avant d'avoir écouté le détail de la chose. D'abord, cette fois-ci, nous n'allons pas en Égypte (à quoi na sert ?) mais nous voguons vers Carthage.

1. Flote : foule.

– Cela ne me dit pas plus.

– Carthage ? mais voyons, mon bien aimé Auge, rien que pour les souvenirs historiques... saint Augustin... Jugurtha... Scipion... Hannibal... Salammbô... cela ne te dit rien ?

– Rien du tout, sire. Moi pas être un intellectuel.

– Ah Auge, mon bien aimé Auge, il faudra bien que tu m'accompagnes pour éventrer du mécréant.

– Nenni, sire. Cette fois-ci, je ne suis mie dans le coup.

– Tu ne veux plus déconfire les adorateurs de Mahom ?

– Voyez, sire, je me suis retiré à la campagne dans mon petit châtiau, j'y élève les filles dont le bon Dieu m'a affligé, j'y soigne sans les sancier[1] les fièvres paludéennes que j'ai ramenées de Damiette et autres colonies lointaines, mon saint homme de chapelain, l'abbé Onésiphore Biroton, me mène vers les voies de la sanctification, pourquoi, sire, oui, pourquoi quitterais-je ma petite province pour qu'on m'y ramène l'an suivant salé dans une jarre ?

Le saint roi soupira.

– Bref, dit-il, tu ne veux pas aller pourfendre el Mostanser Billah ?

– Qu'il se pourfende tout seul, sire, tel est mon dernier mot.

– Ah ! je vois que j'aurai bien du mal à mener cette huitième croisade.

Le bon saint roi en fut tout attristé.

– Allons, allons, dit le duc d'Auge, vous trouverez toujours bien un quarteron de coyons pour vous accompagner sur ces rives lointaines.

– Je l'espère bien, dit le roi avec mélancolie.

1. Sancier : soigner.

– Puis-je prendre mon congé ?

Le roi donna son acort.

Comme il se retirait, le duc reçut sur le coin du visage toute une cargaison d'œufs pourris et de tomates fanées ; la flote qui écoutait le saint roi discourir sous son chêne estimait que le dit saint roi se montrait d'une faiblesse coupable devant ce lâche vassal qui préférait le confort de son petit châtiau aux aléas d'une chrétienne expédition du côté de Bizerte ; et ce, d'autant plus qu'eux-mêmes, borgeois, artisans ou manants, ne risquaient en aucune façon de se voir expédier sur les rivages autrefois carthaginois pour y recevoir des coups de cimeterres ou y attraper d'insanciables maladies.

– Hou hou, la salope, qu'ils criaient, oh le vilain dégonflé, le foireux lardé, la porcine lope, le pétochard affreux, le patriote mauvais, le marcassin maudit, la teigne vilaine, le pleutre éhonté, le poplican félon, la mauviette pouilleuse, le crassou poltron, l'ord couard, le traître pleutre qui veut laisser le tombeau de sire Jésus aux mains des païens et qui répond mal à son roi. Vive Louis de Poissy ! Hou hou, la salope !

Et ils continuaient à lancer bouses saignantes et crottins truffés sur le duc, lequel finit par s'énerver. Dégainant son braquemart, il fit de larges moulinets qui mirent en fuite manants, artisans et borgeois, lesquels s'égaillèrent rapidement à la ronde mais non sans se piétiner fort, ce qui en occit quelques dizaines pour le repos de l'âme desquels le saint roi pria plus tard efficacement.

Écœuré, le duc se dirigea vers une baignoirie afin de s'y nettoyer des résidus de l'hostilité publique.

– Ah ! les salopards, grommelait-il, il n'y a plus de liberté si les vilains s'en mêlent. Lui, Louis, n'oublie pas les services que je lui rendis à Damiette et à Mansourah. La guerre aux colonies, il sait ce que c'est, il me comprend. Lui, Louis, il veut y retourner : c'est son affaire. Lui, Louis, ce n'est pas comme moi, c'est un saint homme, on finira par voir son nom sur le calendrier ; tandis que ces vilains qui me huent, qu'est-ce qu'ils veulent au fond ? Libérer le saint sépulcre ? Ils s'en moquent. Ce qu'ils veulent, c'est voir tous les nobles seigneurs comme moi étripés par les Chleuhs pour envahir nos châtiaux, boire notre vin clairet dans nos caves et qui sait ? violenter nos mères, nos femmes, nos filles, nos servantes et nos brebis.

– Et nos juments, dit Sthène.

Un passant sursauta.

– Et nos juments, dit le duc à haute voix.

Il se pencha vers le quidam :

– C'est moi qui ai dit : « et nos juments ». C'est moi, tu entends, vilain ?

Comme le duc roulait de gros yeux, l'autre répondit bien poliment :

– Point ne vous contredis, messire.

Puis il disparaît, peu rassuré.

– Il est grand temps que nous quittions cette ville, dit le duc. Nous avons vu les travaux de Notre-Dame, admiré la Sainte Chapelle, ce joyau de l'art gothique, rendu hommage comme il faut à notre saint roi, tout cela est fort bien, mais je sens que cela va se gâter avec la population ; aussi, après la baignerie, nous irons dîner dans une taverne de luxe pour nous réconforter et partirons sitôt après.

Tandis qu'on nettoyait ses vêtements et qu'il mijotait dans l'eau chaude, le duc s'endormit.

Après avoir fermé le portillon derrière lui, Cidrolin regarda si des inscriptions souillaient la clôture qui séparait du boulevard le terrain en pente attenant à la péniche. Il n'y en avait point. Cela fait, il décida de traverser pour aller voir les travaux qui se faisaient en face ; il devait se construire là un immeuble, pour le moment il n'y avait qu'un trou.

Ayant pris les précautions nécessaires, Cidrolin se retrouva sain et sauf de l'autre côté de la chaussée. Il s'approche prudemment de la palissade, sur laquelle il était noté Danger-Sortie-de-camions. Dans le fond, une pelle mécanique ramasse des débris de caves pour en remplir un de ces camions dont la sortie s'annonce si dangereuse. Des hommes casqués de blanc vont et viennent. Il se décharge des choses dans un coin. Pour un bâtisseur, tout cela doit être intelligible.

Un passant est venu se joindre à Cidrolin ; ils regardent tous deux le camion se remplir. Lorsqu'il fut plein, le camion grimpa la rampe qui le sortait du trou. Cidrolin s'écarta prudemment. Une fois sur le plat, le camion fonça sur le boulevard ; le passant fit un bond en arrière tandis que grinçaient des freins de houatures.

– Vous avez vu ? dit à Cidrolin le passant tout pâle. Cet enfant de salaud a failli m'écraser.

– Il n'en a rien fait, répondit Cidrolin objectivement.

– Il a fait tout ce qu'il a pu.

– Vous étiez prévenu. C'était écrit : « Danger Sortie-de-camions ». À l'école, je me demandais pourquoi on apprenait à lire ; maintenant j'ai compris : pour éviter les camions.

– Soit, mais supposez que moi aussi j'aie appris à lire, mais une autre langue que la vôtre. Dois-je alors être nécessairement écrasé ?

Un monsieur, monté sur une mobylette, freina sec, mit pied à terre et, menant son véhicule par une oreille, s'approcha d'eux. Il était vêtu d'une longue robe noire et coiffé d'un sombrero de même couleur, à bords roulés.

– Ad majorem Dei gloriam, dit-il en tendant la main.

– Monsieur ne sait pas le français, dit Cidrolin.

– Sed tu ?

– Je le comprends à peine.

– Bon, bon.

Il se remit en selle, fit un bout de trajet sur le trottoir contrairement aux règlements et reprit la chaussée un peu plus loin, se mêlant à la coulée des houatures.

– Aussi conciliant qu'un père conciliaire, dit le passant.

Cidrolin bâilla.

– Vous avez sommeil ? demanda le passant.

– Non, j'ai faim. L'heure du déjeuner approche. Je vous prie de m'excuser, je vais continuer ma promenade antéprandiale dont je n'ai pas achevé le circuit.

– Je, continua le passant en élevant le ton, vous disais donc que j'étais étranger. Vous vous souvenez du camion ?

– Vous êtes de ces nomades… ? demanda Cidrolin poliment.

– Moi ? point. J'habite l'hôtel…

– et moi cette péniche…

– un hôtel de luxe même…

– immobile…

– il y a des vatères dans la salle de bains…

– amarrée…

– l'ascenseur…

– je pourrais même avoir le téléphone…

– le téléphone dans les chambres…

– il y a un numéro bleu avec des chiffres comme pour une maison…

– avec l'automatique pour l'étranger…

– c'est le vingt et un…

– et au rez-de-chaussée, il y a un bar…

– de ma chambre, je pourrais pêcher…

– américain…

– je pourrais pêcher, si je pêchais, mais je n'aime pas pêcher.

– Vous avez bien raison, dit le passant s'intéressant brusquement aux propos de son interlocuteur ; la pêche c'est aussi cruel que les courses de taureaux…

– Je n'avais jamais fait la comparaison, dit modestement Cidrolin.

– Réfléchissez cinq minutes. Ce sont des maniaques sadiques, les pêcheurs à la ligne. Ils ont une réputation usurpée de philosophes bons. Franchement, ne trouvez-vous pas l'hameçon plus sournois et vicieusement barbare que l'espadrille ?

– L'espadrille ?

– Ces trucs qu'ils enfoncent dans le cou du fauve.

– Vous êtes sûr que cela s'appelle comme ça ?

– Pour le moment, moi j'appelle ça comme ça, donc ça s'appelle comme ça et comme c'est avec moi que vous causez en ce moment et avec nul autre, il vous faut bien prendre mes mots à leur valeur faciale.

– Le fait est que je vous comprends parfaitement.

– Vous voyez ! Eh bien, brisons là cette conversation et tenons-nous-en à ces prémices de la compréhension mutuelle et unescale [1] entre les peuples et de la paix future. Vous permettez que je continue ma promenade ? Enchanté de vous avoir rencontré.

1. Unescale : lexicalisation à partir de l'UNESCO.

Le passant s'éloigna tandis que le contremaître sifflait la pause. Cidrolin entreprit de traverser le boulevard, ce qu'il fit avec une prudence accrue, car c'était l'heure où les houatures vont boire. Parvenu sain et sauf de l'autre côté de la chaussée, il put constater que clôture comme portillon étaient vierges de tout graffite.

L'essence de fenouil et l'eau plate, le litron de rouge et le pot de moutarde attendaient Cidrolin. On lui servit des anchois beurre, du boudin de campagne pomme en l'air pomme en bas, du roquefort et trois babas. Les anchois sont des harengs pluvieux, le boudin et ses pommes se montrent inconsistants, le roquefort grince sous le couteau, le rome des babas mous ne put jamais prétendre qu'à la dénomination d'eau.

Cidrolin soupire et murmure :

– Encore un de foutu.

Que mange-t-on en votre taverne de luxe ? demande le duc d'Auge.

Le tavernier répondit :

– Du bortch qui est de la choupe aux chous echclavons [1] et des tripes à la viducasse [2], le tout arrosé de vin des coteaux de Suresnes.

– À peine de quoi se mettre sous la grosse dent, dit le duc avec mépris.

– Messire a-t-il déjà mangé du bortch ? répliqua le tavernier vexé jusqu'à l'insolence.

– Ma parole ! s'écria le duc en s'adressant à Mouscaillot, il me prend pour un béda [3] ! Je connais cela depuis le temps de la reine Anne !

Impressionné, le tavernier s'inclina profondément.

1. Echclavons : slaves.
2. Viducasses : peuple gaulois.
3. Béda : ignorant.

– Je vois à ta mine, continua le duc, que tu te demandes qui est la reine Anne.

– Voyons... messire...

Il était bien évident que le tavernier n'en savait effectivement rien.

– Ah, Mouscaillot, dit le duc, nos bons rois et gentes reines sont vite oubliés par le peuple. Deux cents ans ont tout juste passé et ce tavernier ne sait plus qui fut Anne Vladimirovitch, ce qui ne l'empêche pas de servir du bortch. Passons !

Profitant de son avantage, le duc continue en ces termes :

– Auparavant, tavernier, je prendrai un petit verre d'une liqueur ecphractique, de l'essence de fenouil par exemple. Est-ce que tu peux me servir un petit verre d'essence de fenouil ?

– Ah messire ! s'écria le tavernier au bord des larmes, je vous supplie très humblement de ne point ternir le blason de mes trois étoiles.

Là-dessus il fit plusieurs courbettes.

– Cela, dit le duc, me rappelle les salamalecs des adorateurs de Mahom.

– Si je peux vous servir de l'essence de fenouil ? reprit le tavernier d'une voix déchirante. Messire, j'en ai même de plusieurs fabriques.

– Alors, sers-m'en de la meilleure ! Et qu'on nourrisse mes chevals de bon foin, de bonne paille et de belle avoine.

On s'empressa. Le duc vuida plusieurs petits verres d'essence de fenouil avec une goutte d'eau plate. Deux serviteurs dapifers[1] et musclés apportaient une grande ole de bortch,

1. Dapifer : grand officier de l'empire germanique, serviteur à la table de l'empereur.

lorsque surgit un personnage qui poussait des clameurs d'épouvantement. Il tremblait et son visage jaune et vermillon marbré de vert tendait à devenir blanc comme craie.

– Hou là là, qu'il disait en dansant sur place. Hou là là.

– Hector, dit le tavernier, n'as-tu point honte et vergogne de venir ainsi troubler mon réfectoire ? Je vais te donner du bâton. C'est mon serviteur palefrenier, ajouta-t-il à l'intention du duc.

– Hou là là, doux Jésus, continuait à se lamenter le serviteur palefrenier. Hou là là, j'ai eu grand'peur, la plus grande de toute ma pauvre et humble vie de serviteur palefrenier. Hou là là, que j'ai eu peur !

– Mais raconte donc !

– Ne pourrais-je boire un petit verre d'essence de fenouil pour me conforter ?

Hector tendit la main pour prendre la bouteille sur la table du duc, mais celui-ci lui tapa vertement sur les doigts.

– Aïe, dit Hector.

– Mais raconte donc ! raconte donc !

Le tavernier s'énervait.

– Ne pourrais-je goûter à mon bortch ? demanda le duc avec une ironie redoutable. Que ces serviteurs dapifers et musclés mettent cette ole [1] sur la table et…

– Son cheval parle ! se mit à hurler Hector. Le cheval à messire, ajouta-t-il en montrant du doigt le duc fort malhonnêtement, il parle comme vous et moi ! Hou là là !

– Quelle andouille, dit le duc.

– Ah, fit le tavernier d'un air menaçant, si tu as menti…

– Je jure que c'est vrai ! Je jure que c'est vrai ! Le cheval à messire parle ! il cause ! il jacte !

1. Ole : marmite.

– Mais c'est là œuvre du diable ! s'écria le tavernier.

À ces mots, les serviteurs musclés et dapifers lâchèrent la grande ole dont le contenu se répandit sur le sol. Toute la maisonnée s'agenouillait dans la choupe en se brûlant les genous et en faisant moult signes de croix ; on entendait des patenôtres fuser de toutes parts.

– À défaut de bortch, dit le due avec calme, nous pourrions manger des tripes.

Mais le queux, gagné par l'émotion ambiante, venait d'en laisser tomber le plat dans le feu.

– Encore un de foutu ! gueula le duc.

Cependant, commençait à courir par les rues environnantes le bruit qu'à la taverne des Trois Étoiles un cheval parlait ; aussi le bon peuple de la ville capitale en profitait-il pour jacasser à tout berzingue et commenter l'événement en ces termes :

– Animal qu'a parlé, âme damnée.

– Si le coq a ri tôt, l'haricot pue trop.

– Quand l'huître a causé, l'huis est très cassé.

– À poisson qui cause, petit cochon peu rose.

– Si bêle le zèbre ut, voilà Belzébuth.

Et autres prouverbes de vaste salaison issus du fin fond aussi faux que lorique de la sapience îlede françouèse.

– Messire, dit Mouscaillot, voilà les choses qui se gâtent comme vous l'aviez prévu. Si nous nous en retournions chez nous ?

– Sans dîner ?

Dehors on commençait à crier.

– Au bûcher, le nigroman [1] ! au bûcher, le sourcier !

1. Nigroman : nécromant, magicien.

– Tu as raison, reprit le duc. Nous ne sommes point populaires dans le quartier.

Il se leva ; suivi de Mouscaillot, il se dirigea vers l'écurie, ce qui provoqua fuite, bousculade et glapissements.

– Ah, mon brave Démo, dit le duc, qu'est-ce qui t'a pris de montrer tes dons à ce palefrenier ? Nous voilà bien embrenés[1] avec cette flote hurlante qui nous voudrait bien ardoir[2].

– Eh, messire, répondit Sthène, ce coquin faisait de la gratte, il ne me donnait point mon avoine. Eussiez-vous souhaité que je me laissasse faire ?

– Non, non, mon bon Démo, tu as eu raison. Ce méchant palefrenier mourra de male peur, c'est tout ce qu'il mérite. En route !

Dehors une flote considérable les attendait.

– Oh, oh, s'écrièrent plusieurs paroissiens, mais c'est le vilain hobereau qui refuse de se croiser ! Cet albigeois doit adorer Mahom et son palefroi se nomme à coup sûr Satan.

Étrons et cailloux se mirent à pleuvoir sur le duc et sur Mouscaillot ; puis ce furent bûches flambantes, lardoires, escabelles et parpaings. Le duc avait tout pour déplaire et le bon peuple s'énervait fort contre l'hérétique, l'aristocrate et le provincial ; mais on ne prend pas la Bastille tous les jours, surtout au treizième siècle.

Dégainant son braquemart pour la seconde fois de la journée, Joachim d'Auge fonça dans la flote et occit deux cent seize personnes, hommes, femmes, enfants et autres, dont vingt-sept borgeois patentés et vingt-six sur le point de le devenir.

Pour sortir de la ville, il fallut également déconfire des archers.

1. Embrener : emmerder.
2. Ardoir : brûler.

CHAPITRE 3

– **H**ou hou, cria-t-on.

Cidrolin ne bouge pas ; sa respiration fait se soulever à petits intervalles réguliers le mouchoir dont il s'est couvert le visage.

– Hou hou, cria-t-on plus fort.

– Encore une Canadienne et son joueur de banjo, murmura Cidrolin sous son mouchoir.

– Hou hou.

C'est un hou hou qui se rapproche.

– Elle est seule. Elle ne manque pas de culot.

Cidrolin se décide à sortir de sa sieste. Il bâille et se lève. De l'autre côté de la planche passerelle, il y a effectivement une donzelle équipée en campeuse.

– Pardon, monsieur, dit-elle. Le camp de campigne pour les campeurs, s'il vous plaît ?

À cette question, il répond par une autre question.

– Ne seriez-vous pas canadienne par hasard ?

Si fait, elle est bien canadienne et ce n'est pas un hasard mais une nécessité puisqu'elle est née comme ça et qu'elle ne s'est pas mariée avec un étranger (elle n'assure pas qu'elle est vierge) et qu'elle ne s'est pas fait naturaliser roubanche ou zanzébienne. En la regardant plus attentivement,

Cidrolin s'aperçut qu'il ne l'avait pas encore regardée bien attentivement et que, n'étant pas raciste, il n'avait pas vu qu'elle était peau-rouge.

– Je vous étonnons ? susurra-t-elle.

– Nullement, répondit Cidrolin.

– Je sommes iroquoise, dit-elle, et je m'en flattons.

– Il y a de quoi.

– C'est de l'ironie ?

– Non, non. Ne mettez pas d'ire au quoi.

– Je vous avons réveillé ?

– Je mentirais en disant que non.

– Alors vous m'en voulez ?

– Ma mie, ne marivaudez point.

– Et ce campigne ? Vous allez finir par me dire où il perche ?

Cidrolin fit des gestes qui déterminèrent la situation du lieu à dix centimètres près.

– Je vous remercions, dit l'Iroquoise canadienne, et je vous prions de m'excuser d'avoir troublé votre sieste, mais on m'avait dit que les Français étaient si obligeants…, si serviables…

– C'est un on-dit.

– Alors je me suis permise…

– Permis.

– Permis ? Pourtant… l'accord du participe ?

– Vous y croyez encore ?! Comme à la serviabilité et à l'obligeance de mes compatriotes ? Seriez-vous crédule, mademoiselle ?

– Comment ? il ne faudrait plus croire à la grammaire française ?… si douce… si pure… enchanteresse… ravissante… limpide…

– Allons, allons, mademoiselle, vous n'allez pas pleurer pour si peu. Tenez, pour vous réconforter, ne voulez-vous pas prendre un petit verre d'essence de fenouil à bord de ma péniche ?

– Nous y voilà ! un satyre ! ça aussi, on me l'avait bien dit. Tous les Français…

– Mademoiselle… croyez bien…

– Si vous pensez, monsieur, que vous parviendrez à vos fins trombinatoires et lubriques en me dégoisant de galants propos pour m'attirer dans votre pervers antre, moi, pauvre oiselle, pauvre iroquoiselle même, ce que vous vous gourez, monsieur ! ce que vous vous gourez !

Faisant aussi sec demi-tour, la jeune demoiselle regrimpa le talus en mettant en évidence l'harmonieuse musculature de son arrière-train.

– Encore une Canadienne que je ne reverrai pas, murmura Cidrolin. Et pourtant j'en aurai vu des Canadiennes, des bottes même, des bottes de Canadiennes, des Canadiennes sans bottes ni canadiennes d'ailleurs, parce que toutes celles que je vois c'est en été. Ou en printemps. Ou à l'automne. Tiens, j'aurais dû lui faire remarquer qu'il fait une belle journée d'automne aujourd'hui ; peut-être ne l'aurait-elle pas mal pris.

Il alla dans le carré regarder l'heure et, comme conséquence de cet examen, il s'étendit de nouveau sur sa chaise longue pour achever sa sieste interrompue.

Lorsqu'il ouvrit de nouveau l'œil, il aperçut autour de lui tout ce qu'il avait l'habitude d'y voir, les murs de sa chambre, l'étroite fenêtre qui y donnait un peu de jour et, couché à ses pieds sur une botte de paille, le fidèle page Mouscaillot entouré de quelques chiens qui tous avaient des noms : Taïau, Taïo, Thaillault, Allali et Cétéra. Ce spectacle familier rassura fort le duc qui, s'étant levé, réveilla tout ce petit monde à coups de pied, ce qui provoqua pleurnichements et abois.

Après avoir dit ses patenôtres et soulagé sa vessie dans l'escalier, il se dirigea vers la chapelle pour y entendre la messe dite par son chapelain Onésiphore Biroton. Onésiphore Biroton était un abbé de choc ; si le duc lui flanquait un coup de pied, il en rendait deux, aussi le duc l'aimait-il fort et, ce jour-là, il avait hâte de s'entretenir avec lui de plusieurs points importants. L'abbé Biroton n'eut pas plutôt itamissaesté que le duc d'Auge l'entraîna sur le baile et lui dit :

– Écoute-moi bien, Onésiphore, j'ai moult soucis que je te vais déverser dans les oreilles.

– Vous eûtes des ennuis en la ville capitale ?

– Il ne s'agit pas de cela, dit le duc agacé. Au fait, tu le sais ou tu le supposes ?

– Hm, hm, fit Onésiphore. Durant votre absence, vos filles furent sages comme des images collées à la porte d'un savetier.

– Ouais. Nous verrons cela plus tard. Pour le moment, j'ai trois questions à te poser, qui sont : primo ce que tu penses des rêves, secundo ce que tu penses du langage des animaux, tertio ce que tu penses de l'histoire universelle en général et de l'histoire générale en particulier. J'écoute.

– Hm hm, fit Onésiphore. Distinguo…

– Pas de distinguo ! hurla le duc en tapant du pied. Tu entends ? Pas de distinguos, pas de dialectique, rien de tout cela. Je veux du solide. J'écoute.

– Hm hm, fit Onésiphore. Je ne puis répondre aux trois questions simultanément : mon discours est linéaire, comme tout discours humain.

– Où veux-tu en venir ?

– À ceci : il faut que je réponde d'abord à une question, puis à une autre, enfin à la dernière. Par laquelle désirez-vous que je commence ?

– Par la seconde.

– Optime. Et quelle était la seconde ?

– Âne bâté, as-tu déjà oublié mes questions ? Et tu voudrais encore que je les répète, hein, petite tête de clerc ?

Le duc fit suivre ces paroles d'une bonne taloche derrière l'oreille droite. L'abbé riposta par un gnon en pleine tronche et un marron en pleine poire.

– Alors, dit le duc d'Auge en crachant une incisive, commence par où tu voudras. Par la première, par exemple.

– Je n'ai pas oublié vos questions, simplement leur ordre.

– Eh bien, commence par où tu voudras.

– Je commencerai par les rêves.

– Bon. Dis-moi ce que tu penses des rêves.

– Les uns viennent de Dieu et les autres du Diable.

– Ne serais-tu pas albigeois, par hasard ?

– Nenni, messire, et c'est d'un bon catholiche de dire : il y a deux sortes de rêves, les uns viennent de Dieu et les autres du Diable.

– Comment les distinguer ?

– Oh, ça se reconnaît tout de suite.

– Comment ? Boufre, comment les distingues-tu ? Moi je ne les distingue pas.

– C'est pourtant facile. Si on voit le ciel, des anges, ou même simplement des oiseaux, à condition qu'ils ne soient pas de nuit, le rêve vient de Dieu ; si l'on voit des flammes, des démons ou même simplement des animaux rampants et tout spécialement des serpents, alors le rêve vient du Diable.

– Je ne rêve jamais de tout cela.

– Et de quoi rêvez-vous, messire ?

– Je rêve souvent que je suis sur une péniche, je m'assois sur une chaise longue, je me mets un mouchoir sur la figure et je fais une petite sieste.

– Sieste… mouchoir… péniche… qu'est-ce que c'est que tous ces mots-là ? Je ne les entrave point.

– Ce sont des mots que j'ai inventés pour désigner des choses que je vois dans mes rêves.

– Vous pratiqueriez donc le néologisme, messire ?

– Ne néologise pas toi-même : c'est là privilège de duc. Aussi de l'espagnol pinaça je tire pinasse puis péniche, du latin sexta hora l'espagnol siesta puis sieste et, à la place de mouchenez que je trouve vulgaire, je dérive du bas-latin mucare un vocable bien françoué selon les règles les plus acceptées et les plus diachroniques.

– Nous voilà bien loin de l'onirologie sapientiale et chrétienne. Votre science sémantique, messire, a fumet d'hérésie.

– En quoi serait-il hérétique de rêver de péniche ?

– Je reconnais qu'il n'est point courant de voir en songe les anges et les saints. Le plus souvent, si je puis en juger par mon expérience propre, les rêves n'ont pour objet que les menus incidents de la vie courante.

– Alors, ceux-là, boufre, sont-ils du Diable ou de Dieu ?

– Ni de l'un ni de l'autre. Ils sont indifférents. Positivement indifférents. Ad primam respondi.

– Oh là ! ne te satisfais pas aussi vite, l'abbé. Je n'ai pas besoin de toi pour d'aussi médiocres propos, je serais bien capable de les inventer tout seul. Crois-tu que je vais continuer à te donner ta pâtée quotidienne si tu te contentes de pareilles banalités ? J'exige une autre réponse.

Et il dirigea vers le tibia droit de l'abbé un bon coup de savate qui atteignit son but. Onésiphore voulut répliquer d'une ruade dans le ventre, mais elle fut esquivée et il alla s'étaler. Le duc aussitôt lui saute dessus et commence à le piétiner en criant :

– Réponds, petite tête de clerc ! Réponds !

L'autre fait signe que oui.

– Alors, demande le duc en descendant de sur sa victime.

– Alors, dit l'abbé en se remettant sur pieds, ce sont rêves de ce monde intermédiaire où vivent gobelins, fées, gnomes, farfadets, elfes, leprechauns [1], lutins, korrigans, ondines et vouivres, êtres qui ne sont ni de Dieu, ni du Diable et qui ne sont voués ni au mal ni au bien.

– Te voilà devenu bien bénigne. Qu'en penserait la sainte Inquisition ?

– Optime. Et voilà comment je réponds à votre question. Ad secundam, qui est du langage des bêtes…

– Tu cours bien vite maintenant.

– … je dirai qu'il n'est point universellement admis que la faute d'Adam ait entraîné dans la chute le monde animal. Les plus éminents théologiens le contestent. D'autre part, comme ils ne participèrent pas de toute évidence à la construction de la tour de Babel, rien n'empêche qu'ils se comprennent entre eux.

– Les théologiens ?

– Non, messire, les animaux.

– Trivial ! J'entendais parler non des animaux qui parlent entre eux, ce qui est banal, mais des animaux qui parlent le langage des hommes ; et toi, tu parles pour ne rien dire.

Le duc lève la main pour lui donner une mornifle, mais l'abbé, plus rapide, lui décoche un direct au menton qui fait vaciller son interlocuteur.

1. Leprechaun : lutin.

– Ad tertiam, respondeo…, s'empressa de dire le chapelain.

– Ttt, ttt, fit le duc en se remettant la mâchoire en place. Pas si vite. Je voudrais maintenant t'entendre parler des animaux qui parlent dans les rêves. Viennent-ils de Dieu ou du Diable ?

– Aucune importance. Tout à fait indifférent. Ad tertiam…

– Ttt, ttt. Tout à l'heure tu m'as dit qu'en rêve les animaux rampants venaient du Diable.

– Dixi.

– Et s'ils parlent ?

– Bis diabolici.

– Et si on leur parle ?

– Ter diabolici.

– Et s'ils répondent ?

– Quater.

– Bon. Voilà qui me satisfait fort, car jamais n'eus conversation avec un serpent en rêve ; ce n'est point comme notre mère Ève.

– Elle ne rêvait point.

– À quoi rêvait Adam lorsque Dieu l'endormit pour lui soutirer la côte ?

– C'est là quarte question que nous pouvons remettre à demain. Ad tertiam, respondeo.

– Ttt, ttt. Je n'en ai pas encore fini avec les animaux qui parlent. Et les houatures ? Viennent-elles de Dieu ou du Diable ?

– Les houatures ? Point ne sais ce que c'est.

– Ce sont bestioles vives et couinantes qui courent en tous sens sur leurs pattes rondes. Elles ne mangent rien de solide et ne boivent que du pétrole. Leurs yeux s'allument à la nuit tombante.

– Onques n'en vis.

– J'en aperçois dans mes rêves. Des milliers, des myriades, des légions. Je les vois qui envahissent les rues et les routes. Ce sont elles qui, passant sur le quai, font ce grondement continu que j'entends de la péniche...

Comme les récits de rêves ne l'intéressaient pas, l'abbé Biroton s'endormit.

– Pour la plus grande gloire de Dieu.

Cidrolin se retourna.

– Oh pardon, dit un homme vêtu d'un complet gris fer élégamment coupé. Je vous connais, je ne voulais pas vous importuner. Vous êtes du quartier.

– J'habite la péniche en face, dit Cidrolin, et...

– Suffit. À Dieu vat !

Le quasi-clergyman remonta sur sa mobylette et se dirigea vers le camp de campigne pour les campeurs. Cidrolin, qui regardait les travailleurs du bâtiment à l'œuvre, continua lui aussi sa promenade dans cette direction. Derrière des fils de fer barbelés, Godons, Brabançons, Néderlandais, Suomiphones, Pictes, Gallois, Tiois et Norois [1] vaquaient à leurs occupations, ce qui consistait à aller de leur caravane ou de leur tente aux vécés, des vécés aux douches, des douches à la cantine et de la cantine à leur caravane ou à leur tente, en attendant de reprendre le chemin d'Elseneur, de Salzbourg, d'Upsal ou d'Aberdeen. Des musiques variées accompagnaient ces différentes activités, et le chant lancinant de multiples transistors était parfois couvert par des chœurs en langues étrangères avec accompagnement de cornemuse, de bugle ou d'ocarina. Des personnages particulièrement optimistes poussaient de grands cris de satisfaction en per-

1. Tiois et Norois : Germains et Norvégiens.

cutant leur poitrine avec leurs poings pour évoquer le roulement du tambour.

D'autres badauds examinaient la situation à côté de Cidrolin ; l'un d'eux lui dit :

– On les regarde comme des bêtes curieuses ; ce n'est pourtant pas le zoo.

– Presque, dit Cidrolin.

– Vous n'allez tout de même pas me raconter que ce sont des animaux et pas des hommes.

– Prouvez-le, dit Cidrolin.

– Ils parlent.

– Et les perroquets, dit Cidrolin, ils ne parlent pas ?

– Ils ne comprennent pas ce qu'ils disent.

– Prouvez-le, dit Cidrolin.

– Quel emmerdeur ! Il n'y a pas de conversation possible avec un emmerdeur comme vous.

– Nous venons d'en avoir une pourtant, et fort intéressante. Ce n'est pas tous les jours que la vue d'un camp de campigne pour campeurs suscite des réflexions qui mériteraient presque d'être enregistrées sur un magnétophone.

– Magnétophone mes narines, dit le badaud écœuré qui s'éloigna grommelant.

De loin le quasi-clergyman fit à Cidrolin un petit signe de main cordial. Cidrolin lui répondit fort poliment, puis il s'en retourna chez lui. Sur la clôture et le portillon, des inscriptions injurieuses avaient été barbouillées. Cidrolin alla chercher un pot de peinture et un pinceau pour faire disparaître ces graffiti.

CHAPITRE 4

À la terrasse du café, des couples pratiquaient le bouche à bouche, et la salive dégoulinait le long de leurs mentons amoureux ; parmi les plus acharnés à faire la ventouse se trouvaient Lamélie et un ératépiste, Lamélie surtout, car l'ératépiste n'oubliait pas de regarder sa montre de temps à autre vu ses occupations professionnelles. Lamélie fermait les yeux et se consacrait religieusement à la languistique.

Vint la minute de séparation ; l'ératépiste commença lentement les travaux de décollement et, lorsqu'il fut parvenu à ses fins, cela fit flop. Il s'essuya du revers de la main et dit :

– Faut que je me tire.

Et il répandit un peu de bière sur ses muqueuses asséchées.

Hagarde, Lamélie le regarde.

Il tire des francs de sa poche et tape avec sur la table. Il dit d'une voix assez haute :

– Garçon.

Lamélie, hagarde, le regarde.

Le garçon s'approche pour encaisser. À ce moment, Lamélie se jette sur son ératépiste et repique au truc. L'autre se voit obligé de s'exprimer par signes, faciles d'ailleurs à comprendre. Le garçon ramasse la monnaie. Le spectacle ne l'excite pas du tout. Il s'éloigne.

L'ératépiste entreprend un nouveau décollement. Il y parvient en douceur et cela fait de nouveau flop. Il s'essuie les lèvres du revers de la main et dit :

– Cette fois-ci, il faut que je me tire.

Il assèche son demi et se lève prestement.

Lamélie le regarde, hagarde. Elle suit le mouvement et dit :

– Moi, je ne suis pas pressée, je vais faire un parcours avec toi.

– Tu sais, asteure y a de la circulation, on prend toujours du retard, j'aurai pas de temps pour bavarder avec toi.

– Je te verrai tourner ta petite manivelle sur ton ventre, j'entendrai ta voix quand t'annonceras les sections, je serai heureuse comme ça.

– T'es pas sûre de monter. Va y avoir du monde.

Il y en avait. Deux cent dix-sept personnes poireautaient, formant une queue constituée conformément aux instructions officielles. Lamélie attendit, les gens montèrent, l'autobus s'emplit et elle était encore bien loin dans le flot des postulants lorsque son jules fit, élégant, d'un geste, basculer la pancarte complet et tira sur sa petite sonnette. Tout cela démarra. L'ératépiste fit un geste de la main qui s'adressait peut-être à quelqu'un perdu dans la file d'attente qui ne cessait de s'allonger. Lamélie fit demi-tour et voulut fendre le flot de la foule en file. Comme elle essayait de remonter le courant, on lui disait :

– Alors, cocotte, on sait pas ce qu'on veut ?

– Encore une qui croit qu'on n'a pas assez d'emmerdements comme ça.

– Les bonnes femmes qui changent d'avis, c'est un monde.

– Ça fait la queue à l'envers et ça s'étonne qu'on soit pas content.

Une dame gueula :

– Vous n'avez pas fini de pousser? Vous n'avez pas vu mon ventre?

– Si vous êtes enceinte, répliqua Lamélie hargneusement, faut vous mettre avec les priorités.

Un citoyen qui n'avait rien compris à ce dialogue explosa.

– Place! qu'il gueula, place! une femme enceinte se trouve mal!

– Place! nom de Dieu, vous avez pas compris? Une femme enceinte!

– Faites place! Respect aux femmes enceintes et gloire à la maternité!

– Place! Place!

– Faites place!

Lamélie se trouva rejetée hors du flot des attentistes, comme une touffe de varech sur une plage normande. Elle s'éloigna. Elle repassa devant le café; des couples, à la terrasse, y faisaient toujours la ventouse. Toute mélancolo, Lamélie rejoignit le quai.

Petit à petit, elle finit par se trouver devant l'Arche.

Cidrolin se reposait sur le pont arrière; bien installé mais ne sommeillant pas, il regardait au loin. L'arrivée de Lamélie ne change en rien son manque de comportement. Ce n'est que lorsqu'on apporta l'essence de fenouil et l'eau plate qu'il modifia son attitude en prenant d'un même coup la position assise et la parole en ces termes :

– L'inspecteur des contributions corbitaires est passé.

– J'ai pris l'autobus, répliqua-t-on.

– Il a tout inspecté.

– Le receveur, il était marrant.

– J'ai eu droit à des félicitations.

– Il racontait des choses drôles à chaque voyageur.

– Il a trouvé que l'Arche méritait deux ancres dans la catégorie A.

– À moi-z-aussi, il m'a parlé.

– Pas encore trois ancres. Deux ce n'est tout de même pas mal.

– Vous êtes vachement mieux balancée qu'une carte hebdomadaire, qu'il m'a dit, et drôlement plus rebondie qu'un carnet de tickets.

– Évidemment, je paierai plus d'impôts, mais ça fera standigne.

– Vous alors, ah ça, vous alors, voilà ce que je lui ai rétorqué.

– Il m'a fait remarquer une chose.

– Mais je pouvais pas m'empêcher de rigoler.

– Vous appelez ça l'Arche ? m'a-t-il dit, il n'y a aucun animal à bord ; c'est paradoxal. Ça, c'est vrai, lui ai-je répondu, c'est paradoxal ; mais c'est comme ça. Bon, bon, a-t-il ajouté, lui : vous savez, moi, ce que je vous en disais. Et moi donc, ai-je ajouté à mon tour. Alors il est parti. Il était content de lui et moi j'étais content de moi. Jusqu'à ce moment, à part la nourriture, ça a été plutôt une bonne journée ; mais elle n'est pas finie. Tout peut encore arriver.

– Ce type-là, il me plaît.

– Qui ça ?

– Le receveur du 421.

– Il n'y en a pas qu'un, je suppose.

– Celui que je connais.

– Moi, je ne le connais pas.

– Je viens de te raconter.

– Alors, ça ne t'intéresse pas que l'Arche soit promue deux ancres dans la catégorie A ?

– Minable. Pourquoi pas trois ? Je brique assez pourtant.

– Il faut attendre un peu. On les aura un jour les trois ancres.

– Et pourquoi pas quatre ?

– Je sais, je sais.

Il tendit la main vers la bouteille d'essence de fenouil pour s'en servir une nouvelle lampée.

– Tu bois trop, lui fit-on remarquer.

Il haussa les épaules et se servit largement.

– Alors, demanda-t-il, et ton receveur ?

– L'essence de fenouil, ça rend fou, c'est écrit dans les journaux.

Cidrolin fronça les sourcils, les défronça pour vider son verre et les fronça de nouveau avec intensité. Quatre rides profondes creusèrent sa glabelle [1]. Il bougonna :

– Tu m'as gâché mon plaisir. Encore un de foutu.

On emporte la bouteille, l'eau plate et les verres.

– Parle-moi de ton receveur.

– J'ai du travail.

– Je prends le pot de peinture ?

– Non, rien à signaler.

Cela étant, il s'étendit de nouveau sur sa chaise longue et se remit à regarder au loin.

À l'horizon apparut un détachement des compagnies royales de sécurité ; le guetteur vint en avertir le duc d'Auge, qui donna les ordres nécessaires en gueulant si fort que l'abbé Biroton se réveilla.

1. Glabelle : espace entre les sourcils.

– Les céhéresses arrivent, dit le duc en se frottant les mains. Nous allons les ratatiner.

– Que se passe-t-il ? Pourquoi les céhéresses ?

– Ah ! ah ! je ne te l'avais pas encore dit. J'ai occis quelques bourgeois qui m'embrenaient.

– L'ire est mauvaise conseillère. Il faudra faire pénitence.

– Tant qu'on veut, mais ceux-ci ont sûrement des intentions plus sournoises.

– Notre saint roi ne plaisante point avec les écarts des seigneurs.

– Il nous prend au sérieux, dit le duc avec satisfaction.

C'était maintenant plusieurs détachements qui approchaient du châtiau, venant de différents points de l'horizon.

– Ça se gâte, murmura l'abbé, ça se gâte.

– Ne t'inquiète pas, s'ils se montrent méchants, je te l'ai dit : je les ratatine !

– Seigneur ! vous voulez devenir rebelle par-dessus le marché ?

Les céhéresses cernaient maintenant le châtiau ; le plus héraut d'entre eux s'approcha du pont-levis et, par signes tant sonores qu'héraldiques, fit comprendre qu'il voulait transmettre un message au seigneur de ce lieu.

L'abbé se lamentait :

– Quelle histoire ! quelle histoire !

– Au fait, tu n'as pas encore répondu à ma troisième question sur l'histoire universelle en général et l'histoire générale en particulier.

Mais on amène le héraut, qui se met à expliquer au duc que le saint roi n'est pas content du tout, qu'occire des bourgeois pour minces raisons cela ne se fait plus, et que les seigneurs doivent se le tenir pour dit qu'on ne décervelle point à tort et à travers, en conséquence de quoi, Joachim duc d'Auge devra extraire de son trésor cent écus tournois d'or raffiné pur et sans alliage par tête de pipe cassée, ce qui ne va pas manquer de faire une somme considérable d'autant plus qu'il y en a des fêlées qui n'ont pas fini d'agoniser, et que Joachim duc d'Auge se dise bien que cette somme ne sera que partiellement utilisée pour indemniser les veufs, veuves ou orphelins mais servira surtout à substantiellement subventionner la croisade en cours de préparation.

De plus, Joachim duc d'Auge devra réciter six mille six cent cinquante-sept paters, autant d'avés et trois fois moins de confiteors et faire dire autant de messes qu'il y a d'occis, auxquelles messes il assistera pieds nus, en chemise et la tête couverte de cendres, froides ou chaudes à son gré.

Que d'ailleurs Joachim d'Auge se dise bien que le saint roi l'aurait fait pendre par les deux oreilles jusqu'à ce que mort s'ensuive, si le saint roi n'avait eu souvenance des services rendus par Joachim d'Auge à la cause chrétienne tant à Damiette qu'à Mansourah.

Enfin, que Joachim d'Auge pourrait garder ses écus tournois d'or raffiné pur et sans alliage et diminuer de moitié le nombre de ses paters et le nombre de ses avés bien que ce nombre fût impair et du quart le nombre de ses confiteors, bien que quatre soit une partie aliquante de deux mille deux cent dix-neuf, rien n'étant changé quant aux messes avec cependant licence pour le duc d'y assister chaussé et vêtu à sa guise, tout cela à la simple, bénigne, benoîte et pardonnante condition qu'il se joigne au saint roi pour aller découdre du Sarrasin à la croisade prochaine.

– Jamais, répondit le duc d'Auge. Je lui ai déjà expliqué que je ne voulais plus remettre les pieds dans ces bleds impossibles. Une croisade, c'est beaucoup ; deux c'est trop.

– Alors, messire, dit le héraut, vous ne voulez point arracher le Saint Sépulcre des mains des infidèles ?

– Mais c'est foutu, pauvre faraud ! On va encore prendre un chaud-froid de bouillon. Notre Saint-Père lui-même n'y croit plus. Cela va bientôt faire deux cents ans qu'on s'escrime à vouloir le reprendre, mais il y est toujours, aux mains des infidèles, le sépulcre.

Horrifié par ces propos, se signa le héraut.

– Et, continua le duc d'Auge, vous croyez que c'est en allant en Tunisie qu'on l'arrachera des mains des infidèles, le sépulcre ! La Tunisie ! Pourquoi pas le pays des Amaurotes ou des Hamaxobiens ? Tant qu'il y est, notre saint roi, pourquoi n'irait-il pas jusque chez les Indiens ou les Sères ? Pourquoi ne s'embarque-t-il pas sur la mer Océane jusqu'au-delà de l'île de Thulé, peut-être bien qu'il trouverait par là une terre inconnue avec des infidèles supplémentaires à ratatiner ?

– Modérez-vous, messire, murmura l'abbé Biroton.

Le héraut n'arrêtait pas de se signer.

– Non, non et non, conclut le duc d'Auge. Moi pas aller croisade. Je dirai ces ribambelles de patravéfiteors, j'assisterai à toutes ces messes cendrées et je me dessaisirai de mes beaux écus tournois d'or raffiné pur et sans alliage, mais pour ce qui est d'aller me traîner du côté du rivage des Syrtes, alors je le répète : non, non et non. Telle est ma réponse, et cela dit, je ferai remarquer que le saint roi nous a défendu à nous autres qui avons droit de monnayage de faire circuler nos sols et nos écus en dehors de nos domaines, mais qu'il veut tout de même bien en voir la couleur. Pour conclure, héraut, je t'enjoins de débarrasser nos terres de ta déplaisante présence et de celle de tes acolytes qui ne l'est pas moins. J'ai dit.

– Je m'empresserai de le faire mais je ne puis partir sans toucher un à-compte provisionnel de l'emmende[1] qui vous frappe, messire, à-compte qui se monte à euh... voyons voir... sept mille deux cents écus tournois d'or raffiné pur et sans alliage plus douze sols parisis pour les frais d'enregistrement et quatre liards pour le timbre.

– Je n'ai pas droit à une réduction en tant que croisé de la septième? demanda le duc avec une pâle grimace, la pâle grimace qu'il avait accoutumé de faire dès qu'on voulait toucher à ses sous.

Le héraut répondit avec fermeté :

– Non. Le compte est juste.

Il ajouta :

– Il n'est susceptible que de croître, jamais de diminuer.

Joachim d'Auge se tut et fit la mine de réfléchir.

Le chapelain devina que le duc envisageait de passer à la rébellion ouverte. Le héraut devina la même chose. Le duc devina que les deux autres avaient deviné. Le chapelain devina que le duc avait deviné qu'il avait deviné, mais ne devinait point si le héraut avait lui aussi deviné que le duc avait deviné qu'il avait deviné. Le héraut, de son côté, ne devinait point si le chapelain avait deviné que le duc avait deviné qu'il avait deviné, mais il devinait que le duc avait deviné qu'il avait deviné.

Cette rude tension disposait au silence, ce qui permit à tout un chacun d'entendre Bélusine et Pigranelle chanter des chansons de toile, des chevaux hennir, des chiens aboyer, des céhéresses piétiner et Phélise bêler.

– Jarnicoton, finit par s'écrier le duc, décision ai prise, point ne verra le saint roi la couleur de mes écus tournois

1. Emmende : amende.

d'or raffiné pur et sans alliage, point n'écouterai messes cendrées, point ne dirai ribambelles de patravéfiteors, et point ne me croiserai. Hors d'ici, faraud céhéresse ! Que toi et tes pareils s'éloignent de mes murailles car je les vais régaler d'huile bouillante et de plomb fondu, excellente recette culinaire pour accommoder les compagnies royales de sécurité qui feraient mieux d'aller à la croisade que d'embrener de bons et nobles seigneurs comme moi. Si les Capets commencent à nous traiter de la sorte, on verra bientôt les aristocrates à la lanterne. Ne m'as-tu pas entendu, héraut ? Je t'ai dit hors d'ici et hors de mes terres, et, si tu ne te décides pas plus vite, je te découdrai la panse avec les dents, na.

L'horrifié héraut terrifié, après s'être maintes fois signé, rétrograda du nombre de pas nécessaire pour disparaître de la vue du duc d'Auge. Le pont-levis se baissa pour le laisser sortir, puis aussitôt se releva.

– Qu'on fasse chauffer l'huile ! hurla le duc. Qu'on fasse fondre le plomb et que cela saute ! heup !

– Vous allez peut-être un peu fort, dit timidement le chapelain. Après tout, ce n'est pas terrible les messes, les prières.

– Oui, mais c'est à mon or qu'il en veut, le Capet.

– Allons, allons, messire, vous ne croyez tout de même pas que vous allez vous livrer à votre humeur massacreuse sur de bons borgeois et malheureux manants sans payer une petite redevance à leurs veuves et à leurs orphelins ?

– Une petite redevance, moi, je veux bien. Ils n'ont qu'à venir la chercher ici. Pas la peine qu'ils passent par le roi qui en ratissera une partie au passage.

– Vous calomniez votre souverain, messire.

– Je ne parle pas pour lui. Le pauvre homme, lui, c'est un bon gars. Ce seront ses baillis et les officiers de la cassette qui se gobergeront avec mes bons et beaux écus tournois d'or raffiné pur et sans alliage. Il ne faut pas me raconter d'histoires ! Allez ! Heup ! Faites bouillir la friture et rissoler le métal !

Il se frottait les mains avec satisfaction, cependant que les compagnies royales de sécurité, à bonne distance des murs du château, commençaient à mettre la main sur les nourritures destinées au ravitaillement du duc, des siens et de ses bêtes.

Comme l'abbé Biroton lui faisait remarquer cette sournoise action, le duc se tapa sur les cuisses en signe de dérision.

– J'ai pris mes précautions. Mes réserves me permettront de tenir le temps que le roi très chrétien aille à sa croisade et s'en revienne, s'il en revient.

– Dieu le garde ! dit l'abbé machinalement.

– Si besoin est nous mangerons de la chair humaine ! Cuite naturellement ; on dit qu'elle a son charme. Lorsque nous voudrons des crudités, nous ferons une sortie et nous pilerons ces méchants céhéresses. Je me réjouis déjà de voir leurs cors [1] engraisser mes champs de radis, desquels je suis fort friand. Et maintenant, l'abbé, tu vas répondre à la troisième de mes questions, à savoir ce que tu penses de l'histoire universelle en général et de l'histoire générale en particulier. Le moment me semble bien choisi : j'écoute.

1. Cors : corps.

CHAPITRE 5

– Alors, tu viens ? dit Bertrande.

– Quelle barbe, dit Yoland. Quelle corvée.

– Tu ne m'as pas épousée rien que pour le plaisir. Allez, ouste, en route !

– Ta sœur, je veux bien la voir, mais ton père, tu sais…

Je sais quoi ?

– Rien. Suffit.

– J'espère bien.

– Je m'entends.

– Tu es bien le seul, j'espère. Et viens ici que je t'arrange ta cravate. Tu ne seras jamais fichu de faire un nœud convenable.

– Qu'est-ce qu'il ne faut pas entendre.

Ils ont rendez-vous avec Sigismonde et Lucet.

– Tiens, dit Sigismonde, vous avez une nouvelle houature ?

– Ce n'est pas la peine de le faire remarquer, dit Lucet, ça se voit.

– Vous montez ? dit Yoland.

– On prend la nôtre, dit Lucet.

– Tiens, dit Bertrande, vous aussi vous avez une nouvelle houature ?

– Ça n'a rien d'extraordinaire, dit Yoland. Tout le monde a toujours de nouvelles houatures.

– Surtout, vous allez pas faire la course, dit Sigismonde.

Non, ils ne font pas la course, mais ils arrivent à peu près en même temps devant l'Arche. Cidrolin est en train de repeindre la clôture le long du quai. Lamélie attend sur la péniche ; elle a préparé l'essence de fenouil, l'eau plate et les verres. Les femmes descendent le talus. Les deux hommes s'attardent pour regarder Cidrolin donner quelques ultimes coups de pinceau ; ils le regardent d'un air connaisseur, en silence.

– Du travail bien fait, finit par dire Lucet.

– De la belle ouvrage, dit Yoland.

– Et la péniche, demande Lucet à Cidrolin, vous allez la repeindre ?

– L'année prochaine, répond Cidrolin. Tous les deux ans. Elle a été repeinte l'année dernière. Là, ça y est.

Il prend le pot de peinture et descend le talus.

– Vous cassez pas la gueule, conseille-t-il.

Sur la passerelle, il dit :

– Attention de ne pas vous foutre dans la flotte.

Leur verre d'essence de fenouil les attend ; les femmes sont en train de parler de la tévé.

– Tu devrais t'en faire acheter une, dit Bertrande à Lamélie. Qu'est-ce que tu peux fabriquer le soir ? Tu dois t'emmerder.

– Je patiente, dit Lamélie. Je ne resterai pas toujours ici.

– Qu'est-ce que tu feras ?

– Je me marierai, pardine !

– Tu as quelqu'un en vue ?

– Ah voilà.

Elle minaude.

– Vous vous embêterez quand elle ne sera plus là, dit Lucet à Cidrolin.

– Oh, moi, vous savez. Pour que je m'embête, il en faut beaucoup.

– Il trouve toujours quelque chose à ne rien faire, dit Lamélie. Il sait très bien ne pas s'occuper.

– On le connaît aussi bien que toi, disent en chœur Sigismonde et Bertrande.

– Bien sûr, dit Cidrolin, j'aimerais mieux qu'elle reste, mais il faut qu'elle ait une vie à elle, cette petite, c'est normal.

– C'est normal, dit Bertrande.

– C'est normal, dit Sigismonde.

– Alors, tu as quelqu'un en vue ? dit Bertrande.

– Ah voilà, dit Lamélie.

Elle minaude.

– C'est vrai, dit tout à coup Lucet, pourquoi que vous avez pas la tévé ? Ça distrait.

– Ça instruit même, dit Yoland.

– Alors, Lamélie, dit Cidrolin, en attendant de te marier, veux-tu te distraire ou t'instruire ?

– Non, papa, ce que je veux, c'est baiser.

– À la tévé on ne baise guère, remarqua Lucet.

– On ne baise même pas du tout, dit Yoland.

– Vous êtes bêtes, dit Bertrande, c'est parce qu'il y a les mômes qui regardent.

– Les tiens, demande Sigismonde, tu les laisseras regarder tant qu'ils voudront ?

– Rien que ce qui est instructif, répond Yoland. Surtout les actualités. Ça leur apprendra l'histoire de France, l'histoire universelle même.

– Comment ça ? dit Lucet.

– Eh bien oui, les actualités d'aujourd'hui, c'est l'histoire de demain. C'est ça de moins qu'ils auront à apprendre à l'école, puisqu'ils la connaîtront déjà.

– Là, mon vieux, tu déconnes, dit Lucet. L'histoire ça n'a jamais été les actualités et les actualités c'est pas l'histoire. Faut pas confondre.

– Mais si, justement! au contraire!! faut confondre!!! Regarde un peu voir. Suppose que tu es devant la tévé, tu vois, je dis bien et je répète : tu vois, Lucien Bonaparte qui agite sa sonnette, son frère dans un coin, les députés qui gueulent, les grenadiers qui se ramènent, enfin quoi tu assistes au dix-neuf brumaire. Après ça, tu vas te coucher, tu dors pendant cent ans et puis tu te réveilles; alors, à ce moment-là, le dix-neuf brumaire c'est devenu de l'histoire et tu n'as pas besoin de regarder dans les livres pour savoir cexé.

– C'est idiot, dit Sigismonde, il n'y avait pas la tévé dans ce temps-là.

– Mettons, dit Yoland; mais regarde alors les actualités au cinéma; des fois on t'en repasse des vieilles. Tu vois alors le tsar Nicolas qui serre la main de Poincaré, les taxis de la Marne, Guillaume II, le Kronprinz, Verdun : c'est pas de l'histoire, ça? Pourtant ça a été des actualités.

– Ça reste des actualités, dit Lucet. À preuve, c'est que tu les vois dans un cinéma et qu'on te prévient : c'est des actualités.

– C'est idiot, dit Yoland. Alors l'histoire pour toi, qu'est-ce que c'est?

– C'est quand c'est écrit.

– Ça c'est vrai, dit Bertrande.

– Il a raison, dit Sigismonde.

– Il a cent fois raison, dit Lamélie.

Yoland tape sur la table.

– Faites attention de ne pas renverser l'essence de fenouil, dit Cidrolin.

Yoland tape sur la table en faisant attention de ne pas renverser l'essence de fenouil. Il joint au geste la parole :

– Faut-il que vous soyez cons, tout de même, pour ne pas comprendre ce que je veux dire.

– On a très bien compris, dit Bertrande, mais c'est idiot.

– Réfléchis cinq minutes, voyons. Un jour, y a eu des gens qu'ont signé un armistice, en mil neuf cent dix-huit par exemple…

– Mettons.

– … on a filmé ça. Ce jour-là, c'était les actualités et puis, après, maintenant par exemple, c'est devenu de l'histoire. C'est clair, non ?

– Non, dit Lucet. Ça ne tient pas debout. Parce que tes actualités, tu les vois pas en même temps que la chose se passe. Tu les vois quelquefois huit jours, quinze jours après. T'as même des cinémas de quartier qui te passent le Tour de France au mois de novembre. Alors, dans ces conditions-là, à quel moment ça devient de l'histoire ?

– Tout de suite ! Illico presto subito ! la tévé c'est de l'actualité qui se congèle en histoire. Aussitôt fait, aussitôt dit.

– Et quand il y avait pas la tévé, dit Sigismonde, alors y avait pas d'histoire ?

– Tu vois, dit Lucet, tu n'as rien à répondre à ça.

– Reprenez donc un peu de cette essence de fenouil, dit Cidrolin.

– Et toi, papa, dit Lamélie, qu'est-ce que tu en penses ?

– Moi, je n'ai pas la tévé.

– On le sait, on le sait, dit Bertrande, puisqu'on explique à Lamélie que tu devrais lui en offrir une pour qu'elle s'emmerde moins.

– Oui, mais, dit Cidrolin, puisque tout ce à quoi elle pense, c'est à baiser.

– À la tévé, dit Lucet, on ne baise guère.

– On ne baise même pas du tout, dit Yoland.

– Vous êtes bêtes, dit Bertrande, c'est parce qu'il y a des mômes qui regardent.

– Les tiens, demande Sigismonde, tu les laisseras regarder tant qu'ils voudront ?

– Rien que ce qui est instructif, dit Yoland. Surtout les actualités. Ça leur apprendra l'histoire de France, l'histoire universelle même.

– Comment ça ? dit Lucet.

– Eh bien oui, les actualités d'aujourd'hui, c'est l'histoire de demain. C'est ça de moins qu'ils auront à apprendre à l'école puisqu'ils le connaîtront déjà.

– C'est marrant, dit Cidrolin. Il me semble que ça recommence, que j'ai déjà entendu tout ça autre part.

– Pourtant, dit Lucet, ce qu'on dit c'est pas si fréquent. Ça n'a pas dû vous arriver souvent d'entendre des propos d'une si haute tenue philosophique et morale.

– Surtout dans le milieu où vous venez de vivre, dit Yoland.

Bertrande lui flanque un coup de pied dans les tibias.

– Aïe, dit Yoland.

– Vous souffrîtes ? demande Cidrolin.

– La brute, dit Yoland.

– Enfin, bref, dit Cidrolin, je suis bien content de vous avoir vus. Vous êtes bien aimables avec moi.

– Tu nous fiches à la porte ? dit Bertrande.

– Ça en a tout l'air, dit Sigismonde.

– Pas du tout, dit Cidrolin, seulement voilà, quand ça se met à tourner en rond, que je me demande où je vais basculer, il vaut mieux que ça s'arrête tout de suite, je perdrais les pédales, j'arriverais dans les temps anciens, ou futurs on ne sait pas, ou bien nulle part encore, des trucs à vous foutre une trouille épouvantable.

– Si, dit Yoland à Lucet, on se cotisait pour lui offrir une tévé pour son anniversaire, ça empêcherait son cerveau de ruminer.

– On verra, dit Lamélie. Pour le moment le mieux c'est de lui laisser faire sa sieste : c'est encore son meilleur cinéma.

Des céhéresses, il ne restait plus que des tombes en ruine que rongeait la mousse ; on les avait bien oubliés, les céhéresses morts au combat du temps du roi Louis neuvième du nom.

Le duc d'Auge ouvrit l'œil et se souvint que l'abbé Biroton devait répondre à une certaine troisième question et qu'il n'en avait rien fait. Ouvrant son second et dernier œil, le duc d'Auge n'aperçut dans son champ visuel aucun abbé Biroton.

– Ah le frocard, le pendard, le flemmard, grogna le duc. Je parierais bien qu'il est parti pour le concile de Bâle, à moins que ce ne soit pour celui de Ferrare ou de Florence, on ne s'y reconnaît plus. En tout cas, me voilà bien dépité.

Il se lève et se pointe sur la plate-forme du donjon de son châtiau pour y considérer un tantinct soit pcu la situation historique.

Aucun Godon n'était en vue, aucun homme d'arme de quelque bord ou nation que ce fût. C'était même plutôt désert. Quelques manants, çà et là, grattaient le sol misérable, mais ils comptaient peu dans le paysage, à peine perceptibles.

Le duc regarda ce spectacle d'un œil morne et soupira ; puis il descendit vers les cuisines afin d'y dévorer au passage un ragoût d'alouettes, rien que pour s'aiguiser les dents. Quelques marmitons qui ne l'avaient pas aperçu reçurent de solides coups de savate qui les envoyèrent choir à droite et à gauche. Le queux, connaissant les goûts du seigneur, s'empressa de lui apporter le ragoût convoité. Le duc se régale, broie les os, lèche ses douas, vide des pintes. Il s'épanouit. Il sourit.

– Tout cela est délicieux, déclare-t-il, mais ne vaut point un petit enfant de cinq ans rôti à la broche.

Il s'esclaffe.

– Messire, messire, dit le queux, je vous supplie humblement de ne point plaisanter avec de pareilles horreurs.

– Je ne plaisante pas, je parle sérieusement.

– Alors, messire, plaisantez plutôt.

– Qu'est-ce que tu veux à la fin, maître queux ? Que je plaisante ou que je parle sérieusement ?

– Messire, je crois qu'il vaut mieux ne pas aborder ce sujet de conversation : les ogres n'ont point bonne renommée par les temps qui courent. Surtout les ogres bougres [1].

– Tu sais bien que je ne mange pas de cette viande-là ! Ogre ne daigne, bougre ne veut, Auge suis.

– Messire, nul n'ignore que vous avez de coupables indulgences...

– Eh quoi ! me reprocherais-tu ma fidélité à mon bon vieux compagnon d'armes, le noble seigneur Gilles de Rais ?

– C'est-à-dire...

– Eh quoi ! j'aurais, pour la cause de notre roi, pourfendu tant de Godons en sa compagnie sous le commandement de Jehanne la Pucelle et je le laisserais tomber maintenant qu'il

1. Bougre : Bulgare ; hérétique ; sodomite.

est dans le pétrin ? Non, non et non ! Ce ne serait point noble.

– On dit que c'est un bien grand criminel.

– Des potins de commère ! Ce sont là contes faits pour médire des nobles seigneurs de son genre ou du mien. Ce Charles septième du nom, maintenant qu'il a à peu près gagné la guerre de Cent Ans, et cela fait même un peu plus de cent ans qu'elle dure, et remarque au passage que nos bons rois, si malins qu'ils soient, ils en mettent du temps pour gagner une guerre, bref que disais-je ? oui maintenant que s'accélère la déconfiture des Godons, avec ces pas pressés de Capétiens, il n'y en a peut-être plus que pour une quinzaine d'années, oui, maintenant que notre roi n'a plus tellement besoin de nous pour achever l'expulsion des Anglais, je m'attends à ce qu'il prenne des mesures antiféodales pour nous rogner les ongles et nous mettre au pas. Je m'en méfie comme du diable.

– Hou hou, messire, n'invoquez point cette vilaine bête.

– Ce procès de notre bon ami Gilles annonce des mesures antiféodales et sournoises pour nous rogner les ongles et nous mettre au pas.

– Messire, vous vous répétez.

– D'abord, ce n'est pas tout à fait exact : j'ai ajouté un adjectif et ensuite apprends, épaisse brute, que la répétition est l'une des plus odoriférantes fleurs de la rhétorique.

– J'en douterais volontiers, messire, si je n'avais grand' peur de vos coups.

Provoqué de cette sorte, le duc se lève, prend une escabelle et la brise sur le dos du cuisinier.

– Messire, messire, dit le maître queux, je vous supplie humblement d'avoir la suprême bonté de ne plus discuter à bâtons rompus.

– Tiens, tu me dégoûtes et tu me donnes faim. Apporte-moi quelques confitures sèches pour me dégraisser les dents.

Le duc dévore ses confitures, puis revient à ses moutons :

– Alors, maître queux, tu trouves cela bien, toi, de faire passer en justice un maréchal de France ?

– Messire, c'est à coup sûr très mal et très vilain.

– On lui cherche des noises à ce cher ami. Mettons qu'il ait violé une dizaine de petits garçons et qu'il en ait zigouillé trois ou quatre, il n'y a tout de même pas là de quoi fouetter un maréchal de France, et surtout un compagnon de combat de notre bonne Lorraine qu'Anglais brûlèrent à Rouen.

– Messire, on dit qu'il y en a mille et trois.

– Mille et trois quoi ?

– Petits enfants torturés, égorgés, bouffés par ce vilain ladre de maréchal. C'est affreux, tout de même, c'est affreux.

Le cuisinier pleurait comme un veau. Le duc le regardait moins furieux qu'étonné.

– Ne lirais-tu point, par chance, les romans de la Table Ronde ? lui demanda-t-il avec douceur.

– Messire, je ne sais point lire.

– Alors, peut-être s'est-il insinué dans le conduit de ton oreille quelque complainte inventée par un trouvère de basse extrace[1] ?

– Voilà, messire ! voilà : c'est un trouvère qui a corrompu mon âme avec une chanson vengeresse qui demandait justice au très chrétien roi de France pour les pauvres parents dont ce bougre de maréchal a occis les mômes.

1. Extrace : extraction, origine sociale.

– Quelle époque, dit le duc d'Auge avec un soupir. Quelle époque ! Eh bien, moi, tel que tu me vois, je vais de ce pas, ou plutôt de celui de mon cheval, ce bon Démo, je vais, dis-je, trouver notre sage roi Charles, le septième du nom, pour lui demander la liberté grande et entière de Gilles, maréchal de Rais, délivrance immédiate et, de plus, châtiment de tous ces légistes, gieres[1] latinisants et marauds de droit romain qui s'avisent d'embrener un bon soldat comme mouches merdeuses un noble coursier, et même un soldat victorieux, ce qui est rare. Holà ! où est mon écuyer Mouscaillot ? qu'il se prépare et selle mon bon Démo !

Lors donc sella Sthène Mouscaillot et voilà le duc parti pour la ville capitale, accompagné du ménin[2] monté sur Stèphe. Le duc se sentait d'humeur causante.

– Viens là donc auprès de moi, Mouscaillot, que je te dise la raison de notre voyage.

Mouscaillot fit trotter son cheval au même niveau que celui de son seigneur, mais en essayant de maintenir entre eux la distance qu'il jugeait nécessaire pour éviter une baffe subite.

– Approche, approche donc, disait le duc.

– J'approche, messire, j'approche.

– Approche donc, nigaud, dit Sthène, tu vois bien que notre duc est asteure de bonne composition.

– Voilà qui est bien vrai, dit le duc. Approche donc !

Mouscaillot dut donc se mettre éperon contre éperon.

– Sais-tu, mon ami, lui demanda le duc, pourquoi je me rends ainsi dans la ville capitale ?

– Je ne sais.

– Devine !

1. Giere : chicaneur.
2. Ménin : gentilhomme attaché spécialement à la personne du Dauphin au XVIIe siècle.

– Pour y prendre un bain ?
– J'en profiterai peut-être. Cherche autre chose.
– Pour y voir putes et jaëls[1] ?
– J'en profiterai peut-être. Cherche autre chose.
– Pour aller admirer le beau porche flamboyant de Saint-Germain l'Auxerrois, porche que vient d'achever maître Jehan Gaussel ?
– J'en profiterai peut-être. Cherche autre chose.
– C'est inutile, dit Sthène, il ne trouvera jamais et vous finirez par le battre. D'ailleurs ne le voulez-vous point surprendre ?
– Tu es un sage dada. Écoute bien, Mouscaillot : je vais trouver le roi de France pour lui demander justice pour mon compagnon d'armes Gilles de Rais, maréchal de France.
– Quoi ! de ce vilain bougre ?
Mouscaillot va rouler dans la poussière.
Stèphe s'arrête.
Sthène demande au duc.
– Je m'arrête aussi ?
– Continue ! il nous rattrapera bien. Ce petit me déçoit et je n'ai plus envie de faire la conversation.
– Alors, je peux chanter ?
– Si tu veux, mon bon Démo.
Sthène se mit alors à dégoiser son répertoire à tue-tête. Il en était à un rondeau que Charles d'Orléans s'apprêtait à écrire : Hyver, vous n'êtes qu'un vilain, lorsqu'ils arrivèrent en vue de la porte d'une ville fortifiée que gardaient des borgeois en armes. Prudemment, Stènnstu et c'est en silence que s'acheva l'étape.

1. Jaël : prostituée.

Arrêt sur lecture 2

Les vies de Cidrolin et du duc d'Auge ne se ressemblent décidément pas. À la passivité de l'un répond l'agitation de l'autre ; à l'immobilité du premier, le déplacement du second dans l'espace et dans le temps. Pendant que Cidrolin, qui « trouve toujours quelque chose à ne rien faire », subit sa bavarde famille au grand complet (Lamélie, Sigismonde, Bertrande, Lucet et Yoland), le duc d'Auge fait un énorme somme qui le conduit de l'époque de Saint Louis à celle du concile de Bâle (1439), et quand il se réveille... « Des céhéresses, il ne restait plus que des tombes en ruine que rongeait la mousse ; on les avait bien oubliés, les céhéresses morts au combat du temps du roi Louis neuvième du nom. » Dans sa première apparition (chapitre 1), l'Histoire se réduisait à quelques débris du passé, informes ; ici elle a pour allégorie des tombes en ruine et de surcroît rongées par la mousse... Ces images peu glorieuses conduisent à s'interroger : l'écrivain des *Fleurs bleues*, par la voie du burlesque*, règle-t-il ses comptes avec l'Histoire ?

Un Moyen Âge aussi « faux que lorique »

« S'il n'y avait pas de guerres ou de révolutions, il n'y aurait pas d'histoire ; il n'y aurait pas matière à histoire ; l'histoire serait sans objet. Tout au plus existerait-il des annales. La parémiologie l'enseigne : les peuples heureux n'ont pas d'histoire. L'histoire est la science du malheur des hommes. »

Une histoire modèle.

À lire cet axiome, on mesure la fascination, mais surtout le pessimisme de l'écrivain à l'égard de l'Histoire – celle qu'on orthographie souvent « avec sa grande Hache » pour la distinguer des petites histoires, mais qui n'existe qu'avec une minuscule dans *Les Fleurs bleues* comme si Raymond Queneau tentait par cet usage d'en minorer la violence. Sa mise en scène du Moyen Âge, d'une fantaisie débridée, participe aussi d'une stratégie conjuratoire, dont nous allons analyser quelques ressorts.

La valeur des repères historiques

Comme dans un roman historique, le duc d'Auge, personnage de fiction, rencontre des personnages avérés. C'est ainsi qu'il s'entretient de la huitième croisade avec Saint Louis, assis à la place que l'image d'Épinal lui a octroyée, c'est-à-dire sous un chêne. Les références, par exemple à l'architecture, ne sont pas dépourvues d'authenticité. Si notre héros s'inquiète de la lenteur des travaux de l'église Notre-Dame (« La tour au sud est bien avancée, lui explique-t-on, [et l']on refait aussi les parties hautes pour donner plus de lumière »), il se trouve que le dictionnaire la confirme : « Entreprise par l'évêque Maurice de Sully en 1163, elle fut terminée dans son gros œuvre en 1245 ; mais on travailla à l'édifice jusqu'en 1345. »

On ne risque cependant pas de confondre le projet de Raymond Queneau avec celui d'un Victor Hugo, car loin de vouloir faire un

Saint Louis croît et multiplie les branches de son arbre généalogique ; croit-il échapper à « la grande Hache » de l'Histoire ?

travail de reconstitution historique, l'auteur des *Fleurs bleues* se contente de semer quelques petits cailloux pour le lecteur qui s'amusera à son tour de voir ressusciter à gros traits, comme dans une bande dessinée, châteaux-forts, chevaliers colériques ou repas pantagruéliques.

La familiarité des lieux communs

Dans ce Moyen Âge de carton-pâte, vous reconnaîtrez des clichés, véritables topoï* médiévaux, et, parmi eux, le petit personnel attendu : le page, « fidèle », comme il se doit, le héraut qui transmet un interminable message du roi, le tavernier soumis, ou les filles qui chantent des « chansons de toile ». Les combats sont aussi épiques qu'expéditifs : Joachim d'Auge occit d'un seul coup deux cent seize personnes, et quand il se trouve assiégé, c'est avec bonne humeur qu'il fait préparer l'huile bouillante et le plomb fondu qu'on déverse sur l'ennemi.

Quant à la « flote », on la trouve toujours prête à conduire au bûcher les « nigromans », entre autres le propriétaire d'un cheval qui parle (« C'est là œuvre du diable ! »). Une preuve que l'époque médiévale n'est pas idyllique, et que notre duc d'Auge a bien raison d'aller voir ailleurs, quelques siècles plus tard, s'il fait meilleur vivre.

La croisade : traitement d'une question politique

Comme on vient de le voir, la fantaisie n'exclut pas des propos plus sérieux, par exemple sur les évènements historiques du Moyen Âge ou des années soixante. Le futur Saint Louis (« On finira par voir son nom sur le calendrier ») presse le duc de l'accompagner en « croisement » et ne recule, pour le convaincre, devant aucun mauvais calembour* :

> D'abord, cette fois-ci, nous n'allons pas en Égypte (à quoi na sert ?) mais nous voguons vers Carthage.

« – Alors, messire, dit le héraut, vous ne voulez point arracher le Saint-Sépulcre des mains des infidèles ?
– Mais c'est foutu, pauvre faraud ! On va encore prendre un chaud-froid de bouillon. ».

CHEVALIER BANNERET PRIANT AVANT SON DÉPART POUR LA 2e CROISADE

(1146)

Rappelons que Nasser (« na sert ») est le dirigeant égyptien qui met en pratique la politique de non-alignement et nationalise le canal de Suez en 1956. Faire « la guerre aux colonies », de toute façon, il n'en est pas question pour le duc d'Auge :

> **Vous trouverez toujours bien un quarteron de coyons pour vous accompagner sur ces rives lointaines.**

Pour le lecteur des années soixante, ce « quarteron de coyons » ne pouvait qu'évoquer l'autre quarteron stigmatisé par le général de Gaulle, le « quarteron de généraux » responsables du putsch d'avril 1961 en Algérie.

De même, si le vassal préfère éviter les « aléas d'une chrétienne expédition du côté de Bizerte », c'est sans doute parce qu'en 1963, la France est dans l'obligation de rendre à la Tunisie la base navale qu'elle y avait installée en 1881. Cette ironique superposition de deux époques s'accompagne de rencontres comiques entre deux états de la langue française.

Archaïsmes et anachronismes

Le savoureux lexique médiéval (dapifer, ardoir, occire, embrener) se mêle à toutes sortes d'anachronismes* incongrus. Ainsi de modernes « parpaings » viennent clore la liste des « bûches flambantes, lardoires et escabelles… » qui visent à lyncher le duc, accusé de sorcellerie, et Mouscaillot. Une même phrase peut, sous la plume très audacieuse de Raymond Queneau, condenser la modernité et le Moyen Âge :

> Les céhéresses cernaient maintenant le châtiau.

À cheval sur deux époques, le sigle CRS subit une double distorsion :

– référentielle, puisque les « compagnies républicaines de sécurité » deviennent les « compagnies royales de sécurité » ;

– graphique, car le déploiement en toutes lettres confère à ces trois lettres bien connues une étrangeté menaçante.

Signalons qu'en revanche, lorsque Raymond Queneau emprunte à l'ancien français, il le fait fidèlement, en respectant la prononciation ou l'état du mot au Moyen Âge.

Perturbation chronologique : des anticipations

De la vindicte populaire au siège d'un château, la violence, omniprésente (cf. les exemples ci-dessus) hante l'Histoire. Vers quelle apothéose ou sur quelle pente fatale le duc d'Auge se trouve-t-il engagé ? « On ne prend pas la Bastille tous les jours, surtout au treizième siècle », commente le narrateur en plein Moyen Âge, pourtant, de la cruelle chanson révolutionnaire (« Les aristocrates à la lanterne... »), le duc d'Auge connaît déjà les paroles. Par-delà ses vertus toujours comiques, l'anachronisme* fournit, en point de fuite, la fin de l'Ancien Régime : l'histoire du duc d'Auge, s'il doit descendre le cours du temps jusqu'en 1964, recoupera l'Histoire d'une classe sociale et de son déclin.

La perspective du roman n'est pas pour autant « militante ». Que cette date hautement symbolique – 1789 – soit à l'horizon du destin de son personnage ne suffit pas à en faire un enjeu du désir politique ou téléologique* de l'auteur.

« Alors, l'Histoire pour toi, qu'est-ce que c'est ? »

À travers cette représentation de l'époque médiévale, nous avons considéré l'Histoire comme un matériau romanesque que l'auteur s'autorise à traiter et maltraiter joyeusement. La forme littéraire choisie par Raymond Queneau n'est pas neutre et constitue en soi un discours, par exemple conjuratoire, sur l'Histoire. Que celle-ci apparaisse non seulement comme toile de fond d'un roman historico-parodique, mais aussi comme sujet de débat entre les personnages participe de l'esthétique de la distanciation dont le burlesque* et la dérision sont d'autres signes.

Les charmes de la scolastique

Le duc d'Auge, s'il a confié à Sthène son dégoût de l'Histoire (« Elle flétrit en moi tout ébaudissement »), n'a pas assouvi sa curiosité, et c'est vers Onésiphore qu'il se tourne afin d'obtenir une réponse :

> Pour le moment, j'ai trois questions à te poser, qui sont : primo ce que tu penses des rêves, secundo ce que tu penses du langage

des animaux, tertio ce que tu penses de l'histoire universelle en général et de l'histoire générale en particulier.

Caricaturant, comme Rabelais avant lui, les débats scolastiques* du Moyen Âge, Raymond Queneau fait parler son abbé en latin et lui fait développer des arguties théologiques saugrenues.

Ce savant dialogue avance d'ailleurs à coups de gnons, marrons, mornifles et autres douceurs. Mais alors qu'Onésiphore s'était montré prolixe sur l'origine divine ou diabolique des rêves, il s'endort avant d'avoir eu le temps d'aborder le thème de l'Histoire. Tire-t-elle son origine de Dieu ou du Diable ? C'est ce que vous saurez peut-être au prochain épisode (chapitre 7) lorsque le duc reviendra à la charge (« Et cette histoire universelle à propos de laquelle je t'ai, il y a bien longtemps déjà, interrogé, j'attends toujours ta réponse. »)

La tévé : un débat en boucle

À la dispute scolastique du duc d'Auge et de son abbé fait écho un débat de type « café du commerce » entre les filles et les gendres de Cidrolin, tous réunis sur la péniche. Peut-on s'instruire en regardant la tévé ? Voilà ce qu'on appelle un sujet bateau... Mais il ne faudrait pas s'y tromper, car si ces buveurs d'essence de fenouil utilisent les mots de tous les jours et semblent se renvoyer la balle avec mauvaise foi, ils n'en posent pas moins d'authentiques questions philosophiques :

– quel rapport y a-t-il entre l'Histoire et les actualités ?

– l'Histoire se définit-elle par l'existence de livres d'Histoire (« c'est quand c'est écrit ») ?

– à quel moment le présent devient-il historique ou plutôt, comme dit l'un des personnages, se « congèle »-t-il en Histoire ?

Entre paradoxe* et aporie*, l'Histoire semble échapper à toute appréhension satisfaisante : englués dans les « actualités », nous manquons de recul pour la comprendre en train de se faire. Ce qui est visible n'est pas nécessairement « lisible ». Loin de l'évènement, nous avons recours aux grilles de lecture des historiens, savants « congélateurs » du réel (mais ce qui s'écrit sur l'Histoire, est-ce vraiment l'Histoire ?...).

Un personnage reste hors de la polémique : Cidrolin, qui, en même temps que le lecteur, s'étonne de voir la dispute revenir à son point de départ et se répéter (« C'est marrant, dit Cidrolin. Il me semble que ça recommence, que j'ai déjà entendu tout ça autre part. »)

S'agit-il du souvenir d'un débat scolastique* rencontré dans son rêve médiéval ? ou fournit-il, dans sa discrète sagesse, sa propre définition de l'Histoire, à savoir « ce qui tourne en rond » et qu'on explore dans le hors-temps des rêves, quand l'incompatibilité du passé et du présent s'efface enfin.

à vous...

Quand votre lecture vous aura conduit au chapitre 13, c'est-à-dire à la Révolution de 1789, vous pourrez, comme nous venons de le faire pour le Moyen Âge, analyser la représentation que Raymond Queneau propose de cette époque.

CHAPITRE 6

Tandis que Mouscaillot se faisait soigner ses plaies et bosses par un mire de quartier, le duc d'Auge attendait le souper à l'auberge du Mont-à-Lambert en dévorant un fromage d'anguilles dont il arrosait chaque bouchée d'une bonne lampée de vin clairet. Cela le mit d'autant meilleure humeur que chaque instant le rapprochait du moment où le repas allait pour de bon commencer. Aussi accueillit-il avec bénévolence un personnage qui avait l'air de qualité et qui vint le saluer en lui tournant telles gracieuses politesses que le duc l'invite à sa table. Le jeune seigneur accepte sans barguigner et se nomme : Adolphe, vicomte de Péchiney.

Comme Mouscaillot vient d'arriver pansé par le mire [1], on entame le souper qui débute par trois potages de couleurs différentes : du potage de macarons, du potage de poires et du potage de tripes. Ensuite on se tape du rôti avec de la sauce aux bourgeons et de la sauce à la noix muscade. On vuide des pintes. Après cela on attaque le second rôt bien épicé, on vuide d'autres pintes, on achève sur des confitures sèches et des sucreries. Encore était-ce la famine dans les rues avoisinantes, mais il fallait bien en terminer.

1. Mire : médecin.

– Mon jeune ami, dit alors le duc au vicomte de Péchiney, n'avez-vous point entendu parler du noble seigneur Gilles de Rais, maréchal de France ?
– Si donc, messire.
– Ce fut mon compagnon d'armes ! Maréchal de France à vingt-cinq ans, qu'est-ce que vous en dites ?
– J'en dis que c'est un bel âge pour un maréchal.
– N'est-ce pas ? Et savez-vous ce qui lui arrive ?
– J'ai ouï dire qu'on l'a mis en prison.
– On veut même le décapiter.
– Voilà qui m'attriste fort.
– Eh bien, mon jeune ami, savez-vous pourquoi j'ai quitté mon châtiau pour aller passer quelques jours dans la ville capitale ?
– Je l'ignore.
– Eh bien, mon jeune ami, je vais demander au roi la grâce du maréchal. J'estime qu'on ne peut pas traiter ainsi un libérateur de la France. Ce n'est pas parce qu'il aurait rôti quelques mômes qu'il faudrait oublier les services rendus à son pays.
– Ne parlez point si haut, messire, l'opinion publique est fort défavorable au maréchal.
– M'en fous. M'en irai trouver le roi quand même.
– Où cela ?
– Comment : où cela ? Mais à Paris bien sûr !
– Il n'y est point.
– Comment ! ? le roi n'est pas en son palais du Louvre aux barrières duquel veille la garde ? Où est-il donc ?
– Sur les bords de la Loire.
– C'est bien la peine qu'on ait délivré des Godons sa bonne ville capitale si c'est pour n'y pas mettre les pieds.

– Messire, je ne me permettrais point de critiquer notre roi Charles, septième du nom.

– Moi, je me le permets. Je suis duc et j'ai droit à huit piliers pour mes fourches patibulaires. Je descends en ligne directe de Mérovée, c'est vous dire que les Capets pour moi c'est de la toute petite bière. Qu'est-ce qu'il ne se croit pas ce Capet-ci : sans nous et la bergerette, il ne faut pas oublier la bergerette, sans nous, dis-je, ce serait encore l'Anglais qui régnerait. Lors donc je trouve particulièrement mal séant que le roi ne se trouve pas dans sa ville capitale lorsque je viens l'y trouver.

– Messire, vous n'êtes pas le seul à penser ainsi.

– Vous m'étonnez. D'habitude, je suis seul à penser ce que je pense.

– En ce qui concerne le roi de France, vous trouveriez des amis.

– Je l'espère bien ! Tout noble seigneur ressentirait comme moi l'affront qui lui est fait.

– Et en tirerait vengeance !

– Dame oui, mais cela, ce serait plus difficile. Avec toute cette armée régulière, ces francs archers, ces compagnies d'ordonnance et cette artillerie des frères Bureau, allez vous y frotter maintenant !

– À propos des frères Bureau, ne trouvez-vous point que notre roi s'entoure un peu beaucoup de petites gens comme lesdits frères, et Jacques Cœur, et cet Étienne Chevalier...

– Ma parole, dit le duc d'Auge, vous parlez comme un livre.

– Il me semble avoir lu ça dans un livre, dit Cidrolin, les moines mendiants ça remonte au Moyen Âge.

– Et les bonnes sœurs, dit le passant, elles mendient sans arrêt, je ne sais pas si c'est le Moyen Âge ou quoi.

– Pourtant on en est sorti du Moyen Âge, dit Cidrolin. Enfin... il paraît...

– Ce quasi-clergyman avec sa mobylette, dit le passant, après tout c'est peut-être un escroc.

– Il ne m'a jamais escroqué, dit Cidrolin, je ne lui donne rien.

– Vous pourriez penser aux autres, dit le passant, à ceux qu'il a peut-être escroqués.

– Je ne veux de mal à personne, dit Cidrolin.

– C'est vous qui le dites.

Cidrolin regarde le passant dont la figure n'exprime rien et, à ce moment, on les hèle.

– C'est à vous que ce discours s'adresse, dit le passant à Cidrolin.

– Bonjour, mademoiselle, dit Cidrolin.

– C'est à vous, monsieur, que ce discours s'adresse, dit la demoiselle au passant.

– Si je comprends bien, mademoiselle, dit le passant, vous faites de l'auto-stop.

– Je sommes campeuse et canadienne et...

Le passant fait un signe, une grosse houature vient se ranger le long du trottoir, il y a toujours de la place pour les grosses houatures, un chauffeur en livrée descend, ouvre la porte, la demoiselle monte, le passant dit à Cidrolin :

– Vous avez vu comme la petite a subodoré la grosse houature ?

Il monte à son tour et tout cela disparaît. Cidrolin dit à Cidrolin :

– Combien y a-t-il de passants ? Le fait est qu'il y a beaucoup plus de passants qu'il n'en faudrait ou bien alors c'est le même passant qui se répercute de jour en jour. Et le quasi-clergyman sur sa mobylette, c'est bien le même...

autant qu'on en puisse juger ; mais les Canadiennes ? toutes différentes sans doute puisqu'il y en a d'iroquoises et de babéliennes. Il doit peut-être y en avoir qui tirent sur le mauve ou sur le grenat et qui parlent des langues inconnues. Celle-ci virait un peu à l'ébène ; après tout elles sont peut-être toutes identiques. Comme les passants. Celui-ci n'est pas un vrai passant : il a un uniforme. Vous désirez, monsieur ?

– Pourriez-vous me dire où péniche mademoiselle Lamélie Cidrolin ?

– Ici même, répond Cidrolin.

– Vous avez quelque chose à voir avec cette jeune personne ? demande le nouveau venu d'un air soupçonneux.

– Je veux, dit Cidrolin. Je suis son père.

– Alors ça tombe bien, s'exclame l'autre avec une vive satisfaction. Je viens justement lui demander sa main.

– Pour être verni, vous êtes verni : vous tombez tout de suite sur la personne adéquate.

– C'est oui ou c'est non ? Oh, vous savez, ce n'est pas que j'y tienne tellement, mais, tout bien réfléchi, pourquoi pas après tout, et puis elle m'a insinué qu'elle avait un polichinelle dans le tiroir comme disait mon grand-père qui était lui aussi porté sur la chose, à preuve que j'ai au moins soixante-douze cousins illégitimes ou bien issus d'adultérins, et, comme je suis un homme d'honneur, remarquez que pour nous, dans notre métier, ça nous est facile de semer des enfants à droite et à gauche sur tout le trajet, j'ai même un collègue qui en a fait un entre la rue des Petits-Champs et l'Opéra, c'est vous dire si je connais la question et que si je ne voulais pas réparer ça n'aurait rien d'inattendu, mais voilà c'est comme ça, je suis disposé à réparer, alors je vous invite à profiter de l'occasion. Et puis ça ne me déplairait pas d'habiter sur une péniche.

– N'y comptez pas, dit Cidrolin.

– Y a de la place pourtant sur votre vaisseau.

– Mes filles, dit Cidrolin, quand elles se marient, elles vont habiter ailleurs. C'est comme ça.

– Alors vous nous condamnez à l'achélème ?

– Mon cher, dit Cidrolin, c'est vous que ça regarde. Remarquez qu'il n'y a pas que l'achélème, il y a le pavillon de banlieue, le petit quatrième sans ascenseur, la roulotte immobile et j'en passe.

– Tout de même, c'est pas la place qui manque.

– Qui voulez-vous épouser ? demande Cidrolin. Lamélie ou la péniche ?

– C'est que je n'avais pas encore vu la péniche.

– Il faut reconnaître, dit Cidrolin, que pour une péniche c'est une péniche, et j'ajouterai même que pour une belle péniche, c'est une belle péniche. Vous voulez visiter ?

– Ça va me faire de la peine, si je pense que j'y habiterai jamais.

– Faut vous faire une raison, dit Cidrolin. Vous pouvez toujours venir y boire un verre d'essence de fenouil. Au fait, je vous en offre un.

Cidrolin montre le chemin, ils descendent le talus, s'engagent sur la planche passerelle, l'ératépiste manque de se flanquer dans la fange du fleuve.

– On voit que vous n'avez jamais servi dans les bateaux-mouches, lui dit Cidrolin aimablement.

Ensuite il crie :

– Voilà ton jules !

C'est à Lamélie que ces paroles s'adressent et on apparaît aussitôt.

– Qui est ce monsieur ? demande Lamélie à Cidrolin.

– Ton futur à ce qu'il paraît.

– Je le connais pas, dit Lamélie, mais, s'il veut prendre un verre d'essence de fenouil, on peut lui en offrir un.

– C'est déjà fait. Tu n'as plus qu'à nous apporter le rafraîchissement.

Lamélie s'esbigne pour réaliser ce projet.

– Alors, mon cher, dit Cidrolin à l'ératépiste, comment trouvez-vous ma péniche ?

– C'est chouette, répond l'ératépiste distraitement. Elle s'appelle bien Lamélie ?

– Non, elle s'appelle l'Arche.

– Votre fille s'appelle l'Arche ?

– Ma fille s'appelle Lamélie.

– Vous en êtes sûr ?

– Vous ne la reconnaissez pas ?

L'ératépiste se gratte ostensiblement la tête.

– Maintenant... je mdemande si... je mdemande... Enfin quoi, elle s'appelle bien Lamélie ?

– C'est un fait.

– Ce serait bien étonnant qu'une autre Lamélie, la mienne, habite aussi une autre péniche dans le coin.

– Pourquoi pas ?

– Bin... le calcul des probabilités...

– Prétexte à devinettes et à paradoxes. Sur les péniches le long du fleuve, toutes les filles s'appellent peut-être Lamélie.

L'ératépiste eut l'air d'en douter.

– Sur les péniches qui ne bougent pas, ajouta Cidrolin.

L'ératépiste eut l'air presque convaincu. Il aurait eu bien tort de l'être complètement car Lamélie, apportant l'essence de fenouil, lui dit :

– Alors, mon chou, je t'ai fait peur ?

– C'est bien elle ! s'écria le chou joyeusement.

– Tu as parlé à papa ?

– Oui, dit le chou.

– Il est d'accord ?

– Demande, toi.

– Papa, tu veux bien que j'épouse l'ératépiste ?

– Oui, dit Cidrolin, qui ajoute non sans mélancolie : Voilà une bonne chose de faite.

On trinque. On bavarde. On parle de l'installation future puisqu'il n'est pas question d'habiter ici, d'ailleurs ça ne dirait rien à l'ératépiste, l'humidité, c'est bien connu, ça donne des rhumatismes, et il craint très fort les rhumatismes, l'ératépiste. Et puis le môme, puisqu'il est question d'avoir un môme, il pourrait choir dans l'infâme bouillasse égoutière qui stagne autour de la péniche, alors on va chercher un petit pavillon en banlieue, mais avec quel argent on se le demande. Cidrolin aussi se le demande.

L'ératépiste n'ose le lui demander.

Il faudra peut-être attendre pour le petit pavillon de banlieue.

On peut toujours demander.

– Ça sera combien que vous lui donnerez ? demanda l'ératépiste.

– Combien quoi ? qui lui ? dit Cidrolin. Moi, vous savez, les questions d'argent…

– Bin, dit l'ératépiste, bin, la dot quoi, ce qu'on appelait autrefois la dot, la petite somme à la clé du mariage, quoi.

– Ce n'est pas clair ce que vous racontez là, dit Cidrolin.

– Enfin, quoi, Lamélie, pour son mariage, vous lui donnez rien ?

– Rien, dit Cidrolin.

– Vraiment rien ?

– Vraiment rien.

– Tout de même, vous devez bien avoir un peu d'argent devant vous.

– Sans doute, mais je vais avoir des frais.

– Des frais de quoi ?

– Des frais de remplacement. Vous ne vous imaginez pas que je vais rester sans femme ? Que je vais cirer mes souliers, faire la bouffe et le reste ? Faut que je m'en procure une autre, de femme. Et ça peut me coûter cher.

– Mais, dit l'ératépiste, inquiet, Lamélie, c'est pas votre dame, c'est bien votre fille ?

– Ne craignez rien à ce sujet, déclare Cidrolin avec autorité, Lamélie est la troisième des triplées dont ma défunte épouse accoucha en trépassant.

– J'en savais rien, dit l'ératépiste accablé.

– Faites donc pas cette tête-là, c'est plutôt pittoresque d'épouser une triplée. Vous épaterez vos copains quand ils l'apprendront.

– Ça c'est vrai.

– Et pour revenir aux questions d'argent, qu'est-ce que vous voulez, moi, il me faut quelqu'un pour passer un coup de faubert sur le pont et hisser le grand pavois les jours de fêtes carillonnées. Ce n'est pas moi qui vais faire ça, n'est-ce pas, alors il me faut des sous pour trouver l'oiseau rare, par conséquent pour vous : tintin.

– Dans ce cas-là, dit l'ératépiste, je me demande si… je me demande si…

– Souviens-toi de nos baisers, lui dit Lamélie.

– Allons, allons, ajoute Cidrolin, vous n'allez pas prétendre que vous êtes un homme d'argent.

– Non bien sûr, et puis une triplée, tout de même une triplée, j'ai peut-être même une chance d'avoir ma photo dans les journaux ou de passer aux actualités à la tévé, vous croyez pas ?

– Sans l'ombre d'un doute, dit Cidrolin gravement.

– Alors, s'écria l'ératépiste, cochon qui s'en dédit, je prends Lamélie, fric ou pas !

– Brave garçon, dit Cidrolin. Alors, comment l'avez-vous trouvée, mon essence de fenouil ?

– De première, dit l'ératépiste. De première.

Il y a un silence.

– Eh bien, finit par dire l'ératépiste, voilà une bonne chose de faite. Si vous permettez, je rentre à la maison pour prévenir maman.

– Je vous avertis tout de suite, dit Cidrolin, si c'est pour remplacer Lamélie, rincer le pont et racler le gouvernail, je n'en veux pas de votre maman.

– Mais j'avais pas l'intention de lui proposer.

– Je l'espère bien.

Cidrolin se lève, l'ératépiste en fait autant. Cidrolin dit à Lamélie :

– Je le raccompagne ; sur la planche passerelle, il a le vertige.

Il lui tient la main de peur qu'il ne choie dans la vase ; ensuite ils remontent le talus.

– Au revoir, dit Cidrolin à l'ératépiste.

Il regarde la clôture et le portillon, couverts d'inscriptions. L'ératépiste dit :

– Je comprends pas les gens qui éprouvent le besoin d'écrire. Ça vous concerne ?

– Au revoir, lui dit Cidrolin.

Tandis que l'ératépiste s'éloigne lentement, Cidrolin va chercher le pot de peinture et, d'un pinceau soigneux, étend de belles couches de vert sur la lettre A ; il s'applique ; il en remet au point de faire réapparaître ladite lettre par trop de couleur, puis il passe à la lettre S et sa ferveur ne diminue pas. Il n'entend plus le pas du passant qui passe, ni le passage sur le boulevard de milliers et de milliers de houatures. Le vicomte de Péchiney parle à voix basse au duc d'Auge. La Trémoille, Dunois, le duc d'Alençon vont mettre un peu le Capétien au pas et lui rappeler les égards qu'il doit avoir envers les gens bien nés. Quelqu'un de plus important encore s'est même joint à eux. Le duc d'Auge demande qui cela peut bien être, il ajoute qu'il n'en a pas la moindre idée. Après s'être fait prié un moment, le jeune seigneur avoue que le quelqu'un n'est autre que le dauphin.

– Quoi ! s'écrie le duc d'Auge. Le fameux Louis le onzième ?

– Soi-même, répond le vicomte de Péchiney, mais remarquez qu'onzième il ne l'est pas encore.

– Et il conspirerait contre le papa ?

– Nous ne conspirons point, mais défendons nos droits légitimes.

– Je le reconnais ; et mon bon ami Gilles de Rais, qu'est-ce qu'il deviendrait dans tout cela ?

– Nous irions le délivrer.

– Je vous offre un cent de clous de girofle, s'il en advient ainsi. En attendant, beuvons !

Et ils beuvèrent.

CHAPITRE 7

Le guetteur aperçut deux personnages montés sur des mulets qui se dirigeaient vers le châtiau. Le duc d'Auge fut aussitôt prévenu. On reconnut alors l'abbé Biroton suivi du diacre Riphinte.

– On va leur faire une bonne blague, dit le duc d'Auge. On va leur tirer dessus un coup de bombarde et quelques coups de couleuvrine. Après vous irez récupérer les boulets.

Les novices artilleurs n'étaient point trop rassurés, car c'était la première fois qu'ils allaient utiliser les nouvelles acquisitions du duc d'Auge. La bombarde fonctionna de façon satisfaisante et un boulet alla s'enterrer à moins de trois cents mètres d'Onésiphore, lequel, non plus que le diacre Riphinte, ne comprit ce qui se passait.

Lorsque les billes des coulcuvrines vinrent atterrir dans le voisinage immédiat, le chapelain se jeta bas de son mulet pour implorer la protection divine, imité aussitôt par le diacre Riphinte. Un tube de couleuvrine éclata, ce qui arrêta le tir, le duc ne voulant pas risquer de faire péter, pour une simple plaisanterie, un matériel qui lui avait coûté fort cher.

Tandis que les artilleurs survivants allaient récupérer les boulets, l'abbé Biroton, suivi du diacre Riphinte, se présentait au duc.

– Quel accueil, messire, dit l'abbé Biroton. Je sais que vous n'aviez point de mauvaises intentions, mais nous l'avons échappé belle.

– Le résultat fut plus satisfaisant que je ne pensais.

– Alors, messire, vous aussi possédez la diabolique bombe ?

– Il me faut me défendre, mon cher. J'attends d'un jour à l'autre les compagnies royales de sécurité et, comme je n'ai pas envie de me laisser piétiner, j'ai pris mes précautions et me suis ravitaillé en inventions modernes et dernières nouveautés.

– Vous avez encore des démêlés avec le roi ?

– Cela n'arrête pas. Cette fois-ci, à cause de mon bon ami Gilles de Rais…

– Hou ! le vilain bougre !

– Tais-toi, prêtre. Manquerais-tu de charité chrétienne ? Mon bon ami Gilles de Rais a été bel et bien exécuté, tout comme un manant, lui, noble seigneur et vaillant guerrier, alors que la guerre de Cent Ans n'est même pas encore terminée. Comme cela ne m'a pas plu, je me suis joint à d'autres nobles seigneurs et vaillants guerriers pour faire la leçon au roi ; et sais-tu qui était avec nous ?

– Point ne le devine.

– Le dauphin.

– Quoi ! le célèbre Louis le onzième ?

– Onzième, pas encore. Je ne te raconte pas tout ce qui s'est passé ; en fin de compte les nobles seigneurs se sont conduits comme des cloches et le dauphin nous a laissé tomber, tant et si bien que je reste seul en face du roi de France, en état de rébellion ouverte. Heureusement que j'ai mes petits canons. Tiens, puisque tu es là, pas d'histoire, tu vas me les bénir.

L'abbé Biroton s'exécute sur-le-champ, sans discuter. La chose faite, le duc lui tape cordialement dans le dos, s'enquiert de sa santé, demande :

– Alors, et ce concile ?

– Il a déposé Eugène IV pour le remplacer par Amédée, et le roi de France va promulguer la Pragmatique Sanction qui défend les libertés de l'Église gallicane.

– Si je comprends bien, tu prends le parti du roi.

– Ne vous emportez point, messire, je n'étais là-bas que comme simple observateur.

– Hm ! tu m'as l'air de tisser toute l'étoffe d'un traître.

– Messire ! un traître ! moi ? un simple observateur, je vous le répète.

– Tu peux bien le répéter, mais je t'aurai à l'œil et je me demande si ce n'est pas mon ange gardien qui m'a conseillé d'agrémenter ton retour de quelques coups de canon. Moi, je suis guelfe et féodal. Si mon chapelain s'éprend des idées modernes, je n'aurai plus rien d'autre à faire qu'à l'attacher à la bouche d'une bombarde pour l'envoyer aux cieux en petits morceaux.

L'abbé Biroton s'abstint de commenter ce propos, et, dans le silence qui suivit, se firent entendre les voix de Pigranelle et Bélusine qui chantaient un rondeau que Charles d'Orléans s'apprêtait à écrire : Hyver, vous n'êtes qu'un vilain. Dans les écuries, Sthène et Stèphe les accompagnaient en fredon.

– Vos filles semblent de gaie humeur, dit le chapelain pour parler d'autre chose que de lui-même.

– Oui, répondit le duc. Je les marie.

– Toutes les trois ?

– Oui.

– Même Phélise ?

– Même Phélise. Tu vois, Onésiphore, depuis mon veuvage, elles ne voyaient plus personne, ces petites. Grâce aux intrigues auxquelles je me suis mêlé, je me suis fait des amis et des alliés, des cloches je te l'ai dit, et, parmi les plus cloches d'entre ces cloches, j'ai mis la main sur trois jeunes niais à qui je refile mon petit tiercé : Pigranelle au sire de Ciry, Bélusine au comte de Torves et Phélise au vidame de Malplaquet. Et voilà une bonne chose de faite. J'espère qu'on pourra célébrer ces noces avant l'arrivée des archers du roi.

– Que vous espérez déconfire ?

– Avec mes petits canons, je ne crains plus personne.

Le duc d'Auge se frotta les mains en manifestant tous les signes de la plus vive satisfaction, puis, brusquement, sa mine devint soucieuse.

– Et cette histoire universelle à propos de laquelle je t'ai, il y a bien longtemps déjà, interrogé, j'attends toujours ta réponse.

– Que voulez-vous savoir au juste ?

– Ce que tu penses de l'histoire universelle en général et de l'histoire générale en particulier. J'écoute.

– Je suis bien fatigué, dit le chapelain.

– Tu te reposeras plus tard. Dis-moi, ce Concile de Bâle, est-ce de l'histoire universelle ?

– Oui-da. De l'histoire universelle en général.

– Et mes petits canons ?

– De l'histoire générale en particulier.

– Et le mariage de mes filles ?

– À peine de l'histoire événementielle. De la microhistoire, tout au plus.

– De la quoi ? hurle le duc d'Auge. Quel diable de langaige est-ce là ? Serait-ce aujourd'hui ta Pentecôte ?

– Veuillez m'excuser, messire. C'est, voyez-vous, la fatigue. Et l'énervement. Ces boulets sont terribles : diabolique invention !

– Mais tu les as bénis, fainéant !

– Les canons, pas les boulets.

– Oh ! le vilain hypocrite ! Cache-toi sinon je te massacre.

Onésiphore disparaît.

Le duc fait le tour des remparts, examine l'horizon vide de tout archer, caresse bombarde et couleuvrines, félicite ses soudards. Il prononce même une petite allocution :

– Et si le chapelain vient vous dire que c'est là diabolique invention, vous lui répondrez que si l'on avait eu de l'artillerie du temps des Croisades, le saint sépulcre serait encore entre mains chrétiennes.

Cela dit, il descend du côté des cuisines pour voir s'il n'y aurait pas quelque chose de bon à grappiller, puis, changeant brusquement d'intention, il fait appeler ses filles par devers lui.

Ces trois jeunes personnes se présentent aussitôt. Elles commencent par remercier vivement leur papa pour le réjouissant spectacle qu'il leur a offert en bombardant et couleuvrinant l'abbé Biroton et le diacre Riphinte, puis elles s'informent respectueusement des intentions paternelles quant à la date de leurs noces. Le duc répond en leur demandant tout d'abord si elles vont finir par le laisser parler. Qu'elles ne s'inquiètent point, continue-t-il, tout est prêt, les seigneurs arrivent à grand troton ; quant aux archers du roi, il y a les petits canons pour les recevoir et, s'ils s'avisaient de se présenter devant les murs du châtiau, leur ratatinage ne serait somme toute que prétexte à réjouissances supplémentaires. Ce discours lui paraissant achevé, le duc, changeant encore une fois d'humeur, invite les triplées à le débarrasser immédiatement de leur présence, sans cela, gare les coups. Tandis qu'il grimpe au sommet de son donjon pour voir si les archers du roi se pointent dans le voisinage, ses filles se précipitent à la recherche du chapelain qu'elles trouvent en train de se réconforter dans les cuisines où il s'est replié pour décortiquer quelques harengs saurs qu'il mouille de vin clairet. Elles l'interviouvent, mais il ne peut que leur avouer qu'il n'en sait guère long sur la question qui les intéresse et les invite à recommander leur âme à Dieu en faisant pieuses prières.

– Bê, bê, dit Phélise.

Elle approuve.

Lorsque les filles sont parties, le chef des cuisines propose au chapelain de se revigorer un peu plus en mangeant une tourte qui est en train de cuire, une au suint de mouton et à la cannelle.

– Grands mercis, dit Onésiphore. Brrr, ces boulets volant comme mouches autour de ma tonsure, ce fut une rude épreuve pour un prêtre pacifique comme moi.

– Pourtant, chapelain, dit le maître queux, vous ne craignez point les coups, que je sache.

– Tu crois ? Je changerais donc…

– En tout cas, m'est avis que la couleuvrinade que vous subîtes n'est qu'un petit commencement. Cela va se bagarrer ferme dans le coin, et d'ici peu. Dès que notre roi très chrétien, Charles le septième, aura liquidé les Godons et même avant, il viendra donner une leçon à notre duc qui fait le jacques ; et cette histoire de défendre ce vilain bougre d'ogre de Gilles de Rais, ce n'est pas cela qui l'aura rendu populaire, notre duc. Pas à mes yeux en tout cas ; moi, je ne suis pas pour le cannibalisme, même considéré comme une farce. Je ne suis pas non plus pour les armes à feu, cette plaie de notre temps. On est obligé de tuer, éventrer, étriper les animaux, soit : il faut bien vivre ; et puis, ils n'ont pas d'âme, n'est-ce pas, messire chapelain ?

– Cela ne pourrait effleurer que l'esprit d'un albigeois, et, Dieu merci, il n'en reste plus.

– Alors je vous apporte ma tourte au suint de mouton et à la cannelle.

Onésiphore y goûte.

– Voilà, dit-il, qui me console d'être venu échouer de nouveau en ce châtiau alors que j'aurais pu décrocher quelque évêché en intriguant au Concile ; mais je ne suis pas un intrigant. Tout de même ici, nous sommes quelque peu pris comme rats au piège. Et ces mariages, tu y crois, toi, à ces mariages ?

– En aucune façon, répondit le maître queux, rien n'est prêt, les fournisseurs ne sont pas prévenus, les réserves dont je dispose ne me permettraient pas de nourrir trente nobles personnes, encore moins de soutenir un siège.

– Et notre duc se fait bien des illusions sur son artillerie. Cela tombe à droite à gauche, ces boulets, pour tout dire n'importe où : ce n'est pas encore l'arme intégrale ; et puis le roi en possède aussi. Quelques bons boulets dans le pont-levis et les archers du roi entrent dans le châtiau comme ils veulent.

– Voilà maintenant que le frocard fait de la stratégie ! s'écria le duc qui était entré en catimini. Et de la stratégie défaitiste, par-dessus le marché ! Je ne sais ce qui me retient de le pendre par ses glandes extérieures.

En attendant, il ne peut se retenir de lui tirer une oreille. Indigné, l'abbé Biroton se met à gueuler très fort, et, comme cela n'empêche pas l'autre de continuer, il prend une lardoire sur le feu et commence à griller la main tractrice. Le duc pousse un épouvantable cri et lâche prise en secouant l'appendice comburé. Ainsi libéré, Onésiphore énonce d'une voix claire ses griefs :

– Me faire cela à moi ! Un représentant de Dieu sur la terre ! Un observateur au Concile de Bâle ! Un membre de l'Église apostolique, romaine et gallicane ! À genous, Joachim duc d'Auge ! Implore pardon sinon je te fais excommunier ; alors plus de mariages, plus d'onctions, plus rien ! À genous, Joachim duc d'Auge !

– Et cela se révolte en plus, dit le duc grommelant qui étale du beurre frais sur sa brûlure. Je le prévoyais depuis un certain temps ; le clergé veut tout commander.

– À genous, Joachim duc d'Auge ! continue à gueuler l'abbé Biroton. Implore pardon pour ton irrespect envers ta sainte mère l'Église. À genous, et plus vite que cela ! je commence à voir de petits diablotins galoper autour de toi qui n'attendent que le bon moment pour emporter ton âme en Enfer.

– Et il a des visions par-dessus le marché.

– Et penses-y bien ; plus rien ! plus d'onctions ! plus de mariages !

Le duc hausse les épaules, soupire et s'agenouille.

– Pardon, dit-il.

– Cela manque de chaleur, dit le chapelain. Allons, allons, un peu plus de componction… un peu plus de foi…

Le duc se décide à mettre la bonne dose.

– J'implore le pardon de ma sainte mère l'Église et celui du non moins saint abbé, Onésiphore Biroton.

Il lui est pardonné.

– Tout de même, expliqua-t-il un peu plus tard à Mouscaillot, je n'allais pas risquer d'aller en Enfer pour une oreille de chapelain. Remarque que ces diablotins, je n'y crois pas. Lui-même, y croit-il? Enfin, je ne peux pas me mettre tout le monde à dos, faut bien ruser dans la vie. Tiens, pour me changer les idées, je vais aller chasser la grosse bête, l'aurochs ou l'urus, par exemple. Selle les chevaux et que la meute soit prête… j'emmènerai aussi une couleuvrine… évidemment, si je tape en plein dans le gibier, il n'en restera plus lourd… plus lourd…

Quand Cidrolin rouvre les yeux, un soleil orange descend vers les achélèmes de la zone suburbe. Il se lève, boit un bon verre d'essence de fenouil, brosse son complet le plus chouette et l'endosse. Il va d'abord s'assurer que clôture et portillon sont vierges de tout graffite, puis il boucle derrière lui et le voilà qui marche vers les autobus. Il en choisit un qui le mène vers le centre de la ville capitale, et là il en prend un autre pour un foyer mineur de la même cité. Le crépuscule se prolonge, mais cafés et boutiques s'éclairent déjà comme si c'était pleine nuit; il est vrai que dans ce foyer mineur, c'est toujours pleine nuit de l'aube jusques au soir.

Cidrolin regarde à droite, à gauche dans tous les cafés comme s'il cherchait quelqu'un ou simplement une place, une table à sa convenance. Il traîne un peu et finit par entrer au bar Biture, un bar qui se donne l'air de ressembler à tous les autres. Cidrolin s'assied. Comme clients, il n'y a que deux types debout qui parlent du tiercé. Derrière le comptoir, le patron, inactif, écoute les commentaires sur les pronostics; il porte une casquette carrée semi-ronde ovale en drap orné de pois blancs. Le fond est noir. Les pois sont de forme elliptique; le grand axe de chacun d'eux a six millimètres de long et le petit axe quatre, soit une superficie légèrement inférieure à dix-neuf millimètres carrés. La visière est faite d'une étoffe analogue, mais les pois sont plus petits et de forme ovale. Leur superficie ne dépasse pas dix-huit millimètres carrés. Il y a une tache sur le troisième pois à partir de la gauche, en comptant face au porteur de la casquette et au plus près du bord. C'est une tache d'essence de fenouil. Elle est infime, mais, malgré son étendue réduite, elle conserve la couleur propre à la substance originelle, une couleur un peu pisseuse, intermédiaire entre l'infrarouge et l'ultraviolet. En examinant avec soin le pois voisin, toujours en continuant à compter à partir de la gauche face au porteur de la casquette et en longeant au plus près du bord, on distingue une souillure minuscule ayant également pour origine la projection d'une goutte d'essence de fenouil, mais ses dimensions sont telles qu'on pourrait croire que c'est simplement un fil du drap noir environnant qui se serait égaré là et y aurait pris une teinte jaunâtre sous l'effet de la lumière au néon qui tombe d'un tube tubulaire tant bien que mal ; en effet, il y a des à-coups dans le fonctionnement de l'appareil et, parfois, on pourrait songer qu'il émet des signaux en cet alphabet inventé par ce peintre américain fameux qui naquit à Charlestown (Mass.) en 1791 et mourut à Poughkeepsie en 1872. Par une singulière coïncidence est accrochée juste au-dessus de la tête de Cidrolin une reproduction de l'Hercule mourant de Samuel-Finlay-Breese Morse, qui avait obtenu en 1813 la médaille d'or de la Société des Arts Adelphi.

Comme elle est accrochée juste au-dessus de sa tête, Cidrolin ne peut voir directement cette reproduction qui se reflète d'ailleurs dans le vaste miroir qui couvre tout le mur opposé, mais Cidrolin ne peut la voir non plus indirectement, car l'un des deux consommateurs est de très haute taille et cache entièrement l'image de l'Hercule mourant de Samuel-Finlay-Breese Morse. L'autre consommateur, sensiblement moins grand que son interlocuteur puisqu'il ne mesure pas plus d'un mètre quarante-trois centimètres, porte de temps à autre ses yeux sur cette gravure dont il a une vue directe, car il s'appuie contre le comptoir et tourne presque entièrement le dos au patron, qui, brusquement, semble s'apercevoir de la présence d'un nouveau client, et de loin, sans se déplacer, sans même faire un geste et encore moins enlever sa casquette, demande à Cidrolin ce qu'il a envie de consommer.

Cette question ne déconcerte point Cidrolin qui la prévoyait depuis quelques instants et se préparait à y répondre ; aussi sa réponse ne se fait-elle pas attendre. Elle consiste en une suite de mots formant une phrase grammaticalement bien formée et dont le sens ne peut laisser aucun doute, même dans l'esprit d'un patron de bistro aussi lourd que celui qui tient le bar Biture. Le patron du bistro écoute encore un instant les considérations des deux consommateurs concernant le tiercé, puis il apporte à Cidrolin la boisson demandée, qui est l'essence de fenouil un peu tiède avec une goutte d'eau plate. Cidrolin fabrique un sourire manifeste pour démontrer sa gratitude indescriptible, immense et perpétuelle devant tant de gentillesse et tant d'exactitude, et, toujours grave, l'homme à la casquette de drap noir semé de pois blancs se retire majestueusement derrière son comptoir.

Il se passe ensuite quelques minutes durant lesquelles les deux consommateurs essaient de résoudre les mystérieux problèmes que pose le tiercé du dimanche suivant, l'un des consommateurs est de très haute taille, l'autre est tourné de trois quarts, appuyant son dos contre le zinc, ce qui lui permet de jeter, de temps à autre, un coup d'œil sur la reproduction de l'œuvre de Samuel-Finlay-Breese Morse. Il regarde aussi de temps à autre l'homme qui est assis là et qui semble déguster son essence de fenouil. Il ne doit pas lui trouver un intérêt quelconque, car son regard ne s'attarde jamais plus de trois à quatre secondes sur ce personnage sans signes distinctifs. Il semble préférer nettement l'Hercule mourant de Samuel-Finlay-Breese Morse. Comme son interlocuteur déclare avoir épuisé toutes les combinaisons raisonnables à envisager, il pivote légèrement, sort de la monnaie de sa poche et paie les deux verres asséchés qui traînent encore sur le comptoir. Il serre ensuite la main du patron et sort suivi de son compagnon, l'homme à la très haute taille. La porte se referme derrière eux.

L'homme à la casquette nettoie les verres. Il n'adresse pas la parole à Cidrolin.

Cidrolin ne lui adresse pas la parole.

C'est alors qu'entre Albert.

Arrêt sur lecture 3

Il vient un jour où les pères marient leurs filles : le duc d'Auge a trouvé trois gendres pour ses Phélise, Pigranelle et Bélusine. Cidrolin, lui, voit sa benjamine Lamélie partir avec un ératépiste fort peu « fleur bleue » ». Il va donc lui falloir trouver « une jeune personne, pas trop jeune quand même, qui pourrait s'occuper de tout ça, faire la cuisine, laver [s]on linge, raccommoder [s]es chaussettes, donner un coup de faubert sur le pont » (cf. début du chapitre 8).

Bien curieux, ce « faubert »... Et du « faubert » (sorte de balai fait de vieux cordages, dit le dictionnaire) à Flaubert il n'y a qu'un pas, que nous allons franchir grâce à la casquette du patron du bar Biture.

Un hommage à la plus célèbre casquette de toute la littérature française

Si Raymond Queneau accorde une large place au dialogue dans *Les Fleurs bleues*, il semble faire preuve de la plus grande désinvolture à l'égard de la description : sur les lieux, les vêtements ou l'aspect physique des personnages, le lecteur n'a que peu d'informations et de détails. Aussi peut-il s'étonner du nombre de lignes consacrées à la casquette du taciturne patron du bar Biture dont on apprendra bientôt qu'il se prénomme lui aussi Onésiphore.

Essayez de visualiser ou de dessiner cet objet... Ce n'est pas facile. Et pour cause, ce n'est pas dans la réalité que Raymond Queneau a trouvé son modèle mais dans la littérature. Cette pure casquette de mots en double une autre, celle de Charles Bovary, longuement décrite par Flaubert au tout début de *Madame Bovary* :

« C'était une de ces coiffures d'ordre composite, où l'on retrouve les éléments du bonnet à poil, du chapska, du chapeau rond, de la casquette de loutre et du bonnet de coton, une de ces pauvres choses, enfin, dont la laideur muette a des profondeurs d'expression comme le visage d'un imbécile. Ovoïde et renflée de baleines, elle commençait par trois boudins circulaires ; puis s'alternaient, séparés par une bande rouge, des losanges de velours et de poil de lapin ; venait ensuite une façon de sac qui se terminait par un polygone cartonné, couvert d'une broderie en soutache compliquée, et d'où pendait, au bout d'un long cordon trop mince, un petit croisillon de fils d'or, en manière de gland. Elle était neuve ; la visière brillait.

– Levez-vous, dit le professeur.

Il se leva : sa casquette tomba. Toute la classe se mit à rire.

Il se baissa pour la reprendre. Un voisin la fit tomber d'un coup de coude ; il la ramassa encore une fois.

– Débarrassez-vous donc de votre casque, dit le professeur, qui était un homme d'esprit. »

Fameuse, cette « casquette » de l'élève Bovary l'est à plus d'un titre. Sa description représente une réalisation exemplaire du projet réaliste, l'écrivain visant à reproduire au plus près l'objet observé, sous toutes ses coutures, au propre et au figuré. Mais l'inflation, scrupuleuse et comique, des détails de ce « casque » provoque le vertige... « Il faut, disait Flaubert, peindre le dessus et le dessous des choses. » Mais les mots font-il exister les choses, ou finissent-ils par les effacer ? Existent-ils en amont, en aval ou à côté des choses ? Comme souvent, Raymond Queneau suscite et traite le vertige par le biais comique : coiffé comme on dit d'une double casquette, celle du lecteur de Flaubert et celle de l'auteur des *Fleurs bleues*, il en invente une troisième, en noir et blanc.

Lecture d'une description parodique

Feindre la nécessité de décrire

Toute description, dans un roman, constitue une pause dans le temps du récit que le lecteur perçoit comme un ralentissement de l'action, voire un passage ennuyeux qu'il suffit de survoler. La description n'a donc pas toujours bonne réputation... Pourtant, si un écrivain interrompt provisoirement pour elle le cours de son récit, c'est qu'il la considère nécessaire, ce que semble indiquer ici le volume de lignes consacré à la casquette du patron du bar Biture. Mais à quelle motivation cette description obéit-elle ? Moins extravagante que la casquette de Charles Bovary, celle du patron du Biture ne provoque pas le sarcasme d'un professeur ou le rire d'un public cruel, et il n'en restera que le jeu de l'épithète homérique – « l'homme à la casquette de drap noir à pois blancs », soit quelques signes noirs sur fond blanc. Signes peut-être d'une double malice, car il n'est pas impossible que Raymond Queneau, rendant hommage à Flaubert, ne profite de l'occasion pour imiter ironiquement les descriptions réputées gratuites de l'un de ses contemporains, Alain Robbe-Grillet, représentant du « Nouveau Roman ».

Feindre l'exhaustivité

Parmi les possibles fonctions de la description, la plus attendue est la fonction référentielle – ou documentaire. La précision de l'objet que l'auteur décrit atteste de sa vraisemblance. Parodiant la volonté d'exhaustivité qui caractérise le texte de Flaubert, Raymond Queneau l'aggrave par :

– un effet-loupe ou « zoom » (« Il y a une tache sur le troisième pois à partir de la gauche... ») ;

– le recours aux outils de description mathématique (« le grand axe de chacun d'eux a six millimètres de long et le petit axe quatre, soit une superficie légèrement inférieure à dix-neuf millimètres carrés »).

Le délire de précision maniaque (« Il y a une tache sur le troisième pois à partir de la gauche... ») pousse à son terme le rêve de maîtrise du réel par les mots et met à nu les procédés de l'écriture réaliste, ce que faisait à sa manière le Nouveau Roman, non sans un certain humour. Voici par exemple, dans *Les Gommes* (1953) d'Alain Robbe-Grillet, la description, pour le moins minutieuse, du cœur d'un quartier de tomate (« Un quartier de tomate en vérité sans défaut, découpé à la machine dans un fruit d'une symétrie parfaite ») : « Celui-ci, d'un rose atténué légèrement granuleux, débute, du côté de la dépression inférieure, par un faisceau de veines blanches, dont l'une se prolonge jusque vers les pépins – d'une façon peut-être un peu incertaine. Tout en haut, un accident à peine visible s'est produit : un coin de pelure, décollé de la chair sur un millimètre ou deux, se soulève imperceptiblement. »

Feindre l'objectivité

Quittons cette tomate – incontestablement objective – pour revenir à notre casquette. La sécheresse de la parataxe*, qui contraste avec les méandres de la phrase flaubertienne, contribue, comme la platitude des verbes (« être », « avoir »), à la mise en scène d'une objectivité radicale, pseudo-scientifique.

Pourtant, Raymond Queneau construit un objet impossible, au regard de la logique la plus élémentaire. C'est ainsi que le principe de non-contradiction n'est pas respecté :

1. Une casquette ne peut pas être à la fois carrée, semi-ronde et ovale.

2. Le « pois », défini par sa rondeur, ne peut être « elliptique », c'est-à-dire ovale.

3. Une couleur « intermédiaire entre l'infrarouge et l'ultraviolet » ne peut pas être visible pour l'œil humain qui ne détecte pas plus l'infrarouge que l'ultraviolet.

En corollaire, lorsque le texte oppose deux éléments (forme, superficie), il se trouve qu'ils ne sont pas contradictoires mais identiques :

1. Sur le corps de la casquette, les pois sont « de forme elliptique », donc ovale.

2. La visière est « faite d'une étoffe analogue, mais les pois sont plus petits et de forme ovale [...] »

Vous avez sans doute aussi été frappé par cette stupéfiante différence :

– « une superficie légèrement inférieure à dix-neuf millimètres carrés » ;

– « une superficie qui ne dépasse pas dix-huit millimètres carrés ».

Loin de détruire la description flaubertienne, l'ironie et le « nonsense »* de Raymond Queneau en révèlent, au sens photographique du terme, la modernité. Qu'elle se moque ou non du Nouveau Roman, la casquette d'Onésiphore interroge – comiquement et métaphysiquement – les conditions de possibilité de la description, et donc plus largement des rapports entre le langage et le monde.

à vous...

Comme on vient de le voir, Raymond Queneau n'hésite pas, en créateur iconoclaste, à détourner les textes d'autres écrivains, y compris de ceux qui lui sont les plus chers, comme Flaubert ou Rabelais. Sur ces jeux d'écriture, qui sont des pratiques de « littérature potentielle », vous pouvez lire cet exemple qu'il propose dans *Bâtons, chiffres et lettres* :

« Soit un sonnet de Mallarmé :

Le vierge, le vivace et le bel aujourd'hui
Va-t-il nous déchirer avec un coup d'aile ivre
Ce lac dur oublié que hante sous le givre
Le transparent glacier des vols qui n'ont pas fui !

Un cygne d'autrefois se souvient que c'est lui
Magnifique, mais qui sans espoir se délivre
Pour n'avoir pas chanté la région où vivre
Quand du stérile hiver a resplendi l'ennui.

Tout son col secouera cette blanche agonie
Par l'espace infligée à l'oiseau qui le nie,
Mais non l'horreur du sol où le plumage est pris.

Fantôme qu'à ce lieu son pur éclat assigne,
Il s'immobilise au songe froid de mépris
Que vêt parmi l'exil inutile le Cygne.

Je vais procéder à une haï-kaïsation de ce sonnet, c'est-à-dire que je vais l'effacer en ne conservant que les sections rimantes; ou bien encore, pour employer un langage mathématique, je vais considérer une restriction de ce poème à ses sections rimantes. (Je me permettrai d'y ajouter une ponctuation subjective.)

Aujourd'hui
Ivre,
le givre
pas fui !

Lui
se délivre…
où vivre ?
L'ennui…

Agonie
le nie,
pris,

assigne
mépris,
le Cygne.

Quel intérêt ? Primo, j'obtiens un nouveau poème qui, ma foi, n'est pas mal et il ne faut jamais se plaindre si on vous offre de beaux poèmes. Secundo on a l'impression qu'il y a presque autant dans la restriction que dans le poème entier […]. Tertio : sans aller jusqu'à cette limite sacrilège, on peut au moins dire que cette restriction éclaire le poème primitif; elle n'est pas dépourvue de valeur exégétique et peut contribuer à son interprétation. »

« Haï-kaïsez* » à la manière de Raymond Queneau, et produisez votre propre poème à partir de celui de Baudelaire :

« La Beauté

Je suis belle, ô mortels ! comme un rêve de pierre,
Et mon sein, où chacun s'est meurtri tour à tour,
Est fait pour inspirer au poète un amour
Éternel et muet ainsi que la matière.

Je trône dans l'azur comme un sphinx incompris;
J'unis un cœur de neige à la blancheur des cygnes,
Je hais le mouvement qui déplace les lignes,
Et jamais je ne pleure et jamais je ne ris.

Les poètes, devant mes grandes attitudes,
Que j'ai l'air d'emprunter aux plus fiers monuments,
Consumeront leurs jours en d'austères études;

Car j'ai, pour fasciner ces dociles amants,
De purs miroirs qui font toutes choses plus belles :
Mes yeux, mes larges yeux aux clartés éternelles ! »

CHAPITRE 8

En voyant Cidrolin, Albert s'abstient de tout témoignage extravagant de surprise, de reconnaissance ou de joie. Il s'assoit tranquillement, il lui serre la pince, il demande au patron une coupe de champagne. Lorsque la coupe est pleine, l'homme à la casquette de drap noir à pois blancs bat en retraite derrière son zinc et il parvient à s'y faire tout petit.

Albert et Cidrolin parlent à voix basse.

– Ça va comme tu veux ? demande Albert.

– À peu près.

– Tu te refais à la vie civile ?

– Ça va. On s'habitue.

– Tu habites toujours la péniche ?

– Oui.

– Tu dois être tranquille là-dessus.

– À peu près. Sauf que, depuis quelque temps, il y a un con qui s'amuse à barbouiller des inscriptions sur la clôture qui longe le boulevard. Je passe mon temps à la repeindre. La clôture.

– Tu te fais du mouron pour bien peu de chose. Les graffiti, qu'est-ce que c'est ? tout juste de la littérature.

– Bien sûr, mais j'aime mieux peindre dessus.

– Et qu'est-ce qui ne va pas encore ?
– À part ça, tout va. Je marie ma fille. La dernière.
– Bravo. Alors tu es content. Elles sont toutes casées.
– Faut reconnaître : je ne pensais pas qu'elle réussirait.
– Tu vois : faut jamais se désespérer.
– Oh, je ne désespérais pas. C'était surtout pour elle.
– Bien sûr.
– Voilà. Et je vais me retrouver tout seul sur ma péniche.
– Faudrait que j'aille te voir un de ces jours, mais, tu sais, avec mes occupations.
– C'est justement à cause de ça que je voulais te parler.
– Je ne vois pas ce que tu peux avoir à me dire à propos de mes occupations.
– Si, si, tu vas comprendre.
– Je ne demande pas mieux.
– Voilà, je vais me retrouver tout seul sur ma péniche. Il faudra que je fasse la cuisine, lave mon linge, raccommode mes chaussettes, donne un coup de faubert sur le pont, toutes occupations qui m'emmerdent et sont d'ailleurs exclusivement féminines. Tu vois ce que je veux dire ?
– Je voudrais voir de plus près.
– Tu ne connaîtrais pas une jeune personne, pas trop jeune quand même, qui pourrait s'occuper de tout ça, faire la cuisine, laver mon linge, raccommoder mes chaussettes, donner un coup de faubert sur le pont. Remarque que je ne tiens pas essentiellement à la tringler, pas du tout même, non non, ça serait tout juste pour ça, pour ce que je t'ai dit, cuire la tambouille, repasser mes liquettes, repriser mes slips, et tenir la péniche en son état coquet. Dans la marine, tu sais, on n'arrête pas de briquer.
– Pourquoi ne t'adresses-tu pas à un bureau de placement ?

– Avec la réputation qu'on m'a faite…

– Tu crois qu'on pense encore à toi ? On t'a oublié.

– Mais non, puisqu'il y a le type qui barbouille mon portillon.

– Ce sont des idées.

– C'est pas des idées. C'est écrit.

– Moi, je te conseille le bureau de placement.

– J'aurais pensé que parmi les filles que tu connais y en a des tas qui préféreraient ma péniche au bordel argentin ou au harem pétrolier.

– Là, alors, je peux te dire que tu te trompes. Ce n'est pas un avenir ce que tu leur proposes ; le travail les écœure, tu peux m'en croire.

– Tout de même. Tout de même. Ce n'est pas terrible, ce que je demande : rincer le gaillard d'avant et le gaillard d'arrière, tricoter un poul, faire bouillir la lessive et acheter des patates au supermarket, c'est pas un monde. Il me semble que ça devrait sembler plus agréable que de se faire trombiner par des nuées de gauchos ou un sheikh polygame et roteur.

– Comme tu te trompes. Les petites qui me passent entre les mains, j'en garderais bien quelques-unes ici, je leur trouve de véritables sinécures…

– En voilà une.

– … mais ce sont elles qui me supplient de partir pour les pays lointains. Elles sont colonisatrices en diable.

– Elles sont idiotes, tes mousmés. Tu les baratines, tu leur fais croire. Pour une fois, trouves-en une, à qui tu feras croire la vérité, à savoir que ma péniche est une demeure chaste et pure qui vaut mieux que le stripeutise dans un bocard tropical et minable.

– Minute. Moi, je ne fais pas le bocard miteux. Les boîtes que je fournis sont tout ce qu'il y a de plus standigne.

– Ma péniche aussi est standigne. L'inspecteur des contributions corbitaires est venu l'autre jour et il m'a laissé espérer que bientôt l'Arche passerait dans les trois ancres catégorie A.

– Compliments, dit Albert impressionné.

– Tu es un copain, non ? dit Cidrolin.

– Tu en doutes ? dit Albert indigné.

– Alors, trouve-moi ce que je cherche.

– Ce sera difficile.

– Mais non. Tu te pointes avenue du Maine…

– Tu ne vas pas m'apprendre mon métier.

– … tu vois une fille qui descend du train d'Avranches, tu lui dis mademoiselle je connais une péniche je ne vous dis que ça, vous aurez tout juste un peu de ménage et la frigousse à faire et vous pourrez prendre des bains de soleil en regardant les rameurs d'un club sportif, de beaux garçons. Et ça sera vrai : elle ne se retrouvera pas à bord d'un cargo libérien à destination des patelins les plus perdus de la terre.

– C'est un peu contre mes principes, ce que tu me demandes là.

– Hésiterais-tu entre les principes et l'amitié ?

– Bon. Bon. Mais faut que ce soit toi. Onésiphore !

L'homme à la casquette de drap noir à pois blancs accomplit avec lenteur une rotation de trente-sept degrés.

– Donne-nous, dit Albert, une bouteille de champ. Ma cuvée spéciale. C'est, dit-il à Cidrolin, la même que chez les Rothschild, Onassis ou des gens comme ça.

Onésiphore ouvre une petite trappe et disparaît.

– Mais, dis-moi, ajoute Albert embarrassé, il y a aussi une question qu'on n'a pas encore abordée.

– Je ne veux pas que tu y sois de ta poche, dit Cidrolin. je paierai cache à la livraison exactement ce que tu aurais touché pour l'exportation.

– Je te ferai vingt pour cent de rabais.

– Tu es un pote.

Onésiphore apporte la cuvée spéciale.

Ils sablent.

Onésiphore a droit aussi à sa coupe; mais il ne se mêle pas aux débris de la conversation finissante.

– Tâche, dit Cidrolin, qu'elle ne soit ni moche ni trop conne, la fille.

– J'essaierai, dit Albert. Pour ce qui est du minois, je m'y connais, mais la connerie, c'est parfois insondable.

– Maintenant je vais rentrer, dit Cidrolin.

– Mon chauffeur va te reconduire, dit Albert.

– Non, merci, dit Cidrolin. Je préfère l'autobus.

– Toujours les mauvais souvenirs, hein?

Cidrolin ne répond pas. Il serre la pince à Albert, salue poliment l'homme à la casquette de drap noir à pois blancs, prend les deux autobus requis et, une fois sur sa péniche, il s'ouvre une boîte de mousse de pâté de foie et se la tartine. Il déguste ensuite trois verres et demi d'essence de fenouil, et, en fin de compte, il se couche et s'endort. Il se trouve face à face avec un mammouth, un vrai.

Le duc jauge froidement l'animal. Il dit à Mouscaillot :

– J'avais pensé à un aurochs ou à un urus, mais pas à cette bestiole. Je croyais qu'il n'y en avait plus sur mes terres. Artilleurs! heup! à votre pièce! Objectif : le mammouth! En joue…

Le mammouth, après avoir pris sa respiration, fonce à petit trot sur ses agresseurs.

– Sauve qui peut ! hennit Sthène qui grignotait des lichens au pied d'un arbre.

– Il se met à donner des ordres maintenant ! dit le duc avec indulgence.

– Sauve qui peut ! bêle Mouscaillot.

– Tu quoque fili…

Le duc d'Auge veut flanquer une taloche au page, mais celui-ci a déguerpi ainsi que les artilleurs, la meute et les chevaus. Cette désertion ne l'impressionne pas ; il dégaine son braquemart[1] et s'apprête à férir[2] le fauve, mais celui-ci dédaigne le compagnon d'armes de Jeanne d'Arc et de Gilles de Rais. D'un pied puissant il enfonce la couleuvrine en terre et poursuit à toute trompe son chemin dans le pachydermique espoir de réduire en bouillie la vermine qu'il aperçut, mais les chiens sont déjà dans leur niche, les chevaux à l'écurie et les artilleurs tout près du pont-levis. Le duc d'Auge reste donc sur place, indemne, pantois et nobiliaire.

Il regarde attristé sa pièce d'artillerie transformée en racine, en voilà deux qu'il paume dans la même journée, ça finit par lui revenir cher les inventions modernes. Il remet son braquemart dans son fourreau et entreprit de considérer, un tantinet soit peu, la situation historique.

Elle était, pour le moment, forestière et dépeuplée. Les arbres poussaient en silence et le règne animal limitait sa présence à des actes obscurs et muets. Le duc d'Auge, qui consacrait habituellement peu de temps à la contemplation de la nature, décida de rejoindre des régions plus habitées ; pour ce faire, il jugea particulièrement intelligent de reprendre le chemin qu'il avait suivi pour venir en ces lieux et qui, normalement, devrait le reconduire à son châtiau.

1. Braquemart : épée courte ; sexe masculin.
2. Férir : frapper.

Sans hésiter, il identifie le sentier qui lui paraît adéquat et marche d'un bon pas pendant une petite heure environ. Il s'aperçoit alors que le sentier était heideggerien. Bien embrené, il fait demi-tour et marche d'un bon pas pendant une petite heure environ, espérant retrouver la clairière où sa couleuvrine gisait, l'âme emplie d'humus et de feuilles pourrissantes. Il débouche bien dans une clairière, mais il n'y trouve trace de son petit canon. Examinant avec attention les données du problème, il conclut que : de deux choses l'une, ou bien ce n'est pas la même éclaircie ou bien sciurus communis [1] et tineola biselliella [2] lui ont bouffé sa pièce d'artillerie. Comme Buridan l'avait enseigné quelques lustres plus tôt, un tel dilemme ne pouvait conduire qu'à la famine, et le duc d'Auge redoutait par-dessus tout les repas sommaires, à plus forte raison les inexistants. Utilisant une méthode probabiliste, il s'engagea dans une direction non moins aléatoire qu'arbitraire et il se mit à errer ainsi jusqu'à ce que vînt le crépuscule.

– Évidemment, dit le duc à haute voix pour se tenir compagnie, j'aurais pu joncher mon itinéraire de petits caillous blancs, mais, d'une part, je n'en avais pas sous la main et, de l'autre, ça m'avancerait bien maintenant qu'il va faire nuit et même nuit noire.

Effectivement, il fit nuit et même nuit noire. Le duc s'obstinait à cheminer, mais tombait dans des fourrés ou s'écrasait le nez contre des chênes séculaires en poussant des hurlements de rage et en jurant de la façon la plus malséante qui fût, sans respect pour la nocturne beauté de ces lieux. Il commençait à en avoir mare, mais vraiment mare,

1. *Sciurus communis* : écureuil commun.
2. *Tineola biselliella* : pou dans un lit à deux places.

lorsqu'il aperçut, piquée sur le sombre satin des ténèbres, une lueur.

– Je vais aller voir ce que c'est, dit le duc à haute voix pour se tenir compagnie. Peut-être après tout n'est-ce qu'un ver luisant de grande taille, mais j'ai telle faim que j'en ferais bien une collation.

Ce n'était point un ver luisant, mais une chaumière.

– Je dois encore piétiner ici mes terres, murmure le duc rassuré, et qui loge dans cette escreigne doit être de mes serfs. Un bûcheron, sans doute. Si Sthène était là, il pourrait me dire comment il se nomme, il connaît tout le monde, lui, mais le salaud s'est enfui et moi, je suis perdu comme un pauvre petit poucet, voilà ce que c'est que d'aller à la chasse au canon sans emporter quelque casse-croûte, des portulans et la liste de ses corvéables.

Il veut pousser la porte (n'est-il pas sur ses terres ?) mais la porte résiste : la lourde est bouclée. Du pommeau de son épée, il cogne et, en même temps, annonce la couleur :

– Ouvre, manant, voici ton duc !

Il attend, mais rien ne se modifie dans la situation ambiante et il répète :

– Ouvre, manant, voici ton duc !

Et ainsi de suite, plusieurs fois. Le résultat : toujours nul.

Le duc, ayant réfléchi, exprime sa pensée pour lui-même :

– Il a peur, ce pauvre diable. Il doit me prendre pour quelque esprit noctambule et sylvain. Il n'a pas mon courage : il est de trop pauvre extrace, mais peut-être n'est-il pas insensible à la pitié ! Essayons de la ruse…

Larmoyant, il pousse un cri désespéré :

– J'ai faim !

Aussitôt la porte s'ouvre *comme par enchantement* et une *radieuse apparition* fait son apparition.

L'apparition susdite consiste en une pucelle d'une insigne saleté mais d'une esthétique impeccable. Le duc a le *souffle coupé.*

– Pauvre messire, dit la jeune personne d'une *voix vachement mélodieuse,* venez vous asseoir au coin du feu et partager ma *modeste pâtée* de châtaignes et de glands.

– C'est tout ce qu'il y a à bouffer ?

– Hélas oui, messire. Mon papa est allé à la ville acheter quelques onces de morue fumée, mais il n'est pas encore rentré et sans doute ne rentrera-t-il plus maintenant qu'à l'aube.

Ce propos laisse le duc rêveur : il n'a d'ailleurs pas besoin de toute la nuit pour manger la modeste pâtée, surtout s'il la doit partager avec la *tendre enfant* qui le regarde maintenant avec une *timidité de bon aloi.* Lui, il l'examine.

– Vous êtes un rien gironde, dit le duc.

Elle fait semblant de ne pas *réceptionner le madrigal.*

– Asseyez-vous, asseyez-vous, messire. Voulez-vous que je mette du poivre dans la tambouille ? J'en possède un précieux sachet que ma marraine m'a donné à la Noël dernière. Il vient du Malabar, ce poivre, et des plus authentiques, pas falsifié du tout.

– Ma foi, dit le duc rougissant, je ne dis pas non. Quelques grains…

– Tout le sachet, messire ! tout le sachet ! Cela vous confortera.

– Ai-je donc l'air bon à ravauder ?

– Votre seigneurie fait grande figure, mais elle a dû avoir des émotions.

– Dame… perdre un canon… comme ça…

– Un canon ? vous avez un canon ?

– J'en ai même plusieurs, dit le duc fièrement.

La petite sauta de joie en l'air et battit des mains.

– Oh ! vous avez des canons ? Moi, j'adore les canons ! Ça c'est moderne au moins !

Et elle se mit à courir autour de la chambre au petit périmètre en chantant : Dansons la Carmagnole, Vive le son, vive le son... Dansons la Carmagnole, vive le son du canon...

– Elle est charmante cette petite, murmura le duc d'Auge, mais sa ritournelle ne me dit rien qui vaille.

Et il lui demande :

– Qui t'a appris cette chanson, ma mignonne ?

– C'est papa.

– Et qu'est-ce qu'il fait ton papa ?

– Il est bûcheron, pardine.

– Et à qui appartient-il ?

– Au haut et puissant seigneur Joachim duc d'Auge.

– Autrement dit à moi-même. C'est bien : je le ferai pendre.

– Et pourquoi ça vous feriez pendre mon papa, monsieur le duc ?

– Il t'apprend des vilaines choses.

– Quoi ! vous n'aimez pas le son du canon ? Moi je chantais ça pour vous faire plaisir.

– C'est la carmagnole qui ne me plaît guère.

– Vous êtes pas gentil. Je vous accueille chez nous et puis vous voulez pendre mon papa. Et les lois de l'hospitalité, alors ?

– Je suis chez moi, ma petite. Tout m'appartient ici : la forêt, le bois, le bûcheron, la chaumière, la fille.

– N'allez pas si vite, monsieur le duc. Si vous voulez pendre mon papa, je renverse la tambouille dans le feu !

– Par le sang Dieu, tu ne vas pas faire une chose pareille !

– Alors promettez-moi que vous ne ferez pas de mal à mon papa.

– Promis ! promis !

– Je n'ai pas confiance. Vous avez une sale réputation. Vous allez avaler mes glands, mes châtaignes et mon sachet de poivre, et puis ensuite vous n'en ferez qu'à votre idée.

– Mais non, mais non. C'est promis, n'en parlons plus et apporte-moi cette bonne poivrade : tu me fais languir !

– Vous promettez parce que vous avez faim. Mais après...

– Que veux-tu que je fasse d'autre que promettre ?

– Il y a bien la promesse par écrit, mais de votre part, elle ne vaudrait guère mieux.

– Une promesse par écrit ! Ah ! ah ! ah ! Tu aurais donc ici un gallimard [1] et du parchemin ? C'est trop drôle, vraiment !

– Vous vous moquez cruellement de notre analphabétisme, monsieur le duc.

– Mais non de la qualité de ta cuisine. Allons, allons, apporte-moi vite cette odoriférante poivrade. Apporte, apporte. Petit, petit, petit.

Le duc s'était levé sournoisement, prêt à bondir sur le poêlon, au risque de se brûler les doigts, mais la fillette surveille attentivement son suzerain. Quand il finit par s'élancer, vlan, voilà les châtaignes, les glands et les grains de poivre précipités dans le feu. Ils s'y transforment en braise.

– Encore un de foutu, murmure le duc qui n'a même pas le courage de rosser la bûcheronnette.

Il se rassoit sur son escabeau, et, le dos rond, il se lamente :

– J'ai faim, oh là là, j'ai faim, oh là là, ce que je peux avoir faim.

1. Gallimard : étui contenant des plumes ; éditeur de Queneau.

Il gronde la fillette :

– C'est idiot, ce que tu as fait là. D'abord, il est toujours lamentable de gâcher de la nourriture, et ensuite je ne suis plus lié par aucune promesse, et enfin les lois de l'hospitalité, ça tu peux en parler : quelle hospitalité !

Il regarde autour de lui :

– Il n'y a vraiment rien d'autre à bouffer ici ?

Son œil se fixe :

– Évidemment, il y a cette jeune personne. Mon ami et compagnon d'armes Gilles de Rais n'aurait pas hésité un seul instant, mais j'ai déjà assez d'histoires sur les bras. Dans le pays, on pourrait prendre mal la chose. Mes futurs gendres n'apprécieraient peut-être pas. Et puis… sans poivre…

Il s'effondre en une méditation morose qui tourne à la somnolence. Il ne sent plus la terre ferme sous ses pieds, il a l'impression de vaciller, la chaumière commence à voguer incertaine, il va pouvoir s'étendre sur la chaise longue sur le pont, mais une fillette le réveilla :

– Monsieur le duc, monsieur le duc !

– Quoi quoi quoi !

– Si on jouait à un jeu en attendant l'aube et le retour de papa ?

– Quel jeu ?

– Un jeu.

– Quel enjeu ?

– La vie de papa.

– Quelle bonne idée, s'écria le duc ragaillardi.

Et ils jouèrent jusqu'à l'aube.

CHAPITRE 9

Depuis qu'il avait passé dix-huit mois en prison, Cidrolin n'était jamais retourné dans un de ces restaurants gastronomiques qu'il fréquentait autrefois. Il craignait d'être reconnu. Parfois il achetait la Semaine du Bedon, une publication qui donnait une liste des meilleurs endroits, il y en avait que Cidrolin ne connaissait pas, il essaierait bien celui-ci ou celui-là, mais il ne se décidait jamais.

L'intérim entre Lamélie, devenue madame Cuveton, et la protégée d'Albert encore à venir, et même à trouver, n'étant assuré que par lui-même et les résultats s'avérant, comme prévu, monotones et médiocres, il estima judicieux d'en profiter pour expérimenter un de-luxe particulièrement recommandé et de lui jusqu'à ce jour inconnu afin de faire pour une fois un repas réussi.

À peine eut-il pénétré dans l'antre qu'il s'entendit interroger sur ses intentions, pourtant bien faciles à deviner. Ayant objectivement et modestement répondu qu'il venait ici pour déjeuner, il lui fut demandé s'il avait une table retenue. Comme il n'avait rien de la sorte, il lui fut notifié que tout était complet. Il ne lui restait plus qu'à se retirer ; ce qu'il fit en examinant au passage des hors-d'œuvre et les desserts mis en montre et qui avaient l'air très engageant.

– Encore un de foutu, murmura-t-il en se retrouvant sur le trottoir.

Il se demandait s'il allait tenter une nouvelle expérience ailleurs lorsqu'il aperçut ses filles et ses gendres descendant de deux houatures. Le groupe était au complet puisqu'il y avait même là l'ératépiste, le nommé Cuveton. Tandis que Yoland et Lucet allaient ranger les véhicules on ne sait où, le reste pénétra dans le de-luxe d'un pas assuré.

– Ils se mettent bien, dit Cidrolin à mi-voix. Ils font la noce sans moi.

– Pardon ? demanda le passant.

Cidrolin le regarda : c'en était un autre. Ou le même qu'il ne reconnaissait pas.

– Rien, répondit-il. Je me parlais à moi-même. Une habitude qu'on prend lorsqu'on vit seul longtemps.

– Vous devriez essayer de la perdre, dit le passant. On croit que vous voulez un renseignement, on s'apprête avec plaisir à vous le donner ; comme il n'en est rien, ensuite on est déçu.

– Je vous prie de m'excuser. Vous me voyez désolé.

– Et qu'est-ce que vous disiez ?

– Qu'est-ce que je disais ? Oui, au fait, qu'est-ce que je disais ?

Il fit mine de le rechercher et fronça les sourcils d'un air grave, comme on doit le faire en pareille circonstance. Puis il reprit la parole en ces termes :

– J'ai dit : ils font la noce sans moi.

– Et qu'entendiez-vous par là ?

– Je reconnais que l'expression est ambiguë et le fait est que je l'utilisais dans les deux sens : petit a, se taper la cloche, et petit b, célébrer un mariage ; mais je ne vais pas vous assommer avec toutes mes histoires.

– Pourquoi pas ? demanda l'autre d'un air engageant.

– Parce que je ne vais pas le faire, répondit Cidrolin.

– Dans ce cas, dit l'autre sans se vexer, je ne voudrais pas abuser de vos instants…

– Je vous en prie…

Délivré, Cidrolin fut aperçu par les deux gendres qui avaient fini de garer leurs houatures et qui ne purent faire mine de rien. Ils le saluèrent avec une bonhomie protectrice.

– Alors ? dit Yoland, c'est comme ça qu'on laisse la péniche à l'abandon ?

– C'est vrai qu'il fait beau, dit Lucet, alors on se promène.

– Et vous deux, dit Cidrolin, on se promène ?

– Bin oui, on se promène. On passait.

– Eh bien, passez. À un de ces jours !

Cidrolin demeure immobile. Les deux autres avancèrent de quelques pas. Ils se retournent et saluent encore une fois d'un petit signe de main.

Cidrolin leur répond, mais il n'a pas bougé.

– Qu'est-ce qu'on fait ? demande Lucet. On rentre ou on rentre pas ?

– S'il a vu les autres entrer, dit Yoland, on a bonne mine.

– On va tout de même pas louper un gueuleton pareil.

– Il est toujours là ?

– Il bouge pas.

– Il a sûrement vu les autres entrer. Il se fout de nous en ce moment.

– On a l'air de cons. Faut faire quelque chose.

– Invitons-le.

– Il va prendre ça mal.

– Faut pourtant bien qu'on déjeune.

– Tu parles ! Surtout que ça doit pas être sale ! Tu as vu ce de-luxe au passage ? C'est au moins un cinq étoiles. Qu'est-ce qu'on va se taper.

– Alors on fait demi-tour ?

– Oui. C'est toi qui expliqueras le truc.

– Toujours les corvées, quoi.

Cidrolin les regarde revenir vers lui d'un air anodin. C'est donc Yoland qui lui cause.

– Une chance qu'on vous ait rencontré. Il n'y avait pas eu de petite fête pour le mariage de Lamélie, alors on a pensé qu'on pourrait s'offrir un bon déjeuner à cette occasion. Comme on vous voit dans les environs, ça serait que trop juste que vous soyez de la partie.

– Et qui est-ce qui paie ?

– Chacun pour soi.

– Dites donc, vous êtes prospères. Vous n'avez pas choisi la taverne miteuse, hein. Et l'ératépiste, il peut s'offrir ça ?

– On l'a prévenu. Bah ! c'est pas tous les jours qu'on se marie.

– Mais ce n'est pas aujourd'hui qu'il s'est marié, voilà bien huit jours, non ?

– Il n'est jamais trop tard pour bien faire.

– Une drôle d'idée tout de même. Une curieuse idée.

– Alors vous venez ? dit Lucet avec impatience. On nous attend.

– Pas moi, dit Cidrolin. Moi on ne m'attend pas.

– Allons, allons, ne boudez pas !

– D'ailleurs, dit Cidrolin, je n'ai pas retenu de table.

– Nous on a retenu.

– Non, dit Cidrolin, j'y suis allé tout à l'heure, il n'y avait pas de place pour moi.

– Vous vouliez déjeuner là ?

– Pourquoi pas ? dit Cidrolin.

Les deux gendres se turent.

– J'avais l'intention de faire un bon repas, dit Cidrolin. Ce sera pour une autre fois.

Il prend l'autobus et, au coin du quai, il achète du pain ; mais les autres commerçants du quartier sont fermés. Il y a encore quelques conserves sur la péniche. La clôture a encore été souillée par des graffiti infamants.

Cidrolin pose le pain et va chercher le pot de peinture. Il s'applique à bien recouvrir les inscriptions. Il a faim, mais il s'applique. Des nomades désœuvrés s'arrêtent pour le regarder faire. Ils le regardent en silence. Cidrolin, lui, ça ne le gêne pas. Il a l'habitude aussi bien de repeindre que des nomades. Il n'engage pas la conversation avec eux. Contrairement à un usage fort répandu, il ne chante pas non plus, ni ne sifflote. Quand il a fini, les nomades s'en vont.

Il remet le pot de peinture à sa place et se verse ensuite un verre d'essence de fenouil.

– Je bois trop, murmure-t-il, Lamélie n'est plus là pour me le dire.

Ensuite il va voir dans la cambuse ce qui reste comme conserves. Il y en a encore pour une quinzaine de jours, en n'exagérant pas. Cidrolin ne sait pas si, d'ici quinze jours, Albert lui aura trouvé quelqu'un. Si Albert n'a rien trouvé, Cidrolin devra renouveler son stock ; il voit poindre le scorbut à l'horizon. Pour le moment, il se choisit une boîte de filets de thon à l'huile d'arachide purifiée. Il y a un système intelligent pour ouvrir ladite boîte, Cidrolin n'a pas besoin de recourir au marteau et au ciseau à froid comme il a coutume de le faire. Il fend ensuite le pain en deux et déverse le contenu entre les deux tranches qu'il ferme soigneusement afin de reconstituer l'aspect primitif de la baguette, à cette différence qu'il coule de l'huile par les incisions. Lorsque le tout est consommé, Cidrolin murmure :

– Ça n'était pas si mauvais. Seulement, si on abuse, il y a le scorbut.

Il s'essuie les mains et la bouche à un torchon polyvalent et remonte voir ce que devient sa clôture. Aucune inscription n'y a été réinscrite, mais un con, en s'appuyant dessus, vient de se foutre plein de peinture sur son veston. Il interpelle Cidrolin :

– Eh vous ! là ! c'est à vous cette péniche ? c'est à vous cette barrière ? vous pourriez au moins mettre un écriteau peinture fraîche. C'est la moindre des choses. Maintenant mon veston, il est bon pour le teinturier. C'est vous qui allez me payer la note ?

– Bien entendu, répondit Cidrolin. Ça fait combien ?

– Et vous vous croyez drôle, par-dessus le marché ! C'est un monde !

– Remarquez, dit Cidrolin, que vous avez détérioré la couche de peinture que je venais d'appliquer. Il va falloir que je recommence mon travail et j'ai autre chose à faire.

– Quoi ?

– La sieste.

Le futur client d'une des nombreuses teintureries existantes regarde pensivement Cidrolin, puis il s'éloigne.

Cidrolin va chercher son pot de peinture et répare les dégâts ; puis il confectionne un petit écriteau peinture fraîche qu'il place consciencieusement d'une façon bien visible.

Il s'installe ensuite sur sa chaise longue. Il murmure :

– J'ai oublié de dire à Albert que je ne voulais pas d'une mineure.

Il ferme les yeux.

– Je me demande quelle tête elle aura, murmure-t-il encore.

– Nous verrons cela tout à l'heure, dit le sire de Ciry à ses deux beaux-frères, le comte de Torves et le vidame de Malplaquet.

– Qu'importe ! dit le comte de Torves. Qu'il se remarie, soit ; mais voyons les dédommagements qu'il nous propose.

– S'il nous en propose, dit le sire de Ciry.

– Il faudrait beau voir, dit Malplaquet en lissant ses moustaches.

Mouscaillot les conduit dans la salle à manger pour qu'ils se restaurent un brin. Le sire de Ciry examine le mobilier d'un air appréciateur.

– Eh, eh, murmure-t-il, du pur style Louis le treizième.

– Monsieur le duc tient à être tout à fait à la page, dit le page qui, maintenant, a le droit de porter son titre de vicomte d'Empoigne.

On apporta des pâtés de sanglier et autres matinales friandises et l'on versa de l'essence de fenouil dans des verres en cristal de Venise.

– L'argent coule à flots, murmure le sire de Ciry qui ajoute à l'intention du vidame qui utilise ses douas : Servez-vous donc de cette fourchette.

Car il y en avait des fourchettes, et en argent encore.

– Je ne m'y ferai jamais, dit Malplaquet. Et tout d'abord je ne trouve pas cela propre, ces outils. On ne sait pas où ils ont traîné avant, tandis que ses douas, on sait toujours où on les a mis.

– Il faut bien marcher avec son temps, dit Torves en manipulant maladroitement un de ces objets.

– Messieurs, dit Ciry, si vous alliez à la cour…

– Mais nous n'y allons pas, dit Malplaquet.

– Qui sait, dit Ciry.

En attendant le duc, ils continuent à croquer du pâté de sanglier et autres matinales friandises, en vuidant maints vidrecomes[1] de vin clairet.

– Dites-moi, Empoigne, dit soudain Malplaquet d'une voix aiguë, Auge a-t-il pensé à nous ?

– Je ne sais, dit Empoigne avec prudence, mais je crois que les nouvelles sont bonnes.

– Je bous d'impatience, dit Torves.

– J'entends un pas, dit Ciry.

Il l'a entendu malgré les bruits de mastication et de digestion commençantes ou finissantes. Effectivement le duc apparaît, suivi de l'abbé Biroton, du maître d'hôtel et de quelques valets.

– Vertuchou, s'écrie le duc. Comment trouvez-vous ma barbe ? J'ai fait venir un barbier de la ville pour me l'accommoder.

Les gendres s'exclament : elle est sublime.

Le duc montre du doigt Onésiphore.

– Regardez-le bien, dit-il. C'est un évêque !

Les gendres s'exclament et veulent baiser son anneau ; mais l'évêque in partibus[2] de Sarcellopolis n'en est pas encore pourvu.

– Et regardez-moi maintenant, ajoute le duc. Vous avez devant vous un homme qui a reçu de Sa Majesté trois cent mille livres pour se marier.

Les gendres s'exclament, ils crient : vive la Reine ! vive le maréchal d'Ancre ! Le duc rit de plaisir. Il se frotte les

1. Vidrecome : grand verre.
2. In partibus : un évêque in partibus n'a pas d'évêché réel.

mains. Il attrape un pâté au passage et, sans utiliser de fourchette, le dévore.

– Et nous ? demande alors le comte de Torves.

– Oui et nous ? ajoute le vidame de Malplaquet.

– Et moi ? dit le sire de Ciry.

Le duc continue à rire en dévorant son pâté. C'est dangereux ça de rire en mangeant ; aussi manque-t-il de s'étouffer. On lui verse vidrecomes sur vidrecomes.

– Est-ce qu'il va se décider ? dit à voix basse Ciry à Malplaquet.

– Et s'il n'avait rien obtenu pour nous, murmure Malplaquet qui grimoisse d'angace.

– Je bous, je bous, je bous, soupire Torves.

La faim et la soif du duc sont maintenant colmatées et ses spasmes calmés grâce à l'essence de fenouil. Il est devenu grave et certainement qu'il va se mettre à parler et à énoncer les bonnes nouvelles annoncées par le vicomte d'Empoigne, lorsqu'il devient manifeste, au grand désespoir des gendres, qu'une nouvelle idée lui passe par la tête.

– Et mes filles ? demande-t-il.

Elles sont dans l'appartement des dames, naturellement.

– Qu'elles viennent ! ordonne-t-il, je ne ferai pas mon discours deux fois.

Les gendres piétinent d'impatience, ils en pisseraient bien de rage, mais ils doivent se résigner. Le duc fait apporter d'autres gâteries, des beignets de marcassin, des soufflés au foie de morue, des pieds de porc pannés. Il demande qu'on verse de l'hypocras et de l'hydromel, pour ne pas trop abuser de l'essence de fenouil. Il s'informe bien poliment auprès de ses gendres de ce que furent leurs voyages respectifs ; ils répondent en grinçant des dents. Comme ce sujet ne l'intéresse d'ailleurs pas, il se tourne vers Monseigneur

Biroton et lui rappelle que c'est lui qui lui offrira son améthyste, quoique le bénéfice soit assez substantiel pour qu'Onésiphore se le paie. Enfin, il s'informe de l'emplacement de Sarcellopolis. Cette curiosité saugrenue montre de toute évidence aux gendres qu'il ne pense pas à eux et cela ne leur laisse rien prévoir de bon. Monseigneur Biroton qui ignore totalement où se trouve son évêché, et il n'a nul besoin de le savoir puisqu'il n'aura jamais à s'y rendre, Monseigneur Biroton commence par un pieux mensonge et répond que Sarcellopolis se trouve en Asie Mineure.

– Aux mains des Ottomans alors ?

– Vous l'avez dit.

Cela rend le duc songeur :

– Et si j'organisais une petite croisade pour te récupérer ton évêché ?

Les gendres sont épouvantés : ils voient tout le pognon de papa disparaître dans le détroit des Dardanelles.

Onésiphore est là pour calmer le duc :

– Beau mouvement de piété, messire, beau mouvement, mais Dieu veut que mon évêché soit in partibus : que sa volonté soit faite.

– Tu ne veux vraiment pas ? C'est une occasion qui a peu de chances de se renouveler.

– Grands mercis, messire. Grands mercis.

Les gendres ont eu chaud. Ils soupirent de soulagement. Le sire de Ciry en vient même à faire le bel esprit :

– Vous êtes un vrai donquichotte, dit-il au duc avec un fin sourire.

– Quoi ? quoi ? qu'est-ce que c'est que ça ?

– Don Quichotte ? Le meilleur livre étranger paru en l'année 1614. je l'ai lu dans la traduction de César Oudin.

Le duc regarde Ciry avec pitié.

– Quel précieux, murmure-t-il.

Mais l'autre n'entend pas, car se rapprochent des piaillements de femmes. Elles se taisent en entrant dans la salle à manger et viennent s'incliner respectueusement devant leur papa. Tout le monde s'étant mis en place, le duc d'Auge énuméra tous les gouvernements, bénéfices et privilèges que, par le traité de Sainte-Menehould, il venait d'obtenir pour ses gendres et conséquemment pour ses filles.

– Bê, bê, dit Phélise en exprimant ainsi la satisfaction générale.

Les gendres virent donc sans amertume leur beau-père épouser, en secondes noces, Russule Péquet, une manante, la fille d'un bûcheron.

Cidrolin se réveille en sursaut ; il lui semblait qu'on avait sonné à la porte qui donnait sur le quai. Il se leva pour aller voir ; il n'y avait personne. Il faisait nuit maintenant. Il regarda si l'on avait barbouillé de nouvelles inscriptions mais n'en vit point. Il redescendit s'habiller du plus correct qu'il put et sut, boucla tout sur la péniche et se dirigea vers le bistro qui faisait le coin du quai et de l'avenue.

Quelques couples s'attardaient encore à se biser ; des ératépistes mangeaient des sandwiches et buvaient des demis, en commentant les menus incidents du service. Cidrolin se commanda une essence de fenouil avec de l'eau plate, fit l'acquisition d'un jeton de téléphone et consulta l'annuaire. Après avoir attendu dix-sept minutes qu'un couple qui faisait la ventouse dans la cabine veuille bien laisser la place libre, il se mit en rapport avec le de-luxe qui l'avait refoulé ce midi même.

– Je voudrais retenir une table. Pour ce soir.

– Pour combien de personnes ?

– Une. Une seule.

Il sentit le récepteur se refroidir dans sa main, à l'autre bout du fil on ne devait pas être content. Ce n'était pas ça ce qu'il aurait fallu dire.

– Mais je mange comme quatre, ajouta Cidrolin.

Le récepteur reprit sa tiédeur. On lui demanda son nom.

– Dicornil. Monsieur Dicornil. D comme duc, I comme Joachim, C comme Capétien, O comme Onésiphore, R comme Riphinte, N comme N et le reste à l'avenant.

– Dupont. C'est bien cela ? Pour monsieur Dupont ?

– Vous m'avez compris.

Lorsqu'il pénétra dans le de-luxe, il s'aperçut aussitôt qu'il était bien inutile d'avoir téléphoné : le restaurant était vide. On y pratiquait le déjeuner d'affaires mais la clientèle dîneuse s'y montrait plutôt rare. Un maître d'hôtel demanda cependant avec hauteur si l'on avait retenu sa table. Cidrolin répondit que oui. À quel nom ?

– Dupont. Monsieur Dupont.

– Si vous voulez venir par ici, monsieur Dicornil.

Cidrolin s'attendait à ce qu'on lui proposât une table dans un courant d'air ou près d'une desserte. Il n'en fut rien. C'était une belle et bonne table bien large déjà toute chargée de vaisselle et de couverts. Cidrolin en fut favorablement impressionné. En tendant la carte d'une superficie d'environ seize cents centimètres carrés, le maître d'hôtel lui demanda s'il désirait prendre un apéritif. Cidrolin opta pour l'essence de fenouil.

– Monsieur a une marque préférée ?

– Le Cheval Blanc, répondit-il au sommelier.

Puis il regarda d'un air autoritaire le nom des différents plats. Le maître d'hôtel, du bout de son crayon, indiquait les spécialités, les plats du jour. Lorsque Cidrolin eut décidé de commencer par du caviar frais gros grain, la conversation devint des plus amicales. Elle devint franchement cordiale lorsqu'il envisagea d'affronter ensuite un coulibiac de saumon que suivrait un faisan rôti qu'accompagneraient des truffes du Périgord. À la réflexion, Cidrolin, qui était friand de vol-au-vent financière, estima qu'il pourrait en insérer un entre le coulibiac et le faisan. Après le fromage, il prendrait un soufflé aux douze liqueurs.

Le sommelier apportait l'essence de fenouil dans une bouteille sur laquelle était bien collée l'étiquette du Cheval Blanc ; il repartit avec la mission de ramener un carafon de vodka russe, une bouteille de chablis 1925 et une bouteille de château d'arcins 1955.

Le maître d'hôtel s'était effacé pour laisser opérer son confrère, mais, lorsque celui-ci fut retourné vers ses caves, il se pencha vers Cidrolin et, fort aimablement, lui demanda son permis.

– Mon permis ? Quel permis ?

– Votre permis de la Sécurité Sociale.

– À quel sujet ?

– Monsieur plaisante. Monsieur sait bien qu'il n'est pas possible de servir sans un permis de la Sécurité Sociale un repas de plus de trois mille calories, et le vôtre doit en faire six mille, au moins.

Cidrolin avait bien vu des chiffres sur la carte en face de chaque plat, mais il croyait que c'était les prix.

– Monsieur n'ignore pas que les indigestions et les entérites sont pour une grosse part dans le déficit de la Sécurité Sociale. Il a fallu prendre des mesures ; mais Monsieur ne cotise peut-être pas à la éssésse ? Pourtant, Monsieur doit bien être quelque chose comme président-administrateur général.

Il sourit, flatteur.

Cidrolin cotisait bien, comme ancien détenu, mais il ne connaissait pas cette nouvelle loi. Il ne voyait pas le moyen de s'en sortir. Il murmura :

– Encore un de foutu.

– Mais non, Monsieur, mais non ! s'écria le maître d'hôtel pitoyable. Il ne faut pas jeter le manche avant la cognée.

– Après, dit Cidrolin.

– Après ? Après ?

Le maître d'hôtel avait l'air perplexe.

– Jeter le manche après la cognée, dit Cidrolin.

– Vous êtes sûr ?

– Certain.

– Au fond, qu'est-ce que ça veut dire ? d'où vient cette expression ?

– C'est une expression du vieux temps, dit Cidrolin.

– Je ne la comprends pas. On dit ça comme ça, jeter le manche après la cognée, et puis, si l'on essaie de comprendre exactement, on ne comprend plus. Ah Monsieur, c'est terrible quand on se met à réfléchir.

– N'y pensez plus.

– C'est facile à dire ! Je veux comprendre, moi. Pourquoi après ? Si on jette la cognée, on jette le manche avec. Pas après. Décidément, je ne comprends pas.

– Je vais vous expliquer. Il y avait une fois un bûcheron…

Sur ce mot, Cidrolin se tut et sembla penser à autre chose.

CHAPITRE 10

Sthène rongeait son frein. Le duc lui avait bien recommandé de se taire, comme il voyageait maintenant accompagné d'une suite nombreuse et qu'il ne voulait pas qu'à ce propos l'on jasât. Il en était d'ailleurs aussi triste que son cheval dont il appréciait le gai babillage. Stèphe trottait de même dans le plus grand mutisme, ce qui ne le changeait d'ailleurs pas de sa réserve ordinaire.

À défaut de Sthène, le duc bavardait avec le vicomte d'Empoigne. La perspective de ces États généraux l'emplissait d'une grande joie : excellente raison pour aller traîner ses chausses dans la ville capitale. La jeune Russule, la nouvelle épouse, aurait bien voulu, elle aussi, goûter des plaisirs capitaux, elle avait même insisté et le duc s'était vu obligé de lui administrer une bonne raclée.

– Vous eûtes la main dure, messire, dit le vicomte.

– De quoi te mêles-tu, sigisbée ? Serais-tu amoureux de la duchesse ?

– Dieu m'en garde, messire.

– Tu n'es guère galant. Moi, j'espère bien que tu en es, de la duchesse, amoureux.

– En aucune façon, messire.

– Serais-tu hypocrite, par hasard ?

– Je vous assure, messire…

– Bien, bien, mais crois-moi, si j'ai eu main un peu dure, c'est que je ne pouvais l'avoir plus légère que son père. Il y allait de ma dignité. J'ai jugé bon qu'elle ne trouvât pas ma brossée plus douce que celle d'un bûcheron…

– Monsieur, monsieur, dit le maître d'hôtel doucement, j'attends la suite.

– … qui avait laissé tomber le fer de sa cognée au fond d'un abîme.

– D'un abîme ?

– C'est comme cela qu'on raconte l'histoire, dit Cidrolin. Il ne pouvait aller l'y rechercher.

– Je pense bien, dit le maître d'hôtel. Un abîme…

– Alors, écœuré, le boquillon…

– Pardon ?

– Le bûcheron…

– C'était encore un ancien mot ? Pourquoi, monsieur, y a-t-il comme ça des mots qui sortent de l'usage ? Moi qui vous parle, en ai vu, de mon vivant même, disparaître quelques-uns sous mes yeux : cinématographe, taximètre, chef d'îlot, etcétéra.

– Voulez-vous connaître la fin ?

– J'ai deviné, répondit le maître d'hôtel d'un air malin. Écœuré, le bûcheron, le boquillon comme vous disiez, se jette à son tour dans l'abîme. Et c'est pour cela aussi que d'un type con on dit qu'il est con comme un manche. Le manche s'est jeté après la cognée.

– Voilà une variante intéressante, dit Cidrolin avec calme. En fait, le bûcheron s'est contenté de jeter le manche. Après la cognée. Si bien qu'il n'avait plus rien du tout. Tandis que le manche, au moins, aurait pu lui servir encore.

– C'est idiot, dit le maître d'hôtel. Qu'est-ce qu'il pouvait fiche avec son manche ? Rien. Ce qui était difficile à trouver, c'était le fer. Elle est idiote, votre histoire. Je préfère ma version.

– Elle est peut-être idiote, dit Cidrolin avec calme, mais, en tout cas, vous vous êtes instruit.

– Je vous en remercie. Ah, voilà votre caviar gros grain extra-standigne arrivé cet après-midi même par avion supersonique ; avec une vodka bien glacée, vous allez vous régaler.

Cidrolin effectivement se régala.

Comme le restaurant était à peu près désert, le maître d'hôtel de temps à autre revenait voir si tout allait bien. Le coulibiac fut apprécié et le vol-au-vent financière dévoré. En attendant la suite, Cidrolin fit un peu de conversation.

– Je connais des personnes qui sont venues déjeuner ici, aujourd'hui même.

– À midi nous avons eu beaucoup de monde, dit l'autre d'un air important.

– Six personnes. Trois couples.

– Nous avons eu plusieurs tables de six personnes.

– Il y avait trois jeunes femmes, trois sœurs. Elles ne se ressemblent pas énormément, mais, en y faisant bien attention, on peut découvrir que ce sont trois jumelles.

– Des trimelles ? Je ne vois pas. Pourtant je suis très physionomiste.

– Les messieurs, eux, n'avaient rien de bien remarquable.

– Ah, alors, je vois. Des gens assez vulgaires.

– Vous trouvez ?

– Oh ça, je peux vous le garantir. Ils ne mangeaient pas… comme Monsieur. Ils bâfraient. Et ils n'avaient même pas leur permis gastronomique. Ils ne savaient même pas ce que c'était : ils n'avaient pas l'habitude d'aller dans des restaurants à plus de trois mille calories. Vous connaissez vraiment ces personnes ?

– Un peu. Et qu'est-ce que vous avez fait avec eux lorsqu'ils n'ont pas donné leur permis ?

– Que vouliez-vous que je fasse, monsieur? J'ai fait comme avec vous : je les ai servis.

Le maître d'hôtel sourit finement et, tandis que de la menue voletaille apportait truffes et faisan, il continue en ces termes :

– Je dois vous avouer, monsieur, que ce fameux permis gastronomique délivré par la éssésse est une pure invention. Ça n'existe pas. J'ai imaginé ça à moi tout seul et je m'amuse à distraire les clients avec cette fine plaisanterie. Quelques-uns tombent dans le panneau, alors ce n'en est que plus drôle. J'ai bien vu que Monsieur ne marchait pas, mais ces gens que vous dites connaître un peu, ils se sont mis en colère, ils voulaient tout casser. D'un comique.

– Vous dites que vous avez fini par les servir.

– Après les avoir calmés… après avoir insinué que par faveur insigne… parce que c'était eux… Enfin, vous voyez ce qu'on dégoise aux clients un peu benêts.

– Je vois, dit Cidrolin.

– Leur pourboire fut pourtant chiche. Des gens de peu. Pas du tout des gens de votre catégorie, monsieur. Et les dames : presque le mauvais genre. Vraiment : c'était des trimelles ? Curieux. Je ne l'avais pas deviné. Pourtant je suis physionomiste.

L'arrivée d'une couple de clients imprévus débarrassa Cidrolin de la présence du farceur. Il peut achever en paix son gibier et ses ascomycètes, se taper dans le calme quelques tranches de fromages variés, déguster dans la sécurité le soufflé aux douze liqueurs et s'envoyer en toute quiétude derrière la cravate un verre de chartreuse verte. Il demande l'addition qu'il paya. Il laissa quelques francs supplémentaires pour ne pas décevoir le maître d'hôtel qui le salua bien bas. Et lorsqu'il fut dans la rue, alors il s'émerveilla.

– Ce n'est pas croyable, dit-il à mi-voix, tout était au poil.

– Pardon ? demanda le passant.

Comme il faisait nuit noire, Cidrolin ne put le reconnaître.

– Rien, répondit-il. Je me parlais à moi-même. Une habitude que…

– Je sais, je sais, dit le passant un peu agacé. Je vous ai déjà conseillé d'essayer de la perdre, cette habitude.

– Ce n'est pas tous les jours fête.

– C'est fête pour vous, aujourd'hui ? En quel honneur ?

– J'ai bien dîné.

– Et alors ?

– Cela ne m'était pas arrivé depuis bien longtemps. Ou bien c'était franchement mauvais, ou bien il y avait toujours un quelque chose de raté. Là, c'était parfait. Au fur et à mesure que le repas avançait, j'étais pris d'angoisse. Je me disais : Ce n'est pas possible, ça ne peut pas durer comme ça, il y a quelque chose qui va louper. Mais non. Le faisan, succulent. Les truffes, entières et bien brossées. Les fromages, de première bourre. Alors j'ai pensé : Ça va être le soufflé – un soufflé aux douze liqueurs, monsieur, – ça va être le soufflé qui va être manqué. Pas du tout : gonflé comme une montgolfière, onctueux, savoureux. Rien à redire. Même la chartreuse était authentique.

– Peuh, dit le passant, je ne vois pas là motif à vous réjouir. Vous payez cher, ce n'est pas malin. Parlez-moi du petit bistro.

– Il y a des restaurants chers où l'on mange comme des cochons. Non vraiment, je suis très étonné. Il y a quelque chose qui ne colle pas… mais je ne vais pas vous assommer avec toutes mes histoires.

– Pourquoi pas ?

– Parce que je ne vais pas le faire.

– Dans ce cas, dit le passant sans se vexer, je ne voudrais pas abuser de vos instants… il se fait tard…

– Je vous en prie…

Cidrolin promène sa surprise à travers la nuit. Un de réussi ; il n'en revient pas. Sans avoir fait attention au trajet, il se retrouve devant l'Arche. Il prend la lampe électrique qu'il a l'habitude de garer dans la boîte aux lettres et, à sa lueur, examine la clôture et ne découvre aucune inscription.

Il ouvrirait bien la bouche pour dire qu'il trouve tout cela bien singulier, mais il ne veut pas courir le risque de voir réapparaître le passant. Sur la péniche, tout est calme, rien n'a bougé.

Cidrolin boit encore un verre d'essence de fenouil pour faire passer le dîner qu'il trouve tout de même un peu lourd. Il se demande s'il va se coucher ou bien, à titre digestif, prendre le canot et ramer un peu. Il renonça bien vite à ces excès hygiéniques et décida de s'endormir. Il y eut quelque mal, mais finalement il y parvint. Un cheval lui adressait la parole.

– Je peux dire un mot ? demanda Sthène. On est entre compains.

Le duc en effet n'avait à côté de lui qu'Empoigne monté sur Stèphe. Le guide cavalait à cent toises devant et le reste de la compagnie suivait à bonne distance.

– Parle, mon brave Démo, dit le duc affectueusement.

– Un jour n'aurez-vous pas votre statue ?

– Ma foi, dit le duc je n'y avais jamais pensé.

– Pourquoi pas ?

– En effet, dit le duc ravi. Pourquoi pas ?

– Une statue équestre, naturellement, comme celle du bon roi Henri que nous avons vue hier.

– Une statue équestre ! Comme tu y vas : je ne suis pas le roi de France.

– Moi, dit Sthène, je ne la vois pas autrement : équestre.

– Ah ah, j'ai compris ! c'est toi qui veux avoir ta statue !

– Ne la mérité-je point ? Un cheval comme moi, on n'en a pas vu depuis Xanthe. Et encore, Xanthe ne parlait que par la voix d'Héra, tandis que moi, je n'ai besoin de personne pour savoir ce que je veux dire.

– Et qui est ce Xanthe ? demande Mouscaillot.

Sthène encensa pour montrer le peu d'estime qu'il avait pour la culture d'Empoigne.

Il daigne cependant répondre :

– Un des chevaux d'Achille. L'autre se nommait Balios.

– Sthène vient de relire tout Homère en trois jours, dit le duc.

– Ce bon Balios, dit Empoigne en tapant sur l'encolure de Stèphe.

– Est-ce que j'aurai ma statue, moi aussi ? demanda Stèphe.

– Il la mériterait, dit Sthène qui était bon compagnon. Dans l'Iliade, Balios ne parle pas, seul Xanthe parle, or Stèphe parle, donc il a droit lui aussi à sa statue.

– On ne peut pas faire ma statue montée à la fois sur deux chevaux, fit remarquer le duc.

– Un bon sculpteur s'en sortirait peut-être, dit Sthène qui était de tempérament optimiste. En tout cas, commençons par la nôtre. Stèphe attendra. N'est-ce pas, Stèphe ?

Stèphe ne répondit point et Sthène ne poursuivit pas son discours, le guide s'étant arrêté. On apercevait maintenant les travaux en cours.

– Cette idée ne me déplaît pas du tout, dit le duc à Empoigne. Je sentais bien qu'il me manquait quelque chose : à savoir, cette statue équestre. Dès que nous serons rentrés à Paris, nous nous mettrons en quête d'un sculteur.

Ils arrivèrent à la hauteur du guide. Dans un petit galop, la suite les rejoignit.

– Nobles seigneurs, dit le cicérone d'une voix déconnante, vous avez devant vous la curiosité parisienne qui attire le plus de visiteurs à l'heure actuelle, après la statue de notre bon roi Henri le quatrième, bien entendu. Les travaux ont été commencés sur l'ordre de Sa Majesté la Reine Mère.

– Vive la reine ! cria le duc.

– Vive la reine ! crièrent les autres.

– Lorsqu'il sera terminé, l'aqueduc aura une longueur de douze cent trente et un pieds et une hauteur de quatre-vingt-quatorze pieds. La construction en est placée sous la direction de monsieur Salomon de Brosse…

– Fabrique-t-il aussi des statues ? demanda le duc.

– Pas que je sache… et du maestro ingeniere fiorentino Tomaso de Francini.

– Lui non plus ? demanda le duc.

– Plaît-il ? je ne comprends point.

– Je demande s'il fait lui aussi des statues ou s'il n'en fait pas, lui non plus. Lui non plus.

– Pas que je sache.

– Lorsque nous serons rentrés à Paris, vous me conduirez chez les plus illustres sculteurs de la capitale.

– À vos ordres, messire.

– À moins que je n'en fasse venir un d'Italie…

Le guide, revenant à ses moutons, propose aux nobles seigneurs de descendre de cheval et d'aller voir de plus près les travaux.

– Allez-y, messieurs, dit le duc. Moi, j'en ai assez vu comme ça.

Tandis que les autres s'éloignent, il se met en quête d'un endroit agréable et discret. De tous côtés, ce sont petits prés ou jardins potagers. Le duc se sent attiré par un carré de poireaux qui lui paraît avoir besoin d'être fumé. Il s'installe donc lorsque voilà le ciel qui s'obscurcit, le vent qui se lève, l'orage qui éclate, la pluie qui tombe avec fracas. Le duc, qui a tout juste eu le temps d'accomplir sa tâche, cherche autour de lui un proche abri. Il n'y en a point ; mais une maison là-bas, au bout du chemin. Le duc fonce dans cette direction, il patine dans la boue immédiatement surgie, il est trempé de flotte, et de plus il court comme une poularde bancale de Bresse. Tout de même, à la fin, il y arrive, à l'abri, à la maison. Encore faut-il pour que cette maison soit un abri, que la porte s'en ouvre. Or la porte ne s'ouvre pas. Le duc a beau frapper, rien ne se passe et il continue à lui pleuvoir dans le cou.

L'averse redouble et le duc commence à être tout décrassé : il n'a jamais été aussi propre de longtemps, ce qui, s'il le savait, ne lui procurerait d'ailleurs aucun plaisir. Il donne des coups de pied dans l'huis, des coups d'épaule, et finalement chevillette et gonds cèdent, la porte décrit une trajectoire de quatre-vingt-dix degrés pour se mettre à l'horizontale et y mettre également le furieux tout mouillé.

Lequel se relève en maugréant. Il s'ébroue, il se trouve dans une sorte d'étable ou d'écurie, à moins que ce ne soit une cave ou un grenier. Le tout est dans la pénombre, peu de jour entre par l'embrasure vidée, des nuages noirs couvrent toujours le ciel. Le duc finit par identifier le lieu : c'est un bûcher, un bûcher particulièrement bien fourni. Il y a aussi du charbon. Le duc alors se propose un programme.

– Je vais faire un petit feu pour mettre à sécher mes chausses, mon pourpoint et mon chapiau.

Le duc cherche une cheminée, mais il n'y en a point. Il aperçoit une porte dans le fond du bûcher, il y va, il l'ouvre tout doucement. Il ne comprend pas d'abord ce qu'il voit, lorsque le personnage penché sur le fourneau se redresse puis se tourne vers lui en criant :

– Arrière, imprudent ! Ta présence humectée va souiller la dernière opération.

– Holà, fit le duc sans se laisser impressionner, je n'ai pas l'habitude qu'on me parle sur ce ton. Je vais sécher ces vêtements et me sécher moi-même.

– Arrière ! te dis-je. L'arbre de rubis s'est transformé en serin vert et le bec de celui-ci picore déjà l'or nutritiel.

– L'or ! s'écria le duc. Il y a de l'or dans le coin ?

L'autre, sans daigner lui répondre, se pencha sur le creuset et pousse un cri de désespoir.

– Malédiction ! hurle-t-il. Le serin vert s'est transformé en poule de plomb. Tout est à recommencer !

– Eh bien, dit le duc, avec légèreté, vous recommencerez et moi je n'aurai pas attrapé de rheume.

– Recommencer ! Messire, c'est vingt-sept ans de labeurs qui viennent d'échouer ! Vingt-sept ans ! Et l'or allait bel et bien apparaître dans ce creuset lorsque vous avez fait cette malséante et profane irruption.

– Tout cela est fort intéressant, mais il faut en prendre votre parti. Je vais me sécher.

Il enlève ses chausses, son pourpoint, et les installe devant le fourneau ; lui-même s'expose en évitant de se rôtir. Une buée se dégage du tout.

L'autre continue à se lamenter.

– Et cette humidité qui va se déposer partout !

Il se précipite pour boucher des bonbonnes, luter des vaisseaux. Il râle :

– Toutes mes substances essentielles vont demander une nouvelle dessiccation ! Des années perdues ! que dis-je : foutues ! Et à cause d'un hobereau qui ne sait où s'abriter.

– Holà, fit le duc en souriant. Un hobereau ? Sais-tu à qui tu parles, souffleur ?

– Sais-tu à qui tu parles, hobereau ?

– Il y tient à son hobereau. Je suis le duc d'Auge et représente la noblesse de ma province aux États généraux.

– Pouah. Moi, je suis Timoleo Timolei, le seul alchimiste du monde chrétien à connaître la véritable recette de l'or potable ou non, sans compter mille autres merveilles.

– Lesquelles ?

– Marcher au plafond comme une mouche et sur l'eau comme Notre-Seigneur Jésus-Christ, se trouver à la fois ici et en Nouvelle-Espagne, voyager dans le ventre d'une baleine, comme le fit le prophète Jonas, chevaucher les dauphins comme Arion et courir plus vite que ne le faisait Atalante, se déplacer dans une voiture sans chevaux, fendre les airs comme l'aigle et l'hirondelle…

– Tu sembles avoir un faible pour les moyens de transport.

– C'est que je traitais mon sujet méthodiquement. En voulez-vous une autre série ? Comprendre le langage des abeilles, parler la langue des Topinambous sans l'avoir apprise, converser avec une personne éloignée de mille lieues, entendre l'harmonie des sphères célestes, lire sans difficulté toutes les écritures secrètes, savoir par cœur le contenu de mille et trois ouvrages, discourir de toutes choses avec pertinence sans avoir jamais étudié.

– Tout ça ne vaut pas l'or, dit le duc qui commençait à se rhabiller.

– Avec la poudre de projection qui allait naître, j'en aurais pu engendrer non pas des onces, mais des livres, que dis-je ! des tonneaux, mais l'intrusion de messire duc a tout fait rater. J'ai de nouveau vingt-sept années de distillation devant moi, il est vrai que, cette fois, je profiterai de l'expérience que j'ai acquise.

– Et combien de temps mettras-tu cette fois-ci ?

– Euh, fit Timoleo Timolei. Trois… quatre ans…

– En trois quatre ans, tu te fais fort de trouver la pierre philosophale ?

– Je me fais fort.

– Et l'élixir de longue vie ?

– Dito [1].

– Bien, dit le duc maintenant prêt. Très bien même.

La pluie avait cessé. Il alla sur le pas de la porte et aperçut, à une bonne centaine de toises, sa suite qui le cherchait. Il se retourna vers l'alchimiste :

– Timoleo Timolei, que dirais-tu de venir t'installer dans mon châtiau et d'y souffler pour moi ? Je paierai toutes tes

1. Dito : soit.

dépenses, je te protégerai contre les curiosités ecclésiastiques, je te nourrirai princièrement et tu me feras profiter de ton or et de ton élixir. Qu'en dis-tu ?

– Quitter Arcueil me daurrait : cela demande réflexion.

– C'est tout réfléchi. Lorsque les États généraux seront terminés, je ferai déménager ton galetas et même tes bûches et je les emmènerai avec nous.

Sthène, qui avait aperçu le duc, arrivait au petit trot et freina sec devant son maître auquel il fit de doux reproches :

– Messire, ce n'est pas possible, vous vous cachiez !

– Oooh, dit l'alchimiste devenu soudain pâle et bègue, un cheche, un vaval… un cheval… qui qui… caucause…

– Tu vois, lui dit le duc, tu ne seras pas en mauvaise compagnie.

Il enfourche Sthène et disparaît au galop.

Timoleo Timolei, sidéré, fit quelques pas en arrière et, basculant sur une bûche, s'évanouit sur un tas de charbon.

CHAPITRE 11

Cidrolin se réveille au milieu de la nuit, il a très mal au ventre et très mal à l'estomac. Il monte sur le pont et se penche sur l'eau : peut-être va-t-il vomir ? Sans doute a-t-il songé au prix du repas et que ce serait un bien grand gâchis de le répandre ainsi ; il rentre et se dirige vers les latrines et se soulage, entend un floc, encore quelque chose qui voguera jusqu'au prochain champ d'épandage ou même peut-être jusqu'à la mer.

Il se recouche, mais il a toujours très mal au ventre et très mal à l'estomac. C'est trop bête, pour une fois que c'était parfait. Il patiente. Il ne patiente plus. Il se relève et s'habille, prend une couverture, s'installe dans le canot et le détache ; il rame.

Sur le boulevard, le long du quai, il y a encore des camions qui passent de temps en temps ; de même, sur le pont. Sur les autres péniches voisines, on dort. Cidrolin suit le cours du fleuve, il ne rame plus, sinon, de temps à autre, pour rectifier la direction. Il avance silencieusement ; lorsque l'absence de véhicules le permet, il entend parfois une bulle qui crève, un poisson qui a fait surface ou le produit d'une fermentation née au fond du fleuve et qui vient exploser à sa modeste mesure entre deux rides semées par le vent.

De temps à autre, Cidrolin penche la tête, emporté par une bouffée de sommeil. Il oblique et amarre son canot à un piquet planté par quelque pêcheur. Il s'enroule dans la couverture et regarde le ciel qui commence à grisonner. Il n'a plus du tout mal au ventre ni à l'estomac, mais il ne parvient pas à se rendormir. Il reste là les yeux ouverts. Peu importe après tout, il fera une plus longue sieste après déjeuner.

La circulation croît sur le pont comme sur le boulevard. Les premiers pêcheurs à la ligne apparaissent. Des membres ultramatinaux d'un club sportif pratiquent l'aviron. Une péniche vraie passe, les vagues viennent s'amortir le long de la rive. Cidrolin voit la cime des arbres monter et descendre.

Il a détaché le canot et maintenant il rame pour remonter le courant. Il peine un peu et met beaucoup plus de temps qu'à l'aller. Enfin il accoste et rentre après ce petit tour. Il va ranger la couverture, puis il marche de long en large sur le pont en se frottant les mains, soit qu'il ait eu un peu froid, soit qu'il veuille manifester une certaine satisfaction. Il fait comme ça une dizaine de fois le trajet, puis il monte sur le quai, un pot de peinture à la main. Il regarde si on lui a de nouveau barbouillé sa clôture avec des inscriptions injurieuses, mais il n'y en a pas. Cidrolin a l'air tout déconcerté, il donne distraitement et gratuitement des coups de pinceau çà et là.

Un type qui passait lui dit :

– C'est pas du travail, ça.

– En effet, répond Cidrolin, c'est très exactement de la distraction. De la distraction gratuite.

– Vous vous amusez de peu.

– D'un rien, même. De ça, par exemple.

Et il montra l'immeuble qui se construisait de l'autre côté du boulevard.

– Ça, c'est du travail, dit le passant.

– C'est bien ce que je disais.

Quelqu'un à mobylette freina sec et les interpella :

– Pour la plus grande gloire de Dieu, dit-il en tendant la main.

– Qu'entendez-vous par là ? demanda le passant avec hargne.

– Bon, bon, dit l'autre. Je ne vais pas me mettre à discuter.

Et il repartit. Il était vêtu très correctement, un peu comme un clergyman.

– C'est pas du travail, ça, dit le passant. De la façon dont il s'y prend, il ne doit pas récolter grand'chose.

– De quoi s'acheter de l'essence pour sa mobylette.

– Parce que vous croyez que l'argent qu'il ramasse, il ne le consacre pas à la gloire de Dieu ?

– Je ne crois rien du tout, dit Cidrolin. Il quête peut-être pour les pauvres.

– Les pauvres ? Est-ce qu'il y en a même dans le coin ? Commune riche, cossue. C'est à vous cette péniche ?

– C'est à moi.

– Alors vous n'êtes pas à plaindre. Ce n'est pas pour vous qu'il quêtait, le bonhomme.

– Sait-on jamais. C'est peut-être un escroc. Supposez que vous lui ayez donné quelque chose ; lorsque vous auriez été parti, il serait revenu et nous aurions partagé.

– J'avais bien raison de me méfier, dit le passant. Au revoir, monsieur.

Cidrolin le regarde s'éloigner, puis, s'étant retourné dans la direction opposée, il aperçut une silhouette féminine à l'horizon. La silhouette féminine à l'horizon est complétée par une valise, aussi ne progresse-t-elle pas très rapidement.

– Ça, c'est pour moi, dit Cidrolin à mi-voix.

Il redescend sur la péniche pour ranger le pot de peinture et s'étend sur sa chaise longue en attendant les événements. Les événements se passent de la façon suivante : arrivée devant le portillon qui donne sur le boulevard, la silhouette féminine complétée par une valise continue son chemin.

– Quelle gourde, dit Cidrolin, je parie que c'est l'envoi d'Albert.

Il abandonne la chaise longue et remonte sur le quai voir ce qui se passe. Effectivement, la silhouette féminine complétée par une valise est en train de se renseigner dix péniches plus loin. Elle fait demi-tour. Elle se dirige maintenant vers lui. Elle s'approche. Elle se rapproche. La voilà. Elle pose sa valise avant de prononcer ces mots :

– C'est vous le type dont m'a parlé monsieur Albert ?

– Qu'est-ce qu'il vous a dit de moi pour que je puisse m'identifier moi-même ?

– Comprends pas. Et puis on répond pas par une question à une question. Ça se fait pas.

– À qui monsieur Albert vous a-t-il envoyée ?

– Encore une question. Vous pouvez pas répondre à la mienne ? De question.

– C'était quoi votre question ?

– Encore ! Décidément vous savez rien faire d'autre que questionner.

– Franchement, je ne trouve pas que ce soit dans mon caractère.

– Peuh ! vous vous connaissez pas.

– Comme vous ne me connaissez pas non plus, on se demande qui me connaît.

– Monsieur Albert.

– Très juste.

– Alors c'est bien vous le type qui cherchez une nana pour agrémenter sa péniche ?

– Voilà.

– Et c'est ça, la péniche ?

– Oui.

– C'est rien chouette.

– N'exagérons rien.

– Au mois d'août, on ira à Saint-Trop dessus ?

– Non, elle ne bouge pas.

– Dommage. Oh mais, il y a quand même une petite barque. Elle est à vous, la barque ?

– Oui.

– On fera des promenades en barque ?

– À l'occasion.

– Vous savez, je sais ramer ; vous en faites pas : c'est moi qui vous baladerai.

– Je n'en demande pas tant.

– Faut pas décourager ma bonne volonté.

Cidrolin se gratta la tête.

– Vous êtes majeure ?

– Vous voulez voir ma carte d'identité ?

– Je veux bien.

Elle était majeure. Il regarda soigneusement si la date n'était pas falsifiée. Il lui sembla bien qu'elle ne l'était pas. Il lui rendit sa carte d'identité et prit la valise.

– Venez, vous allez vous installer.

– Vous avez déjà pris votre petit déjeuner ?

Il fit signe que non.

– Faites, dit-il, attention de ne pas vous casser la gueule.

Le talus descendait en pente raide.

– Et de ne pas vous foutre à l'eau.

Ils passaient sur la planche passerelle au-dessus du bourbier. La jeune fille majeure dit :

– De loin, c'est chouette, mais de près c'est dégueulasse.

– L'eau paraît un peu sale, mais elle n'est pas stagnante. Ce ne sont pas toujours les mêmes ordures qu'on voit. Des fois, je les pousse avec un bâton, elles s'en vont au fil de l'eau. De ce côté-là, tout de même, en effet, ça croupit un peu.

Puis :

– Vous cognez pas la tête. Voilà, ça sera votre cabine, c'était celle de ma fille. C'est pas grand, mais sur les bateaux, vous savez, la place est toujours limitée. Je ne parle pas des transats comme on en montre au cinéma.

– À propos, ici, y a la tévé ?

– Non.

– Et mon feuilleton alors ?

– Qu'est-ce que vous voulez que je vous dise ?

– Ça remet tout en question.

– Je vous comprends. Albert ne vous avait pas prévenue ?

– Vous n'allez pas me dire que vous n'avez pas les moyens de vous payer une tévé !

– Je ne vous force pas à rester. Je remonte votre valise ?

– Laissez. Tant pis pour le feuilleton. Au fond, je le trouve plutôt tarte. Mais vous savez ce que c'est. L'habitude. Soixante-six semaines que ça dure. Tant pis.

– Je vous laisse. La salle de bains se trouve là et le petit coin à côté.

– Vous bilez pas. Je me ramène dans cinq minutes pour préparer votre petit déjeuner.

Cidrolin remonta sur le pont et s'étendit sur sa chaise longue en attendant les événements ; mais il ne tarda pas à fermer les yeux.

– Noble époux, dit Russule, en baisant respectueusement sa main, j'ai bien grande et joyeuse nouvelle à vous annoncer : vous allez avoir un héritier.

– Bravo, ma chère ! Et quelle goule vont faire mes gendres. Mais… dites-moi, aimable Russule, comment savez-vous que c'est un héritier ?

– L'astrologue me l'a dit.

– Quel astrologue ?

– Un astrologue que j'ai consulté. Et, pour qu'il surveille les étoiles au moment de la parturition, je l'ai installé dans le châtiau. Sous réserve de votre aimable autorisation, naturellement, noble époux.

– Diable, dit le duc dans sa barbe, moi qui ramène un alchimiste, cela va faire du monde.

– Ma décision vous déplairait-elle ? demanda Russule en baissant les yeux.

– Nenni, nenni, ma chère. Nenni soit qui mal y pense. Qu'en dis-tu, Empoigne ? Ne rapporté-je point en notre province le plus pur suc de l'esprit de la cour ? Je rentre bel esprit jusqu'au bout des ongles. Le sire de Ciry n'a qu'à bien se tenir : je le calembourderai de telle façon qu'il en perdra sa morgue. Et mon évêque ? Qu'on m'amène mon évêque ! Il faut que je lui présente mon alchimiste. Où est mon alchimiste ? Qu'on m'amène mon alchimiste ! Et mon héritier ! c'est vrai, mon héritier. Où est-il mon héritier ?

Il fait semblant de chercher autour de lui. Il tapote le ventre de Russule :

– Il est là, mon héritier. Il se cache là, mon héritier. Charmante cachette. Ah, Russule, quel grand plaisir tu me fais et, moi aussi, je vais te faire un grand plaisir.

– Je vous écoute, noble époux.

– Je vais avoir ma statue. Et, tudieu, une statue équestre. On l'érigera devant l'orme, en face du pont-levis. Le sieur Francavilla m'a tiré le portrait et ce sieur Francavilla est un fameux sculteur qui est pour quelque chose dans la statue du bon roi Henri le quatrième qui se trouve sur le Pont Neuf...

– Que je regrette de ne l'avoir pas vue, dit Russule en soupirant.

– Ne crains rien, femme. Elle ne se sauvera pas. Je t'emmènerai la voir lors des prochains États généraux et cela ne saurait tarder, car la Reine Mère a grand besoin d'argent, donc d'impôts.

– Mille mercis, noble époux, dit Russule en faisant la révérence.

– Mais revenons à ma statue. Je serai donc à cheval, sur Sthène naturellement dont le sieur Francavilla a tiré également un portrait bien fidèle. Sthène en était fort satisfait ; quand on le lui montra, il hennit. Hennit soit qui mal y pense.

– Ah, ah, dit Empoigne.

– Il aura aussi sa statue, dit le duc à Russule en désignant du doigt Mouscaillot. Une petite. Pendant que j'y étais. Pas pour lui (nouveau geste), mais pour que le brave Stèphe ne soit pas jaloux.

– Et moi, dit Russule en baissant les yeux, ne l'aurai-je point ma statue ?

– Si donc, femme. J'y ai pensé. Dans notre chapelle, vous aurez un magnifique tombeau bien plus beau encore que celui de ma défunte Élodie. On vous y verra sculptée dans la pierre. Moi je préfère le bronze.

Comme Russule s'inclinait, le duc lui dit :

– Inutile de me remercier. C'est tout naturel. Ah voilà l'astrologue, je pense. Approche. Comment t'appelles-tu ?

– Dupont. Pour vous servir, mon seigneur.

– Et tu lis dans les étoiles ?

– Pour vous servir, mon seigneur.

– Et tu as vu que j'aurai un héritier ?

– Pour vous servir, mon seigneur.

Le duc se tourna vers Russule et lui dit :

– C'est un con, votre astrologue.

Il reprit le dialogue avec Dupont en ces termes :

– Tu as regardé les étoiles cette nuit ?

– Pour vous servir, mon seigneur.

– Et qu'est-ce qu'elles t'ont raconté ?

– Gloriam Dei, mon seigneur. Gloriam Dei.

– C'est tout ?

– Comment, mon seigneur, s'écria l'astrologue avec un beau mouvement oratoire, vous ne trouvez pas que cela soit beaucoup, la gloire de Dieu ?

– Pour la gloriam Dei, j'ai mon évêque qui est tout à fait compétent sur la question. Parle-moi plutôt de ta spécialité.

– J'ai entendu la musique des sphères.

– Et ça faisait quel bruit ?

– Divin, mon seigneur. Divin.

Le duc, écœuré, se tourna vers Russule.

– Il est tout à fait idiot.

Il mit de nouveau la main sur le ventre de la noble dame et reprit l'entretien avec l'astrologue :

– Et qu'est-ce qui doit sortir de là ? une biquette ou un héritier ?

– Un héritier, mon seigneur.

– Tu en es sûr et certain ?

– Les astres ne mentent pas.

– Mais toi, tu n'es pas un astre. Or quel homme n'a jamais menti ? C'est courant, le mensonge, tellement courant que c'est un péché du catéchisme. Si Monseigneur Biroton, évêque in partibus de Sarcellopolis, était là, il te le dirait tout de suite. Or tu as intérêt à mentir. Tu as trouvé ici le gîte et le couvert et tu te goberges à mes dépens. Tu croyais tomber sur un hobereau crédule comme une femme (geste du côté de Russule), et tu te trouves en face d'un noble seigneur qui vient de passer six mois à la Cour et dans la ville capitale, de quelqu'un qui prit la parole aux États généraux, et à qui l'on eut bien du mal à la reprendre, enfin, bref, Dupont, pars !

Russule se jette aux pieds du duc et le supplie en ces termes :

– Noble époux, moi qui étais si fière d'avoir un astrologue tout comme la reine Catherine. Je pensais à votre prestige… à votre standigne…

– Mais, ma chère, lui répondit le duc en s'énervant quelque peu, c'est que je ramène un alchimiste de la ville capitale, d'Arcueil plus exactement. Je ne vais pas entretenir une nuée de nécromants. Moi, je préfère de beaucoup l'alchimiste ; lorsqu'il m'aura trouvé la pierre philosophale…

– Fumisterie ! s'écria Dupont.

– Toi, dit le duc, tu es un mauvais camarade. C'est très vilain de débiner le métier d'un confrère. Tu ne me plais pas.

Monseigneur Biroton parut, suivi de l'abbé Riphinte. Tous les deux reçurent de grandes embrassades de la part du duc, qui explique aussitôt la situation à l'évêque et lui demande conseil.

– Chassez-les tous les deux, dit Onésiphore.

– Tout de suite les exagérations ! s'écria le duc. Je veux en garder un, moi.

– Moi aussi, dit Russule.

Le chapelain, bien ennuyé, se gratta la tête.

– Eh bien, demande le duc. Qu'en dis-tu ? L'astrologue ? L'alchimiste ?

– Tout cela sent le fagot, dit Biroton.

L'astrologue se tourna vers lui.

– Je suis un bon chrétien, dit-il. Ne m'avez-vous pas reçu en confession ?

– C'est exact, dit l'évêque.

Le duc était de plus en plus écœuré :

– Ce qu'il peut être lèche-cul, ce bonhomme. Décidément, il ne me plaît pas du tout.

– Il ne manque pas de piété, dit Onésiphore, et puis, après tout, ce n'est pas un péché de regarder les étoiles.

– Je trouve cela poétique, même, susurra Russule.

– Et, ajouta l'abbé Riphinte, le sieur Dupont ne professe point l'hérétique doctrine du Polonais Copernic. C'est un bon point, cela.

– Copernic soit qui mal y pense, dit le duc distraitement.

– Ah, ah, dit Empoigne.

– Le soleil tourne autour de la terre, déclama l'astrologue, et bien fol et bien malicieux celui qui prétend le contraire.

– Comme il est savant, resusurra Russule. J'aurai sûrement un héritier.

– Ils cherchent tous à m'embobiner, dit le duc d'un air ronchon.

– L'alchimie est recherche bien noire, reprit Onésiphore qui voyait la partie gagnée par la duchesse et son devin. Les feux de ses fourneaux évoquent ceux de l'Enfer et le désir de l'or est chose bien condamnable. Quant à l'élixir de longue vie, cela me rappelle que le démon dit à nos premiers parents : eritis sicut dei, en leur conseillant de manger cette pomme prétendue elle aussi de longue vie…

– Hm, dit l'abbé Riphinte.

– … et vous savez tous ce qu'il est ensuite advenu.

– Amen, dit Dupont.

– Amen, reprirent également Russule, Empoigne et l'abbé Riphinte.

Le duc ne dit rien. Il regarde l'astronome d'un sale œil et commence à s'impatienter, mais il ne le montre pas trop encore. Dupont, qui croit l'affaire cuite, se met à pérorer :

– Ô puissances célestes qui gérez les fortunes de ce monde, je vous vois apportant vos dons et vos bénédictions au sublime héritier que va bientôt procréer le très fameux et très illustre duc d'Auge…

– Comment, s'écrie le très fameux et très illustre duc d'Auge, comment : … va bientôt… Alors, femme, vous n'êtes point enceinte ?

– Point encore, noble époux, mais vous y porvoirez.

Et Russule baisse modestement les yeux, toute rosissante.

Le très fameux et très illustre duc d'Auge saute à la gorge de Dupont et commence à l'étrangler de ses deux puissantes mains. L'astrologue semble vouloir expulser ses yeux hors des orbites et tire une langue pâlote, tandis que Joachim lui explique ses griefs et lui fait part de son mépris pour les imposteurs.

Et il le secoue avec énergie tout en serrant de plus en plus fort. Russule se jette à ses pieds en implorant sa pitié. Onésiphore demande à l'abbé Riphinte de lui apporter le nécessaire pour administrer l'extrême-onction à la victime. Le vicomte d'Empoigne se maintient fermement dans une attitude d'extrême prudence.

– Ah coquin ! coquin ! ne cesse de répéter le duc tandis que l'autre vire au violet.

– Grâce pour lui, noble époux, clame la duchesse, grâce pour lui !

– Allons, voyons, messire, dit Onésiphore sur un ton de doux reproche, un peu de modération ; je ne vais pas avoir le temps de lui donner les derniers sacrements.

Dupont va survivre à cette dure épreuve. Le duc finit par le lâcher encore vif et l'autre coule par terre comme fromage mol : on s'empresse de le balayer tandis que l'alchimiste, qui vient d'arriver, salue bien bas son hôte.

Le duc manifeste une entière satisfaction.

CHAPITRE 12

Cidrolin ouvrit les yeux ; on lui parlait doucement à l'oreille. C'était Lalix qui lui annonçait que le déjeuner était servi.

– Eh bien, ajouta-t-elle, vous avez vachement roupillé. Comme ça, vous avez sauté le petit déjeuner, mais je pouvais pas vous laisser dormir toute la journée, et je vous ai préparé un bon repas.

Cidrolin la regardait distraitement : comme c'était un souvenir récent, il ne la reconnaissait pas encore très bien.

– J'en ai fait des rêves, murmura-t-il pour lui-même.

– Faut pas les raconter.

– Et pourquoi pas ? demanda Cidrolin intéressé.

– Ça ne se fait pas.

– Pourquoi donc ?

Elle se contenta de répondre :

– À table, à table.

Il faisait encore assez beau temps, la table était installée sur le pont. Un couvert était mis.

– Vous avez déjeuné ? demanda Cidrolin.

– Oui, msieu.

– La prochaine fois, vous m'attendrez et vous mettrez un second couvert.

– Vsêtes gentil. Merci, msieu.

Cidrolin se dirigea vers la cambuse. Lalix se précipita.

– Vous désirez quelque chose ?

– L'essence de fenouil.

– Vous allez vous taper de l'essence de fenouil avant déjeuner ?

– Comme d'habitude.

– C'est malsain.

Cidrolin rit doucement.

– C'est vrai, reprend Lalix. C'est très malsain.

– Si vous voulez aller faire votre valise, dit Cidrolin, je ne vous en empêche pas. Je vous paierais même un mois de gages si vous décampiez sur l'heure.

– Je ne tiens pas à ce que vous perdiez votre argent, dit Lalix.

Cidrolin va chercher la bouteille d'essence de fenouil et s'en verse un quart de verre qu'il complète avec de l'eau plate. Tout en buvant, il regarde vaguement une équipe d'aviron qui s'entraîne.

Quand son verre est vide, Lalix lui dit :

– Je peux servir ?

– Allez-y.

Elle apporte du beurre et une boîte de filets de thon à l'huile d'arachide pure. Elle regarde Cidrolin manger.

– Ça m'agace que vous me regardiez comme ça, dit Cidrolin. Asseyez-vous et racontez-moi des histoires.

– Vous me prenez pour Schéhérazade, dit Lalix.

– Eh, eh, dit Cidrolin. On a de l'instruction.

– Ça ne gâte rien. Vous ne trouvez pas ?

– Tout à fait d'accord.

– Ah, fait Lalix d'un air satisfait.

– Vous avez de l'instruction, dit Cidrolin, et vous avez aussi des principes : ne pas boire de l'essence de fenouil avant déjeuner, ne pas raconter ses rêves. Au fait, pourquoi ne pas raconter ses rêves ?

– C'est mal élevé, dit Lalix.

– La première fois que j'entends ça, dit Cidrolin.

– Les gens, continue Lalix, ils se croient des petites merveilles, tout ce qu'ils font, tout ce qu'ils sont. Ils s'attribuent une importance... Alors s'il fallait, par-dessus, encaisser le récit de leurs rêves, on n'en finirait plus.

– Mes rêves sont particulièrement intéressants, dit Cidrolin.

– Tout le monde croit ça. Rien ne le prouve puisqu'on ne peut pas les comparer.

– Les miens, dit Cidrolin, si je les écrivais, ça serait un vrai roman.

– Et vous ne croyez pas qu'il y en a assez comme ça des romans ?

– Ne craignez rien, dit Cidrolin. Je ne suis pas un travailleur de l'écritoire.

– Oh mais, je ne crains rien.

– Vous voyez, dit Cidrolin, quand vous m'avez dit qu'il ne fallait pas raconter ses rêves, j'ai cru que c'était à cause de la psychanalyse et des psychanalystes.

– La quoi ?

– La psychanalyse. Vous ne savez pas ce que c'est ?

– Non.

– Je croyais que vous aviez de l'instruction.

– On ne peut pas tout savoir, dit Lalix.

– Comme c'est vrai.

Et, puisqu'il avait terminé les filets de thon, Cidrolin s'enquit de la suite en ces termes :

– Qu'est-ce qu'il y a après ?

– Une boîte de pâté de foie. Ça ira ?

– Sans vouloir vous vexer, dit Cidrolin, j'en aurais fait autant.

– Monsieur Albert m'avait dit que vous étiez de bonne composition, mais vous râlez tout le temps.

– Bah, fait Cidrolin. C'était juste une petite critique.

– N'en parlons plus.

Elle apporte donc la boîte de pâté de foie.

– Je me rassois ? demande-t-elle.

– Bien sûr.

Cidrolin, mélancoliquement, silencieusement, se tartine du pâté de foie.

– Alors, dit Lalix, ce truc dont vous me parliez tout à l'heure. À propos des rêves.

– La psychanalyse ?

– Voilà.

– Et les psychanalystes ?

– Voilà.

– Eh bien, dit Cidrolin en mâchant laborieusement son sandouiche, ce sont des gens qui interprètent les rêves. Et ça va loin. Ils découvrent le fin fond des choses. Enfin, des gens. Alors il y a justement des gens qui se méfient, qui ne veulent pas qu'on découvre leur fin fond, alors ils ne racontent plus leurs rêves.

– Personne n'y perd rien, dit Lalix.

– Vous êtes décidément contre.

– Contre quoi ?

– Raconter ses rêves.

– Je vous l'ai déjà dit : je trouve ça mal élevé, et, pour ainsi dire, malpropre.

– Je me ferai une raison.

Il achève son pâté de foie en regardant distraitement un pêcheur, sur l'autre rive, qui amarre sa barque à un piquet et prépare son matériel ; il est accompagné d'un chien qui le regarde lui aussi.

– Vous pêchez ? demande Lalix à Cidrolin.

À la rigueur elle aurait pu poser la même question au bonhomme en face, mais il aurait fallu qu'elle utilise un porte-voix.

– Non, répondit Cidrolin, et naturellement pas le pêcheur en face qui ne pouvait entendre et qui aurait d'ailleurs répondu : oui. Je n'aime pas ça. C'est cruel.

– C'est surtout idiot : rester comme ça à ne rien faire.

– Et qu'est-ce qu'il y a maintenant pour terminer cet excellent repas ?

– Un bout de fromage et le fond d'un pot de confiture.

– Merveilleux, dit Cidrolin.

Le pêcheur a lancé sa ligne ; il allume une cigarette et fume, l'air absent. Le chien s'est couché en rond et dort.

– Ça va bientôt être l'heure de ma sieste, observe Cidrolin pour lui-même.

Lalix a apporté la conclusion de l'excellent repas et s'est assise de sa propre initiative, cette fois-ci.

– Alors, Schéhérazade, dit Cidrolin mastiquant le fromage rance tout en prévoyant que les confitures seraient moisies, vous ne me racontez pas d'histoires ?

– Des vraies ou des inventées ?

– Méfiez-vous des inventées. Elles révèlent ce que vous êtes au fond. Tout comme les rêves. Rêver et révéler, c'est à peu près le même mot.

– Et les vraies, elles révèlent tout aussi bien ce qu'on est dans le fond. Vous ne trouvez pas ?

– Si vous me racontez l'histoire de quelqu'un d'autre…

– Pourquoi je la raconterais si elle ne m'intéresse pas et, si elle m'intéresse, c'est comme si c'était moi.

– Alors vous ne voulez rien me raconter ?

– Je ne sais pas moi. Vous êtes tournipilant à la fin. Vous êtes pas du tout comme monsieur Albert me vous avait décrit, une espèce de père tranquille pas emmerdant pour un sou.

– Eh bien, tenez, monsieur Albert, racontez-moi comment vous avez fait sa connaissance. Mais avant je dois vous dire que, comme je l'avais prévu, la confiture était moisie.

– Vous voyez que vous râlez tout le temps.

– Encore un de foutu, j'ai l'habitude.

– Vous n'allez pas pleurer pour des confitures.

– Alors ? et monsieur Albert ?

– Vous ne voulez pas une tasse de café ?

– Non, non ! s'écria Cidrolin en sursautant. Pas de café !

– Vous avez peur que je vous le fabrique dégueulasse ?

– Et ma sieste ? cela m'empêcherait de dormir.

– Vous allez encore faire la sieste ? Vous avez roupillé toute la matinée.

– Je m'allonge là, sur cette chaise longue, et vous allez me raconter comment vous avez connu monsieur Albert.

– Pour vous aider à faire dodo ?

– Si je m'assoupis, vous vous arrêtez et vous recommencez une autre fois.

– Vous n'êtes pas encourageant.

– Allez, Schéhérazade : l'histoire d'Albert.

– Ben voilà. Je suis la fille unique d'un père bûcheron.

– Ça me dit quelque chose, ça... une fille de bûcheron...

– Vous n'allez pas m'interrompre tout le temps ! Sinon, je préfère encore que vous dormiez.

Cidrolin ne se fait pas faute de lui donner immédiate satisfaction. Le duc se promenait à cheval dans la forêt, silentaire et solicieux. Sthène se taisait également, mais la promenade s'allongeant et la taciturnité ducale ne semblant pas vouloir se dissiper, il finit par ouvrir les lèvres pour demander s'il pouvait parler.

– Parle, mon bon Démo, parle, dit le duc en lui tapotant affectueusement l'encolure.

– Grammercy, dit Sthène avec une vive satisfaction.

Il fit semblant de réfléchir un peu avant de poser la question qui le démangeait depuis un certain temps.

– Hm, hm, fit-il, où en est notre statue ?

– Ma foi, répondit le duc, je n'en sais rien.

– Elle n'est pas encore fondue ?

– Je n'en ai pas eu de nouvelles depuis un certain temps.

Sthène ne cacha pas sa déception. Il crotta de dépit.

– Et, reprit-il, vous ne trouvez pas que vous devriez vous en inquiéter ?

– En ce moment, point n'en ai souci.

– Et votre gloire, n'y pensez-vous donc plus ? Ne songez-vous donc plus à toutes ces générations futures qui viendront vous contempler bronzé pour l'éternité devant l'orme féodal ? Ne tirez-vous donc plus fierté de savoir que votre qualité de statufié permettra d'insérer votre nom dans toutes les histoires de l'art, point nombreuses certes à notre époque, mais dont le nombre ne cessera de croître dans les siècles à venir. Tudieu, je prophétise, ma parole !

Ayant fait cette constatation, Sthène pique un petit trot guilleret.

– Tout doux, dit le duc, tout doux.

Sthène reprend le pas de promenade, et, par la même occasion, la parole :

– Mes arguments ne vous convainquent point ?

– Mais si, mais si, mon bon Démo. Je vais envoyer Empoigne voir ce qu'il advient de mon effigie.

– Voilà une excellente idée ! Par la même occasion, il pourra s'informer de celle de Stèphe et de la sienne.

– C'est un départ qui risquerait d'attrister la duchesse, dit le duc avec mélancolie.

– Pourquoi n'irait-elle pas, elle aussi ? Elle a tant envie de visiter la ville capitale.

– On jaserait.

– Joignez l'abbé Riphinte à l'expédition et coiffez le tout de Monseigneur Biroton. Pendant un mois ou deux, vous en serez débarrassé.

– Eh oui. Chaque jour entendre leurs admonitions et admonestations. C'est encore bien beau qu'ils ne me dénoncent pas comme athéiste ou sorcier.

– Ils gueulent pour la forme parce que c'est leur métier, mais si votre alchimiste parvenait à fabriquer l'élixir de longue vie, ils en boiraient bien un petit verre eux aussi.

Nous n'en sommes pas encore à l'élixir de longue vie, et nous nous contentons pour le moment de la poudre de projection.

– Et ça marche ?

Je n'en vois pas la fin.

Sthène se tut quelques instants avant de reprendre la parole en ces termes :

– Je commence à me demander, Joachim, si vous eûtes raison d'emmener en votre châtiau le sieur Timoleo Timolei. Depuis qu'il loge chez vous et y chauffe ses fourneaux, vous êtes devenu, Joachim, morose et taciturne et vous avez maintenant dépensé quasiment tous les bons écus que vous obtîntes par le traité de Sainte-Menehould. N'est-il pas vrai ?

– Le fait est que mes coffres sont vides et que je vais bientôt en être réduit à casser la tire-lire de mon héritier éventuel, ce qui me fait penser que j'aurais peut-être mieux fait de garder l'astrologue. Il m'aurait coûté moins cher et la duchesse eût été contente.

– Bah, fit Sthène, tous ces gens-là se valent.

– Serais-tu sceptique, mon bon Démo ?

– Si vous voulez que je vous dise le fin fond de ma pensée, moi, aux horoscopes, je n'y crois pas.

– Et moi guère.

– À la pierre philosophale non plus.

– Ah, dit le duc, si tout autre que toi me disait une chose pareille, je lui morniflerais les ganaches.

– Je n'y crois pas, dit Sthène, mais je ne vous empêche pas d'y croire.

– J'espère bien ! Ah, si tu nous voyais, Timoleo et moi, au milieu des athanors et des aludels, des pélicans [1] et des matras [2], des cornues et des alambics, manipulant les sels et les métaux, les uns violets, les autres indigo, les uns bleus, les autres verts, les uns jaunes, les autres orangés et certains rouges, sans parler des blancs et des noirs, les observant passer d'une couleur à l'autre, de solides devenir liquides et de liquides devenir solides, de palpables devenir impalpables et d'impalpables devenir palpables, et je ne te parle que de l'aspect le plus superficiel de nos opérations, alors, mon bon Démo, tu te dirais que ce n'est sûrement pas en vain que ton maître et son alchimiste se donnent tant et tant

1. Athanor, aludel, pélican : tuyau, alambic, fourneau.
2. Matra : vase.

de mal. Le jour viendra où les anges récompenseront nos œuvres et ce n'est plus en bronze mais en or massif que je ferai fondre ma statue.

– Notre statue.

Le duc n'entendit point cette rectification et il retomba dans son humeur mélancolieuse dont Sthène n'osa plus le tirer. La promenade se poursuivit encore silencieusement pendant une lieue ; Sthène alors décida de rentrer, mais en choisissant un autre chemin ; le duc n'y contredit point, toujours muet, le sourcil froncé, l'œil vague. Il sursauta lorsque, quelque temps plus tard, il s'entendit interpeller ; ils traversaient une clairière où travaillaient des bûcherons, c'était une coupe de bois pour alimenter les fourneaux de Timoleo Timolei. Quant à l'interpellation, elle avait pour auteur l'un des boquillons et consistait en ces mots :

– Noble seigneur, ma duchesse de fille se porte-t-elle bien ?

Cidrolin sursauta.

– Et vos frères et sœurs ? demanda-t-il.

– Je vous ai dit que j'étais fille unique ! Vous avez bien dormi ?

– Euh… votre père était donc bûcheron…

– Je viens de finir de vous raconter comment j'ai connu monsieur Albert et comment il m'a envoyée ici.

Cidrolin bâilla.

– Vous ne voudriez pas recommencer ? ajouta-t-il.

– Certainement pas, dit Lalix. Vous n'aviez qu'à écouter.

– Eh bien, tant pis, dit Cidrolin. Ce sera pour une autre fois.

– Il n'y aura pas d'autres fois : une suffit.

– Je me ferai une raison, dit Cidrolin.

Il s'étira et se leva. Sur l'autre rive, le pêcheur était toujours là et le chien couché en rond dormait toujours dans la barque.

– Ils ne sont pas si cruels que cela, dit Cidrolin, ils ne prennent jamais de poisson.

Lalix regarda le pêcheur, mais ne fit aucun commentaire. Elle était restée assise mais à son tour se leva.

– Je n'ai pas voulu vous gâcher votre déjeuner ni votre sieste, dit-elle, mais sur votre clôture on a barbouillé des tas d'inscriptions. Désagréables. Plus que désagréables.

Cidrolin en silence alla chercher le pot de peinture et le pinceau.

– Des injures, dit Lalix, des insultes.

Cidrolin se dirigea vers la passerelle.

– C'est à vous qu'on en a ? demanda Lalix.

– Eh oui, répondit Cidrolin.

– Qu'est-ce que vous avez donc fait ?

– Je vous raconterai cela quand vous dormirez.

Cidrolin grimpe le talus. Il ne regarde même pas les écritures et commence à badigeonner. Lalix va faire la vaisselle. Une bande de nomades, venant du camp, s'arrêtent pour demander quelque chose à Cidrolin ; ils savent dire en français métro. C'est ça ce qu'ils lui demandent. Il répond par gestes.

– Ils commencent à migrer, dit Cidrolin en les regardant s'éloigner. L'automne approche. Mon automne éternel, ô ma saison mentale.

– Pardon ? demanda un passant.

– Je faisais une citation, dit Cidrolin.

– De qui ?

– D'un poète, bien sûr. Vous n'avez pas entendu les douze pieds ?

– Je n'ai pas fait très attention. J'ai cru que vous vouliez me demander un renseignement. L'heure peut-être.

– Je ne voulais rien du tout, dit Cidrolin.

Il se remit à peindre ; l'autre le regardait en silence.

Un nouveau groupe de nomades s'approcha ; ils savaient dire métro en français et c'est ce qu'ils dirent au passant. Celui-ci mima l'ignorance.

– Il y a un métro par ici ? demanda-t-il à Cidrolin.

Cidrolin montra le chemin aux nomades qui remercièrent chaleureusement et s'éloignèrent.

Cidrolin se remit à peindre et dit à mi-voix :

– C'est bien ça. Ils commencent à migrer. L'automne approche.

Il continua son travail en silence.

– Et la suite ? demanda le passant.

– La suite de quoi ?

– La suite de la citation.

– Vous êtes impatient. Elle n'a pas encore commencé.

– C'était de vous : « Ils commencent à migrer. L'automne approche » ?

– Entièrement de moi.

– Et ces mots que vous recouvrez de peinture, c'était de qui ?

– D'un passant, je suppose.

– Vous m'accusez ?

– Seriez-vous le seul passant ?

Cidrolin, n'entendant pas de réponse, jeta un coup d'œil derrière lui : l'autre, lui ayant tourné le dos, faisait semblant de regarder l'immeuble que l'on achevait de construire. Cidrolin donne encore quelques coups de pinceau ; c'est fini. Il laisse le pinceau dans le pot de peinture et prend le pot de peinture par l'anse, une anse mince et métallique qui coupe un peu les doigts.

Le passant a disparu.

CHAPITRE 13

Cinq heures avaient depuis longtemps sonné à l'église du village, lorsque le duc d'Auge sortit du château accompagné de Pouscaillou, le plus jeune frère du vicomte d'Empoigne, nouvellement à son service. Ils étaient tous deux à cheval, l'un montait Sthène et l'autre Stèphe. Le duc ne disait mot, Sthène ne bronchait pas. Stèphe et Pouscaillou en faisaient autant. En traversant le bourg, ils croisèrent sur la place un groupe de notables qui saluèrent le duc bien bas.

– Alors, messieurs, dit le duc distraitement, jouissons-nous d'une bonne santé ?

– Excellente, répondit le bailli. Excellente.

– Et à part cela, y a-t-il quoi que ce soit qui mérite attention ?

– Nous, répondit le bailli, allons de ce pas élire nos délégués aux États généraux.

– Ah, c'est vrai, les États généraux…

Le duc n'en dit pas plus à ce sujet.

– Nous, reprit le bailli, avons commencé à rédiger notre cahier de doléances. Monseigneur Biroton et l'abbé Riphinte se joindront à nous et si Monsieur le duc daignait nous accorder son noble concours, nous pourrions envoyer à Paris un cahier unique pour les trois ordres du bailliage, ce qui montrerait à Sa Majesté l'union de tous les Français derrière la personne sacrée du roi.

– Vive le roi ! crièrent les notables. Vive le roi !

– Vive le roi ! crut bon de hurler Pouscaillou.

Une mornifle du duc envoya dans la poussière l'écuyer qui se ramassa pour remonter ensuite tout étourdi sur son cheval. Les notables s'abstinrent de commenter l'incident.

– Eh bien ! dit le duc un peu ragaillardi, bon travail, messieurs.

Et il partit au galop dans la direction du cimetière. Il mit pied à terre et confia les rênes de Sthène à Pouscaillou qui avait suivi de son mieux.

– Macaque, lui dit le duc, qui t'a permis de crier « vive le roi » ?

– J'ai fait comme tout le monde, répondit Pouscaillou en pleurnichant.

– Eh bien, apprends... Mais d'abord descends de cheval.

Lorsque ce fut fait, le duc lui prit une oreille, et, la pinçant assez fort, poursuivit son discours par ces mots :

– Apprends donc, cher petit page macaque et papegai, que tu ne dois pas faire comme tout le monde, mais comme moi, tu entends : comme moi, je fais. Compris ?

– Non. Je n'y comprends goutte.

Le duc, changeant d'orcillc, continua en ces termes :

– Moi, qu'est-ce que je faisais ? Est-ce que je criais « vive le roi » ? Non. Compris maintenant ?

– Oui, certes, mais, en toute circonstance, n'est-il pas recommandé de crier « vive le roi » ?

– Peut-être, répondit le duc qui délaissa l'oreille devenue assez rougeaude et parut tout à coup fort songeur. Peut-être, reprit-il après quelques instants.

Et il pénétra dans le cimetière.

Lorsque Pouscaillou l'estima suffisamment éloigné, il se frotta les oreilles en maugréant.

– C'est qu'il m'a fait mal, le sagouin. Et pour avoir crié « vive le roi ». Comme si, en l'an mil sept cent quatre-vingt-neuf de notre ère bien chrétienne, on n'avait plus le droit de crier « vive le roi ». Eh bien, moi, je continuerai à le crier « vive le roi ».

Ce qu'il fit en effet, mais à voix plutôt basse.

– Vous ne pouvez comprendre, jeune homme, dit Sthène. C'est parce que le duc ne fait pas de politique.

– Ah seigneur Jésus, s'écria le page, un cheval qui parle !

– Autant que vous soyez au courant tout de suite, cela facilitera nos rapports. D'ailleurs je ne suis pas le seul, Stèphe aussi parle. N'est-ce pas, Stèphe ?

– Oui, répondit compendieusement Stèphe.

– Mais ne tremblez donc pas comme ça, dit Sthène à Pouscaillou. Auriez-vous peur ? À la veille d'une révolution, ce n'est pas conseillé.

– Une révolution ? demanda Pouscaillou en claquant des dents. Quequelle revovolutiontion ?

– Celle qui se prépare, répondit Sthène.

– Et il prophétise ! s'écria Pouscaillou d'une voix aussi déchirante que déchirée. Comme l'ânesse de Balaam !

– Ce n'est pas un écuyer, dit Sthène avec mépris, c'est un séminariste. Et en plus de cela, il me prend pour une ânesse. Il ne m'a pas regardé sous le ventre.

Cette plaisanterie dérida le grave Stèphe et les deux chevaux rirent, puis, s'entraînant l'un l'autre, fou-rirent, ce qui acheva de démoraliser Pouscaillou qui se roula par terre en pleurant. Lorsqu'il eut piqué sa crise et vidé un bon setier de liquide lacrymal, il se releva toujours tremblant et aperçut Sthène et Stèphe qui, paisiblement, muettement, recherchaient des friandises parmi les herbes pariétaires. Cette activité pourtant bien orthohippique acheva de l'emplir de terreur et il jugea prudent de chercher refuge auprès de son employeur. Il pénétra donc dans le cimetière et il aperçut tout au bout de l'allée le duc en méditation devant une tombe ; il aperçut aussi juste devant lui deux fossoyeurs qui exhumaient des ossements et en faisaient des petits tas. Ce spectacle acheva d'écœurer le page qui fit demi-tour et, bon coureur, se retrouva bientôt sur la terrasse du château où quelques personnes buvaient du café et des liqueurs, notamment de l'essence de fenouil, en bavardant de choses et d'autres.

– Eh bien, Pouscaillou, s'écria son frère, que t'arrive-t-il donc ? Tu as abandonné haut et puissant seigneur Joachim duc d'Auge ?

On rit. Pas Pouscaillou qui, d'une voix larmoyante, énonce son plus cher désir :

– Je veux retourner chez maman !

– Eh quoi, Pouscaillou, dit son frère. Le haut et puissant seigneur t'aurait-il mis la main à la brayette ?

On rit. Pas Pouscaillou qui continue à se lamenter :

– C'est pas le duc ! c'est pas le duc ! Ce sont les chevaux !

– Or çà, Pouscaillou, tu ne me feras pas croire que ces dadas ont un faible pour les petits garçons.

On rit. Pas Pouscaillou qui trépigne.

– Ils parlent ! Ils parlent !

– Est-il bête, ce petit, dit la duchesse charmée.

– Imbécile, lui dit son frère furieux. Tu ne vas pas ajouter foi à cette légende gothique et surannée !

– On lit ça dans les romans de chevalerie, dit Monseigneur Biroton avec un petit rire de dérision. Durant la dernière ou l'avant-dernière croisade, je ne sais plus…

– La septième, dit l'abbé Riphinte.

– Quel érudit, s'écria la duchesse en agitant son face-à-main.

– Durant la septième croisade, reprit Onésiphore toujours sur un ton ironique, le cheval du duc d'Auge effrayait les Sarrasins, parce qu'il leur criait des injures.

– Voilà qui est bien sot, dit le vicomte d'Empoigne. A-t-on jamais vu parler un quadrupède ?

– Oui, certes, dit l'abbé Riphinte. Il y en a un : l'ânesse de Balaam.

– Sthène prophétise comme elle, dit Pouscaillou toujours épouvanté.

– Tu n'es pas très fort en catéchisme, lui dit sévèrement l'abbé Riphinte. L'ânesse de Balaam ne prophétisait pas, elle n'ouvrit la bouche que pour protester contre les coups que lui donnait son maître, car elle avait vu l'ange de Dieu. C'était un miracle.

– Moi, conclut Pouscaillou, je veux retourner chez maman.

– Tu resteras ici, lui dit son frère. C'est un ordre.

– Si maman savait qu'ici il y a des chevaux qui parlent, elle me dirait de rentrer tout de suite.

– Puisqu'on te dit que cela n'existe pas les chevaux qui parlent, dit l'abbé Riphinte. À moins d'un miracle.

– Et les miracles se font rares par les temps qui courent, ajouta Monseigneur Biroton avec un soupir.

– Alors, Pouscaillou, dit le duc, qu'on n'avait pas vu venir, c'est comme cela que tu gardes les chevaux ? Tu peux retourner chez ta mère.

Sans même remercier, Pouscaillou disparut.

– Il est idiot ton frère, dit le duc à Empoigne en se servant un verre d'essence de fenouil.

Il regarda quelques instants le liquide en silence et ajouta :

– Une recette de Timoleo Timolei. Hélas, pauvre Timoleo. Je suis encore allé aujourd'hui me recueillir sur sa tombe.

– Oubliez donc ce rebouteux, ce charlatan, dit Onésiphore. Qui peut encore croire de nos jours à l'élixir de longue vie et à la pierre philosophale ?

– Vous croyez bien que le monde a été créé fort exactement l'an quatre mille quatrième avant Jésus-Christ.

– Monsieur le duc, répliqua l'abbé Riphinte, nous avons de bonnes raisons pour le croire.

– Lesquelles ? demanda le duc.

– Que vous êtes ennuyeux, Joachim, dit la duchesse. Vous voulez maintenant faire le théologien ?

– Ne vous en déplaise, cocotte, répondit le duc en remplissant son verre vide. Alors, l'abbé, quelles raisons ?

– Mais les Saintes Écritures, monsieur le duc ! dit l'abbé Riphinte.

– Bien répondu, Riphinte, observa Monseigneur Biroton.

– Elles sont contradictoires, vos saintes écritures, dit le duc, il suffit d'y fourrer le nez pour s'en apercevoir. Et la raison, qu'en faites-vous ? En l'an quatre mille quatre avant Jésus-Christ, le monde existait depuis des milliers et des milliers d'années.

– Absurde, s'écria Onésiphore.

– Joachim, remarqua la duchesse, n'a jamais été très fort en astrologie. En astronomie, voulais-je dire.

– En chronologie, ajouta l'abbé Riphinte à titre de rectification. Et des hommes, dernanda-t-il ironiquement au duc, en existait-il des milliers et des milliers d'années avant la création d'Adam ?

– Naturellement.

– Et quelle preuve en pouvez-vous donner, monsieur le duc ?

– Ah ah, fit Monseigneur Biroton, voilà notre préadamite mis au pied du mur.

– Oui, quelle preuve, Joachim ? dit à son tour la duchesse.

– Vous l'embarrassez fort, remarqua le vicomte d'Empoigne qui jusqu'à présent n'avait osé se mêler à la discussion.

– Je ne suis nullement embarrassé, répliqua le duc avec calme. Les preuves doivent exister quelque part, il suffit de les trouver.

– Belle réponse, dit l'abbé Riphinte avec un petit rire. Monsieur le duc nous permettra de ne voir là qu'une simple échappatoire.

– Riphinte, dit Monseigneur Biroton, vous l'avez mis quinaud[1] !

– Joachim ! dit la duchesse, tu t'entêtes et tu as tort de vouloir discuter théologie avec l'abbé. Tu n'es pas de taille !

– Je ne m'y risquerais pas, ajouta le vicomte d'un air qu'il voulut fin.

– Jarnidieu ! s'écria le duc en projetant la table dans les airs d'un énergique coup de pied, me prendriez-vous pour un zozo ?

Du service à café chinois époque Ming, il ne restait plus que des miettes, et des bouteilles et des verres, d'autres miettes. Le duc, debout, interpella véhémentement les personnes présentes :

– Bougres ! ne seriez-vous que des bourgeois pour m'oser lamponner[2] de la sorte ! Les curés se croient tout permis,

1. Quinaud : mettre quinaud signifie réduire au silence.
2. Lamponner : se moquer.

maintenant. Je ne sais ce qui me retient de rosser ces bêtes à bon Dieu.

– Joachim ! s'écria la duchesse, tu n'es qu'un vilain féodal.

– Toi, cocotte, tu mérites la fessée.

Il la prit par le poignet. Russule n'était pas d'accord. Le duc prend l'autre poignet. Russule trépigne. Le duc tire : il l'entraîne vers la chambrette aux martinets. Un laquais ramasse porcelaine et verrerie. Monseigneur Biroton et l'abbé Riphinte s'éloignent d'un air pincé. Le duc tire toujours sur sa bonne femme qui freine énergiquement ; ses talons font des étincelles sur les pavés.

Le vicomte d'Empoigne voulut s'interposer.

– Monsieur le duc, dit-il d'une voix plus blanche qu'un linge, avec tout le respect que je vous dois…

– De quoi te mêles tu, jean-foutre ? hurla le duc exaspéré.

Il lâcha la duchesse qui tomba sur le postère et il gifla vigoureusement le vicomte qui trébucha. Celui-ci, par atavisme encore et plus que par courage, sortit son épée. Le duc sort la sienne et voilà Empoigne par terre, complètement mort et traversé. La duchesse se rue sur le cadavre en poussant des clameurs. Le duc essuie son épée au jupon de Russule et remet l'arme assassine dans son fourreau. Il examine la situation.

Quelqu'un d'autre qui s'était timidement approché examinait également la situation.

– Vous l'avez tué, murmura Pouscaillou.

Il avait son baluchon à la main, car il retournait chez sa maman.

– Il est vraiment mort ? ajouta-t-il.

– S'il ne l'était pas encore, répondit le duc, il le serait bientôt : cette dame l'étoufferait.

La duchesse ne cessait de glapir. Elle finit par proclamer :

– Il est mort ! Il est mort !

– Là, dit le duc à Pouscaillou, te voilà renseigné.

– Alors, demanda Pouscaillou, le vicomte d'Empoigne, c'est moi maintenant ?

– Sans doute, répondit le duc plein d'admiration.

– Ça c'est chouette.

Les cris de la duchesse faisaient rappliquer prêtres et valetaille.

– Eh bien, fit Monseigneur Biroton, encore du nouveau.

– Ce fut un duel, si je comprends bien, dit l'abbé Riphinte.

– Aucun doute, dit Onésiphore, Empoigne a encore l'épée à la main.

– Tuer un homme en duel n'est pas un petit péché, dit l'abbé Riphinte, mais c'est moins grave que de ne pas croire au calendrier.

– Monsieur le duc, dit l'évêque in partibus de Sarcellopolis, vous devrez faire pénitence pour cet incident et amende honorable pour vos convictions préadamites.

– Comme vous voyez, dit l'abbé Riphinte, la justice de Dieu est plus sévère que la justice des hommes qui vous absoudra.

– Je me méfie, dit le duc d'Auge, et, tout bien réfléchi, je préfère m'en aller promener, peut-être même à l'étranger. Je n'attendrai pas les sergents du roi, ni le bon vouloir dudit. On a bien fourré mon excellent ami Donatien à la Bastille pour des peccadilles. Tiens, cela rime.

– Pauvrement, remarqua l'abbé Riphinte.

Le duc tira son épée, bien décidé à trucider séance tenante l'abbé qui décrivit une prudente trajectoire pour se placer derrière Onésiphore, mais le duc se contint et rengaina.

– Vous consolerez Russule, dit-il aux deux prêtres. Moi, j'ai une fessée rentrée dans la paume de la main. Adieu, messieurs.

– Et les États généraux, dit Monseigneur Biroton. Vous n'y assisterez pas ?

– Foutaises ! Pour le moment, je m'occupe de ma liberté.

Il se tourna vers Pouscaillou :

– Va seller Sthène et Stèphe, vicomte, je t'emmène avec moi. Tu vas voir du pays.

– Oh, grands mercis, monsieur le duc, mais ces chevaux qui parlent…

– Tu ne feras jamais tèrstène.

– Je ne suis pas rassuré…

Le duc fit pivoter Pouscaillou et, d'un bon coup de pied, l'envoya droit au but. Après avoir décrit un gracieux arc de parabole, Pouscaillou, tenant toujours son baluchon à la main, atterrissait devant la porte des écuries.

Lorsque le duc revint quelques instants plus tard avec son bagage, tout était prêt. On partit aussitôt.

La terrasse était maintenant désertée. La duchesse avait disparu, ainsi que feu Empoigne. Au pied de l'escalier, Monseigneur Biroton et l'abbé Riphinte attendaient le seigneur de ce lieu. Ils le saluèrent bien poliment.

– Vous avez bien réfléchi ? demanda Monseigneur Biroton. Vous vous mettez dans votre tort.

– Et vous ne pourrez assister aux États généraux, ajouta l'abbé Riphinte.

– Mes amis, dit le duc, avec un air d'extrême satisfaction, vous n'avez pas compris pourquoi je pars.

– Pourquoi ? demandèrent en chœur les deux prêtres.

– Je vais chercher des preuves.

– Quelles preuves ?

– Les preuves de votre ignorance. Et vive les préadamites !

– Vive les préadamites, reprirent en chœur les deux chevaux auxquels ne se joignit le prudent Pouscaillou qu'avec un peu de retard.

Et ils partirent au grand galop, tous les quatre.

Ils firent ce jour-là une longue étape et c'est fourbus qu'ils arrivèrent à l'auberge de l'Homme Sauvage à Saint-Genouillat-les-Trous, gros bourg situé dans le Vésinois non loin de Chamburne-en-Basses-Bouilles.

– Tudieu, dit le duc en s'attablant, nous méritons un bon repas. À boire et de l'andouille !

– Eh eh, petite, ajouta-t-il à l'intention de la servante en lui tapotant la croupe, j'ai une fessée rentrée dans le creux de la main.

– Merci bien ! j'en avons nulle envie.

– Eh eh ! une main de duc…

– Une main de vilain cochon, répliqua-t-elle en s'esquivant.

– Tu vois, dit allégrement le duc à Pouscaillou, c'est déjà républicain. Enfin on verra plus tard.

Et il se mit à dévorer de l'andouille.

– Maintenant, reprit-il la bouche pleine, que dis-tu de Sthène ? n'est-ce pas un joyeux compagnon ?

– Oh voui, dit Pouscaillou, je comprends pas comment j'en ai eu tellement peur la première fois. Asteure, je trouve ça tout naturel.

– Le naturel, il n'y a rien de plus naturel que le naturel. Telle est la devise de mon excellent ami Donatien.

– Dites, monsieur le duc, les préadamites qu'est-ce que c'est ?

– Un truc pour taquiner le brave Onésiphore. Cela n'existe pas. Mais si cela existait, le brave Onésiphore serait bien embêté.

– Mais qu'est-ce que c'est ?

– Des hommes qui auraient existé avant Adam.

– Comme c'est bête !

– On croirait entendre l'abbé Riphinte. Ne me fais pas regretter de t'avoir emmené avec moi.

– On a du mal à causer avec vous, monsieur le duc, vous dites que ça n'existe pas et, en même temps, vous ne voulez pas que je trouve ça bête.

– Une chose qui n'existe pas n'est pas forcément bête, imbécile. Ah ah, des choux gras, moi qui en suis friand.

– Bas les pattes, vieux cochon, dit la servante au duc qui voulait mêler anatomie et gastronomie. La prochaine fois, je vous renverse le plat sur la tête. Et ce sera du salmigondis.

– Elle n'est pas commode.

– Comment vous laissez-vous traiter comme ça, monsieur le duc ?

– N'oublie pas que je voyage incognito et liquidons ces choux gras.

Ils bâfraient en silence lorsqu'un postillon costumé en postillon surgit en manifestant avec ostentation une épouvante abjecte. Il gueulait :

– Incroyable mais vrai ! Dans l'écurie, il y a… un cheval qui parle !

Tout le monde rit de bon cœur, le duc tout le premier ; seul Pouscaillou, inquiet, demeura grave.

– Tu es encore saoul, dit l'aubergiste, tu n'as pas honte de venir semer le grabuge ?

– Laissez, laissez, dit un voyageur à l'aubergiste.

Et au postillon :

– Et qu'est-ce qu'il t'a dit le cheval ?

– En me voyant entrer dans l'écurie, il a crié : Vive les préadamites !

– Au fol, cria quelqu'un.

Tout le monde rit de bon cœur, le duc tout le premier ; seul Pouscaillou, de plus en plus inquiet, demeurait grave.

Arrêt sur lecture 4

Comme dans les contes, les deux vœux de Cidrolin ont été exaucés :

– il a trouvé une jeune femme qui puisse s'occuper de sa péniche et de lui-même ;

– il s'est offert le dîner de ses rêves : caviar, coulibiac de saumon, faisan rôti, vol-au-vent financière, soufflé aux douze liqueurs... et les maux d'estomac qui s'ensuivent. Quant à Pouscaillou et son maître, les voici déjà au seuil d'une révolution.

« Comme si, en l'an mil sept cent quatre-vingt-neuf de notre ère bien chrétienne, on n'avait plus le droit de crier "Vive le roi" », maugrée le premier, faisant apparaître aux yeux du lecteur une date en toutes lettres qu'il peut mettre en relation avec celle de la première page. Entre ces deux repères explicites, 1264 et 1789, le roman propose des allusions en nombre, petits cailloux oulipiens pour une reconstitution chronologique.

Jeu de piste

Première série d'indices : du chapitre 5 au chapitre 7

À la recherche des dates – 1. « Je parierais bien qu'il est parti pour le concile de Bâle, à moins que ce ne soit pour celui de Ferrare ou de Florence », dit le duc d'Auge (p. 87), constatant qu'Onésiphore a disparu et que l'époque a changé (concile de Bâle : 1439).

2. Parmi les hypothèses pouvant expliquer le nouveau voyage du duc dans la ville capitale, Mouscaillot imagine (p. 92) : « Pour aller admirer le beau porche flamboyant de Saint-Germain l'Auxerrois, porche que vient d'achever maître Jehan Gaussel ? » (fin de la réalisation du porche de Saint-Germain l'Auxerrois : 1439).

3. Ironisant sur « nos bons rois [qui] en mettent du temps pour gagner une guerre » (et pour cause, il s'agit de la guerre de Cent Ans), le duc annonce (p. 89) : « Oui maintenant que s'accélère la déconfiture des Godons, avec ces pas pressés de Capétiens, il n'y en a peut-être plus que pour une quinzaine d'années » (fin de la guerre de Cent Ans : 1453).

4. P. 114 : « Mon bon ami Gilles de Rais a été bel et bien exécuté, tout comme un manant » (exécution de Gilles de Rais : 1440).

5. Le duc d'Auge et d'autres « nobles seigneurs » se sont rebellés contre le roi, et le dauphin (futur Louis XI) s'est joint à eux. Le duc raconte la conclusion de cette révolte (p. 114) : « En fin de compte les nobles seigneurs se sont conduits comme des cloches et le dauphin nous a laissé tomber » (échec des conjurés : 1440).

6. Au duc qui lui demande des nouvelles de son concile (p. 115), Onésiphore répond qu'Eugène IV a été remplacé par Amédée (élection d'Amédée ou Félix V : 1439).

7. On apprend (p. 115) que « Charles d'Orléans s'apprêtait à écrire : Hyver, vous n'êtes qu'un vilain » (retour d'exil de Charles d'Orléans : 1440).

Premier déchiffrement – Armé d'un dictionnaire, le lecteur peut s'amuser à faire des recoupements qui feront apparaître que les évènements historiques, politiques ou artistiques, retenus par Raymond Queneau se déroulent dans le courant de l'année 1439. Mais au chapitre 8, le duc subit l'assaut d'un mammouth… Un mammouth au xve siècle ?! L'anachronisme* suscite ici ce que l'on pourrait appeler une brève **uchronie**, un sas de hors-temps entre le règne de Charles VII et celui de Marie de Médicis.

Engagé sur un sentier qui ne mène donc nulle part, perdu dans la forêt et dans la nuit, le noble seigneur fait une incursion dans l'espace des contes de fées : c'est la rencontre, certes parodique, car nous n'avons pas quitté le territoire des *Fleurs bleues*, du prince et de la bergère, ou du duc et de la fille du bûcheron. Et le petit poucet-grand méchant loup passe la nuit avec Russule – un peu Cendrillon, un peu Chaperon rouge – avant de l'emmener quelques siècles plus loin pour mieux l'épouser.

Deuxième série d'indices : du chapitre 9 au chapitre 13

Les indices ponctuels – C'est le moment d'être attentif et de se préparer à un compagnonnage assidu avec les ouvrages d'histoire culturelle.

1. « Le sire de Ciry examine le mobilier d'un air appréciateur. "Eh, eh, murmure-t-il, du pur style Louis le treizième" » (p. 150).

2. C'est encore lui qui fait « le bel esprit » (p. 153) : « Don Quichotte ? le meilleur livre étranger paru en l'année 1614. Je l'ai lu dans la traduction de César Oudin. »

3. Un guide fait visiter Paris (p. 165) : « Lorsqu'il sera terminé, l'aqueduc aura une longueur de douze cent trente et un pieds et une hauteur de quatre-vingt-quatorze pieds. La construction en est placée sous la direction de monsieur Salomon de Brosse…

– Fabrique-t-il aussi des statues ? demanda le duc.

– Pas que je sache… et du maestro ingeniere fiorentino Tomaso de Francini. »

4. Le duc veut montrer à Russule la statue équestre d'Henri IV qui se trouve sur le Pont Neuf (p. 178) : « Je t'emmènerai la voir lors des prochains États généraux et cela ne saurait tarder, car la Reine Mère a grand besoin d'argent, donc d'impôts » (Marie de Médicis convoqua les États généraux en 1614, mais les rivalités entre les trois ordres les déconsidérèrent et ils ne furent plus réunis jusqu'au règne de Louis XVI, en 1789).

Les allusions à suivre – D'une époque à l'autre, plusieurs fils rouges assurent la couture :

– les monuments de Paris, et leurs architectes ;

– la littérature (des romans de la Table Ronde à Don Quichotte en passant par les rondeaux de Charles d'Orléans) ;

– les relations difficiles entre la monarchie et l'aristocratie.

Au début du chapitre 13, le duc passe, distraitement, des États généraux de 1614 à ceux de 1789 : « Et à part cela, y a-t-il quoi que ce soit qui mérite attention ?

– Nous, répondit le bailli, allons de ce pas élire nos délégués aux États généraux.

– Ah, c'est vrai, les États généraux…

Le duc n'en dit pas plus à ce sujet. »

Des points de suspension et un silence qui en disent long sur sa lassitude. Entre le début du XVIIe siècle et cette fin du XVIIIe, Raymond Queneau n'a offert à son héros aucun nouvel interlude, aucune parenthèse merveilleuse, mais on peut établir un parallèle entre la chaumière de Russule et la maison dans laquelle se réfugie le duc un jour de grand orage : « Encore faut-il pour que cette maison soit un abri, que la porte s'en ouvre. Or la porte ne s'ouvre pas. »

C'est donc à force de coups de pied et d'épaule qu'il s'introduit dans l'antre de l'alchimiste Timoleo Timolei. Puis il engage celui-ci à son service dans l'espoir de profiter de la pierre philosophale et de l'élixir de longue vie, longue vie dont il ne semble pourtant pas avoir besoin, puisqu'il survit aux époques traversées. Mais si burlesque* qu'apparaisse le traitement de Timolei, entre ses bûches et ses cornues, la quête alchimique représente un horizon mystique fait d'or et d'éternité, par-delà les contingences de la matière et de l'Histoire.

X' = X + 175 (composition oulipienne)

Notre suite de dates (1264, 1439, 1614, 1789) obéit à une loi simple : un intervalle de 175 ans sépare chacune de la précédente. Cidrolin, quant à lui, est l'un de nos contemporains, mais comment l'inscrire dans une année précise ?

La seule allusion historique concerne le sort de Bizerte, base française remise à la Tunisie en 1963. Si, pour rester dans la logique de la série, nous appliquions la formule x'= x + 175, nous obtiendrions 1789 + 175 = 1964. Sachant que le roman est publié en 1965, nous pourrions faire l'hypothèse que Raymond Queneau travaille à sa rédaction dans l'année qui précède, et que Cidrolin vit donc, comme l'auteur qui est en train d'écrire, en 1964, 175 ans après la Révolution française...

Roman oulipien, *Les Fleurs bleues* s'engendre donc à partir de règles qui ne sont pas immédiatement perceptibles. Par jeu, l'écrivain s'est fixé au départ des contraintes formelles que, par jeu, le lecteur tentera de découvrir. Cette démarche ludique, de la genèse au décryptage, risquerait de s'épuiser dans la gratuité si elle ne permettait de donner forme à l'inquiète (burlesque* mais inquiète) méditation de Raymond Queneau sur le sens de l'Histoire.

C'est ainsi que le schéma choisi permet à l'auteur de superposer et de combiner trois visions de l'Histoire, a priori difficilement compatibles et auxquelles nous associerons les métaphores géométriques :

– de la ligne ;

– de la courbe cycloïdale (décrite par un point fixe d'un cercle qui roule sans glisser sur un autre cercle) ;

– de la circonférence.

Géométries

La ligne

L'effet de linéarité est suscité par la simplicité de la narration, strictement chronologique pour Cidrolin comme pour le duc d'Auge, l'ordre du récit suivant l'ordre de l'H (h) istoire, même si celui-ci peut s'amuser à annoncer celle-là (on se souvient de « La Carmagnole » chantée par Russule bien avant l'heure).

Les Fleurs bleues conte, de manière plaisante, l'évolution irréversible et le déclin politique d'une classe sociale, celle des grands féodaux, représentée par le duc d'Auge. Pour décrire le temps, on peut alors, en pastichant Héraclite, considérer que puisque tout coule, l'on ne se baigne jamais deux fois dans la même Seine.

La courbe cycloïdale

Pourtant, la construction algorithmique décrite plus haut dessine des cycles, ponctués par la répétition de motifs ou le retour des personnages. Si la répétition est « l'une des fleurs les plus odoriférantes de la rhétorique », elle structure aussi bien le texte que le temps. L'Histoire humaine, qui semble si incohérente, obéirait-elle malgré tout, pour le meilleur et pour le pire, comme le cosmos, à des lois secrètes ? Privilégiant le modèle astronomique, Raymond Queneau avait écrit dans *Une histoire modèle* :

« Les phénomènes primordiaux que l'histoire peut se présenter comme périodiques sont ceux qui sont liés à l'astronomie, l'année et ses différentes espèces notamment, résultant toujours d'une rotation d'un astre autour d'un autre. »

Ou encore :

« L'alternance des jours et des nuits est le premier modèle de toute réalité cyclique. »

Qu'il s'agisse, pour reprendre la classification aussi sentencieuse que pseudo-scientifique de l'abbé Onésiphore, de « l'histoire universelle en général » ou « de l'histoire générale en particulier », de « l'histoire événementielle » ou de la « micro-histoire », les situations semblent se reproduire. Dans l'histoire universelle, les guerres coloniales du XXe siècle font écho aux croisades. Dans l'histoire événementielle, l'exécution de Gilles de Rais annonce l'incarcération de Donatien de Sade à la Bastille. Et dans la micro-histoire, les siestes et les mauvais repas rythment le temps moderne et monotone de Cidrolin...

La circonférence

Le temps peut-il, comme un cercle parfait, se fermer sur lui-même ? Et l'Âge d'or revenir ? Dédaignant de s'intéresser à l'Histoire de son temps, la Révolution, le duc débat avec l'abbé Riphinte de l'origine du monde :

> Elles sont contradictoires, vos saintes écritures, dit le duc, il suffit d'y fourrer le nez pour s'en apercevoir. Et la raison, qu'en faites vous ? En l'an quatre mille quatre avant Jésus-Christ, le monde existait depuis des milliers et des milliers d'années.

Et il s'en va chercher dans le Vésinois des preuves de l'existence des préadamites, c'est-à-dire des hommes qui auraient existé avant Adam, avant le péché originel, avant l'Histoire. Nous verrons bien dans les chapitres suivants où le conduit cette quête, vers quel début du monde, vers quelle fin.

à vous...

Septième sonnet

Quand l'un avecque l'autre aussitôt sympathise
se faire il pourrait bien que ce soit des jumeaux
la découverte alors voilà qui traumatise
on espère toujours être de vrais normaux

Et pourtant c'était lui le frère de feintise
qui clochard devenant jetait ses oripeaux
un frère même bas est la part indécise
que les parents féconds offrent aux purs berceaux

Le généalogiste observe leur bouillotte
gratter le parchemin deviendra sa marotte
il voudra retrouver le germe adultérin

Frère je te comprends si parfois tu débloques
frère je t'absoudrai si tu m'emberlucoques
la gémellité vraie accuse son destin

Dixième sonnet

Lorsque tout est fini lorsque l'on agonise
lorsque le marbrier astique nos tombeaux
des êtres indécis vous parlent sans franchise
et tout vient signifier la fin des haricots

On vous fait devenir une orde marchandise
on prépare la route aux pensers sépulcraux
de la mort on vous greffe une orde bâtardise
la mite a grignoté tissus os et rideaux

Le brave a beau crier ah cré nom saperlotte
le lâche peut arguer de sa mine pâlotte
les croque-morts sont là pour se mettre au turbin

Cela considérant ô lecteur tu suffoques
comptant tes abattis lecteur tu te disloques
toute chose pourtant doit avoir une fin

En 1961, Raymond Queneau fait paraître un livre dont la maquette est très originale et qui s'intitule *Cent mille milliards de poèmes* : il s'agit de dix sonnets dont chaque vers est découpé sur une languette, l'ensemble de ces languettes étant rattaché à une marge qui les empêche de se détacher. Ce modeste matériel constitue une machine à fabriquer 10^{14}, soit cent mille milliards de sonnets. Bien qu'il ne soit pas possible ici d'adopter une telle maquette, nous avons souhaité vous donner une petite idée de ce jeu mathématico-poétique. En combinant le vers 1 de chaque poème avec le vers 2 de l'un ou l'autre, vous obtenez quatre solutions. Poursuivez le jeu, vous aurez à la fin du deuxième quatrain 256 solutions. Et si vous allez au bout de l'expérience, les deux sonnets en auront engendré 16384...

CHAPITRE 14

Une troisième fois tout le monde se mit à rire de bon cœur, lorsque le postillon poursuivit en ces termes l'énoncé de ses émotions :

– Et le cheval ajouta : Tu n'en crois pas tes oreilles, hein ?

Seul Pouscaillou, fort inquiet, demeurait grave.

Ça sûrement, continua le postillon, je n'en croyais pas mes oreilles, aussi m'ensauvis-je et me voilà ici et je ne suis pas près de retourner dans cette écurie du diable. Holà, aubergiste, donne-moi un pichet de clairet, pour me remettre les esprits en place.

– Je n'en ferai rien, dit l'aubergiste, tu as assez bu comme ça.

– Jarnicoton, je ne suis point ivre. Vas-y voir toi-même !

– Dieu m'en garde ! Et d'abord quel cheval est-ce ?

– C'est le mien, dit le duc.

Tout le monde se tourna vers lui.

– Et il parle, ajouta-t-il. Il sait même lire. Par exemple, il est en train de lire le Voyage du Jeune Anacharsis en Grèce, qu'il apprécie beaucoup. Aubergiste, donnez donc un pichet de clairet à monsieur le postillon : il n'est point ivre.

Un murmure approbateur suivit ce discours court, chacun disant à son voisin : quel homme d'esprit.

– Tu en fais une tête, dit le duc à Pouscaillou. Tu vois pourtant qu'ils se contentent de peu. Comme, un jour ou l'autre, quelqu'un finira bien par le dire : en France, le ridicule tue. Voilà le postillon déconsidéré ; mais je dois reconnaître que Sthène a été bien imprudent, il ne sait pas tenir sa langue.

– Et si les argousins faisaient une enquête ?

– Peuh ! tout au plus le curé du coin.

La servante apportait une poularde dont les deux voyageurs vinrent facilement à bout, ainsi que des entremets, fromages et friandises qui suivirent. Ils vidèrent encore quelques pichets avant de s'en aller coucher et ils s'endormirent aussitôt bien repus et bien fatigués.

Lalix et Cidrolin écarquillèrent les yeux lorsque la lumière se fit de nouveau et sortirent un peu éberlués du cinéma.

– On prend un verre avant de rentrer, proposa Cidrolin.

Lalix était d'accord.

– J'ai un faible pour les films de cape et d'épée, dit Cidrolin.

– Vous croyez ? demanda Lalix.

– Je ne crois pas, j'en suis sûr.

– Ce n'est pas ça que je veux dire. Je veux dire : vous croyez que c'était un film de cape et d'épée ?

– Oui, à moins que je n'aie rêvé.

– Moi, il me semble que c'était un ouesterne. Mais il me semble aussi que j'ai dormi.

– Si on retournait voir ce qu'on jouait ?

Ils retournèrent voir. Affiches et photos se référaient à Spartacus et Frankenstein contre Hercule et Dracula.

– C'est peut-être le programme de la semaine prochaine, suggéra Lalix.

– On ne saura jamais, dit Cidrolin. En tout cas, vous qui êtes contre, c'est comme si vous m'aviez raconté un rêve.

– Je suis vexée.

– Allons prendre un verre.

Au coin du quai, le bistro était vide ; on y rangeait les tables. Les consommateurs devaient se contenter du comptoir et se tenir devant, debout.

– Ça ne me plaît pas, dit Cidrolin. On va continuer jusqu'à l'Arche.

– Pourquoi ça s'appelle l'Arche ? demanda Lalix.

– Sans doute parce qu'il n'y loge aucun animal, répondit Cidrolin.

– Comprends pas.

– L'astuce n'est pas retentissante, en effet. Disons que ça s'appelait comme ça quand je l'ai acheté.

– Cher ?

– Entre les deux.

– Moi, il me plaît votre chaland. Au fond je suis bien contente d'avoir délaissé le music-hall pour devenir gouvernante. Monsieur Albert a été de bon conseil.

– Comment vous a-t-il convaincue ?

– À coups de pied. Ça, on peut dire que vous avez un bon copain qui vous est tout dévoué.

– J'espère qu'il ne vous a pas fait trop mal.

– Eh, il n'y allait pas de pied mort, mais j'ai vite compris.

– Alors vous ne regrettez pas trop le music-hall ?

– Je vous le répète : j'aime bien votre chaland.

– Et qu'est-ce que vous auriez fait au music-hall ?

– J'aurais voulu être gueurle. je danse pas mal et je suis bien balancée ; j'aurais voulu aussi chanter, mais monsieur Albert trouvait que c'était bien inutile.

– Et vous aviez des engagements en vue ?

– Oui, j'hésitais entre la Zanzébie et la république du Capricorne, mais tout ça, faut reconnaître, c'est des pays bien lointains. J'aime encore mieux rester par quarante-neuf degrés de latitude. Nord naturellement.

– Vous êtes calée en géographie.

– Je me préparais à tous ces grands voyages. C'est vrai qu'elle ne bouge jamais votre péniche ?

– Elle en est tout à fait incapable. Il faudrait la remorquer.

– Un petit remorqueur, ça ne doit pas être tellement coûteux.

– C'est tout de même au-dessus de mes moyens.

– Mettons que je n'ai rien dit.

Ils marchaient depuis quelque temps en silence lorsqu'un groupe de boy-scouts adultes les dépassa. L'un d'eux s'arrêta pour leur demander :

– Campigne ?

Cidrolin fit le geste qui veut dire tout droit.

L'autre fit le geste qui veut dire merci.

Les boy-scouts adultes continuèrent leur chemin au pas accéléré.

– Il y en a encore, dit Cidrolin, pourtant c'est déjà l'automne. Bientôt il en viendra jusqu'en plein hiver, des coriaces, qui se blottiront bien au chaud sous la neige.

– Qu'est-ce qu'on fait quand y a de la neige sur la péniche ?

– On la pousse dans l'eau et ça fait floc. Quelquefois, même, en plein été, il y a comme de la neige sur l'eau, mais ce n'est pas de la neige, ça ressemble à de la mousse de savon ou à de la ouate, ça vient de l'usine de houatures qui se trouve en amont, je suppose qu'ils lavent les bagnoles avant de les refiler aux clients. Nous voilà arrivés.

Cidrolin prit la lampe dans la boîte aux lettres et inspecta la clôture.

– On n'a rien écrit, dit Lalix. C'est ça que vous regardez ?
– Oui.
– Parce que c'était pas la première fois ?
– Non. Presque tous les jours.
– Qui c'est qui fait ça ?
– Je ne sais pas. Attention de ne pas vous casser la gueule, ça glisse.
– Une nuit, vous devriez vous cacher dans un coin, faire le guet et, quand ce type arriverait, lui flanquer une bonne tatouille et, en prime, vous sauriez qui c'est.
– Attention à ne pas vous foutre dans la flotte. Là, nous y voilà.
– Où vous allez comme ça ?
– Chercher l'essence de fenouil, une carafe d'eau et deux verres.
Et moi alors ? C'est moi qui dois faire ça. Asseyez-vous.
– Bon, dit Cidrolin. L'électricité est à droite.
– Je sais.
Cidrolin s'assit. Les ampoules sur le pont s'allumèrent.
– Il commence à faire frais, dit-il à Lalix lorsqu'elle revint avec l'essence de fenouil, une carafe d'eau et un verre. Je ne me vois pas restant toute la nuit dehors.
– Couvrez-vous. Mettez un poul en plus.
– Vous ne buvez pas ?
– J'ai horreur de l'essence de fenouil.
– C'est un peu démodé, je reconnais. Prenez autre chose.
– Non merci. Ça va comme ça.
Elle le regarda se servir et reprit :
– Vraiment, vous n'aurez pas le courage de passer la nuit dehors pour corriger ce con ?
– Ce n'est pas le courage qui manque, mais je préfère dormir.

– Et rêver.

– Voilà ; et rêver.

– Si c'est comme ça, eh bien, c'est moi qui vais y aller.

– Et vous le corrigerez ? Ils sont peut-être plusieurs.

– Vous n'avez pas un revolver ? une carabine ?

– Non ! non ! il n'y a pas d'armes à bord.

Dans son émotion, Cidrolin se servit un nouveau verre d'essence de fenouil.

– Vous buvez trop, remarqua Lalix.

– Tout le monde me le dit.

Lalix reprit :

– Je me cacherai et quand le type ou les types seront en train de gribouiller leurs trucs, je hurlerai hou hou pour leur faire peur. Je me mettrai même un drap sur la tête. Après ça, ils ne reviendront plus. Ou il ne reviendra plus. Pour moi, c'est un homme tout seul. Qui c'est qui peut vous en vouloir comme ça ?

– Je ne sais pas, dit Cidrolin d'une voix lointaine. Je n'ai pas la moindre idée.

– Il y a tout de même une raison quelconque, dit Lalix.

– J'espère que vous ne croyez pas ce qu'il y avait d'écrit ? Je ne suis pas un assassin. Pas même un meurtrier. Rien. J'étais innocent. J'ai fait un an et demi de préventive. On a fini par reconnaître que j'étais innocent. Je croyais que c'était fini. Non, il y a ce con, comme vous dites, avec ses graffiti, comme je dis ; mais j'aime bien la peinture en bâtiment. Comme je n'ai pas beaucoup d'occupations, ça m'en fait une. Et puis, de cette façon, ma clôture est la mieux entretenue de tout le quai. Je vous raconte tout cela, mais, au fond, je n'y pense jamais. Cela ne me touche pas. Pas tellement.

– Vous n'êtes pas curieux de savoir qui ça peut bien être, ce type ?

– Pas tellement.

– Tout de même, vous devriez y aller voir.

Cidrolin eut l'air de réfléchir profondément, puis, après quelques instants de silence, il finit par dire :

– Vous aimeriez mieux que je passe la nuit dehors ?

– Quand on fait l'amour sur une couchette, remarque Lalix, le type il doit se cogner la tête.

– Après tout, vous n'avez pas de mauvaises idées.

Il se leva pour aller chercher une couverture. Il prit aussi une bouteille de rome, une torche électrique et un manche à balai, la seule arme dont il disposât en dehors de dangereux couteaux de cuisine.

Ainsi équipé, il alla se cacher, conformément aux suggestions de Lalix.

Il lui cria :

– Éteignez sur le pont !

Ce qu'elle fit.

Il connaissait un coin idoine et s'y installa, s'enroulant dans sa couverture. Il but une gorgée de rome et ne tarda pas à s'endormir.

Pouscaillou sursauta lorsque Sthène lui dit dans l'oreille :

– Voilà le patron.

Le nouveau vicomte d'Empoigne se reposait à l'ombre d'un arbre bien feuillu en compagnie des deux chevaux qui cherchaient à gauche à droite des friandises et savaient fort bien se garder eux-mêmes. Le duc était parti dans la nature depuis plusieurs heures ; il fit sa réapparition tenant en laisse la mule empruntée à l'auberge et sur laquelle il avait chargé son matériel.

– Voilà une bonne chose de faite ! cria-t-il de loin.

– Vous avez terminé ? demande Pouscaillou poliment lorsque le duc se fut rapproché.

– L'affaire est dans le sac. Demain, nous irons à Montignac. Un gamin m'a signalé quelque chose d'intéressant de ce côté-là. Et maintenant rentrons à Plazac !

Il monta sur Sthène, sur Stèphe Pouscaillou tenant en laisse la mule empruntée à l'auberge et sur laquelle le duc avait chargé son matériel.

Le train était rapide et Sthène d'humeur peu loquace. Le duc finit par s'en étonner.

– Eh bien, mon bon Démo, lui dit-il, nous ne sommes pas bavard aujourd'hui.

– Pour tout vous avouer, dit Sthène, je m'ennuie un peu loin du château et souvent je me demande quand je reverrai mon écurie natale qui m'est une province et beaucoup davantage.

– Hélas, dit le duc, il te faut prendre ta mélancolie en patience. Je n'ai pas envie d'aller me jeter dans les pattes de la maréchaussée et je n'ai pas encore terminé mes travaux dans la région.

– C'est bien ce que je disais, soupira Sthène, le retour n'est pas pour demain.

– Tu souffres très exactement de nostalgie, dit Stèphe que la taciturnité de son compagnon poussait au bavardage.

– Nostalgie ? dit Sthène, voilà un mot que je ne connais pas.

– Il est d'invention récente, dit Stèphe d'un ton doctoral. Il vient de nostos et d'algos, algos qui veut dire en grec souffrance et nostos qui dans la même langue veut dire retour. Il s'applique donc parfaitement à ton cas.

– Et toi, dit Sthène, tu es atteint de logorrhée.

– Logorrhée ? dit Stèphe, voilà un mot que je ne connais pas.

– Je pense bien, dit Sthène, je viens de l'inventer. Il vient de logos et de…

– Je vois, je vois, dit Stèphe. J'ai compris.

– Es-tu sûr d'avoir bien compris ? demanda Sthène.

Et les deux chevaux commencèrent à se chamailler jusqu'à l'entrée de Plazac. À l'auberge du Soleil d'Or où le duc s'était installé sous le nom de monsieur Hégault, un ecclésiastique vidait pot sur pot en parlant politique avec l'aubergiste. Tous deux étaient d'accord sur la nécessité des réformes, mais s'inquiétaient un peu de cette transformation des États généraux en Assemblée Constituante et du renvoi de Necker.

– Aubergiste ! s'écria monsieur Hégault en entrant dans la salle où se tenaient les deux citoyens, tu ferais mieux de préparer le souper que de discutailler sur l'histoire contemporaine. Monsieur, ajouta-t-il, à l'intention de l'ecclésiastique, je ne vous connais pas.

Et à l'intention de l'aubergiste :

– J'ai grand soif et je veux du vin frais.

Dès que l'aubergiste eut disparu dans la cave, le duc s'exclama :

– Est-ce un hasard, l'abbé, ou bien faites-vous l'espion ?

– Monsieur le duc…

– Monsieur Hégault.

– Vraiment ? faut-il…

– Appelez-moi monsieur Hégault, vous dis-je.

– Monsieur Hégault, je vous apporte de bonnes nouvelles.

– J'en doute, mais cela prouve donc que vous avez découvert ma cute [1]. Comment diable avez-vous fait ?

– Je pourrais vous répondre par un pieux mensonge…

1. Cute : cachette.

– Dispensez-vous-en.

– … mais je vous donnerai l'explication bien simple : le jeune vicomte d'Empoigne écrivait à sa maman.

– Ah le coquin ! Ah le traître ! Je vais lui tirer les oreilles de belle façon !

– Vous ne pouvez lui reprocher son amour filial. Je demande votre indulgence car nous avons demandé celle de Sa Majesté pour vous.

– Qui ça : nous ?

– Monseigneur Biroton qui siège actuellement à l'Assemblée Constituante.

– L'Assemblée Constituante, qu'est-ce que cela ?

– Le nom que viennent de se donner les États généraux. Votre présence est réclamée à Paris. Le délégué du bailliage d'Auge manque beaucoup dans les rangs de la Noblesse et Sa Majesté vous absoudra ; après tout vous n'avez rien fait d'autre que venger votre honneur, si…

– Il y a un si.

– Il n'est pas terrible : si vous ne rejoignez votre place à l'Assemblée Constituante.

– Ne comptez pas sur moi. Pour le moment, j'ai d'autres chats à fouetter.

– Peut-on savoir lesquels ?

L'aubergiste revenait avec quelques pichets de vin frais.

– Laisse-nous, aubergiste, lui dit monsieur Hégault, tu vois bien que je suis en train de me confesser. Retourne à tes fourneaux et prépare-nous un souper du diable : c'est moi qui régale monsieur l'abbé.

L'aubergiste s'éclipsa, mais Pouscaillou fit son entrée. Il avait fini de soigner les chevaux et de ranger le matériel. Il s'exclama :

– Monsieur l'abbé !

Il avait l'air fort surpris.

– Viens ici, coquin ! traître ! lui dit monsieur Hégault. C'est comme cela que je dois avoir confiance en toi ? Je vais te rosser.

Il se leva dans ce but.

– Mais j'ai rien fait de mal, dit Pouscaillou en faisant une marche arrière.

– Tu aurais pu me livrer à la maréchaussée.

– Je comprends pas. J'ai rien fait de mal.

– Tu écrivais à la comtesse d'Empoigne !

– Eh quoi ! monsieur le duc, c'est mal d'écrire à sa maman ?

– Et il m'appelle monsieur le duc !

Les oreilles pouscailloutiennes allaient tomber entre les mains ducales lorsque l'abbé Riphinte s'écria :

– Grâce, monsieur Hégault. Grâce pour ce jeune lévite ! J'ajouterai que la comtesse fut fort discrète.

– Ce n'est pas une qualité du fils.

– N'en parlons plus...

– J'en parlerai, répliqua le duc.

– N'en parlons plus, reprit l'abbé Riphinte avec autorité, et revenons à nos moutons qui sont d'ailleurs des chats.

– Allons, dit monsieur Hégault à Pouscaillou, assieds-toi et rafraîchis-toi de ce vin clairet, mais sache bien que je hais fort les cachotteries.

– Si c'en est une d'écrire à ma maman, s'écria Pouscaillou d'un beau mouvement, je le ferai plus !

– Nous verrons cela plus tard, dit monsieur Hégault et, s'adressant à l'abbé Riphinte : Quels chats ? demanda-t-il.

– Ceux que vous fouettez, monsieur Hégault.

– Ah ! pour cela, je vous réserve une belle surprise ! Mais parlez-moi donc de ma dame Russule.

L'abbé Riphinte donna des nouvelles de la duchesse, des nouvelles assez mauvaises puisqu'elle était morte de consomption, un mois après le meurtre d'Empoigne. Après avoir évoqué ce triste souvenir, l'abbé se leva pour dire une courte prière. Le duc et Pouscaillou conclurent : amen.

Puis ils soupèrent copieusement, et, comme ils étaient tous trois assez fatigués, hop, au lit.

CHAPITRE 15

Cidrolin ouvrit un œil : ce n'était pas encore l'aube. Il ouvrit les deux yeux : c'était encore la nuit. Il frissonna, ce qui lui suggéra de boire une lampée de rome, puis il regarda dans la direction du quai : désert, quant aux piétons. Parfois passait, rapide, une houature sur la chaussée. Au bout d'un certain temps, Cidrolin s'aperçut que, s'il y avait des gens sur le trottoir, l'obscurité ne lui permettrait pas de les voir. Il frissonna de nouveau et but une autre lampée de rome.

Il se leva doucement et s'avança vers la clôture en silence ; il alluma brusquement sa torche électrique avec laquelle il sabra l'obscurité. Personne ne se trouvait dans la trajectoire. Il sortit pour regarder si le lâche anonyme avait gribouillé ses insultes, mais le lâche anonyme n'était pas encore passé, ou ne passerait peut-être pas cette nuit.

– Dommage, murmura-t-il, j'aurais pu aller me coucher.

Il se retourna et crut voir quelqu'un marcher sur le trottoir, en bas de l'immeuble achevé mais non encore habité. Il dirigea sa torche dans cette direction, mais elle était trop faible pour éclairer la silhouette devinée. Les phares d'une houature firent mieux et Cidrolin put voir que cette silhouette, ce n'était rien qui pût l'intéresser.

Il éteignit la torche et fit quelques pas.

– Tiens, dit-il à mi-voix, si j'allais voir comment c'est le camp de campigne des campeurs en pleine nuit… presque à l'aube…

Il attendit un peu, mais aucun passant ne se manifesta. Il inspecta les horizons, mais il n'y avait vraiment aucun passant. Il continua donc son chemin et parvint bientôt à destination. Calme et silencieux, tout ce petit monde dormait qui dans sa caravane, qui sous la tente, qui, peut-être même, dans un sac de couchage, non pas à la belle étoile car le ciel était couvert, mais à la fortune du pot.

Le pot commença bientôt à se déverser et la pluie se mit à tomber, automnale, fraîche et drue.

– Merde, dit Cidrolin, je vais me faire saucer.

– Venez donc vous abriter, monsieur.

Le gardien du camp de campigne des campeurs venait d'énoncer cette honnête proposition.

Cidrolin sursauta.

Le gardien continua :

– Je faisais comme vous une petite balade nocturne, mais avec cette pluie, je rentre. Comme vous le marmonniez tout à l'heure, vous allez vous faire saucer.

– Vous êtes bien aimable, dit Cidrolin qui suivit le gardien dans sa cabane.

Le gardien allume une veilleuse et fit signe à Cidrolin de s'asseoir. Il se mit à bourrer une pipe en proférant distraitement des propos du genre « voilà l'automne, ça commence à se dépeupler, bientôt y aura plus que les maniaques de la roulotte et les fanas du couche-par-terre », puis, ayant réussi à transformer une partie de son tabac en braise, il dit brusquement :

– Je vous connais, vous savez ? Une semaine sur deux je suis de jour. Je vous vois, vous venez regarder mes clients, vous les regardez comme si c'était le zoo. Je me demande ce que vous trouvez de curieux à regarder. Vous pouvez me croire, ça n'est pas bien intéressant. Je vous regarde, moi aussi, et je pense, car je pense, monsieur, je pense : Tiens, en voilà un qui n'a pas grand'chose à foutre dans la vie. Quand je viens ici, je vous aperçois sur votre péniche allongé sur votre chaise longue en train de roupiller et je pense, vous allez croire, monsieur, que je veux insinuer que je n'arrête pas de penser, mais c'est pourtant vrai, je pense certainement plus que la moyenne des gens, je pense : Tiens, en voilà un qui n'a pas grand-chose à fabriquer dans l'existence. Ou bien vous êtes devant une petite table sur le pont et vous vous tapez de l'essence de fenouil, alors je pense, vous allez croire que j'exagère, mais il faut pourtant bien que je vous l'avoue, j'étais trop modeste tout à l'heure, mais c'est pourtant vrai, je n'arrête pas de penser, je pense donc : En voilà un qui boit trop.

– On me l'a souvent reproché, dit Cidrolin.

– Votre fille, sans doute. Elle a épousé un ératépiste. Est-ce qu'elle est heureuse ?

– Je ne sais pas, je ne l'ai pas revue. Sauf de loin.

– Ça ne vous épate pas que je connaisse comme ça votre petite famille ?

– J'ai deux autres filles.

– On ne les voit pas souvent.

– De temps en temps.

L'assimilation de ce fait parut rendre le gardien songeur.

Cidrolin reprit :

– Et ma nouvelle gouvernante, comment la trouvez-vous ?

– Je n'ai fait que l'apercevoir. De loin. Alors j'ai pensé…

Le gardien s'était interrompu.

Cidrolin insista :

– Ne craignez rien. Dites-moi toute votre pensée.

Le gardien secoua la tête d'un air épuisé.

– J'ai pensé…

– Quoi donc ?

– Ah ! monsieur, si vous saviez comme c'est lourd de penser. De la façon dont je vous vois vivre, vous ne devez pas souffrir de ce tourment, mais moi, monsieur, je vous le répète, je ne cesse jamais de faire fonctionner ma matière grise, même quand je vais au sanitaire. Vous ne pouvez pas imaginer. C'est un monde !

– Et vous rêvez ? demanda Cidrolin.

– Jamais, monsieur. Je ne pourrais pas. Il faut bien que je me repose.

– Moi je rêve beaucoup, dit Cidrolin. C'est très intéressant de rêver.

– Je ne sais pas. Je n'ai pas d'idées sur la question.

– Le rêve continu, par exemple. On se souvient d'un rêve et, la nuit suivante, on essaie de le continuer. Pour que ça fasse une histoire suivie.

– Monsieur, vous parlez à un sourd.

– J'ai vécu ainsi au temps de Saint Louis…

– Ah le fils à Blanche de Castille…

– … de Louis XI…

– … l'homme à la cage…

– … de Louis XIII…

– … les trois mousquetaires…

– … de Louis XVI…

– … crac, le couperet…

– … non, non, je n'en suis encore qu'aux premiers jours de l'Assemblée Constituante. Si je n'avais pas entrepris cette balade nocturne, j'aurais peut-être assisté au quatorze juillet.

– Monsieur, je n'entrave rien à vos propos.

– Vous ne voulez pas que je vous raconte mon dernier rêve ?

– Pardonnez-moi si je m'excuse, mais est-ce que ce n'est pas indécent de raconter ses rêves ?

– C'est ce que pense ma gouvernante. Elle pense, elle aussi.

– Oh, monsieur, je n'empêche pas les autres, s'ils en sont capables.

– Alors... ? ma gouvernante... ?

– Puisque vous insistez, monsieur, j'ai pensé et cette pensée était une question, je ne sais si vous êtes au courant, monsieur, mais la pensée peut être interrogative, j'ai pensé : Où a-t-il bien pu aller la chercher, cette personne ?

– Sur le trottoir qui menait de Bretagne en Zanzébie ou dans la république du Capricorne.

– Pays bien éloignés. Si je comprends bien...

– Vous m'avez compris.

– Vous commîtes là une bonne action.

– Elle dure depuis près de vingt-quatre heures.

– Qui vivra verra.

Le gardien secoua les cendres de sa pipe sur le parquet. Il ajouta :

– Je n'ai pas trouvé tout seul cette expression, mais elle dit bien ce qu'elle veut dire.

Cidrolin regarda par la vitre.

– Il ne pleut plus, dit-il. Je vais rentrer chez moi. Merci de votre bon accueil.

– Il n'y a pas de quoi, répondit le gardien en bourrant une nouvelle pipe. Pardonnez-moi si je m'excuse, mais ce n'est peut-être pas la peine que je vous raccompagne.

– Pas la peine, dit Cidrolin qui s'était levé.

Sur le pas de la porte, il examina le bourbier. Il dit au gardien :

– Vos clients, eux, ils ont dû être bien saucés.

– Ils aiment ça, dit le gardien en mettant le feu au tabac qu'il avait logé dans sa pipe en racine de bruyère de Saint-Claude dans le jura, au confluent du Tacon et de la Bienne, affluent de l'Ain.

– Vous croyez, dit Cidrolin distraitement.

– J'ai souvent pensé, et là j'espère, monsieur, que vous reconnaîtrez que je n'emploie pas le verbe penser à tort et à travers, j'ai souvent pensé, dis-je, que, s'ils n'aimaient pas les intempéries, dans un sens ou dans l'autre, orages ou canicules, averses ou sirocos, gels ou touffeurs, si donc, continué-je, ils n'aimaient pas ça, ils iraient pratiquer leur campigne dans les grottes que la nature semble avoir préparées pour cette activité puisqu'ils y trouveraient un abri où se maintient, hiver comme été, pour ne pas parler des saisons intermédiaires le printemps et l'automne, où, terminerai-je, se maintient une température sensiblement égale, ce dont avaient sagement profité nos ancêtres préhistoriques qui, comme chacun sait et vous-même, monsieur, ne l'ignorez pas non plus, qui, ajouterai-je, à titre de conclusion ultime, qui, donc, avaient fait des cavernes leur logis préféré.

– Tout le monde n'est pas d'accord sur ce point, dit Cidrolin paisiblement. Les spécialistes prétendent maintenant que les hommes préhistoriques ne furent pas spécialement des troglodytes.

– Vous êtes bien savant.

– Oh, j'ai lu ça dans les gazettes.

– L'instruction ! voyez ce que c'est, monsieur, que l'instruction. On apprend quelque chose à l'école, on se donne même du mal, beaucoup de mal, pour apprendre quelque chose à l'école, et puis vingt ans après, ou même avant, ce n'est plus ça, les choses ont changé, on ne sait plus rien, alors vraiment ce n'était pas la peine. Aussi je préfère penser qu'apprendre.

– Je crois que je vais rentrer, dit Cidrolin.

En refermant la porte, il ajouta :

– Et encore merci !

Dehors, il bâilla, puis frissonna.

– J'ai attrapé la crève, dit-il à mi-voix.

La porte de la cabane s'ouvrit. Le gardien cria :

– Pardon ?

– Je vais me faire un grog, cria Cidrolin.

– Vous buvez trop ! cria le gardien.

– Vos gueules ! crièrent en diverses langues des troglodytes manqués, qui dans leur caravane, qui dans la tente, qui même dans un sac de couchage, ces derniers flottant doucement sur les mares qui s'étaient formées.

Cidrolin traversa péniblement le merdier qui séparait la cabane du gardien de la sortie. Lorsqu'il eut atteint le trottoir, il se mit à marcher d'un pas assez rapide, pas suffisamment pourtant pour ne pas subir une nouvelle averse. Arrivé devant l'Arche, il oublia de regarder si l'on avait souillé la clôture de graffiti. En s'étalant de temps à autre dans la boue, il récupéra la couverture et la bouteille de rome, abandonnées dans le buisson derrière lequel il s'était planqué, mais il laissa là le manche à balai.

Il frissonnait de plus en plus. Après avoir victorieusement traversé la planche passerelle, il avala un certain nombre de cachets de diverses couleurs en intercalant des gorgées de rome. Il se coucha. Dehors, l'aube s'annonçait, de médiocre qualité.

En revenant de dire sa messe, l'abbé Riphinte trouva le duc qui l'attendait.

– Nous déjeunons et nous partirons aussitôt après, dit le duc avec autorité.

L'abbé regarda le soleil déjà haut sur l'horizon, un soleil de juillet.

– Vous craignez la chaleur ? lui dit le duc. Ne vous inquiétez pas : là où je vous emmène il fait frais. À table !

– Quel est le programme des réjouissances aujourd'hui ? demande au passage Sthène à Pouscaillou qui fonçait vers le déjeuner.

– On promène l'abbé, répondit Pouscaillou qui disparut dans l'auberge.

– J'espère qu'on ne va pas me le coller sur le dos, dit Stèphe. Je n'ai pas envie de faire la conversation avec lui. Il est discutailleur comme pas un : il ne songe jamais qu'à vous mettre dans votre tort.

– Tu peux toujours le laisser tomber dans un fossé, dit Sthène.

Stèfstu esténoci.

Un gâte-sauce, palefrenier en second, vint attacher près d'eux la mule de l'auberge, sellée. Dès qu'il fut parti, Sthène dit à Stèphe :

– Tu vois, à quoi bon te faire du mauvais sang à l'avance !

– Qu'est-ce qui te dit que cette mule n'est pas pour Pouscaillou ? Et moi j'écoperai du curé.

– Tu me fends les sabots, tiens. Prends donc la vie comme elle vient. Tu auras toujours le temps de rouscailler.

– N'empêche que je ronge mon frein à l'idée d'être monté par un ecclésiastique. On a son honneur. Qu'est-ce que tu veux, tu me connais, je ne peux pas me refaire.

La mule les écoutait avec admiration ; elle ne savait, elle, que quelques mots de limousin et n'aurait pas voulu se rendre ridicule devant d'aussi galants manipulateurs de la langue d'oil. Le déjeuner fut sans doute plutôt frugal, car, deux heures plus tard, à peine, le duc, le page et l'abbé enfourchèrent leurs montures et hop, les voilà partis.

À moins de deux lieues de là, ils mirent pied à terre en pleine campagne. Les chevaux et la mule furent confiés à Empoigne qui alla s'étendre sous un arbre.

– Il nous faut maintenant aller à pied, dit le duc.

– Qu'emportez-vous là ? demanda l'abbé.

– Une lanterne.

– En plein jour ?

– Eh oui, il y a là un petit mystère.

L'abbé, contrarié, s'abstint de s'enquérir de l'usage éventuel de la corde que le duc prenait également avec lui.

Ils allèrent à travers champs, à travers prés, à travers bois, à travers varennes[1], à travers brandes. L'abbé grommelait, peu disposé à goûter le spectacle de la nature, pestant contre Jean-Jacques Rousseau, les orties et les ronces, se tordant les pieds sur les caillous dont le nombre s'accroissait à chaque toise. Il fallut enfin gravir une pente assez roide et l'abbé Riphinte, essoufflé, rejoignit le duc devant une fente dans un rocher.

– Et maintenant l'abbé, dit le duc en contenant son rire avec peine, vous allez voir ce que vous allez voir.

– Ah monsieur le duc, dit Riphinte d'un ton aigre-doux, que voilà une promenade que je n'apprécie guère.

– Entrons, dit le duc.

L'abbé regarde autour de lui.

– Là, dit le duc en désignant la fente.

Le duc commence à s'insérer dans le rocher.

1. Varennes : garennes.

L'abbé fait demi-tour, direction sa mule puis l'auberge du Soleil d'Or à Plazac.

– Holà, lui crie le duc, voulez-vous bien revenir !

L'abbé s'arrête. Il entend le duc rire, très fort.

– Auriez-vous peur ? lui crie le duc.

L'abbé se retourne et voit le duc à moitié entré dans la roche. Il trouve le spectacle plus ridicule que terrifiant. Il crie à son tour :

– Monsieur le duc, vous devriez plutôt tenir votre place aux États généraux, que faire le jacques en Périgord.

Le duc rit de nouveau. L'abbé rectifie un point de son discours :

– À l'Assemblée Constituante, voulais-je dire.

Il fait de nouveau demi-tour, direction sa mule puis l'auberge du Soleil d'Or à Plazac ; ce que voyant, le duc s'extrait de son roc, pose la lanterne et court après l'abbé. Quoique lourdaud, il n'a pas de mal à le rattraper. Il le saisit par le collet et le fond du pantalon et le ramène à son point de départ. Les voilà de nouveau devant la fente dans le rocher.

– Faire cela à un ecclésiastique ! dit l'abbé tout essoufflé. Je ne suis pas près de vous le pardonner, monsieur le duc.

– Personne ne nous a vus, répliqua le duc calmement, et je ne le raconterai à personne. Allez, entrez !

– Vous ne voulez pas me tuer ? s'écrie Riphinte.

Le duc se met à rire.

– Je n'y avais pas pensé, bredouilla l'abbé. C'est cela. Il veut me tuer ! Il veut me tuer !

Bonhomme, le duc lui demande :

– Et pourquoi diable voudrais-je t'occire ?

– Mais pour que je ne révèle point votre cache.

– Allons, allons, calmez-vous, Riphinte. Il ne s'agit absolument pas de cela. Laissons pour le moment de côté toutes ces histoires contemporaines. N'y pensons plus. Riphinte, nous allons remonter vers le passé, nous allons même parler théologie. Suivez-moi !

Le duc commença de nouveau à s'insérer dans la fente.

– Serait-ce l'entrée de l'Enfer ? dit l'abbé peu rassuré. La théologie moderne sait pourtant que l'Enfer n'est pas intraterrestre comme le croyaient nos ancêtres. La physique nioutonienne nous a permis de rejeter ces superstitions quelque peu matérialistes. Ce qui ne veut pas dire que l'Enfer n'existe pas, Dieu soit loué !

– Finissez votre sermon : vous n'y êtes pas du tout.

Il ne restait qu'un bras ducal à l'extérieur du rocher ; il saisit Riphinte et l'entraîna à sa suite. Riphinte disparaît.

Tenez cette corde, dit la voix du duc, et marchez sans crainte.

– Vous en avez de bonnes…

L'abbé saisit la corde et emboîte le pas au duc qui tient la lanterne à la main. Ils avancent en silence.

Dans le silence obscur, ils avancent.

Dans l'obscurité silencieuse, ils continuent d'avancer.

Sans cadence, ils avancent, la corde se balance et la lanterne aussi, c'est toujours le silence.

Ce n'est pas tout à fait le silence, car il y a le bruit des pas, ce n'est pas tout à fait l'obscurité, car il y a cette petite lumière au bout du bras du conducteur.

Ils avancent en silence.

Soudain :

– Monsieur le duc…

– Ne craignez rien, l'abbé, vous voyez bien que je suis toujours là.

– Monsieur le duc, ne trouvez-vous pas que je suis fort courageux ?

– Eh, Riphinte, les entrailles de la terre vous rendraient-elles vaniteux ?

– Péché véniel, lorsque je le compare à la situation présente. Vous me conduisez peut-être vers l'Enfer ou vers la Mort, et je ne bronche pas. N'est-ce pas admirable ?

– Riphinte, ce n'est plus de la vanité, mais de l'orgueil. Péché mortel, ce coup-ci. Ça a mené très loin qui vous savez.

– Si vous reconnaissiez mes mérites, monsieur le duc, je n'aurais pas besoin d'insister.

– Nous verrons cela tout à l'heure, répliqua Joachim.

Cette phrase énigmatique fit taire Riphinte pendant quelques minutes. Le duc avance en silence, la corde se balance, l'abbé suit de confiance, la petite lumière aussi se balance, elle finit par intriguer l'abbé qui revisse la conversation :

– Il est vivace votre quinquet, monsieur le duc.

– Très.

– On dirait que la lumière qu'il donne est froide et perpétuelle.

– C'est ce qu'elle est.

– Vous raillez, monsieur le duc.

– En aucune façon.

– Sauf votre respect, je n'en crois rien.

– Regarde.

Le duc s'arrêta, se retourna, mit la lanterne sous le nez de l'abbé dont le visage demeura seul éclairé dans la ténèbre grottesque. L'abbé Riphinte avait des lèvres minces, un nez de grande taille, des yeux fort noirs, des sourcils très drus et un front ovin. Il regarda fort attentivement et n'y comprit rien. Comme il n'aimait pas être mis à quia, il risque l'hypothèse suivante :

– Quelque invention moderne ?

– Vous n'y êtes pas.

– Une invention de monsieur Lavoisier ? de monsieur Volta ? de monsieur l'abbé Nollet ?

– Je vous répète que vous n'y êtes pas.

Riphinte enrageait de ne pas résoudre cette énigme et regrettait d'avoir abordé ce sujet de conversation. Il fit une petite grimace et dit :

– Une amusette.

– Une amusette ! s'exclama le duc d'Auge, mais c'est tout simplement la lumière philosophale, qui ne s'éteint jamais, secret ultime et don gracieux de Timoleo Timolei.

– Oh, celui-là…

L'abbé retira son visage de la zone éclairée pour le porter dans l'ombre et il entendit rire le duc, qui, ayant fait demi-tour, se remettait en marche. L'abbé décida qu'autant que faire se pourrait, il n'ouvrirait plus la bouche. Le rire finit par s'éteindre et la marche obscure continua.

Même les marches obscures ont une fin. Le duc dit :

– Nous y voilà.

Et il s'arrêta. L'abbé Riphinte fit de même.

– Où croyez-vous que nous soyons ? demanda le duc.

– Dans les ténèbres.

– Et qu'allons-nous voir ?

– Pas grand'chose.

L'abbé Riphinte n'était pas de bonne humeur. Le duc n'y fit pas attention. Il continua son discours en ces termes solennels prononcés avec emphase :

– Dans cette caverne, vécurent les préadamites.

L'abbé Riphinte, écœuré, ne fit aucun commentaire.

– Vous ne me croyez pas ?

L'abbé Riphinte, écœuré, dédaigna de répondre.

Le duc approcha la lanterne de la paroi de la caverne et dit :

– Regardez !

L'abbé Riphinte, écœuré, jette un vague coup d'œil.

– Vous voyez ? demande le duc.

– Oui, répond l'abbé à contrecœur.

– Et que voyez-vous ?

CHAPITRE 16

L'abbé Riphinte répondit, définitivement écœuré :

– Des dessins d'enfants.

– Bravo, l'abbé ! les préadamites avaient la pureté des enfants, et, bien sûr, ils dessinaient comme des enfants. Je ne vous l'ai pas fait dire, l'abbé, mais vous avez apporté de l'eau à mon moulin. Les gens qui ont fait ces dessins, ces peintures – remarquez, il y a ici de la couleur –, ces gravures – remarquez, il y a là des incisions dans le rocher –, ces gens ont vécu avant le péché originel, ils étaient comme ces enfants dont Jésus parle dans l'Évangile. Ce sont donc bien les préadamites les auteurs de ces dessins, preuve de leur existence. Ils vivaient dans ces cavernes où ils trouvaient abri contre les bouleversements qui agitaient la terre alors, elle aussi jeune.

Le duc approcha la lanterne du visage de Riphinte et lui demanda ce qu'il avait à répondre à cela.

– Monsieur le duc, dit l'abbé d'un ton ironique, je ne vous poserai qu'une seule question.

– Posez votre seule question.

– Si les préadamites vivaient dans cette caverne, comment faisaient-ils pour s'éclairer ? Possédaient-ils déjà la lumière philosophale ou bien étaient-ils nyctalopes ?

– Ils avaient des yeux de chat, répondit le duc. Vous ne faites qu'apporter de l'eau à mon moulin. Comme ils ne possédaient pas la lumière philosophale, ils ne pouvaient donc avoir que des yeux de chat.

L'abbé, vexé d'avoir soufflé une réponse à l'objection qu'il croyait définitive, poursuivit cependant :

– Et comment expliquez-vous que personne n'en ait jamais parlé, et, en premier lieu, le Livre Sacré ?

– Je vous demande bien pardon, l'abbé. Et les géants dont parle la Genèse, chapitre six, verset quatre ? Ah ah ! je triomphe sur toute la ligne !

– Alors, selon vous, il y a des milliers et des milliers d'années, des géants aux yeux de chat se sont amusés à dessiner comme des enfants dans une caverne du Périgord ?

– Vous raillez, l'abbé, mais êtes déconfit. D'ailleurs, il n'y a pas qu'une caverne, il y en a d'autres. Je vous les montrerai.

– Elles devaient être grandes, ces cavernes, pour contenir des géants.

– Voyez.

Le duc dirigea la lumière vers la voûte et la lumière se perdit dans le lointain vertical sans rencontrer cette voûte. Le duc promena cette lumière dans d'autres directions et l'abbé Riphinte put constater qu'il se trouvait dans une salle immense et, lui sembla-t-il, sans bornes et sans limites.

Il fut pris d'un frisson sacré.

– Hein, dit le duc, n'est-ce pas aussi beau que Saint-Sulpice ? Quant à ces dessins, vous les avez qualifiés un peu rapidement de dessins d'enfants. Regardez-moi ce mammut… cet aurochs… ce cheval… ce renne… Greuze ne peint pas mieux.

– Il faudrait s'entendre, dit Riphinte. Tout à l'heure vous prétendiez que vos géants étaient puérils et purs et maintenant les voilà aussi habiles qu'un académicien.

– Si, dit le duc, les enfants ne sont plus aussi habiles que les académiciens, c'est à cause d'Adam, de sa côte, de sa pomme et de sa chute. Avant…

Un profond soupir évoqua la merveilleuse union préadamite de la pureté et de la dextérité. Le duc, promenant sa lanterne, continuait à montrer.

– Voyez… voyez… ces petits chevaus qui courent… ces rennes qui broutent… ces aurochs qui foncent… ces mammuts que l'on croirait entendre barrir.

– Il faut reconnaître que tout cela est fort curieux.

– Ah ! s'écria le duc avec satisfaction, vous êtes un homme de bonne foi.

– Après tout, pourquoi n'y aurait-il pas eu des géants peintres aux yeux de chat du moment que vous m'accordez Adam et sa chute ?

– Je ne vous accorde rien. C'était simple figure de style.

– Monsieur le duc, je me demande si vous, vous ne seriez pas de mauvaise foi.

– Vous avez reconnu l'existence de mes préadamites…

– Pardon, pardon, j'ajoutais un si. Si vous m'accordiez…

– Pas de marchandage ! Je ne vous accorde rien, l'abbé, et vous voilà devenu propréadamite. D'ailleurs je vais vous montrer d'autres preuves en d'autres antres. Venez !

Lorsqu'ils furent sortis de la grotte, l'abbé se frotta les yeux puis regarda le paysage et dit :

– Monsieur le duc, quand je vois ce ciel, ces arbres, ces herbes, ces caillous, et ces oiseaux qui volent, je me demande par quelle fantasmagorie je viens d'être halluciné.

Je soupçonne fort votre lanterne d'être plus magique que philosophale. Vous permettez que je l'examine ?

Le duc la lui tendit et l'abbé dut avouer qu'il n'y voyait rien de magique, mais peut-être quelque chose de philosophal.

– En route, dit le duc en reprenant sa lanterne.

Ils retrouvèrent Empoigne, la mule et les chevaux, et de Rouffillac se dirigèrent vers Tayac où ils restèrent coucher après avoir vu de nouvelles grottes. Le lendemain, ils poursuivirent leur chemin jusqu'à Montillac. Près de là, ils visitèrent ce que le duc qualifiait de chapelle Sixtine des préadamites. Ils rentrèrent souper à Plazac.

Ils y buvaient du vin frais, en attendant la garbure. L'abbé donnait tous les signes d'une réflexion active et, réprimant un sourire, ce qui lui faisait faire une drôle de grimace, le duc savourait en silence son triomphe. Au troisième verre de clairet, l'abbé Riphinte prit la parole et dit :

– Tout cela est bien troublant.

– Et le trouble n'a pas commencé, dit le duc d'Auge. Lorsque j'annoncerai ma découverte au monde, l'Église tremblera sur ses bases et le pape frémira de crainte. Lorsque le monde reconnaîtra ma découverte, l'Église s'écroulera et, pour gagner sa vie, le pape deviendra moutardier.

– Seigneur, seigneur, murmura l'abbé Riphinte, où allons-nous ?

Le duc allait sans doute répondre à cette question lorsque Empoigne fit son apparition suivi d'un cavalier à pied mais en tenue idoine.

– Monsieur le duc ! s'écria Empoigne, monsieur le…

– Qui t'a permis de m'interrompre ? Je ne disais encore mot, mais j'allais commencer une phrase du plus grand intérêt pour l'abbé Riphinte en particulier et pour le monde ecclésiastique en général.

– Des nouvelles de Paris, monsieur le duc, continue Empoigne qui ne s'excuse pas.

– Eh ! que me font les nouvelles de Paris ! Les nouvelles intéressantes viendront maintenant d'ici. Et de moi-même.

– Voire, dit Empoigne insolemment. On a pris la Bastille.

– Qui ça, on ?

– Le peuple de Paris, répondit le cavalier à pied mais en tenue idoine. Les prisonniers sont libérés et Sa Majesté a rappelé monsieur Necker. Les couleurs de la France sont désormais le bleu, le blanc et le rouge.

– Foutues nouvelles, murmura le duc. Personne ne va plus s'intéresser à mes préadamites.

– L'Église est sauvée ! s'écria l'abbé en joignant les mains en signe de reconnaissance.

Ces deux dernières répliques parurent surprendre fort le cavalier à pied mais en tenue idoine. Il dit :

– Messieurs, bien que vos propos soient obscurs, je vois que vous êtes gens de qualité. Permettez-moi de me présenter : je suis le sire de Ciry.

– Ah mais, dit le duc, vous êtes mon gendre. Je ne vous reconnaissais pas. On se voit si peu. Vous prenez du ventre. Et ma fille Pigranelle, en a-t-elle pris souvent ?

– Elle est morte stérile, répondit le sire de Ciry d'un air légèrement écœuré.

– La pauvre, dit le duc qui se tournant vers l'abbé Riphinte, ajouta : L'abbé, vous pourrez dire des prières pour elle, puisqu'elles vont être valables encore un certain temps.

Et revenant à Ciry :

– Au fait, pourquoi donc êtes-vous ici ? Me cherchiez-vous ?

– Nullement. J'émigre.

– Seriez-vous une hirondelle ?

– Je n'ai pas dit : je migre, mais : j'émigre. Je quitte la France aux nouveaux parapets. Ce qui vient de se passer ne me dit rien qui vaille et le peuple de Paris me semble prêt à montrer quelque férocité pour les aristocrates ; sans parler des paysans qui commencent à brûler nos châteaux. Par des chemins détournés, je rejoins Bayonne où je m'embarquerai pour l'Angleterre.

– Pourquoi l'Angleterre ?

– Pourquoi pas ?

Le duc resta songeur ; il finit par dire :

– Après tout, Ciry, ce n'est point une mauvaise idée que vous avez eue là. Quant à moi je me rendrai en Espagne où m'accueillera un ami très cher, le comte Altaviva y Altamira.

– Moi, dit l'abbé, je retourne auprès de ce bon peuple parisien qui vient de sauver l'Église sans le savoir, ce qui prouve bien qu'il y a là quelque miracle.

– Et toi, demanda le duc à Pouscaillou, m'accompagnes-tu ?

– Moi ? Je retourne auprès de ma maman. Je ne veux pas qu'on lui brûle son châtiau.

– Le benêt, s'exclama le duc, n'as-tu donc pas envie de voir des pays étrangers ?

– Oh si, monsieur le duc.

– Alors, tu vois. Ciry, nous partons à l'aube tous les trois et nous laissons l'abbé à ses émeutiers. À propos, avez-vous des nouvelles de mon excellent ami Donatien ? A-t-il été libéré ?

On apportait la garbure. Tout en devisant des uns et des autres, ils soupèrent copieusement et, comme toutes ces émotions les avaient fatigués, hop, au lit.

Au petit matin, bien qu'ayant une forte répugnance pour cette opération abjecte, Cidrolin s'enfonça un thermomètre dans le derrière et, l'en ayant ensuite délicatement retiré, constata qu'il avait une fièvre quarte et carabinée ; il n'aurait d'ailleurs pas eu besoin de cette manœuvre pour découvrir son état, car il se sentait fort mal en point, mais, comme sans doute il serait fait appel à un homme de l'art, il craignait que celui-ci ne le grondât s'il ne pouvait le renseigner avec exactitude sur son déséquilibre thermique. Puis il attendit. Au bout d'un temps assez long qu'il évalua voisin d'une heure, Cidrolin eut envie de pisser. Toussant, frissonnant, bouillant, il se leva ; trébuchant, vacillant, chancelant, il sortit de sa cabine. Lalix l'aperçut qui se dirigeait vers les vécés.

– Alors, cria-t-elle guillerettement, c'est à cette heure-là qu'on se lève ? Le café vous attend !

Cidrolin ne répondit pas.

À son retour, lorsqu'elle l'invita de nouveau à la consommation du petit déjeuner, il ne répondit pas non plus. Il réintégra sa cabine. Au bout d'une nouvelle heure à peu près, on vint frapper à sa porte.

Il dit d'entrer et Lalix exécuta cet ordre.

– Ça ne va pas ? demanda-t-elle.

– Pas fort.

– C'est de ma faute, vous avez attrapé froid cette nuit.

– Voilà.

– Il a peut-être même plu.

– À verse.

– Vous auriez dû rentrer.

– Je suis rentré.

– Trop tard.

– Et je n'ai vu personne.

– J'aurais dû me taire.

– Vous en faites pas.
– Vous m'en voulez ?
– Point.
– Alors, comme ça, ça ne va pas ?
– Pas fort.
– Je vais chercher un médecin.
– Des cachets ça suffirait peut-être. Un pharmacien vous donnerait des conseils judicieux.
Elle lui toucha le front.
– Qu'est-ce que vous tenez comme fièvre.
– J'en sais même la quantité : trente-neuf neuf.
– Je vais chercher un médecin.
Elle disparut aussitôt.
Cidrolin frissonne et somnole.
Elle réapparut aussitôt. Le médecin demande la température.
Cidrolin dit que ça va chercher dans les trente-neuf neuf.
Le médecin écrit sur un bout de papier, puis il disparaît.
Lalix réapparaît.
Cidrolin se tape des médecines.
Il ferme les yeux mais ne rêve pas.
Il boit des trucs chauds.
Dans le brouillard de l'infusion, il entend Lalix qui lui dit :
– Vous n'aviez pas dit à monsieur Albert que c'est une garde-malade qu'il vous fallait.
Elle rit.
Cidrolin fait un pâle sourire et ferme les yeux.
Le duc d'Auge, le sire de Ciry et le vicomte d'Empoigne, dit familièrement Pouscaillou, approchent de Bayonne.
Cidrolin ouvre les yeux de temps à autre.
De temps à autre il absorbe des médecines.
Il se sent encore comme tiède et moelleux.

À ce propos, ce qui l'embête le plus, c'est d'aller aux vécés. Il s'y rend en trébuchant. Lalix veut le soutenir. Il refuse. Elle dit :

– Oh, on sait ce que c'est.

Cidrolin a honte sur le moment, ensuite, quand il est bien soulagé, il n'y pense plus.

Au fond ce n'est pas la mauvaise vie.

Il se demande comment Lalix se débrouille, si nouvellement arrivée sur cette péniche. Elle a l'air de se débrouiller, alors Cidrolin se rassure et ferme les yeux.

Il lui arrive de s'endormir.

À Bayonne, les trois compagnons se séparent. Le duc d'Auge et le vicomte d'Empoigne, familièrement nommé Pouscaillou, continuent leur chemin vers l'Espagne. Des contrebandiers les aideront certainement à traverser la frontière.

Cidrolin se sent mieux. Par le hublot, entre un rayon de soleil. C'est agréable de savoir qu'il y a de bons médecins et de bonnes médecines. Lalix lui apporte un truc chaud à boire avec des cachets ; ce ne sont pas les derniers, mais peut-être les antépénultièmes.

Lalix dit :

– Ça commence à aller mieux.

– Je crois.

Cidrolin est prudent dans ses pronostics.

Le mois d'octobre va vers sa fin. Tout le monde proclame :

– C'est un automne exceptionnel !

Le thermomètre, enfoncé dans l'ombre de l'atmosphère, indique une température quasi estivale.

Cidrolin va s'étendre sur sa chaise longue au soleil.

Alors voilà qu'elles viennent prendre des nouvelles. Oh, elles sont bonnes maintenant, les nouvelles. Elles, les filles, regardent Lalix avec curiosité. Elles ne sont pas insolentes avec elle. Elles regardent aussi leur père avec curiosité.

– Y a encore des inscriptions sur votre clôture, dit Lucet.

– Qu'est-ce que tu as besoin de l'embêter, dit Sigismonde.

– Vous voulez que j'aille nettoyer ? propose Yoland.

– Tu vas salir ton costume tout neuf, dit Bertrande.

– Merci, dit Cidrolin, je m'en charge.

Lalix est allée chercher de quoi rafraîchir le gosier de ces messieurs-dames.

Bertrande dit à Cidrolin :

– Tu devrais lui acheter une tévé. Elle va s'emmerder toute seule avec toi. Surtout le soir.

– Tu ne peux pas savoir, dit Lucet à Bertrande.

– T'es bête, dit Sigismonde à Lucet.

– Il n'a peut-être pas tort, dit Yoland à Sigismonde.

– Vous n'allez pas laisser papa tranquille, dit Bertrande aux trois autres, et à Cidrolin : Crois-moi, achète-lui une tévé.

Lalix revient avec les rafraîchissements, puis s'esbigne avec discrétion.

Bertrande apprécie :

– Elle est bien, cette petite.

– Elle a de la classe, dit Lucet.

– Conard, dit Yoland, comme si tu t'y connaissais.

– Tu as fait un chopin [1], dit Sigismonde à Cidrolin.

– Maintenant qu'on est tranquillisés, dit Bertrande, on va pouvoir se retirer.

Ils restent encore un certain temps, pour finir les rafraîchissements. Ils en reviennent à la tévé. Bertrande insiste :

1. Chopin : occasion (néologisme quenien forgé sur shopping).

– Achètes-en une. Toi-même, ça te distraira.

– Ça instruit même, dit Yoland.

Ils ne partent pas si vite que ça parce qu'ils se sont mis à parler de la tévé.

Le lendemain, c'est Lamélie qui s'amène.

– Bertrande m'a dit que tu étais malade. Ça m'a l'air fini. Qui est-ce qui t'a soigné ?

D'un léger signe de tête Cidrolin désigne Lalix qui récure le pont.

– Elle est bien cette petite, dit Lamélie. Tu n'es pas mal tombé.

Cidrolin se compose une physionomie qui veut dire : oui, peut-être. Ensuite il utilise deux mots pour demander :

– Et toi ?

– Tu veux dire : qu'est-ce que je deviens, le mariage, tout ça ?

– Oui.

– Avec Boubou…

– Qui ?

– Mon mari. Il a eu huit jours de congé. On est allé en voyage.

– Où ?

– Dans le Périgord. Pas à cause des truffes, mais pour plus profond encore : les trous préhistoriques. On les a tous visités. Lascaux, Rouffignac, les Eyzies, Font-de-Gaume et le reste. Ils savaient vachement bien dessiner, les paléolithiques. Leurs chevaux, leurs mammouths, hein… comme ça ! (geste).

– Des faux.

– Qu'est-ce que tu veux dire ?

– C'est tous des faux.

– Oh ! si c'était des vrais faux, ça se saurait.

– Moi je le sais.

– D'où tu sais ça ?

– Ah voilà.

– T'as rêvé ?

– C'est un type au dix-huitième siècle qui a peint tout ça.

– Pourquoi il aurait peint tout ça ?

– Pour emmerder les curés.

– Tu rigoles, papa. Tu rêves. Tu ferais mieux de t'acheter une tévé, ça t'instruirait.

– Je sais.

– Maintenant que je suis tranquillisée, je vais me tirer.

Sur le quai, Lamélie fait des signes, non pour dire au revoir, mais parce qu'il y a des signes sur la clôture. Lalix l'a vue ; elle lâche le faubert et prend le pinceau et le pot de peinture.

Cidrolin s'étend sur sa chaise longue. Il regarde Lalix qui escalade le talus. Il ferme les yeux.

Il chevauche à côté de son excellent ami, le comte Altaviva y Altamira. Empoigne suit. Des contrebandiers rapaces et royalistes leur ont, à prix d'or, fait passer la frontière.

– Vous eûtes raison d'émigrer, Joachim, dit le comte dans cet excellent français que tout Européen cultivé parlait à l'époque. Voyez, si j'ose dire, cette nuit du quatre août, les aristocrates français n'arrêtent pas de faire des conneries.

– Je n'en disconviens point, dit le duc.

– En attendant que se dissipe cette agitation, à quoi passerez-vous votre temps, Joachim, maintenant que vous voilà en Espagne ? Le pays est austère et, en dehors des courses de taureaux, je ne vois guère de distractions pour vous, Joachim.

– Je peindrai.

– C’est là, en effet, un agréable amusement. Je n’y ai jamais pensé pour moi-même. Et comment cette idée vous est-elle venue ?

– En rêve.

– Dites-vous bien en rêve ?

– Je dis bien : en rêve. Et dans ce rêve, Phélise, la plus jeune de mes filles, celle qui est idiote, revenait de Rome et me racontait qu’elle y avait vu la chapelle Sixtine et je me disais en moi-même : et moi aussi je suis peintre.

– Et que peignez-vous, Joachim ? Des bodegons [1] ? des fleurs ? des batailles ?

– Des cavernes.

– Avec la tentation de saint Antoine ?

– Non ! c’est sur les parois des grottes que je peins.

– Mais, Joachim, qui verra jamais vos œuvres ?

– Les préhistoriens.

– Voilà un mot français que j’ignorais. Que veut-il dire ?

– Je vous l’expliquerai plus tard. Dites-moi, ne connaîtriez-vous pas quelque endroit de ce genre où je pourrais m’exercer ?

– J’ai justement cela sur mes terres, répondit le comte Altaviva y Altamira.

1. Bodegon : nature morte, en espagnol.

CHAPITRE 17

Cidrolin guéri se réservait de nouveau les travaux de peinture.

Il donna le dernier coup de pinceau, puis fit deux pas en arrière afin d'avoir le recul nécessaire pour examiner son œuvre. De cet examen, il tira quelque satisfaction et c'est alors qu'il s'entendit héler. Il se retourna. Une houature tirant une roulotte s'était rangée le long du trottoir ; un peu en arrière, en double position, une autre houature tirant un van s'était arrêtée. D'après les plaques minéralogiques, tout cela venait de la province. Le conducteur de la première houature passa la tête pour demander :

– Le camp de campigne pour les campeurs, je vous prie.

– Très simple. Tout droit, cinq cents mètres plus loin.

Cidrolin ajouta :

– Vous savez, à cette époque de l'année, ça doit être fermé.

– Je vais toujours aller voir. Merci.

L'autre rentra sa tête dans sa carapace et embraya.

Avant de démarrer, il cria pour Cidrolin :

– Et moi aussi, je suis peintre !

Cidrolin le regarda s'éloigner, suivi du van. Il attendit un petit quart d'heure puis une vingtaine de minutes, pour voir si par hasard, ayant trouvé fermé le camp de campigne pour les campeurs, la caravane ne ferait pas demi-tour. Au bout d'une heure, ne voyant rien venir, Cidrolin redescendit le talus et alla ranger pot de peinture et pinceau. Lalix épluchait des pommes de terre. Cidrolin demande :

– Y aura des frites ?

– Non, du gratin dauphinois.

– J'aurais mieux aimé des frites.

– Y aura du gratin dauphinois.

– Bon, dit Cidrolin.

Il ajouta :

– Je vais faire un tour. Je vais jusqu'au camp de campigne pour les campeurs. Il y a encore des gens qui y arrivent.

– Ça doit être curieux.

– Peut vraiment pas y avoir des frites ?

– Quel tyran. Y aura des frites ?

– Quelques-unes un peu molles et les autres comme des petits bouts de bois.

– Et pour moi, dit Lalix, des entre les deux.

– Peut-être serait-il possible de faire moitié gratin dauphinois et moitié pommes frites, les unes d'une façon, les autres d'une autre et une partie entre les deux.

Lalix ne répond pas.

– Bon, dit Cidrolin, je vais voir ce que ça devient à côté.

Le camp de campigne des campeurs est à peu près désert, mais il y subsiste encore une vague activité. Cidrolin n'aperçoit pas ce qu'il cherchait, mais il le découvre cent mètres plus loin. Les deux houatures et les remorques sont arrêtées le long du trottoir ; descendus sur le trottoir, deux hommes et deux femmes discutent. Cidrolin s'approche, il passe devant le petit groupe, le conducteur de la voiture de tête ne l'a pas reconnu, Cidrolin marche encore une cinquantaine de mètres, puis revient sur ses pas. À hauteur du groupe, il dit à celui qui l'avait questionné :

– C'est là (geste), vous savez. Ça a encore l'air d'être ouvert.

– Monsieur, dit l'autre, je ne vous demande pas votre avis.

– Vous me l'avez demandé tout à l'heure, réplique Cidrolin, et je n'avais pas fini de vous le donner.

Sur ces mots, Cidrolin continue son chemin.

– Monsieur, lui crie-t-on.

Il s'arrête. L'autre le rejoint. Il dit :

– Ces imbéciles, ils ne veulent pas de nous à cause des chevaus. Pourquoi mes chevaus ne feraient-ils pas du campigne, eux aussi ?

Cidrolin ne répond pas.

L'autre dit :

– Vous ne trouvez pas ?

Cidrolin dit :

– Nous n'avons pas été présentés.

– C'est vrai.

Le caravanier tend la main et dit :

– Auge.

– Cidrolin, dit Cidrolin.

Ils se serrent la main. Auge ajoute :

– Comme vous voyez, je suis sans façons. Si vous êtes peintre en bâtiment, moi je suis duc.

– Je ne suis pas peintre en bâtiment, dit Cidrolin, je suis armateur. Je possède une péniche et un canot.

– Je ne voulais pas vous vexer, dit le duc. Il n'y a pas de sots métiers. Comme je vous en ai informé tout à l'heure, moi aussi j'ai été peintre, ce qui peut paraître curieux pour un duc, un duc qui a fait les croisades. J'étais même un spécialiste de la peinture pariétale. Un peu dans votre genre, si l'on veut.

– On veut, dit Cidrolin.

– Venez, je vais vous présenter à ma fille. Phélise, je te présente monsieur Cidrolin.

– Bê, bê, dit Phélise.

– Et voici mon entraîneur et ami Empoigne. Vicomte d'Empoigne.

– Cidrolin, dit Cidrolin.

– Et sa maman.

– Salut, dit la comtesse d'Empoigne.

– Je vous présenterai aux chevaus une autre fois, dit le duc. Bon, maintenant que la glace est brisée et que nous avons fait connaissance, non pas intime, mais cependant largement suffisante pour établir des contacts sur le plan social, contacts évidemment assez superficiels, mais qui sait ? profitables et fructueux pour l'un comme pour les autres, dans on ne sait encore trop quel domaine, d'ailleurs, vous allez peut-être, monsieur Cidrolin qui semblez être du quartier, nous indiquer un autre endroit pas trop éloigné du centre de la ville, où mes chevaus, ma fille, Empoigne, sa maman et moi pourrions combiner les joies du campigne avec les plaisirs de la capitale.

Le duc fit un geste impératif pour empêcher Cidrolin de répondre sur-le-champ.

– En effet, continua-t-il, si je suis de haut lignage, je n'en suis pas moins provincial comme l'indique mon numéro minéralogique. Je suis un hobereau, gentilhomme-fermier même, et je préfère le grand air aux salles de bains avec vécés des hôtels urbains.

– C'est une opinion qui se défend, dit Cidrolin. Quant aux desiderata que vous exprimâtes, il y a quelques instants, je ne vois pas comment y satisfaire. Il y a bien des écuries dans le quartier, vous pourriez y mettre en pension vos chevaux.

– Jamais, dit le duc.

– Comment donc avez-vous fait les autres fois ?

– Il n'y a pas eu d'autres fois. Ce sont mes débuts dans le campigne.

– Ils ne sont pas encourageants.

– Monsieur Cidrolin que je connais encore peu, vous n'allez pas me démoraliser. D'ailleurs, ne craignez rien, je ne suis pas démoralisable.

– Vous conviendrez alors que vos débuts dans le campigne ne sont pas encourageants.

– Monsieur Cidrolin que je connais encore peu, seriez-vous un ratiocineur dans le genre de l'abbé Riphinte ?

– L'abbé Riphinte, dit Cidrolin en fronçant les sourcils, l'abbé Riphinte… c'est un nom qui me dit quelque chose…

– Les gazettes ont rendu son nom célèbre, dit le duc. Il a passé la moitié de son temps sous terre.

– Ah, je vois, dit Cidrolin, le fameux préhistorien.

– Mon ancien chapelain, dit le duc.

– Fichtre, dit Cidrolin, vous avez les moyens de vous offrir un chapelain ?

– Parfaitement, dit le duc. C'est moi qui l'ai congédié, pour raisons d'athéisme. D'athéisme de ma part, bien entendu. Quoique lui-même… enfin… revenons à la situation présente. Monsieur Cidrolin, voyons, où pourrais-je m'ébattre dans la nature à deux pas du centre de la ville ?

– Je ne vois pas trop, dit Cidrolin. L'accès des squares n'est pas encore autorisé aux campeurs.

– Ah, fit le duc, où est le temps où chaque auberge avait son écurie. Les hôtels maintenant n'ont même pas de garage.

– Il y en a qui en ont, dit Cidrolin.

– Je n'avais pas tort, dit le duc, vous êtes un ratiocineur comme l'abbé Riphinte.

Cidrolin ne releva pas cette insolence et demande, si ce n'était pas indiscret, pourquoi le duc s'encombrait de ces deux chevaux. Ne seraient-ils pas mieux dans quelque pâturage normand ou berrichon ?

– Ils aiment la ville, dit le duc. De temps à autre, ils éprouvent le besoin de reprendre contact avec la vie citadine ! Ils n'ont pas vu la capitale depuis fort longtemps... Ils sont curieux de parcourir les nouveaux quartiers et d'admirer les curiosités, celles du moins qui sont dignes d'admiration.

– Tout cela ne me paraît pas très simple, dit Cidrolin.

– Je simplifierai, dit le duc. Et puisque vous êtes dans l'incapacité, monsieur Cidrolin, malgré votre bonne volonté évidente, de m'indiquer un camp de campigne pour chevaus campeurs, nous allons continuer notre chemin et nous installer quelque part dans ces bosquets que j'aperçois à l'horizon.

– C'est un lieu de promenade publique, dit Cidrolin. Gare à la contredanse.

– M'en fous, dit le duc. Adieu, monsieur. Et vous, en route.

Le duc s'installe au volant de la houature de tête ; Empoigne s'assoit à côté de lui. La comtesse conduit la seconde houature ; Phélise s'assoit à côté d'elle. Tout le monde part. Cidrolin aperçoit la tête des chevaus. Ils ont l'air de chevaux.

Il rentre doucement chez lui. Arrivé devant sa porte, il regarde distraitement l'immeuble qu'on finit d'achever ; on travaille encore au toit et à la cave. De l'autre côté de la chaussée, quelqu'un salue Cidrolin, lequel adroitement traverse ladite sans se laisser renverser ni même accrocher par une houature.

– Vous allez pouvoir me donner un renseignement, dit Cidrolin.

– Je pense, dit le gardien, mais vous êtes peut-être étonné de me voir ici. On m'a proposé la loge de concierge. Je venais voir si ça me plaisait.

– Et ça vous plaît ?

– Je pense. Vous m'avez comme voisin.

– Voici le renseignement que je voulais vous demander.

– Je vous écoute, dit le gardien.

– Il y a des gens qui ont été refoulés de votre terrain de campigne.

– Ça ferme dans quelques jours.

– Ce n'est pas cela. On n'a pas voulu d'eux parce qu'ils avaient deux chevaux.

– Des romanichels ?

– Pas du tout. Un duc, une comtesse, un vicomte et une demoiselle simple d'esprit.

– Et deux chevaux.

– Et deux chevaux. Dans un van. Vous ne connaîtriez pas un autre terrain, à leur indiquer ? Pas trop loin du centre, parce que les deux chevaux n'ont pas vu la capitale depuis fort longtemps et ils sont curieux de parcourir les nouveaux quartiers pour y admirer les curiosités, celles du moins qui sont dignes d'admiration.

– C'est un rêve ? demanda le gardien.

– Vous pensez ? demanda Cidrolin.

– Ah, monsieur, dit le gardien en souriant, je vois que vous connaissez mon péché mignon. Eh oui ! Je pense. Lorsque je me lève, je pense. Lorsque je me couche, je pense. Entre-temps, je n'ai pas arrêté. Aussi vous pensez, si… vous voyez que j'attribue même ma petite manie aux autres… vous pensez si j'ai besoin de repos après toute une journée consacrée au malaxage de la matière grise de mon cerveau. Je la laisse alors reposer, je dors, je ne rêve pas. Quant à vos chevaux dans le van qui veulent visiter la capitale, je penserais, puisque vous me demandez votre avis, je penserais plutôt que vous avez rêvé.

– Alors vous ne connaissez pas un terrain de campigne qui les accueillerait ?

– Vous rêvâtes.

– Pas trop loin du centre.

– Vous rêviez.

– Eux, le duc, les houatures et le reste.

– Vous rêvez.

– Les voilà, dit Cidrolin.

Le duc freina. Le gardien pâlit, fit deux pas en arrière et disparut.

Il n'apprécie pas la méthode expérimentale, dit à mi-voix Cidrolin.

– Pardon ? dit un passant.

– Vous aviez raison ! cria le duc.

– Une autre fois, dit Cidrolin au passant qui s'évapora.

Cidrolin s'approcha de la portière.

– C'est plein d'argousins, ces bosquets, dit le duc. Je suis écœuré.

Il passa la tête et regarda l'immeuble.

– Vous habitez là ? demanda-t-il.

– Non, en face, sur une péniche. Vous voulez prendre un verre ?

– Ma foi…

– Vous avez une place là-bas ; profitez-en… Et venez goûter mon essence de fenouil.

– Eh ! Je ne dis pas non.

La caravane alla se garer un peu plus loin. Cidrolin traversa la chaussée avec prudence et habileté et attendit ses invités devant le portillon.

Ils descendirent le talus, Cidrolin menant la marche et répétant à plusieurs reprises :

– Faites attention de ne pas vous casser la figure.

Lorsqu'ils passèrent sur la planche passerelle au-dessus du bourbier, il changea de refrain :

– Faites attention de ne pas vous flanquer à l'eau.

La comtesse dit :

– De loin c'est coquet, mais de près c'est dégueulasse.

– L'eau paraît un peu sale, dit Cidrolin, mais elle n'est pas stagnante. On ne sent pas toujours deux fois les mêmes ordures. Avec un bâton je les pousse, elles s'éloignent, glissant au fil de l'eau. Entre la péniche et la rive, évidemment ça croupit et l'on sent parfois les mêmes.

– Les mêmes quoi ? demanda le duc.

– Ordures, répondit Cidrolin.

Puis :

– Vous cognez pas la tête. Ici c'est le carré, la salle de séjour si vous préférez.

– C'est sympa, dit la comtesse.

Cidrolin appela :

– Lalix.

Un personnage de sexe probablement féminin fit son apparition, vêtu d'un pantalon corsaire et d'un tricot à rayures horizontales bleues et blanches ; coiffé d'une casquette d'enseigne de vaisseau, il tenait à la main un faubert.

– Salut, lui dit la comtesse.

Les autres ne lui dirent rien, sauf Cidrolin qui la pria de réapparaître assez vite avec des verres, une petite carafe d'eau plate et la bouteille d'essence de fenouil.

– Quelle marque ? demanda le duc.

– Cheval Blanc, répondit Cidrolin.

Lorsque Lalix eut disparu, le duc commenta sa question en ces termes :

– Je préférerais naturellement celui que je distille avec le fenouil de mes terres d'après la recette de Timoleo Timolei…

– C'est un nom qui me dit quelque chose, murmura Cidrolin.

– Un illustre alchimiste. Illustre du moins pour ceux qui le connurent. On ne le cite guère dans les biographies.

– Vous le connûtes ?

– Fort bien. Je travaillais sous ses ordres. Je lui servais d'aide, tout duc que je sois. Vous voyez que je ne fais pas de manières, quand il le faut.

– Découvrîtes-vous la pierre philosophale ? l'élixir de longue vie ?

– Voulez-vous que je sois franc ? demanda le duc.

– Je le veux, répondit Cidrolin.

– Nous ne découvrîmes rien de tout cela, répondit le duc.

– Seulement l'essence de fenouil ? demanda Cidrolin.

– On va toujours se taper celle-là, dit la comtesse.

– Bê, bê, dit Phélise.

Lalix apportait adroitement un vaste plateau chargé.

Le service fait, elle s'assit, un verre à la main. Cidrolin dit aux autres :

– Je vous présente ma fiancée.

Et à Lalix :

– Duc d'Auge… vicomte d'Empoigne… madame euh…

– Comtesse d'Empoigne, dit la comtesse d'Empoigne.

– Et mademoiselle…

– Madame… dit le duc. Madame de Malplaquet.

– Salut, dit Lalix.

– Bê, bê, dit Phélise.

– Eh bien, reprit le duc, elle n'est pas mauvaise, votre essence de fenouil.

– Pas méprisable du tout, dit Empoigne.

– Pas sale, dit sa maman.

Phélise n'eut pas à donner son appréciation, car elle ne buvait que de l'eau.

– Il faudrait faire boire les chevaus, dit le duc.

– J'y vais, dit Empoigne.

– Vous trouverez un seau sur le pont à bâbord, dit Lalix.

– Sthène et Stèphe doivent se demander ce qu'on devient, dit le duc.

– Vous les tenez toujours au courant de vos intentions ? demanda Cidrolin.

– Ils préfèrent, répondit le duc.

– C'est un cirque ? demanda Lalix à Cidrolin.

– Je ne sais pas, répondit Cidrolin à Lalix. Tout au moins des campeurs. On a pas voulu d'eux sur le terrain à cause des chevaux.

– Pour le principe, demanda Lalix, ou bien c'est des canassons spéciaux ?

– Ce sont de braves bêtes, dit le duc.

– Qu'est-ce qu'on fait maintenant qu'on a bu ? demanda la comtesse. On émigre ?

Le duc ne répondit pas et regarda distraitement autour de lui ; puis, d'une voix terne, il dit :

– Cela doit être grand, une péniche.

CHAPITRE 18

Joachim d'Auge s'éveilla d'excellente humeur ; il avait dormi d'un sommeil profond et sans rêves. Dès qu'il s'estima présentable, il monta sur le pont, aucun des autres passagers de la péniche n'était encore levé. Il alla pisser dans le fleuve et se réjouit en son cœur du bruit allègre du jet se brisant à la surface de l'eau. Sur l'autre rive des pêcheurs s'installaient. Des sportifs matinaux passèrent maniant l'aviron. Le duc se retourna ; Sthène et Stèphe broutaient les rares friandises qui poussaient en haut du talus. Sur le quai les houatures passaient dru dans un roucoulement monotone.

Le duc mit pied à terre et alla retrouver les chevaux.

– Alors, mon beau Sthène, comment vous trouvez-vous ici ?

– Il faudrait être chèvre pour s'y plaire tout à fait.

– Vous vous y habituerez. Cela vous fera faire de l'exercice.

– On reste longtemps ici ?

– Je ne sais pas, dit le duc. Nous sommes peut-être arrivés.

– Stèphe et moi, nous aurions préféré un séjour plan.

– Un vrai pré plat, dit Stèphe.

– Et puis, ajouta Sthène, il n'y a pas grand'chose à croûter.

– Pouscaillou va vous apporter du foin tout à l'heure.

– Quand ? Il flemmarde, Pouscaillou. Vous devriez aller lui sonner les cloches.

– Patience, patience, mon beau Sthène. Laissons dormir les innocents.

– Soit, dit Sthène. Et vous, comment vous trouvez-vous à bord de cette immobile nef ?

– J'ai toujours rêvé d'habiter sur une péniche, répondit le duc. Je ne suis pas mécontent du tout.

– Je m'en réjouis pour vous, dit Sthène. Si seulement il y avait un peu plus de foin et d'avoine…

– Patience, patience, mon bon Sthène.

Lalix apparut sur le pont.

– Café ? Thé ? Chocolat ? Viandox ? cria-t-elle au duc.

Le duc rappliqua.

– Du café bien noir, répondit-il, avec des toasts bien beurrés, de la confiture bien anglaise, des œufs sur le plat bien frits et une andouillette bien grillée.

– Tudieu, la navigation donne faim !

Lalix disparut sans faire de commentaires.

Empoigne apparut sur le pont.

– Les chevaus attendent, lui dit aussitôt le duc, j'espère qu'il y a encore du foin et de l'avoine en réserve dans le van.

– Sinon, dit Empoigne en se frottant les yeux, j'irai en chercher à Inno. Monsieur le duc a bien dormi ?

– À merveille. J'avoue que je ne suis pas mécontent de notre point de chute.

– Et mon petit déjeuner ? Où et quand vais-je y avoir droit ?

– Donne toujours à manger à Sthène et à Stèphe. Il doit bien rester de quoi les faire patienter.

Pouscaillou disparaît direction le van.

Madame d'Empoigne apparaît sur le pont.

– Dormîtes-vous bien, sœurette ? demanda le duc.
– Salut, lui répond la comtesse.
Phélise apparaît. Elle embrasse son papa.
– Bê, bê, dit-elle.
Lalix crie :
– C'est servi.
On rapplique dans le carré. On s'assied joyeusement. Empoigne a bientôt fait de rejoindre le peloton. Sur la table, le café bien chaud fume joyeusement. Il y a des toasts, des non-toasts, des confitures, des raviers de beurre.
– Il n'y a pas d'œufs sur le plat, remarque le duc.
– Il n'y a pas d'œufs sur le plat, affirme Lalix.
– Il n'y a pas d'andouillette, remarque le duc.
– Il n'y a pas d'andouillette, affirme Lalix.
– Bien, bien, dit le duc légèrement.
Il a déjà croqué sept toasts, y compris les matières grasses ou sucrées qu'il avait accumulées dessus.
– Monsieur Cidrolin n'est pas encore levé ? demanda le duc.
– Le voici, répond Cidrolin en s'attablant.
– Je dormis fort bien, dit le duc. Je vous sais gré de votre hospitalité bien qu'elle soit sans andouillettes.
– Nous aviserons, dit Cidrolin. N'est-ce pas, Lalix ?
– Il n'y a pas d'andouillettes, affirme Lalix. Ni d'œufs sur le plat.
– Et comment vont les chevaux ? demande Cidrolin.
– Ils trouvent le terrain plutôt en pente, répond le duc. Ils n'ont pas l'humeur caprine.
Bien qu'on ne l'y ait pas invité, Pouscaillou prend la parole en ces termes :
– À propos…
– Quel propos ? demande le duc.

– À propos des chevaus. En rapportant le foin du van, j'ai vu qu'on avait écrit des injures sur la porte de monsieur Cidrolin.

– Elles me concernent ? demanda le duc en fronçant les sourcils.

– Laissez, laissez, dit Cidrolin. C'est pour moi.

– On vous en veut ? demanda le duc.

– C'est bien possible. Depuis que je suis installé ici, quelqu'un s'exerce aux graffiti sur le portillon et la clôture. Je les recouvre de peinture. L'autre s'acharne.

– Vous ne savez pas qui c'est ?

– Je n'en ai pas la moindre idée.

– Et vous n'avez jamais cherché à le pincer ?

– Une nuit, j'ai fait le guet. J'ai attrapé une bronchose virale aberrante, c'est tout ce que j'ai pincé.

– Empoigne ! dit le duc d'une voix solennelle. Voilà un exploit pour nous autres chevaliers : nous débarrassons notre hôte, monsieur Cidrolin, de son graffitomane.

– Vraiment, dit Cidrolin. Vous êtes trop aimable…

– Nous le prenons en flagrant délit, continue le duc, et nous le pendons à un arbre du boulevard.

– C'est que… dit Cidrolin. C'est que… nous aurions des ennuis.

– Pourquoi donc ?

– Des ennuis avec la police.

– Comment, s'écria le duc. Vous n'avez pas le droit de haute et basse justice ? Et n'êtes-vous pas maître après Dieu à bord de votre péniche ?

– Oui, mais l'arbre du boulevard n'est pas sur ma péniche.

– Alors nous jetterons le délinquant à la flotte. Soigneusement ligoté.

– Je crains que ça aussi…

– Eh bien, nous nous contenterons de lui couper les oreilles.

– Non… non…

– Alors simplement quelques coups de pied au cul ?

– Voilà… à la rigueur…

– Monsieur Cidrolin, ne comptez pas sur moi pour les coups de pied au cul. Jamais je n'userai la semelle de mes bottes sur le derrière d'un graffitomane. Ce serait déchoir.

– Monsieur le duc, monsieur Empoigne, je suis très touché par votre proposition, mais après tout, je me suis débrouillé comme ça jusqu'à ce jour et je peux continuer. C'est un article de mon budget : un pot de peinture par mois et, sans doute, un pinceau par an. Et puis cela me fait une distraction : sinon, que peindrais-je ?

– Je connais encore quelques cavernes… dit le duc d'une voix rêveuse. Mais laissons cela…

Soudain il donna un violent coup de poing sur la table et gueula :

– Or çà, Empoigne ! nous laisserions-nous amollir ? Non certes ! Malgré tout ce que peut raconter monsieur Cidrolin, ce soir nous capturons le graffitomane et qui vivra verra !

Foi d'Empoigne ! capturons !

– Capturez ! crie madame d'Empoigne.

– Bê, bê, dit Phélise.

Tout cela fait beaucoup de bruit.

– En attendant, dit Cidroiin, je vais donner quelques coups de pinceau.

Il sort suivi de Lalix. Lalix demande :

– Ils s'en vont quand ?

– Nous n'avons rien convenu.

– Demain matin, je leur fais de l'andouillette et des œufs au plat ?

Cidrolin prend le pot de peinture et le pinceau.

– Si ce n'est pas trop compliqué, répond Cidrolin. Nous devons nous montrer seigneuriaux.

Cidrolin s'engage sur la planche passerelle.

– Si nous sommes fiancés, dit Lalix, est-ce qu'on ne devrait pas se tutoyer ?

– Se vouvoyer fait plus seigneurial.

Lalix retourne à ses occupations. Cidrolin passe devant Sthène et Stèphe. Il les regarde dans les yeux.

– Ce qu'ils ont l'air intelligent, dit-il à mi-voix. Il ne leur manque que la parole.

– Il ne nous manque rien du tout, dit Sthène. Merde, ajoute-t-il en frappant le sol de son sabot droit, Joachim m'avait pourtant bien recommandé de ne pas ouvrir la bouche.

Cidrolin se retrouve sur le trottoir. En chemin, il a renversé un peu de peinture.

– Étrange, dit-il à mi-voix, c'est vraiment étrange.

– Pardon ?

C'est un passant qui s'arrête pour interroger Cidrolin.

– Étrange. Je disais simplement : c'est vraiment étrange.

– Et qu'est-ce qui est vraiment étrange ?

Cidrolin commence à badigeonner la porte.

– Ah voilà, répond-il.

– Monsieur ! s'écrie le passant d'un air furieux, on ne pique pas comme ça la curiosité des gens : vous les intriguez et puis ensuite vous vous taisez. Non monsieur, cela ne se fait pas !

Il s'éloigne en faisant des moulinets avec les bras.

Cidrolin ne commente pas.

Puis il s'entend héler. C'est le concierge de l'immeuble pas tout à fait inachevé, pas tout à fait achevé. Il est debout devant sa porte, sur le trottoir d'en face. Cidrolin répond à son salut et continue son travail.

Puis ses hôtes font leur apparition. Ils discutent de leurs occupations. Empoigne doit acheter du foin et de l'avoine chez Inno, le duc visitera le Palais de l'Alchimie, les dames iront voir les couturiers. Ça, c'est pour la matinée. On déjeunera en ville dans un de-luxe. L'après-midi sera consacré à l'examen de diverses curiosités ; une séance de cinéma est également prévue. Dîner dans un de-luxe ; pas le même que celui d'à midi. On ne rentrera pas très tard et ensuite on capturera le graffitomane.

– Et les chevaux ? demande Cidrolin. Ils ne vont pas se promener eux aussi ?

– Demain, répond le duc. Demain. Quand nous aurons capturé votre homme.

– Quel rapport ? demanda Cidrolin.

– Aucun, répond le duc.

Il prend un air soucieux.

– C'est vrai, murmure-t-il. Pauvre Sthène, pauvre Stèphe. Ils voudraient admirer les beautés de la ville capitale, eux aussi. Deviendrais-je égoïste ? Monsieur Cidrolin, j'en rougirais de honte. Vous avez bon cœur, monsieur Cidrolin. Vous avez raison, je ne laisserai pas deux amis se morfondre tandis que moi, je m'amuse. Empoigne, nous irons à cheval à Inno, vous les femmes prendrez votre houature. Empoigne, va chercher Sthène et Stèphe.

Mission accomplie, Sthène et Stèphe font la gueule.

– Mon bon Démo, dit le duc.

Sthène boude.

– Voyons, voyons, mon bon Démo, dit le duc. Je ne t'oubliais pas. Nous voulions échanger quelques mots avec monsieur Cidrolin. Il n'a jamais été question qu'on vous laisse là et que vous ne veniez pas admirer les beautés de la ville capitale avec nous. N'est-ce pas, monsieur Cidrolin ?

De l'examen du visage de Cidrolin, il est facile d'inférer la situation cornicienne[1] dans laquelle il se trouve ; peut-on mentir à un cheval ? peut-on démentir un hôte ?

Cidrolin trouve une élégante solution. Il dit au duc :

– Vous vous adressez à lui comme s'il pouvait comprendre le langage des hommes. A-t-on jamais vu cela, un cheval qui parle ? En rêve peut-être. Ou dans la mythologie.

Le duc ne trouva pas la solution élégante. Il dit :

– Qu'est-ce que ça peut vous foutre la façon dont je m'adresse à lui ? Tout ce que je vous demande, c'est la vérité ! À savoir que je ne t'oubliais pas, mon bon Démo.

– Monsieur d'Auge, dit Cidrolin, écoutez donc ces enthymèmes pour ne pas dire ce sorite. Si ce cheval comprend le langage humain, il est donc fort intelligent. S'il est intelligent il a déjà deviné ce qu'il en est. D'autre part, s'il est intelligent, il est bon et, s'il est bon, il aura de l'indulgence pour une simple étourderie de votre part et cela ne saurait ternir votre amitié.

Et se tournant vers Sthène, Cidrolin ajouta :

– N'est-ce pas, Sthène ?

Sthène sourit, un peu tristement, et encensa.

– Brave Démo, dit le duc.

Il se met en selle, ainsi fait Empoigne et les voilà partis, les femmes dans la houature aussi, après avoir détaché la

1. Cornicienne : mot-valise quenien forgé sur cornélienne et racinienne.

remorque, c'est Phélise qui s'est chargée de détacher la remorque. Cidrolin continue à peindre sa clôture. Le concierge a disparu.

Puis c'est Lalix qui va au marché.

– Alors, c'est bien entendu ? j'achète de l'andouillette ?

– Nous serons seigneuriaux, répond Cidrolin.

Lalix va au marché. Cidrolin achève sa peinture.

Après avoir rangé le pot et le pinceau, il va s'étendre dans le carré en attendant le déjeuner. Il y a de l'andouillette à déjeuner. Après le déjeuner, il va dans sa cabine faire une sieste. Il est quinze heures trente-deux minutes lorsqu'il dit à Lalix :

– J'ai fait une sieste presque sans rêves. Juste un petit, sans grand intérêt. Je le raconte ?

– Non, répond Lalix.

– C'est un tout petit.

– Raison de plus. Et puis je vais au coiffeur.

Elle ne rentre que pour le dîner. Cidrolin a été voir ce qui se passait au camp de campigne pour les campeurs et il a pu constater que cette fois-ci c'est définitivement fermé. Il est rentré. À la nuit tombante, il a pris une perche, il a fait glisser vers le courant central les ordures accumulées dans le chenal entre la péniche et la rive. Ensuite, il a attendu le dîner.

Il y a de l'andouillette pour le dîner.

Après, Lalix allume une cigarette et va chercher un jeu de cartes enveloppé dans un tapis vert chipé dans un bistro. Elle fait des réussites, l'œil droit à moitié fermé à cause de la fumée qui monte du mégot qu'elle ne lâche pas. Elle éteint le mégot. La réussite n'est pas réussie. Lalix allume une autre cigarette et commence une autre réussite. Cidrolin la regarde opérer en silence. La seconde réussite n'est pas réussie. On recommence et ainsi de suite. Les mégots s'accumulent. Il est bientôt vingt-trois heures sept minutes. À vingt-trois heures sept minutes, les hôtes rentrent et s'installent dans le carré. Lalix termine sa réussite avant d'apporter le sirop de fenouil.

– Il nous faut reprendre des forces pour la capture du graffitomane, dit gaiement le duc.

– Vous vous croyez vraiment obligé… dit Cidrolin.

– Ttt, ttt, fait le duc. Pas de façons. Nous faisons une pause et ensuite nous montons la garde.

– Je vous accompagne.

– Laissez, laissez. Avec Empoigne, nous viendrons à bout de cette tâche tout seuls.

– Salut, dit la comtesse.

Elle veut dire par là qu'elle va se coucher.

– Bê, bê, dit Phélise.

Elle veut dire par là qu'elle va se coucher.

Effectivement, elles vont se coucher.

– Tout s'est bien passé ? demande Cidrolin au duc d'Auge qui n'a pas l'air disposé à monter déjà la faction.

– Quoi donc ?

– Votre virée dans la capitale.

– Sthène et Stèphe sont enchantés.

– Et vous-même ? Et monsieur d'Empoigne ?

– Il y a eu des moments difficiles, la capitale a bien changé.

– Cela faisait longtemps que vous n'étiez venu ?

– Plus d'un siècle, répond tranquillement le duc.

Empoigne toussote.

– Je veux dire : très longtemps, reprend le duc. La circulation par exemple : nous avons eu des ennuis avec la circulation. Sthène et Stèphe n'étaient pas habitués à tout ce trafic. Les sergents de ville nous ont distribué des tas de petits prospectus dont je n'ai que faire.

Il les sortit de sa poche et les déchire en petits morceaux.

– C'est en visitant votre grande tour que tout faillit mal tourner, continua le duc. Sthène voulait monter jusqu'au troisième étage, il a dû se contenter du premier. Et encore pour qu'il aille au premier, ce fut toute une histoire. Heureusement qu'il y avait là des gens qui jouaient avec un appareil cinématographique, grâce à eux cela put s'arranger ; du moment que c'était du cinématographe, tout devenait possible, mais, tout de même, Sthène a dû se contenter du premier.

– Et l'autre ? demanda Cidrolin.

– L'autre quoi ?

– L'autre cheval.

– Stèphe ? Il n'a pas voulu monter. Il avait le vertige.

– Il serait peut-être temps que vous alliez faire le guet, dit Lalix.

– Encore un petit coup d'essence de fenouil et nous y courons, dit le duc conciliant.

– Et le restaurant ? demanda Cidrolin.

– Comme ci comme ça, répondit le duc. Ils vous servent tout juste de quoi nourrir un oiseau souffrant et leur carte ne liste aucun des plats que j'aimais tant jadis et naguère, le pâté de rossignol au safran, la tarte de châtaignes à la graisse de campagnol, le chaud-froid d'ours à la graine de tournesol, tout cela arrosé d'alcool au bol.

Le duc finit son verre, puis énonça cette remarque :

– Ce qui me plaît dans l'essence de fenouil, c'est qu'il n'y a aucun autre mot qui rime avec. Avec fenouil.

– À moins qu'on ne change de genre, dit Lalix.

– On n'a pas le droit, répliqua le duc.

– Vous êtes aussi poète ? demanda Cidrolin.

– Eh eh, fit le duc, il m'arrive de trousser la chansonnette…

– C'est bien la première nouvelle, dit Empoigne.

Après être ainsi sorti de son mutisme respectueux, il alla valser à l'autre bout du carré en renversant des verres. Tandis qu'il se ramasse en se frottant la partie de la tête comprise entre l'oreille et la nuque, le duc termine sa phrase à l'intention de Cidrolin :

– … mais je suis surtout peintre. Comme vous.

Puis il s'écrie :

– Au fait, j'y pense : si, d'une façon ou d'une autre, nous empêchons le graffiteur de recommencer, qu'aurez-vous à peindre ensuite ? Vous allez vous sentir tout stupide et inoccupé.

– J'aviserai, dit Cidrolin. J'aviserai.

– Eh bien ! puisque le sort en est jeté, andiamo, comme disait Timoleo Timolei. Empoigne, tu m'as coupé la parole, mais je te pardonne. Suis-moi et nous montrerons à monsieur Cidrolin ce dont nous sommes capables. Tchao ! toujours comme disait Timoleo Timolei.

Ils sortent.

– Vous les attendez ? demande Lalix.

– Ce serait plus convenable, dit Cidrolin.

Lalix éteint sa cigarette, réunit les cartes en un paquet qu'elle enveloppe dans le tapis vert. Elle se lève et dit :

– Qu'est-ce que c'est au fond que ces gens-là ?

Cidrolin hausse les épaules. Il dit :

– Cela ne nous regarde pas.

Lalix dit :

– C'est pas une réponse ça. Ou plutôt si, ça nous regarde.

Cidrolin dit :

– J'ai parfois l'impression de les avoir déjà vus en rêve.
– Ça n'arrange rien.
– Oh, ce n'est qu'une impression.
– Je n'insiste pas. Les rêves, moi…
Sur le pas de la porte, Lalix dit :
– Alors, vous restez là à les attendre ?
– Faut bien, répond Cidrolin.
Lalix est sortie.
Cidrolin étale de nouveau le tapis vert et prend le paquet de cartes. Il commence une réussite.
Lalix réapparaît.
– Et les chevaux ? dit-elle.
– Eh bien quoi, les chevaux…
– Elles sont drôles, leurs histoires de chevaux.
– Encore plus drôles que vous ne pensez, Lalix. Un des deux chevaux parle. Je l'ai entendu.
– Et qu'est-ce qu'il raconte ?
– Il a commencé par jurer, mais je ne me suis pas attardé pour l'écouter.
– Et ce n'était pas en rêve ?
– Oh, en rêve, les chevaux qui parlent, c'est tout à fait courant.
Lalix se rassoit. Elle dit :
– Je reste encore avec vous.
Elle prend les cartes et demande :
– On joue ?
– C'est une bonne idée, dit Cidrolin calmement. Et ils jouèrent jusqu'à l'aube.

CHAPITRE 19

À l'aube, dehors, ça se mit à gueuler.

– Ils ont piqué le type, dit Lalix.

Cidrolin ne dit rien.

Les gueulements se multiplièrent, auxquels s'adjoignirent insultes, injures et jurements probables.

– Y a du pétard au casino, dit Lalix.

Le chabanais se rapprocha ; finalement, la porte s'ouvrit. Un homme fut projeté sur la table, la débarrassant des cartes, tapis, verres, bouteille, cendrier. Le duc et Empoigne, cela fait, fermèrent soigneusement la lourde derrière eux. L'homme reprit son équilibre, mais s'assit aussitôt, y étant contraint et forcé par ses deux piégeurs.

– Et voilà, dit le duc avec satisfaction. On a bien travaillé.

– Je proteste, gueula l'homme piégé. C'est du rapt ! de l'adulte-nappigne[1] ! À la rescousse ! à l'aide ! Il y a méprise ! atroce méprise. Je voulais surprendre ceux qui salissent votre clôture et ce sont ces individus qui me tombent dessus ! Ce sont peut-être eux les coupables !

– Oh le vilain calomniateur ! s'écria le duc et il lui fiche une beigne.

1. Adulte-nappigne : néologisme quenien (cf. kidnapping).

– Alerte ! Infamie ! Récidive ! Incorrection majeure ! Écoutez-moi, monsieur, vous qui me connaissez...

Cidrolin dit au duc et à son lad-vicomte-acolyte :

– Asseyez-vous, je vous prie, nous allons écouter les explications de monsieur que je connais en effet.

Il s'adresse ensuite au concierge ex-gardien du camp de campigne pour campeurs :

– Monsieur, je vous connais en effet de vue, mais j'ignore votre nom.

– Louis-Antoine-Benoît-Albert-Léopold-Antoine-Nestor-Charles-Émile La Balance.

– C'est bien long, dit Cidrolin.

– Pourquoi deux fois Antoine ? demanda le duc.

– Une fois pour mon père et une fois pour mon grand-père. Quant à la longueur, on abrège habituellement en La Balance Bis.

– Vous n'auriez pas encore plus court ? demande Cidrolin.

– On m'appelle communément Labal.

– Eh bien, monsieur Labal, commença Cidrolin.

– Laissez tomber le Labal, ça fera plus court encore.

– Eh bien, monsieur...

– De quel droit m'interrogez-vous, monsieur Cidrolin ?

– Foutez-lui une beigne, dit le duc à mi-voix.

– Je n'ai aucun droit, dit Cidrolin, et vous avez le droit de ne pas répondre.

– Il va en profiter, remarque le duc en coulisse.

– Bon, dit Labal. Dans ces conditions je vous conterai mon histoire.

– Ah, ah, une histoire, dit le duc en aparté.

– Elle sera courte et lumineuse.

Labal reprit son souffle, prit son élan et prononça ces mots :

– Le nom que je porte, messieurs, m'a voué à un sort singulier. La balance, vous ne l'ignorez pas, est le symbole de la justice, et toute ma vie je me suis efforcé de la faire régner sur terre, dans la mesure de mes faibles forces bien entendu. Si la société m'a donné ce nom prédestinatoire, la nature m'a d'autre part pourvu d'une matière grise particulièrement active et, dès mon jeune âge, je me suis aperçu que la justice officielle n'était qu'un vain mot et je me promis de compenser par mes efforts personnels les défaillances des tribunaux réguliers. J'ai zigouillé comme ça trois à quatre cents personnes qui m'avaient paru insuffisamment châtiées, si ce chiffre vous étonne, je dois vous avouer que je ne m'intéresse qu'aux cas graves et je ne connais qu'une seule rectification aux jugements erronés, la peine de mort. Rassurez-vous, je n'agis qu'après avoir longuement pensé au cas qui m'occupe. C'est là, messieurs, ce qui me différencie des juges ordinaires : je pense. Un lourd fardeau, messieurs, la pensée, un fardeau dont vous n'avez peut-être pas à supporter la pesante présence, mais je ne m'attarderai pas sur ce sujet : je m'en suis entretenu l'autre soir avec monsieur Cidrolin. Quoi qu'il en soit, étant devenu pour des raisons qui ne vous regardent pas et qu'il serait trop long de vous expliquer, étant devenu, dis-je, gardien de nuit du camp de campeurs pour campigne, rentrant chez moi au petit jour, il m'arrivait de constater que l'on écrivait fréquemment des insultes sur la clôture d'un terrain devant la péniche à bord de laquelle vous êtes présentement, moi-même m'y trouvant bien contre ma volonté. La réitération du procédé me fit penser, et vous allez voir que lorsque je dis penser ce n'est pas là un vain mot que j'emploie, me fit penser, dis-je, que l'auteur de ces inscriptions était peut-être un justicier dans mon genre et pour tout dire un concurrent. Cela me déplut. Si tout le monde se mettait à rendre la justice à sa façon, on n'en sortirait pas ; moi seul suis qualifié. Je me livrai donc à une petite enquête et appris vos déboires, monsieur Cidrolin, et l'injustice grave dont vous fûtes victime. Un innocent subissant deux années de préventive ! La persécution dont vous étiez victime m'en parut d'autant plus amère. Voulant démasquer le salopard qui vous poursuivait de sa vindicte injustifiée, je me fis engager comme concierge dans l'immeuble que l'on a construit de l'autre côté du quai. Je fais le guet chaque nuit, mais n'avais rien découvert. Tout à l'heure, j'aperçus deux silhouettes, suspectes. Ils étaient deux, je n'étais qu'un. Je me rendis cependant avec courage sur les lieux de leurs agissements sans doute délictueux. Ce fut le premier échec de ma carrière, puisque me voici entre vos mains. Quant à mon innocence, pour ce qui est des graffiti, elle me paraît amplement prouvée par le fait que je ne suis ni n'étais porteur d'un quelconque moyen d'écriture, de peinture ou de gravure.

Il se tut et l'on entendit alors le calme ronflement du duc d'Auge qui, dès le début de ce pallas [1], s'était endormi.

Cidrolin se gratta la tête. Il vit qu'Empoigne, lui, ne faisait que somnoler et lui demanda s'il était vrai que leur capture n'était porteur d'aucun instrument d'écriture, de peinture ou de gravure.

Empoigne, ouvrant à peine les yeux, répondit :

– L'homme a dit vrai.

– L'accusé est donc innocent, conclut Cidrolin.

– C'est vite dit.

1. Pallas : discours emphatique.

– Mademoiselle n'est pas d'accord ? demanda Labal insolemment.

– Non, répondit Lalix. Tout ce que vous avez raconté prouve par a plus b que c'est vous le justicier à la con, le judex à la manque, le montecristo de papa, le zorro de grand-mère, le robin des bois pourris, le rancunier gribouilleur, l'insulteur des murailles, le maniaque du barbouillage, enfin quoi l'emmerdeur patenté anticidrolinique.

– Mademoiselle, dit Labal avec calme, permettez-moi de vous dire que vous raisonnez comme un manche, ne voyez pas plus loin que le bout de votre nez et utilisez de travers votre matière grise. Réfléchissez un instant ; je ne me servirai pas du mot penser qui vous effraierait peut-être, je vous demande seulement de réfléchir Pas comme un miroir, bien entendu, ce qui serait des plus superficiel bien que je n'ignore pas que les jeunes demoiselles sont plus habituées à…

– Tu le laisses continuer ? dit Lalix à Cidrolin. À ta place, je lui casserais la gueule. Si le duc ne dormait pas, il aurait fait taire ce con depuis longtemps.

– Mais il dort, dit Labal. Je reprends : réfléchissez, mademoiselle. Vous aurais-je raconté ma vie, exemplaire d'ailleurs, si j'étais le responsable de cette persécution ? C'est absurde ! Persuadez-vous bien, mademoiselle, que je suis cidrolinophile cent pour cent.

Lalix ne répond pas.

– Monsieur Labal, dit Cidrolin, vous voulez bien excuser mes hôtes ; ils ont cru bien faire.

– Je serai superbe et généreux, dit Labal. Je passe l'éponge.

– C'est ce qu'on verra, dit Lalix.

– Salut, dit la comtesse en entrant dans le carré.

– Bê, bê, dit Phélise.

– Vous permettez que je me retire ? dit Labal.

Il s'esquive.

– Le petit déjeuner n'est pas prêt ? demande la maman d'Empoigne.

Elle demande ça d'ailleurs d'une façon très aimable. Lalix n'a pas de quoi se vexer. L'autre ajoute :

– Qui était ce monsieur ? Celui qu'on voulait attraper ?

– Il y avait erreur, dit Cidrolin.

La comtesse s'abstint de tout commentaire pour ne pas troubler le sommeil de son fils qui s'était à son tour endormi ; mais tous eurent l'œil grand ouvert lorsque l'odeur des andouillettes grillées apportées par Lalix pénètre dans leurs narines.

– Agréable réveil, s'écria le duc. Succulente apparition ! Noble récompense pour les chevaliers que nous sommes ! Et notre coquin ? où donc est-il ? Je crois comprendre, monsieur Cidrolin, que, malgré vos bonnes paroles, vous l'avez flanqué dans le fleuve lesté de quelques lingots de plomb.

– Non, dit Cidrolin. Je l'ai laissé partir.

– On m'y reprendra, dit le duc indigné, à commettre une bonne action !

– Elle était mauvaise, dit Cidrolin avec calme. Cet homme n'avait rien à voir avec les inscriptions injurieuses.

– Cidrolin s'est laissé avoir, dit Lalix.

– Je n'en doute pas, dit le duc, et puis, après tout, je m'en moque. Je vous laisse à votre peinture, monsieur ! Je vous laisse à votre peinture !

Cependant Cidrolin n'eut pas à repeindre la clôture de toute la journée et, comme la veille, de toute la journée il ne vit pas ses hôtes. Ils ne rentrèrent qu'après dîner. Cidrolin jouait aux cartes avec Lalix. Lalix fumait en jouant aux cartes.

Le duc et Empoigne s'assirent à côté d'eux et se servirent de l'essence de fenouil. La comtesse et Phélise étaient allées directement à leur cabine.

– Tout s'est bien passé ? demanda Cidrolin poliment.

– Et vous-même ? demanda le duc avec entrain La barbouille ?

– Aujourd'hui, néant.

– Eh bien, nous, nous avons donné dans l'architecture. Pour faire plaisir à sa maman (geste), nous visitâmes tous les terriers à curés de la capitale ; et cela ne manque pas.

– Seriez-vous anticlérical, monsieur le duc ? demanda Cidrolin.

– Véhémentement ! Mais ne me donnez donc pas du monsieur le duc. Maintenant que nous nous connaissons, appelez-moi tout simplement Joachim.

– Et pourquoi vous appellerais-je Joachim ?

– Parce que c'est mon prénom.

– C'est aussi le mien, dit Cidrolin. Je ne me vois pas m'appelant sous les espèces d'un autre !

– Espèce d'autre vous-même, répliqua le duc avec bonhomie. Puisque nous sommes tous deux des Joachim, appelez-moi donc Olinde, c'est mon second prénom.

– À moi aussi.

– J'en ai cinq autres : Anastase Cré…

– … pinien Hon…

– … orat Irénée Mé…

– … déric.

– Dans ce cas, s'écria le duc d'une humeur particulièrement excellente, revenons à notre point de départ ; appelez-moi Jo et moi je vous appellerai Cid.

– J'aimerais mieux Cidrolin, dit Cidrolin.

– Cidrolin soit, puisque Cidrolin voulez, mais alors je te tutoie.

– Je n'y vois pas d'inconvénients.

– Et tu me tutoies, ajouta le duc en s'envoyant une grande lampée d'essence de fenouil.

– C'est ça, je vous tutoie.

– Eh bien, Cidrolin, reprit le duc sur un ton de voix très élevé, tummplupeu ce matin lorsque l'aube tomba sur l'évasion de notre captif. C'était bien la peine, me disais-je, que je me gèle le train arrière durant toute une nuit pour rendre service à mon hôte et que ledit hôte se conduise ensuite comme une sensitive vergogneuse et perplexe ; mais comme me l'a fait remarquer Sthène, après tout, tu connais la question mieux que moi et tu dois avoir de bonnes raisons pour relâcher ce personnage, dont la tête continue à ne pas me revenir. Si j'étais à ta place, je n'aimerais pas l'avoir dans mon voisinage. Là-dessus bonsoir.

Sur cette brusque conclusion, il se leva, ce que fit également Empoigne ; mais Lalix intervint :

– Qui est ce monsieur Sthène qui vous a fait cette remarque à son sujet ? (geste en direction de Cidrolin).

– Ce n'est pas un monsieur, c'est un cheval, répondit Joachim.

– Et il fait des remarques ?

– À ce propos, continua Joachim sans tenir compte de cette question, j'ai fait, moi aussi, une remarque. J'ai découvert qu'avec leur tiercé, les Français étaient devenus alchimistes.

Ni Lalix, ni Cidrolin ne bronchèrent ; encore moins Empoigne.

– Oui, conclut le duc, ils espèrent tous faire de l'or avec des chevaus. Cette fois-ci, bonsoir !

Il disparut, puis réapparut aussitôt.

– Ma réflexion vous a paru sans doute singulière. Je reconnais en effet qu'elle venait comme des chevaus sur la soupe.

Il disparut de nouveau et l'on entendit son rire s'éloigner puis s'éteindre.

– Restez donc encore un peu avec nous, dit Lalix à Empoigne qui avait tardé à disparaître également.

– Je ne peux. Je dois aider le duc à retirer ses bottes.

– Il ne porte pas de bottes.

– Il porte des bottes morales.

– Vos chevaux portent aussi des bottes ?

– Morales ? Certainement.

Un long glapissement se fit entendre.

– Vous l'entendez ? dit Empoigne. Il va me gronder.

Il s'empressa de disparaître.

– Là-dessus, dit Lalix, moi aussi je vais aller retirer mes bottes morales.

– Je reste encore un peu, dit Cidrolin.

Seul, il fait une réussite. Puis il éteint.

Pendant des minutes d'affilée, on n'entend plus que les houatures noctambules chape-chuter[1] sur le boulevard.

Puis il y a des clameurs, des cris, des jurements peut-être. La porte du carré s'ouvre, la lumière se fait. Labal projette dans la pièce l'homme qu'il vient de surprendre en train de couvrir la clôture d'outrageants graffiti. L'homme s'assoit, reprend sa respiration, se sert un verre d'essence de fenouil. Lalix accourt, elle s'est levée, elle a mis une robe de

1. Chape-chuter : chuchoter.

chambre. Les autres passagers de la péniche, eux, dorment profondément. Ils dorment toujours profondément depuis qu'ils ne rêvent plus ou guère.

Lalix accourue voit Cidrolin qui se sert un verre d'essence de fenouil. Labal s'est assis, il a l'air tout grave et ne dit rien.

Lalix ne sait quelle question poser.

Cidrolin boit son verre d'essence de fenouil ; il dit au concierge :

– J'espère que vous n'avez pas attrapé froid en m'attendant. Vous avez droit à un verre d'essence de fenouil.

Il dit à Lalix en souriant faiblement :

– Monsieur est un fin limier.

Lalix s'assoit.

– Ce que je me demande, dit Labal, c'est ce que vous allez faire maintenant. Je sais bien que cela ne me regarde pas, mais, puisque j'ai une responsabilité majeure dans les événements récents, vous comprendrez que je puisse me poser une telle question et même vous la poser également.

Comme Cidrolin ne répond pas, Labal continua :

– Après tout, vous pourriez continuer comme par le passé.

Il ajoute :

– Je ne vous aurai pas à l'œil, allez. Maintenant que ma mission est accomplie, je vais donner ma démission de concierge et je quitterai le quartier pour de nouvelles aventures.

Il se tourne vers Lalix et conclut :

– Je ne veux aucun mal à monsieur Cidrolin, mais après le petit incident d'hier, il était naturel que j'aie cherché à faire reconnaître mon innocence pleine et entière. Monsieur Cidrolin peut encore s'estimer heureux que je ne l'aie pas zigouillé pour s'être ainsi moqué du monde et de moi-même. Merci pour l'essence de fenouil, je n'en bois jamais. Vous permettez maintenant que je me tire ?

– On vous y invite même, dit Lalix.

Il sort en fermant soigneusement la porte du carré derrière lui.

– Je vais me recoucher, dit Lalix.

– C'est ça, dit Cidrolin. Bonne fin de nuit.

Lalix sort en fermant soigneusement la porte du carré derrière elle. Lorsque, au petit jour, le duc vient voir si, par hasard, le petit déjeuner ne serait pas en train de se préparer, il trouve Cidrolin, assis, qui somnole devant son verre.

– Holà ! cria le duc. Déjà levé ou pas couché ? La fiancée dort encore ? Y a-t-il toujours de l'andouillette dans le frigidaire ? Le temps est à la pluie.

Empoigne apparaît.

– Prépare donc le petit déjeuner, lui dit le duc. J'ai grand'faim.

– Et les chevaus, monsieur le duc ?

– C'est vrai.

Empoigne va s'occuper des chevaux. Le duc s'assoit en face de Cidrolin.

– Il faut donc que j'attende le lever de la fiancée. Que vais-je absorber d'ici là ? Pas de l'essence de fenouil tout de même. À cette heure-ci. D'autant plus que je ne la trouve pas fameuse, bien que ce soit du Cheval Blanc. Elle ne vaut pas celle que je prépare selon la recette de mon alchimiste, Timoleo Timolei. Encore un rapport entre cheval et alchimie. La chevalchimie. Est-ce un bon mot? je me le demande. J'avais accoutumé d'en faire de meilleurs naguère… jadis… autrefois…

Il bâilla.

– Tudieu, Cid ! tu n'es pas bavard ce matin ! J'ai une nouvelle à vous apprendre.

– On ne se tutoie plus ?

– … à t'apprendre.

– J'écoute.

– Le concierge d'en face a mis la main sur le type qui maculait la clôture.

– Sur le vrai ?

– Sur le vrai.

Le duc rit très fort et longtemps avant de dire :

– Alors, il t'a pincé ?

– Eh oui.

– Quelle importance !

– Cela pourrait bien en avoir.

– Il ne t'empêchera tout de même pas de peindre et repeindre si cela te chante.

– Ce n'est pas lui qui me donne souci.

– Elle ne se lève donc pas, ce matin, dit le duc.

– Je ne sais pas, dit Cidrolin.

– Puisque c'est comme ça, dit le duc, je vais promener les chevaus et nous irons prendre le petit déjeuner en ville. À la Sirène Torte par exemple. Tu diras aux deux mouquères de nous y rejoindre.

– Je n'y manquerai pas, dit Cidrolin.

Le duc sortit en claquant distraitement la porte du carré derrière lui.

CHAPITRE 20

Cidrolin fit un peu le ménage dans le carré, puis il sortit sur le pont. La comtesse et Phélise rappliquaient pour consommer de l'andouillette ; conformément aux instructions du duc, elles furent invitées à se diriger vers la Sirène Torte, et donc obtempérèrent. Elles étaient déjà parties depuis seize minutes, lorsque apparut Lalix. Elle tenait sa valise à la main.

– Adieu, dit-elle.

Elle posa sa valise et tendit la main à Cidrolin.

Celui-ci dut en conclure qu'elle s'en allait, puis éprouver le besoin d'exprimer cette découverte, car il dit :

– Vous partez ?

– Comme vous voyez.

– Vous avez des raisons sérieuses pour partir ?

– Je n'aime pas les tordus.

– Pour qui dites-vous ça ?

– Je m'étais attachée à vous. Je croyais qu'on vous persécutait.

Elle se mit à pleurer.

– Là, là, dit Cidrolin. Vous m'en voulez ?

– Voui, répondit-elle en reniflant. Vous vous êtes moqué de moi.

– Je ne me suis moqué de personne. Simplement je m'étais trouvé une occupation. Une distraction dans la vie sans plus.

– Faut être timbré pour faire des choses pareilles.

– Cela valait bien mieux que d'aller au bistro.

– Et puis vous buvez trop.

– Suis-je jamais ivre ?

– Vous devez être imbibé d'essence de fenouil quand vous allez gribouiller vos trucs. S'insulter soi-même ! pourquoi pas montrer votre derrière pendant que vous y êtes ?

– Ce n'est pas du tout mon genre, dit Cidrolin. Et puis là, je crois que vous confondez.

– Confondre quoi et quoi ? Vous allez pas vous mettre à discutailler.

Elle se mit de nouveau à pleurer.

– Là là, dit Cidrolin. Je serai très malheureux si je vous ai fait de la peine.

– Il est bien temps de dire ça.

Elle tamponna l'humidité qui coulait sur ses joues, puis se moucha énergiquement.

– Je m'en vais, ajouta-t-elle.

Elle souleva sa valise.

– Qu'est-ce que vous allez faire ? demanda Cidrolin. Retourner voir monsieur Albert ? chercher du travail ? rentrer chez vous ?

– Qu'est-ce que ça peut vous faire puisque je sors de votre vie !

Ce qu'elle venait de dire la fit tant sangloter qu'elle dut poser de nouveau sa valise.

– Puisque ça vous fait tant pleurer, dit Cidrolin, n'en sortez pas.

– Si c'est tout ce que vous trouvez à me dire…

Elle ravala ses pleurs, reprit sa valise en main, dit adieu et partit d'un pas ferme. Cidrolin la regarda monter le talus, pousser le portillon de la clôture. Elle s'éloignait.

Au bistro du coin du pont, elle s'arrêta pour boire un café. À la terrasse, des couples faisaient la ventouse et se palpaient avant d'aller à leur travail. Ce spectacle incita Lalix à laisser couler quelques nouvelles larmes qu'elle essuie discrètement. À l'intérieur, des alchimistes préparent leur tiercé, avec des pinces et des crayons. Parmi eux figurait le justicier. Lalix s'empressa de boire son café et de repartir.

À la gare où elle avait rencontré monsieur Albert, elle mit sa valise à la consigne et alla prendre un second café pour considérer un tantinet soit peu sa situation présente. Elle s'était assise à la terrasse d'une brasserie, une grande avec des tas de consommateurs et des tas de garçons et même plusieurs maîtres d'hôtel. Sur le trottoir passaient des tas de passants ; sur la chaussée, roulaient des tas de houatures. Il y avait un marchand de journaux qui criait bien fort, et il y avait une dame alchimiste qui agitait une petite sonnette pour essayer de vendre des billets de loterie.

Lalix demeura là, stupide, hébétée, pendant une bonne heure, c'est-à-dire environ une heure quatre minutes ; puis, brusquement, la voilà qui paie, prend un bus, descend et pénètre dans le bar Biture, un bar qui se donne l'air de ressembler à tous les autres. Elle s'assoit. La salle est vide : ni clients, ni patron. Une trappe ouverte semble signifier que ce dernier s'occupe dans sa cave, mais à quoi ? Profitant de la solitude, Lalix pleure doucement.

Soudain apparaît au niveau du plancher une casquette mi-courte mi-longue en drap moelleux à quadrillage noir et blanc. Lalix se tamponne les mirettes et le tarin d'un mouchoir déjà tout humide tandis que s'élève lentement au-dessus du sol le couvre-chef compendieusement sus-décrit. Une tête suit, puis le reste, des épaules à la semelle des pantoufles, des pantoufles mi-courtes mi-longues en drap moelleux à quadrillage noir et blanc. Lorsque le tout a fermé la trappe, il pivote de trente-sept degrés, ce qui fait alors apercevoir une jeunesse qui, d'un air vague, regarde dans une glace le reflet d'une reproduction de l'Hercule mourant de Samuel-Finlay-Breese Morse.

– Vous désirez quoi ? demande le patron. Ici on ne sert pas les dames seules. Qu'est-ce que vous croyez ?

– J'attends monsieur Albert, répond Lalix d'une voix soumise.

– Albert, quel monsieur Albert ? Vous croyez que je connais tous mes clients par leur nom ?

Il jette un coup d'œil circulaire pour indiquer la vastitude de la chose, vastitude à inférer de la constatation du désert ambiant. Lalix insiste :

– Vous voyez bien qui je veux dire. Monsieur Albert, voyons, monsieur Albert. Je ne lui veux pas de mal. J'ai besoin de lui parler. Je vais l'attendre.

Onésiphore soulève sa casquette et se gratte le sinciput avec une telle énergie que les maxillaires finissent par bouger et laissent passer, par leur entr'ouverture, les mots suivants :

– Eh bien monsieur Albert, si c'est lui que vous cherchez, il est en tôle.

– Pas vrai !

– J'ai l'air d'un menteur ?

Il replace son couvre-chef sur sa tête d'un air menaçant.

– C'est bien ma veine, murmure Lalix.

– Des monsieur Albert t'en trouveras des charibotées si c'est ça que tu cherches.

– J'avais confiance en lui.

Elle va se mettre encore une fois à pleurer. Onésiphore prend les devants.

– Barre-toi, barre-toi, qu'il dit. Tu ne le reverras plus avant longtemps ton monsieur Albert. Pas avant longtemps. Alors barre-toi… barre-toi…

L'air tragique, Lalix se lève et sort en fermant soigneusement la porte derrière elle tandis que le patron s'effondre en pleurs derrière son comptoir.

Lalix va son chemin, un chemin qui n'en est pas un puisqu'il ne mène nulle part, on n'est pas en forêt pourtant, mais Lalix marche au hasard, c'est tout juste si le vent ne l'emporte, car il y a du vent, on est en novembre, il pleut même, et Lalix continue son chemin, sous la pluie, mais il finit par lansquiner[1] trop fort, alors Lalix s'arrête sous un porche et sur son visage dégoulinent des gouttes d'eau de pluie ou des larmes.

– Eh bien, dit la comtesse, vous vous êtes fait saucer.

– Bê, bê, dit Phélise.

Lalix les regarde, hébétée.

– Ça ne va pas ? demande la comtesse. Vous nous reluquez d'un air comme si qu'on vous avait vendu des zaricos qui veulent pas cuire. Holà ! est-ce que vous nous reconnaissez ?

– Bonjour, madame, dit Lalix d'une façon peu compromettante.

– Salut, dit la comtesse.

– Bê, bê, dit Phélise.

– On s'est mises à l'abri, dit la comtesse, dès que ça flotte un peu moins, on fonce vers la houature qu'est là-bas (geste)

1. Lansquiner : pleuvoir des hallebardes (le lansquenet était armé d'une hallebarde).

au coin de la rue. On vous emmène ? On retrouve Jojo et Pousspousse pour déjeuner. Vous déjeunez avec nous ? On va dans un de-luxe super, c'est pas trois étoiles qu'il faut pour le cataloguer, c'est toute une constellation, autant vous dire qu'on ne s'ennuiera pas devant les assiettes, n'est-ce pas Phélise ?

– Bê, bê, répond Phélise en montrant un bout de langue baveuse.

– Il pleut moins, dit la comtesse. On y va ?

– Non, merci, madame, murmure Lalix.

– Allez, pas d'histoires !

Elle entraîne Lalix et Phélise trotte derrière.

– Mais si vous restez déjeuner avec nous, qui est-ce qui va lui faire la tambouille ? demande le duc lorsqu'ils se sont retrouvés au de-luxe superconstellation.

– Je ne la lui ferai jamais plus, dit Lalix. Plus moi. Jamais plus. Je m'en vais. C'est fini entre nous.

Elle se mit à sangloter de façon lamentable.

– Ah non, non et non ! s'écria le duc, vous n'allez pas nous gâcher notre déjeuner !

– Racontez-nous ce qui vous arrive, murmura Pouscaillou audacieusement.

– J'aime pas les cinglés, dit Lalix à travers ses larmes.

– Vous parlez pour qui ? demanda le duc.

– Cidrolin, répondit Lalix en babotant [1]. C'est lui qui…

– On sait, on sait, dit le duc avec agacement. Et puis après ?

– C'est pas normal, dit Lalix.

Cette réponse fit sourire le duc qui continua le dialogue en ces termes :

– Vous avez un faible pour lui ?

1. Baboter : bégayer.

– J'avais.

– Vous l'aimez, quoi.

– Voui, je l'aimais.

– Est-ce que c'était normal ?

Lalix, surprise, se tut.

Le duc continua :

– Et je parie que vous l'aimez toujours.

Lalix ne répondit pas.

– C'est pas vrai ?

– Si.

– Et ça, est-ce que c'est normal ?

Lalix ne répliquait rien.

– Vous voyez, dit le duc. Rien n'est normal.

Il ajouta :

– Allons ! vous rentrerez après le déjeuner pour retrouver votre Cidrolin. Promis ?

Lalix murmura :

– Voui.

Le duc se tourna vers la comtesse pour lui dire :

– Vous voyez. Ce n'est pas plus difficile que ça.

Il frappa dans ses mains et clama :

– Et nous commencerons par de l'andouille, maître d'hôtel, nous continuerons par de l'andouillette, maître d'hôtel, et nous terminerons par de douillettes friandises, maître d'hôtel. Voilà ce qu'on appelle un repas bien enchaîné. Et foin du caviar et autres moscoviteries ! Et champagne !

Ils se régalèrent donc d'andouille, d'andouillettes et de douillettes friandises, mais Lalix avait hâte de retourner sur la péniche. Après le café, elle se tira discrètement tandis que le duc s'offrait une neuvième bouteille de champagne.

Les deux chevaux étaient attachés dehors, à un panneau d'interdiction de stationner. Des passants les voyant se transformaient en curieux pendant quelques instants, puis retournaient à leur nature propre. Un petit groupe de sergents de ville discutaient vaguement. Tout cela n'arrivait pas à former un attroupement. Lalix ne s'attarda pas, car elle connaissait à peine Sthène et Stèphe. S'étant payé un taxi, elle se fit déposer devant le bistro au coin du quai pour y acheter des cigarettes. Quelques couples y faisaient consciencieusement la ventouse, tandis que des alchimistes attendaient qu'un petit appareil les instruisît sur le bien-fondé de leurs distillations.

Lalix sortit du tabac et s'engagea sur le quai-boulevard et de loin aperçut un grand attroupement, et, se rapprochant, distingua des cars de police et des voitures de pompiers.

– Merde, dit-elle à mi-voix. Qu'est-ce qui a encore bien pu arriver ?

– Un immeuble en construction s'est écroulé, répondit un passant qui venait en sens inverse. Il était inhabité, naturellement, puisqu'il était toujours en construction. Il n'y avait que le gardien. On est en train de le retirer des décombres. Mon discours vous intéresse-t-il ?

– Moyennement, répondit Lalix.

– Vous êtes bien difficile, répliqua le passant qui s'éloigne écœuré.

Le boulevard est bloqué.

– J'habite là, dit Lalix. Sur la péniche.

On la laisse passer.

Elle cherche Cidrolin. Il n'y a pas de Cidrolin sur la péniche. Elle s'assoit dans le carré, allume une cigarette, déplie le tapis vert, commence une réussite. Cidrolin, lui, est sur le quai parmi les curieux. D'autres travaillent : on déblaie la chaussée, on essaie de désencombrer le concierge, on filme pour les actualités et la tévé. Comme la nuit s'annonce, des militaires amènent des projecteurs. C'est vraiment très chouette, mais les projecteurs seront inutiles. On extrait enfin quelque chose de dessous les débris, le cadavre de La Balance en très mauvais état. On le fait disparaître aussi discrètement que rapidement. La chaussée est dégagée, la circulation des houatures recommence, les curieux vont regarder ailleurs, les passants de nouveau passent : toujours rares, ils sont maintenant nocturnes. Et les sergents de ville, les pompiers, les militaires s'éloignent dans la nuit.

Devant le portillon de la clôture, Cidrolin voit s'effacer peu à peu toute cette activité faitdiverse. En se retournant, il s'aperçut qu'il y avait de la lumière à bord de la péniche.

– Tiens, dit-il à mi-voix, mes hôtes seraient-ils rentrés ?

Aucun passant ne lui répondit.

Il descendit le talus, franchit la planche passerelle et entra dans le carré. Lalix écrasa son mégot dans le cendrier déjà plein et lui sourit.

– Ça marche, cette réussite ? demanda Cidrolin en s'asseyant en face d'elle.

Lalix ne répondit pas ; elle retourna une nouvelle carte, puis une autre, et soudain elle se tapa le front de la pointe des doigts et s'écria :

– Ma valoche ! J'ai oublié ma valoche à la consigne !

– Je vais aller vous la chercher. À quelle gare ?

– Vous en faites pas. J'irai demain matin.

– C'est comme vous voulez.

Après un petit silence, Lalix reprit :

– Il s'en est passé des choses pendant mon absence.

– Oh, pas tellement. L'immeuble en face est tombé sur la tête du concierge.

– Et qu'est-ce qu'est devenu Judex ?

– Il est mort.

– Et vous ? Les travaux de peinture ?

– Je suis en chômage.

– Ça fait tout de même des choses qui se sont passées pendant mon absence.

Après un petit silence, Cidrolin reprit :

– Pauvre type.

– Qui ça ?

– Le concierge.

– Pourquoi pauvre type ? Un emmerdeur et un assassin.

– Il est tout de même mort.

– Évidemment, il n'y a pas de quoi rire, mais on se passera bien de lui. Nous n'y sommes pour rien.

Elle prit une cigarette et l'alluma. Elle ajouta :

– À moins que…

Après un petit silence, elle reprit :

– Ça ne devait pas être de la si mauvaise construction, cet immeuble. Il n'a pas dû s'effondrer tout seul. Non ?

Après un petit silence, Cidrolin répondit :

– Je suis peintre, je ne suis pas architecte.

Il sourit gravement et conclut :

– Vraiment : nous n'y sommes pour rien.

Lalix écrasa dans le cendrier sa cigarette à peine commencée et dit :

– Je vais aller faire le dîner.

– Il reste encore des andouillettes dans le frigidaire, dit Cidrolin, mais je n'ai pas eu le courage d'aller acheter du pain. Voulez-vous que j'y aille ?

– Pas la peine. On s'en passera.

Lalix se lève, range les cartes et le tapis ; lorsqu'elle est sur le pas de la porte, Cidrolin propose :

– Après le dîner, on ira au cinéma ?

En rentrant, ils trouvèrent les chevaux sur le pont de la péniche et leurs hôtes dans le carré. Cidrolin va voir ce qu'ils deviennent.

– Il nous arrive un pépin, s'écria le duc avec entrain. Le van a été ratatiné dans l'effondrement ! Un énorme parpaing lui est tombé dessus. Vous ne pourriez pas abriter Sthène et Stèphe dans la cale ?

– On pourrait arranger ça, dit Cidrolin.

– Ce n'est pas tout, continua le duc avec le même entrain. Quelques moellons ont également abîmé ma houature : on peut la dire complètement et totalement inutilisable. Comme celle de la mère Empoigne est tombée en panne cet après-midi, je me demande comment nous allons rentrer.

– Vous aviez l'intention de rentrer ? demanda Cidrolin.

– Quant à eux, ajouta le duc en négligeant cette question, ils ont bousillé leur vélo.

– Un tandem à moteur, dit l'abbé Riphinte.

En comptant bien, Cidrolin s'aperçut que, de quatre, ses hôtes étaient devenus six.

– Un excellent véhicule, dit Monseigneur Biroton.

– On ne fait pas mieux, dit l'abbé Riphinte.

– Une marque italienne, dit Monseigneur Biroton.

– Nous l'avons acheté à Trente, dit l'abbé Riphinte.

– Oui, dit le duc. Ils reviennent du Concile.

– Nous y avons soutenu quelques thèses sur le monothéisme des peuples préhistoriques, dit Monseigneur Biroton.

– Leurs peintures pariétales en sont une preuve évidente, dit l'abbé Riphinte.

– Et votre fiancée ? demanda le duc à Cidrolin en coupant la parole aux ecclésiastiques. Elle n'est pas là ?

– Si, si, dit Cidrolin. Elle était fatiguée. Elle est allée se coucher.

– Je comprends ça, dit le duc. Les émotions.

– C'est ça, dit Cidrolin qui s'empressa d'ajouter : Je vais aller m'occuper de vos bêtes.

Et il sortit.

Ayant dégagé l'ouverture de la cale, il prit la position du penseur debout et s'y maintient si longtemps qu'il finit par entendre une voix lui dire :

– Vous n'avez qu'à mettre une planche assez large, on se laissera glisser.

Cidrolin se retourna ; les deux chevaux le regardaient et personne d'autre.

– Et pour remonter ? demanda-t-il. Comment ferez-vous ?

– Ah, pour ça, il faudra un palan et une sous-ventrière, répondit Sthène. Et une certaine quantité de force, dont l'unité de mesure portera désormais mon nom en cela mille fois supérieur à celui de Newton.

– Une fois là-dedans, vous risquez d'y rester.

– Vous vous débrouillerez. Pour le moment, nous n'avons pas envie de passer la nuit dehors, surtout s'il se met à pleuvoir. N'est-ce pas Stèphe ?

Comme Cidrolin ne bougeait pas, Sthène reprit la parole en ces termes :

– Il se fait tard. En cherchant bien, vous devez trouver ça, une planche assez large. Celle qui sert de passerelle, par exemple.

Cidrolin fit comme Sthène lui avait dit.

Une fois les chevaux à l'abri, il alla se coucher.

CHAPITRE 21

Lorsque Cidrolin sortit sur le pont le lendemain matin, il aperçut le duc qui coupait les amarres avec un couteau de cuisine, cependant qu'Empoigne et les ecclésiastiques, à l'aide de perches, éloignaient péniblement la péniche du rivage.

– On peut savoir ce que vous êtes en train de faire ? demanda Cidrolin poliment.

– Je rentre chez moi, répondit le duc.

Comme Cidrolin s'apprêtait à poser quelques questions complémentaires, le duc lui dit avec autorité :

– On parlera de cela plus tard.

Cidrolin, se grattant la tête, se dirigea vers la cuisine où il trouva Lalix en train de faire griller des andouillettes.

– Alors, dit-elle, on va voyager ?

– Il paraît.

Ils ne se dirent rien de plus. Cidrolin, ensuite, pénétra dans le carré. Il trouva là plusieurs dames ou demoiselles qui attendaient en silence le petit déjeuner. Retournant sur le pont, il s'aperçut que ses hôtes ne cessaient de se multiplier. Le duc donnait des ordres, interpellant de nouveaux venus. Le dernier câble avait été sectionné, la péniche s'éloignait de la rive. Cidrolin fit demi-tour et se dirigea de nouveau vers la cuisine. Les autres ne lui portaient aucune attention. Il prit Lalix par le bras et l'entraîna sur le pont.

Doucement la péniche remontait le cours du fleuve. Le duc s'était mis à la barre et semblait prendre un grand plaisir à cette occupation. Il aperçut Cidrolin et Lalix qui descendaient dans le canot et le détachaient ; ils eurent bientôt rejoint la rive et disparurent.

C'est alors qu'il se mit à pleuvoir. Il plut pendant des jours et des jours. Il y avait tant de brouillard qu'on ne pouvait savoir si la péniche avançait, reculait, ou demeurait immobile. Elle finit par échouer au sommet d'un donjon. Les passagers y prirent pied, Sthène et Stèphe non sans mal ; ils étaient, les pauvres, bien maigres et bien las. L'eau s'était retirée dans ses lits et réceptacles habituels et le soleil était déjà haut sur l'horizon, lorsque le lendemain s'éveilla le duc. Il s'approcha des créneaux pour considérer, un tantinet soit peu, la situation historique. Une couche de vase couvrait encore la terre, mais, ici et là, s'épanouissaient déjà de petites fleurs bleues.

Arrêt sur lecture 5

Tournant dédaigneusement le dos à l'Histoire et aux soubresauts révolutionnaires, le duc d'Auge – devenu par prudence Monsieur Hégault – emmène l'abbé Riphinte dans le Périgord jusqu'à Montillac (qui évoque le Montignac de la fameuse grotte de Lascaux découverte en 1940) pour lui faire admirer des peintures qu'il considère comme des preuves de l'existence des préadamites. Cidrolin, de son côté, plus modestement, emmène Lalix au cinéma.

À la faveur d'une nuit pluvieuse, il fait la connaissance de l'inquiétant gardien de camping et attrape « la crève ». Au chapitre 17 s'opère la jonction entre les deux héros, entre le rêve de l'un et la réalité de l'autre, et vice et versa. Rien de bien solennel dans cette rencontre entre Cidrolin et un « conducteur de houature » à la recherche du « camp de campigne pour les campeurs », qui, le voyant armé d'un pinceau, lui jette : « Et moi aussi, je suis peintre ! »

Les faussaires

De Lascaux à Altamira

Après l'Histoire, la préhistoire – Raymond Queneau fait référence, dans les chapitres 15 et 16, et de manière fantaisiste, à deux hauts lieux de la peinture préhistorique : Lascaux dans le Périgord et Altamira en Espagne. Évoquant des vacances dans le Périgord, Lamélie précise :

> Pas à cause des truffes, mais pour plus profond encore : les trous préhistoriques. On les a tous visités. Lascaux, Rouffignac, les Eyzies, Font-de-Gaume et le reste. Ils savaient vachement bien dessiner les paléolithiques. Leurs chevaux, leurs mammouths...

Cette réplique rappelle évidemment les explorations du noble et de son ecclésiastique près de Montillac (donc Lascaux). Quant à l'allusion à la grotte d'Altamira, il faut la chercher dans le nom du comte espagnol qui offre un asile politique et artistique au duc. « Altaviva y Altamira » résulte de la fusion entre . « Almaviva », personnage des comédies de Beaumarchais et « Altamira », grotte révélée par le marquis de Sautuola en 1879.

Il faut ajouter que cette découverte donna lieu à une longue controverse, car pendant vingt ans, personne ou presque ne voulut admettre l'authenticité de ces peintures pariétales. Accusé de naïveté, puis d'imposture, le marquis mourut de chagrin. Peut-être est-ce la matière dramatique de cet épisode que Raymond Queneau convertit en fiction malicieuse. Les grottes de Lascaux et d'Altamira ont-elles été peintes par le duc d'Auge ? Oui, si l'on en croit Cidrolin, certes bien fiévreux :

> – C'est un type au dix-huitième siècle qui a peint tout ça.
> – Pourquoi il aurait peint tout ça ?
> – Pour emmerder les curés.

On rappellera que, dans un précédent roman, l'auteur, amateur d'insolences, avait fait dire à Zazie, sa petite héroïne mal embouchée de *Zazie dans le métro* : « Je serai astronaute pour aller faire chier les Martiens. »

L'importance accordée au thème de la peinture pariétale peut intriguer, et donner lieu à plusieurs hypothèses. On retiendra trois fonctions possibles de cet épisode romanesque.

Une fonction comique – Comme souvent dans *Les Fleurs bleues*, le comique provient d'une dégradation burlesque* : la découverte, anthropologiquement capitale, des grottes préhistoriques est réduite à un canular.

Une fonction symbolique – Il semble particulièrement légitime de recourir à la psychanalyse pour un roman comme *Les Fleurs bleues*, construit sur une structure de double rêve. Dans cette perspective, l'image des premiers hommes s'abritant dans le ventre de la Terre renvoie fantasmatiquement à celle de la régression fœtale. S'introduisant par une « fente » étroite dans la grotte, le duc d'Auge échappe à l'Histoire, peut-être parce qu'il rejoint un hors-temps symbolique, celui d'avant la naissance.

Une fonction méta-romanesque – Pour un écrivain parodique comme Raymond Queneau, qui détourne les codes et les mots des autres, la création relève avant tout d'une ludique imposture. Du faux peintre « grottesque » au vrai romancier, il n'y a qu'un pas…

Cidrolin-Pénélope

Et comme il faut bien, dans la logique du roman, que Cidrolin soit l'envers ou le négatif, au sens photographique du terme, du duc d'Auge, on ne s'étonnera pas que l'un fasse apparaître avec sa lanterne plus ou moins magique des peintures originelles tandis que l'autre fait disparaître à coups de pinceau les insultes qui déparent sa clôture.

Depuis le chapitre 3, le lecteur sait que cette clôture est barbouillée de graffiti. Au chapitre 6, Cidrolin repeint ce qu'on devine être le début du mot « Assassin » avec une application suspecte :

> Tandis que l'ératépiste s'éloigne lentement, Cidrolin va chercher le pot de peinture et, d'un pinceau soigneux, étend de belles couches de vert sur la lettre A ; il s'applique ; il en remet au point de faire réapparaître ladite lettre par trop de couleur, puis il passe à la lettre S et sa ferveur ne diminue pas.

C'est en rajoutant de la peinture qu'il rend visible la lettre qui devrait être recouverte, ce qui paraît absurde, mais fournit un précieux indice qui permet de connaître, bien avant le chapitre 19, l'identité du coupable. Comme Pénélope qui défaisait la nuit la tapisserie du jour afin de rester plus longtemps fidèle à Ulysse et différer son remariage avec un prétendant, Cidrolin effaçait donc patiemment le jour les insultes qu'il avait peintes lui-même dans la nuit.

> Je ne me suis moqué de personne. Simplement je m'étais trouvé une occupation. Une distraction dans la vie sans plus.

« Tordu » ? « Timbré » ? « Imbibé d'essence de fenouil » ? Les interprétations de Lalix ne sont guère élogieuses. Si l'on considère la composition du roman, la « schizophrénie » de Cidrolin introduit une strate de dédoublement supplémentaire. « Espèce d'autre vous-même », dit le duc à celui qui est son alter ego contemporain.

La fin d'une « macédoine »

Cette image, nous l'empruntons à l'étymologie du mot « satire » (macédoine, mélange) : dans la littérature latine, la « satire » se caractérisait par la diversité des genres, des formes et des mètres ainsi que par sa critique des mœurs publiques. Or, dans *Les Fleurs bleues*, comme dans une macédoine, se rencontrent des éléments de roman historique, de roman policier, de romance, des références mythiques ou feuilletonnesques...

Ce « mélange » induit, de façon très visible dans ces derniers chapitres, des contrastes ou des contaminations comiques d'un genre à l'autre, chacun étant de ce fait renvoyé à la dérision de ses codes.

La solution de l'intrigue

> **Je me livrai donc à une petite enquête et appris vos déboires, monsieur Cidrolin, et l'injustice grave dont vous fûtes victime. Un innocent subissant deux années de préventive ! La persécution dont vous étiez victime m'en parut d'autant plus amère. Voulant démasquer le salopard qui vous poursuivait de sa vindicte injustifiée, je me fis engager comme concierge dans l'immeuble que l'on a construit de l'autre côté du quai.**

Dans sa longue tirade – la seule du roman – ampoulée et soporifique, le détective La Balance « rend justice » à Cidrolin, le délivrant de l'obscure culpabilité qui pesait sur lui. Il explique comment il est passé d'une première enquête à une autre consistant à identifier l'agressif graffitomane. Si l'intrigue policière est des plus minces, elle introduit de façon parodique les motifs de l'enquête et du mystère. Raymond Queneau, peu soucieux des codes du roman policier, va chercher ses références du côté des origines du genre, par exemple dans l'un de ses mythes fondateurs : comme un faux Œdipe, Cidrolin feint de chercher dans la nuit le coupable qui n'est jamais que lui-même.

L'autre source, si l'on en croit le chapelet d'insultes que Lalix adresse à Labal (« judex à la manque », « monte-cristo de papa », « zorro de grand-mère », « robin des bois pourris ») est celle de la littérature ou du cinéma populaires. Comme Zorro, Judex incarne le justicier dans un film en 12 épisodes de Louis Feuillade (1917) : vêtu lui aussi d'un chapeau à larges bords et d'une cape, un aristocrate devient, pour venger son père, le mystérieux Judex. Perdant leurs majuscules, les noms propres de ces héros deviennent encore un peu plus les lieux communs qu'ils sont.

Détective mégalomane, justicier dégénéré, Labal résulte du croisement de plusieurs traditions ou mythologies. Une fois sa mission romanesque accomplie, il disparaît sous les décombres :

> On extrait enfin quelque chose de dessous les débris, le cadavre de La Balance en très mauvais état. On le fait disparaître aussi discrètement que rapidement.

Une nouvelle enquête pourrait s'ouvrir… Est-ce Cidrolin qui, pour aider le roman à aller vers sa fin, a joué les nettoyeurs, en faisant de ce tas de pierres deux coups ? Le temps est venu de l'effacement et de la destruction : c'est à ce prix que s'épanouiront peut-être les « petites fleurs bleues » des dernières lignes.

La conclusion d'une romance ?

L'une des dernières images du roman sera celle du couple formé par Cidrolin et Lalix s'éloignant dans leur canot, s'effaçant ensemble. Au couple Cidrolin/le duc d'Auge lié par le va-et-vient du rêve s'est substitué, au fil des dernières pages, celui d'un homme et d'une femme. La description triviale des baisers « languistiques » (« parmi les plus acharnés à faire la ventouse se trouvaient Lamélie et un ératépiste », chapitre 4) ne laissait pas espérer une fin « fleur bleue »… Après une fausse sortie, comme on dit au théâtre, Lalix admet en dialoguant avec le duc d'Auge qu'elle continue d'aimer ce « cinglé » de Cidrolin qu'elle rejoindra bientôt :

> – Vous l'aimez, quoi.
> – Voui, je l'aimais.
> – Est-ce que c'était normal ?
> Lalix, surprise, se tut.
> Le duc continua :
> – Et je parie que vous l'aimez toujours.
> Lalix ne répondit pas.
> – C'est pas vrai ?
> – Si.
> – Et ça, est-ce que c'est normal ?
> Lalix ne répliquait rien.
> – Vous voyez, dit le duc. Rien n'est normal.

L'histoire d'amour entre l'homme de la péniche et l'ex-prostituée, au moins aussi banale qu'anormale, aura donc suivi très discrètement son cours. C'est peut-être parce que « les gens heureux n'ont pas d'histoire » que Cidrolin et Lalix peuvent tranquillement sortir de la dernière page – dans ce qu'on appellerait au cinéma un mouvement fondu. Juste avant le déluge...

La clôture du « roman historique »

Au moment où le duc d'Auge, nomade suprême, demande à Cidrolin la direction du camping, le roman, ressoudant enfin le temps, solde l'Histoire. La ligne, la courbe cycloïdale et la circonférence (cf. Arrêt 4), ces métaphores géométriques de l'Histoire se rencontrent pour se superposer en un point unique, qui ne peut appartenir qu'à l'espace utopique de la fiction. Cette superposition peut s'observer dans une phrase qui confronte, de façon burlesque*, deux états historiques de l'orthographe d'un même mot :

> Cidrolin aperçoit la tête des **chevaus**. Ils ont l'air de **chevaux**.

Une fois de plus, le hobereau normand va visiter Paris, comme un touriste presque ordinaire ou plutôt comme le Persan des *Lettres persanes* de Montesquieu que Paris intriguait comme une planète étrange :

> La circulation par exemple : nous avons eu des ennuis avec la circulation. Sthène et Stèphe n'étaient pas habitués à tout ce trafic. Les sergents de ville nous ont distribué des tas de petits prospectus dont je n'ai que faire.

Il s'agit en fait de contraventions que le duc, qui n'aimait déjà pas beaucoup les impôts royaux, déchire en petits morceaux. Le plus étonnant est que les Parisiens sont à peine surpris de voir un cheval escalader la tour Eiffel (« votre grande tour »), extravagance qu'ils mettent sur le compte du cinéma :

> Heureusement qu'il y avait là des gens qui jouaient avec un appareil cinématographique, grâce à eux cela put s'arranger ; du moment que c'était du cinématographe, tout devenait possible [...]

Le duc d'Auge ne doublera pas Cidrolin en se projetant dans les époques futures. De 2001, nous ne saurons rien. Raymond Queneau, qui a fait de son roman une « machine à remonter le temps », ne le prolonge pas en science-fiction. Le temps ne peut plus s'ouvrir, il se boucle et se replie sur lui-même.

Le déluge : lecture du chapitre 21

Un chapitre atypique

Anormalement bref, le chapitre 21 rompt l'isométrie des chapitres précédents constitués d'une dizaine ou d'une quinzaine de pages. De la même façon, il n'obéit pas à la logique distributive des 20 chapitres précédents, soit la somme de quatre chapitres pour chaque période :

- 1264 (chapitres 1-2-3-4) ;
- 1439 (chapitres 5-6-7-8) ;
- 1614 (chapitres 9-10-11-12) ;
- 1789 (chapitres 13-14-15-16) ;
- 1964 (chapitres 17-18-19-20).

Larguez les amarres : le dés-ancrage

Coupant les amarres qui retenaient la péniche au Paris de 1964, le duc fait sortir l'Arche de l'Histoire. Sous le déluge (« Il plut pendant des jours et des jours »), les repères s'effacent :

> Il y avait tant de brouillard qu'on ne pouvait savoir si la péniche avançait, reculait, ou demeurait immobile.

La fin de ce voyage coïncide avec un réveil du duc :

> **L'eau s'était retirée dans ses lits et réceptacles habituels et le soleil était déjà haut sur l'horizon, lorsque le lendemain s'éveilla le duc.**

Ce « lendemain » devrait renvoyer à un indice énonciatif précis : or aucune date antérieure n'ancre temporellement l'évènement, à moins que... Mais nous envisagerons l'hypothèse un peu plus loin...

Les matériaux du mythe

Le motif de la pluie constitue l'une des « rimes » du roman : aux chapitres 10, 15 et 20, le duc d'Auge, Cidrolin ou Lalix se sont fait « saucer », mais le « déluge » du dernier chapitre est d'une autre ampleur, et d'une autre nature. Les noms de la péniche, « L'Arche », ou du domicile du duc, « Larche, près du pont » (cf. chapitre 1) prennent ici toute leur signification...

« Noé avait six cents ans quand arriva le Déluge, les eaux sur la terre. Noé – avec ses fils, sa femme et les femmes de ses fils – entra dans l'arche pour échapper aux eaux du déluge. (Des animaux purs et des animaux qui ne sont pas purs, des oiseaux et de tout ce qui rampe sur le sol, un couple entra dans l'arche de Noé, un mâle et une femelle, comme Dieu avait ordonné à Noé.) Au bout de sept jours, les eaux du Déluge vinrent sur la terre. **»**

Dans la Bible comme dans la mythologie grecque, la catastrophe du déluge raconte la double histoire d'une destruction et d'une renaissance de la race humaine. L'exemple de la tradition biblique le montre assez : Dieu efface presque toute sa Création « car la terre est pleine de violence à cause des hommes », et de l'Histoire pourrait-on ajouter. Même si le récit des *Fleurs bleues* mime sa propre disparition, l'Arche du duc est préservée et finit par « échouer au sommet d'un donjon » comme celle de Noé sur les monts d'Ararat.

Une rétro-lecture

De même que les derniers mots du roman (« fleurs bleues ») renvoient le lecteur au titre, l'ultime image d'un duc qui considère, du sommet de son donjon, « un tantinet soit peu, la situation historique » le ramène à la première page. C'est ce retour sur le début d'une œuvre que l'on appelle rétro-lecture : on repart à la recherche de recoupements, de confirmations, et le plaisir ne sera plus fait de surprise mais de connivence.

De la fin au début, le « raccord » passe donc par le duc, Cidrolin ayant disparu dans le brouillard du déluge ou d'un rêve. Mais la dernière page ne se replie pas exactement en boucle sur la première. Le soleil, « déjà haut à l'horizon », a remplacé le petit jour du chapitre 1 ; les « restes du passé » ont disparu, peut-être enfouis sous la vase ; et les 21 chapitres auraient alors déroulé leur pellicule de rêve mouvementé entre le 25 septembre 1264 et le fameux « lendemain », le 26 septembre 1264.

à vous…

En 1975, Raymond Queneau écrit sa dernière œuvre, un recueil de poèmes en trois sections, *Morale élémentaire I, II et III*. Nous disposons de documents qui nous renseignent sur son travail préparatoire, dont ce tableau divisé en 64 cases, sur le modèle du *Yi-king*, livre de sagesse et de divination chinoises. Si vous l'observez, vous verrez apparaître des motifs déjà présents dans *Les Fleurs bleues*. C'est le cas aussi dans les deux poèmes qui suivent. Vous pouvez faire un petit exercice de comparaison.

bataille Moyen Âge histoire écriture	siècles corrections d'imprimerie	cheval forge départ du temps	les pyramides dorment	le quêteur dans les marais s'obstiner	le petit acacia phénomènes naturels renaître	retrouver les objets perdus qui ont un autre sens	la guerre le tableau noir la solution
courir les rues pour la loterie	hymne de l'héliotrope	voyageurs égarés spectateurs regardent	conjecture de Bieberbach	exposition de Chartres	pluie et météorologie	l'histoire d'une journée	les collections de l'enfance mystères
3. le poème le nuage est-ce un commencement ?	4. trouble et chaos bêtise des graffiti	5. attendre (boire et manger)	6. carnaval et boue	7. foule dans le métro	8. Trois, virgule, etc.	9. petit arrêt tomber en descendant en marche souvenir d'enfance	10. la lune dans le palud on repart
11. oulipisme botanique pousser et prospérer	12. décadence l'herbier	HS. l'acteur et son masque	13. harmonie instruments	14. le retour montagne	15. modestie scolaire	16. grosse tête scolaire	17. foire aux puces deux objets qui riment
18. trouble la montagne envolée	19. épier (la foule)	20. chacun est épié	21. fête foraine d'autrefois	22. classification bizarre	23. l'acteur qui en fait trop	24. le théâtre reprend à l'étage inférieur	25. le tragédien oulipien
26. l'obèse le géant	27. les éléments se nourrissent chacun à sa façon	28. marais prudence	29. chute d'eau description d'une peinture chinoise	30. peser genre énumération	HS. coussi-coussa	31. prénoms épicènes	32. fixité persistance de l'heure
33. la retraite de 1940	34. aller en avant Saint-Léonard	35. le printemps	36. obscurité forêt de Chantilly	37. les deux sœurs	38. les deux frères (la séparation)	39. difficultés de perception le lac dans la montagne	40. sortir de la difficulté, du labyrinthe
41. diminution figures de rhétorique	42. augmentation le Pérou la fête foraine	43. arrêt découverte de l'écriture	44. *[rencontre ?]* blason	45. rassemblement caserne trou de mémoire	47. chute zèbre ; Couack	48. persistance puits décimale de π	49. les saisons les lieux communs la quadrature du cercle
50. la marmite Peter Ibbetson bois de Boulogne	51. fils aîné commencement Le Petit Poucet	52. arrêt bûcherons horloge au bord de la forêt	53. *[recenser?]* méthodiqu^t chambre gd-mère algèbre	54. avancer géologie	55. la foudre le feu d'artifice	56. le voyageur (banal)	57. suivre le vent humidité nul n'entre ici s'il n'est géomètre
58. jeu marelle marais	59. dispersions les pigeons	60. l'eau et le lait qui bouillent	61. libre communication vers de terre	62. petit excès aller trop loin girafe	63. ordre, aide le navire approche du port	64. le temps qui recommence *[mots illisibles]*	1. le ciel indicible pur actif
2. la passivité la naissance de toutes choses					46. le jardinier lévitation		

« Le marteau tape sur les étincelles et le cheval attend son heure. Une carriole visite le château plein d'histoires et le cheval attend à la porte. Un parent lointain vient verser le vin de la vérité et le cheval attend son avoine. Le retour est circulaire et les étincelles fuient hors du marteau, le château s'endort las des visites, on boira de nouveau le vin du compérage. Le village vient à vous vu par-dessus la croupe dont la queue se soulève pour le fertile engrais. Des herbes brûlent en une fumée qui grisonne comme grisonnent les nattes mémorables. Le loup met son sceau sur l'écrit achevé, le lion regarde le soleil, le chien attend son heure. Le temps monte sur le cheval et s'en va. »

Morale élémentaire, II,
Bibliothèque de la Pléiade, p. 667.

« La pluie du matin n'arrêta pas le pèlerin. Avec raison, car le vent vint ensuite virer au vert un ciel grisâtre. Puis les teintes smaragdines tournèrent au céruléen. L'air continuait à souffler bien fort sur le plateau étalé. Le pèlerin ne chercha point à lutter, il se laisse emporter comme une feuille morte. Ses pas devenaient des enjambées, ses enjambées de longs parcours planant. Il quittait le sol pour reprendre pied un peu ou beaucoup plus loin, avec plus ou moins de douceur. Ainsi parvient-il aux portes de la ville entourées de muraille. Des spécialistes manœuvraient le pont-levis. Dans l'humble besace se trouvaient des modèles des cinq solides platoniciens et les treize livres d'un ouvrage fameux. Sinon comment entrer ? »

Morale élémentaire, III,
Bibliothèque de la Pléiade, p. 696

Bilans

Résumé

Pour distinguer l'existence de Cidrolin de celle du duc d'Auge, nous avons attribué au premier nommé l'italique. Le découpage du résumé s'organise autour de deux dates : 1964, référence immuable, et une autre année dans laquelle le duc d'Auge se promène.

1264 // 1964

À l'aube du 25 septembre 1264, le duc d'Auge, sceptique voire amer quant au sens de l'Histoire, se laisse convaincre par Démosthène, percheron parlant, de mesurer l'avancement des travaux de Notre-Dame à Paris, accompagné du page Mouscaillot perché sur Stéphane, peu bavard. *En 1964, sur sa péniche, Cidrolin émet des doutes sur la qualité de son repas servi par sa fille Lamélie et sur un voyage à cheval qu'il aurait accompli ou rêvé. Il commence une sieste,* le duc entre dans Paris et mange superbement. *Réveillé par deux campeurs étrangers, Cidrolin leur offre de l'essence de fenouil puis se rendort.* (Chapitre 1.)

Le duc refuse de suivre Louis IX pour une huitième croisade. *Cidrolin s'intéresse aux fondations d'un immeuble en construction, vérifie que sa clôture n'est souillée d'aucun graffiti et constate que son repas est encore « foutu »,* ce que remarque aussi le duc qui parvient cependant à boire de l'essence de fenouil avant de se heurter à une foule lapidaire qu'il occit grâce à son braquemart. (Chapitre 2.)

Cidrolin indique le chemin du camping proche de sa péniche à une Canadienne harmonieusement musclée, tout en la questionnant sans mettre « d'ire au quoi ». Le duc s'entretient, à coups de « gnons », avec l'abbé Onésiphore Biroton, de l'Histoire, des rêves et du langage des animaux. *Cidrolin observe la variété des peuples peuplant le camping et repeint sa clôture barbouillée de graffiti.* (Chapitre 3.)

Après avoir fait la « ventouse » avec son ératépiste à la terrasse d'un café, Lamélie, revenue sur la péniche, reproche à Cidrolin de boire trop d'essence de fenouil. Un héraut signifie au duc le montant de l'amende infligée par Louis IX pour son refus de participation à la huitième croisade. Le château est assiégé par les « céhéresses ». (Chapitre 4.)

1439 // 1964

Autour de Cidrolin, ses filles Lamélie, Bertrande, Sigismonde, les maris des deux dernières, Yoland et Lucet, boivent de l'essence de fenouil, parlent de la « tévé » ainsi que de la difficile distinction entre l'Histoire et les actualités. Le duc s'éveille et constate l'absence d'Onésiphore Biroton, sans doute délégué au concile de Bâle. Déçu par la situation historique, il confie à son queux sa volonté d'obtenir la libération de Gilles de Rais puis part pour Paris monté sur Sthène avec Mouscaillot sur Stèphe. (Chapitre 5.)

Sur place, et par l'entremise du vicomte de Péchiney, il entre dans une conjuration contre Charles VII, à laquelle participe le futur Louis XI. *L'ératépiste vient demander la main de Lamélie. Cidrolin repeint sa clôture en dissimulant-révélant deux lettres : A et S.* (Chapitre 6.)

Le duc teste ses nouvelles armes, bombardes et couleuvrines, sur Biroton et le diacre Riphinte qui arrivent au château. Ils annoncent l'échec de la conjuration. Le duc se retrouve seul en rébellion, mais il est heureux car il a trouvé pour ses trois filles, Pigranelle, Bélusine et Phélise les gendres « les plus cloches parmi les cloches » : le sire de Ciry, le comte de Torves et le vidame de Malplaquet. *Cidrolin, au bar Biture tenu par Onésiphore, regarde le reflet d'un tableau : l'Hercule mourant de Samuel-Finlay-Breese Morse et commande une essence de fenouil. Albert entre.* (Chapitre 7.)

Cidrolin persuade son ami de lui fournir une jeune personne « ni moche ni trop conne » qui tiendra la péniche « en son état coquet ». Le duc d'Auge chasse maladroitement le mammouth, se perd dans la forêt et trouve refuge dans une chaumière habitée par une « pucelle d'une insigne saleté mais d'une esthétique impeccable » qui lui brûle son repas, mais avec laquelle il joue « jusqu'à l'aube ». (Chapitre 8.)

1614 // 1964

Cidrolin, qui n'avait pas réservé, ressort déçu d'un restaurant « de-luxe ». Il voit ses filles y pénétrer. Sur le trottoir, il rencontre ses gendres qui l'invitent, mais il refuse. Les gendres d'Auge essaient de manger en utilisant un nouvel outil : la fourchette. Le duc annonce son proche mariage avec Russule, la jeune fille de la forêt ; Onésiphore Biroton est devenu évêque in partibus de Sarcellopolis. *Le soir, Cidrolin revient au « de-luxe », mange comme un duc et s'entretient avec le maître d'hôtel : doit-on dire « jeter le manche avant ou après la cognée » ?* (Chapitre 9.)

Le duc, flanqué de Mouscaillot, sur le chemin de la capitale, compte participer aux États généraux convoqués par Marie de Médicis. *Cidrolin poursuit sa conversation avec le maître d'hôtel.* Sous la conduite d'un guide à la « voix déconnante » qui souligne l'œuvre architecturale de la reine, le duc visite Paris puis, en quête d'un endroit discret propice à ses basses œuvres, il se fait « décrasser » par une averse et trouve refuge chez l'alchimiste Timoleo Timolei qu'il engage à son service. (Chapitre 10.)

Le repas du « de-luxe » l'ayant dérangé, Cidrolin fait un petit « floc » dans le fleuve, détache son canot et rame dans la nuit. Au matin, une « gourde » fait son apparition : c'est Lalix, envoyée par Albert. Le duc parvient à se débarrasser de l'astrologue personnel de Russule et à conserver son alchimiste en dépit d'Onésiphore Biroton qui, comme l'abbé Riphinte, le juge hérétique. (Chapitre 11.)

Pendant son déjeuner, Cidrolin discute avec Lalix de l'utilité de raconter ses rêves. Elle commence l'histoire de sa vie en évoquant son père bûcheron et il s'endort. Le duc d'Auge chevauche, parle d'alchimie avec Sthène et croise dans la forêt le père de Russule, bûcheron. *Cidrolin s'éveille et repeint sa clôture.* (Chapitre 12.)

1789 // 1964

Accompagné de Pouscaillou, jeune frère de Mouscaillot, le duc décline la proposition des notables du village d'Auge : travailler avec eux aux cahiers de doléances suscités par Louis XVI. Il se recueille sur la tombe de Timoleo Timolei qui lui concocta une recette d'essence de fenouil puis entame une discussion sur la Création et les préadamites avec Biroton et Riphinte. Il violente la duchesse qui prenait leur parti, tue Mouscaillot qui tentait de la défendre et part avec Pouscaillou chercher des preuves de l'existence des préadamites. (Chapitre 13.)

Ils arrivent à Saint-Genouillat-les-Trous. *Lalix et Cidrolin vont au cinéma mais, à la sortie, se demandent quel film ils ont bien pu voir. Sur la péniche elle le convainc de passer la nuit dehors afin de guetter le graffitomane.* Le duc d'Auge devenu monsieur Hégault passe, seul, quelques heures dans la campagne de Montignac. Revenu à l'auberge de Plazac, il apprend, par la bouche de l'abbé Riphinte, la mort de Russule. (Chapitre 14.)

Cidrolin fait le guet toute la nuit en vain puis se dirige vers le camping au moment où il pleut. Il est abrité par le gardien, infatigable penseur qui pense de lui : « en voilà un qui n'a pas grand'chose à foutre dans la vie. » La conversation dérive sur les rêves et Cidrolin affirme qu'il est très intéressant de rêver de manière continue « pour que ça fasse une histoire suivie ». Il revient à la péniche, trempé. Il a « attrapé la crève ». Par une mince « fente », le duc d'Auge introduit Riphinte dans une grotte où il lui révèle, grâce à une lanterne mise au point par Timoleo Timolei, des peintures pariétales, preuves de l'existence des préadamites. (Chapitre 15.)

Goguenard puis dubitatif, Riphinte se laisse enfin convaincre et le duc l'entraîne visiter d'autres grottes dans la région. À l'auberge de Plazac, Pouscaillou, devenu vicomte d'Empoigne depuis la mort de son frère, annonce la prise de la Bastille, le sire de Ciry la mort de Pigranelle et son intention d'émigrer. Le duc compte aller en Espagne. *Cidrolin, alité avec 39,9° de fièvre se « tape des médecines ».* Le duc approche de l'Espagne ; *Cidrolin de la guérison. Ses filles et ses gendres sont venus le voir. Lamélie revient d'un voyage en Périgord où elle visita les « trous préhistoriques ». Elle trouve qu'« ils savaient vachement bien dessiner, les paléolithiques », ce à quoi Cidrolin rétorque qu'il s'agit là de faux datant du XVIII*[e] *siècle.* En Espagne, auprès du duc d'Altaviva y Altamira, le duc d'Auge décide d'occuper son temps à peindre des cavernes. (Chapitre 16.)

1964 // 1964

Cidrolin rencontre Auge, devenu caravanier et spécialiste en peinture pariétale. Il est accompagné de ses chevaux, de Phélise et du vicomte d'Empoigne qui a retrouvé sa maman la comtesse. Le gardien du camping est devenu concierge de l'immeuble enfin achevé. Invités sur la péniche, le duc et sa suite boivent de l'essence de fenouil, servis par Lalix devenue la fiancée de Cidrolin. Tous restent dormir à bord. (Chapitre 17.)

Le duc d'Auge, content parce qu'il a « toujours rêvé d'habiter une péniche » et qu'il est « peut-être arrivé » décide de débarrasser Cidrolin du délinquant qui souille sa clôture mais auparavant gens et chevaux vont visiter Paris. Cidrolin accomplit pour la première fois une sieste presque sans rêves. Au soir, les invités boivent de l'essence de fenouil puis Auge et Empoigne vont faire le guet dehors afin de capturer le graffitomane. Cidrolin et Lalix jouent aux cartes jusqu'à l'aube. (Chapitre 18.)

Au matin, Auge et Empoigne balancent dans le carré de la péniche leur capture : La Balance, qui tente de se disculper en développant une longue tirade. Il convainc Cidrolin qui le libère. Le duc, ses montures et sa suite passent la journée à visiter les « terriers à curés » de la capitale. Le soir, Auge et Cidrolin constatent l'absolue identité de leurs prénoms. Dans la nuit, La Balance projette dans le carré le vrai graffitomane : Cidrolin. (Chapitre 19.)

Lalix, déçue par le comportement « tordu » de Cidrolin, le quitte. Au bar Biture, elle apprend qu'Albert est en « tôle ». Elle erre dans la ville sous la pluie et rencontre Phélise et la comtesse d'Empoigne qui la conduisent à un « de-luxe » où se trouve le duc. Celui-ci parvient à la persuader de revenir à la péniche. De retour, elle constate que l'immeuble s'est écroulé, écrasant La Balance. Le soir, elle va au cinéma avec Cidrolin. Quand ils rentrent, Cidrolin remarque la multiplication des invités : Onésiphore Biroton et Riphinte sont là. (Chapitre 20.)

Au matin, Cidrolin aperçoit le duc d'Auge couper les amarres de la péniche : il rentre chez lui. Lalix et Cidrolin s'éloignent dans le canot et disparaissent. La péniche avance dans le brouillard pendant des jours et des jours puis s'échoue « au sommet d'un donjon ». Le duc considère « un tantinet soit peu la situation historique », la « vase » et de « petites fleurs bleues ». (Chapitre 21.)

Mèkidonkèlaéou ?

Ce tableau des présences vous confirmera qui sont les personnages les plus importants du roman et vous donnera un autre aperçu des *Fleurs bleues*, vu cette fois de plus haut.

Personnages	1	2	3	4	5	6	7	8	9	10	11	12	13	14	15	16	17	18	19	20	21
duc d'Auge/Hégault	●	●		●	●	●	●	●	●	●	●	●	●	●	●	●	●	●	●	●	●
Mouscaillot, vicomte d'Empoigne	●	●	●		●	●	●	●	●	●	●		●								
Démosthène/Sthène	●	●			●		●	●		●		●	●	●	●	●		●		●	●
Stéphane/Stèphe	●				●		●	●		●			●	●	●	●		●		●	●
Cidrolin	●	●	●	●	●	●	●	●	●	●	●	●		●	●	●	●	●	●	●	●
Lamélie	●			●	●	●			●							●					
campeurs canadiens	●																				
Saint Louis		●																			
un/le passant		●				●			●	●	●	●					●	●		●	
le tavernier		●																			
le palefrenier Hector		●																			
la campeuse iroquoise			●			●															
l'abbé/évêque Onésiphore Biroton			●	●			●		●		●		●							●	●
un quasi-clergyman à mobylette		●	●			●					●										
un badaud			●																		
l'ératépiste				●		●			●												
le héraut de Saint Louis				●																	
Bélusine, Pigranelle, Phélise				●			●		●												
Bertrande, Sigismonde					●				●							●					
Yoland, Lucet					●				●							●					
le queux					●		●														
Adolphe, vicomte de Péchiney						●															
le diacre/abbé Riphinte							●				●		●	●	●	●				●	●
Onésiphore, patron du bar Biture							●	●												●	
Albert							●	●													
Russule								●		●	●		●								
le sire de Ciry, le comte de Torves, le vidame de Malplaquet									●												
le maître d'hôtel									●	●											
le guide										●											
Timoleo Timolei										●	●										
Lalix											●	●		●		●	●	●	●	●	●
l'astrologue Dupont											●										
le bûcheron, père de Russule												●									
Pouscaillou, frère de Mouscaillot													●	●	●	●	●	●	●	●	●
le bailli du bourg													●								
le postillon													●	●							
les boys-scouts adultes														●							
le gardien du camp de campigne															●		●	●	●	●	
le sire de Ciry, seul																●					
le comte Altaviva y Altamira																●					
la comtesse d'Empoigne																	●	●	●	●	
Phélise, seule																	●	●	●	●	

Petite onomastique portative

Pour titre de son premier roman, Raymond Queneau choisit *Le Chiendent* parce que l'étymologie lui offrait *quenot* pour chien tandis que les enfants apportaient la *quenotte* pour la dent. Origine savante d'un côté, mot d'enfant de l'autre... Amateur de jeux linguistiques, oulipien des origines, savant souriant et attentif, il motive aussi de manières variées les noms de ses personnages. Le lecteur constate par ailleurs qu'ils ne sont l'objet d'aucun portrait qui aurait pu en livrer les clefs physiques et psychologiques. Leur existence tient, à la lettre, de leur nom, leur « egzistence » (orthographe zazienne) s'y trouve en germe. Adonnons-nous à l'onomastique* ou science des noms propres. Et, à tout seigneur tout honneur, commençons par...

Le duc d'Auge

Hobereau normand, son patronyme est un toponyme : le pays d'Auge se trouve en Normandie ; y coule la Dives qui arrose Mézidon. Au chapitre 14, il se fait appeler monsieur Hégault. Rappelons qu'à l'époque révolutionnaire, qui constitue à cet endroit du récit le cadre temporel, les aristocrates sont contraints d'abandonner leurs appellations nobiliaires et le peuple les stigmatise par la formule « ci-devant ». Queneau joue du palindrome (un mot qui se lit indifféremment de droite à gauche et de gauche à droite) et de l'anagramme : le duc d'Auge était l'envers sonore de « le cul d'Ego », le ci-devant supplante le cul, Hégault c'est d'Auge qui retourne sa veste. Une histoire de doubles et de retournements à une époque de révolution.

Cidrolin

Étrange personnage qui « trouve toujours quelque chose à ne rien faire » et à propos duquel nous vient cette question :

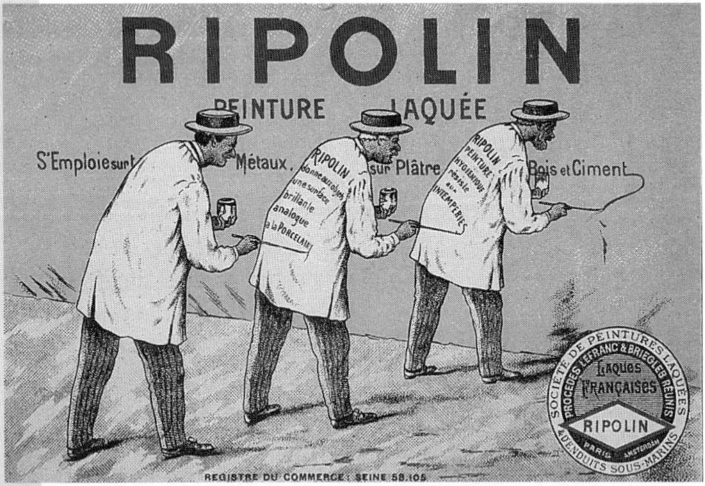

Est-il Cidrolin ou le rêve d'un autre ? Est-il si drôle hein ?

Double d'Auge le Normand, grand buveur devant l'absence d'Éternel, il porte l'étiquette de la boisson régionale, le cidre dans son nom même.

Petit bonhomme têtu, buté, sans cesse penché sur sa barrière qu'il repeint, Cidrolin ressemble à Ripolin. Souvenons-nous que la publicité ci-dessus pour cette marque de peinture, encore très répandue et très célèbre dans les années soixante, mettait en scène trois personnages qui se peignaient l'un derrière l'autre, à la manière de cette émergence des deux héros rêveurs des *Fleurs bleues* qui se créent l'un l'autre.

Onésiphore et Onésiphore

Portant le même prénom, ils se redoublent ou se dédoublent.

L'un, abbé gréco-balzacien, dit la messe et présente le calice, l'autre, patron du bar Biture, sert à boire à Cidrolin qui s'endort souvent, comme un consommateur de barbituriques.

Chacun peut en effet s'écrier : « On est si fort ! », l'abbé adorant autant dieu que « gnon en pleine tronche et marron en pleine poire », l'autre exposant dans son bar une manière d'autoportrait ou au moins une œuvre spéculaire* tant elle est répercutée par les jeux de miroirs, l'« Hercule mourant de Samuel-Finlay-Breese **Morse** » qui, pour le moins, nous fait des **signes**.

L'écho sonore des allitérations et la mesure (des octosyllabes) des noms répercutent aussi les personnages : Onésiphore Biroton/Onésiphore bar Biture.

Démosthène et Stéphane

Ils se ressemblent, chevauchent souvent de conserve, parlent tous deux et leurs diminutifs, l'un obtenu par aphérèse* (Sthène), l'autre par apocope* (Sthèphe) accentuent leur quasi-gémellité. Démosthène, le mors aux dents, parle distinctement, performance qui le rapproche du rhéteur grec dont il porte le nom et qui surmonta son bégaiement grâce à un entraînement consistant à discourir avec des cailloux dans la bouche.

Au chapitre 10, ils sont comparés aux chevaux d'Achille, Balios et Xanthe, ce dernier parlant aussi. Au chapitre 2, le palefrenier Hector dont c'est l'unique apparition montrait une grande frayeur de ces chevaux parlants. Il révélait ainsi une fine intuition : Homère fera mourir Hector, héros troyen (le palefrenier est-il un héros « trouillien » ?) de la main d'Achille, héros grec.

En outre le sthène (du grec *sthenos,* « force ») est une unité physique, soit une force qui, appliquée à une masse de 1 tonne, lui communique une accélération de 1 mètre par seconde. Sthène lui-même en donne sa définition.

Lamélie et Lalix

Au chapitre 1, Lamélie « apporte l'essence de fenouil et l'eau plate ». C'est elle qui sert et met l'eau dans les verres. Lamélie met l'eau. Lamélie mélo, Lamélie mélodie des noms.

La langue qui court les rues utilise tantôt par mépris, tantôt par familiarité ou affection l'article défini devant le nom ou le prénom de la voisine du dessous : « La Louise, elle se le croit. » Mais parallèlement et par italianisme, la langue des étages cultivés use de même pour les auteurs célèbres – le Tasse, le Corrège, le Parmesan – et les divas – la Berma chez Proust ou la Callas partout. Queneau fait résonner ce double emploi pour les deux personnages féminins qui se succèdent au service de Cidrolin : La Mélie et L'Alix.

Lamélie précède et annonce Lalix, à la lettre : La(mé)lie devient Lali(x).

Les frères d'Empoigne : Mouscaillot et Pouscaillou

Entendrait-on là l'expression la foire d'empoigne ? Il est vrai que le frère aîné sera tué par Auge au cours d'une empoignade et que le plus jeune, guidé par l'intérêt, en sera consolé dès qu'il aura compris que cette disparition le fait hériter du titre de vicomte.

Mouscaillot : être dans la mouscaille c'est, étymologiquement, « être dans la merde » (rappelons que la foire, populairement, c'est la diarrhée), soit vivre une situation peu enviable. Il succombera d'ailleurs au braquemart du duc d'Auge, finissant ainsi dans la mousse des caillots de son sang.

Pouscaillou, petit page pleurnicheur qui veut retourner chez sa maman et aurait bien aimé semer de petits cailloux blancs pour revenir chez lui comme le Petit Poucet, doit seconder le brutal duc d'Auge, compagnon et admirateur de l'ogre Gilles de Rais. Seul un **r** manque à Auge pour devenir ce bougre d'ogre.

Les filles et les gendres

La série des filles anciennes croise celle des contemporaines, leurs temps, comme celui de leurs pères, communiquant : Sigismonde, fille de Cidrolin au nom archaïsant, devrait appartenir à Auge, et Bélusine, proche de Mélusine et homophone du très moderne « belle usine », devrait revenir à Cidrolin.

Le méli-mélo se poursuit par un échange sexuel où le genre des gendres et des filles de Cidrolin glisse dans l'ambiguïté ; les femmes portent des prénoms masculins féminisés (Bertrand/e, Sigismond/e) et les hommes des prénoms féminins masculinisés mais dont l'apocope* émascule la pointe (Yoland(e), Lucet(te)).

Le sire de Ciry, le comte de Torves, le vidame de Malplaquet

Les trois gendres d'Auge ne constituent pas des personnages, plutôt des apparitions. Ils entrent au chapitre 9, limités au ridicule de leur appellation aristocratique. Torves, ou le tordu, louche peut-être et manipule donc « maladroitement » sa fourchette. Seul le **sir**e de **Cir**y parce qu'il est affligé d'un nom répétitif reviendra au chapitre 16.

L'abbé Riphinte

Devra entrer dans la grotte aux peintures préhistoriques par une « fente » et émettra un doute sur leur authenticité, pensant qu'il s'agissait là d'une feinte.

Le comte Altaviva y Altamira

Son nom renvoie bien sûr aux grottes espagnoles d'Altamira, dans la province de Santander, découvertes par le marquis de Sautuola en 1879, et que les contemporains, sauf quelques rares paléontologues, accusaient d'imposture.

Quand il apparaît dans le roman, l'époque évoquée correspond à celle des pièces de Beaumarchais *Le Barbier de Séville* (1775) et *Le*

Mariage de Figaro (1784) où le maître de Figaro se nomme le comte Almaviva.

Russule

Son nom de famille apparaît une fois : Péquet. Dans *Les Précieuses ridicules*, « pecque » est une injure signifiant femme sotte et qui croit ne pas l'être : « A-t-on jamais vu, dites-moi, deux pecques provinciales faire plus les renchéries que celles-là ? » (scène1).

La russule désigne un champignon rougeâtre. La jeune Russule fut découverte par le duc d'Auge au fin fond d'une forêt et elle jette dans l'âtre le repas qu'elle lui a préparé, après l'avoir fait rougir en lui proposant de mettre son « précieux sachet » de poivre dans « la tambouille », au chapitre 8. Plus tard, au chapitre 9, évoquant la possibilité que le duc d'Auge pourvoie à la procréation d'un « sublime héritier », elle « baisse modestement les yeux, toute rosissante ».

Phélise

Fille demeurée du duc d'Auge, compagnon de Jeanne d'Arc, serait-elle une brebis égarée de la « bergerette » ?

Elle n'obtient pour seul espace textuel au cours de ses sept apparitions que cet énoncé en gémination* : « Bê, bê, dit Phélise », soit deux fois sept lettres.

Elle bégaie « Bê, bê » et pousse au même ridicule le narrateur qui, chaque fois, fait entendre le pléonasme « dit, fait Lise » (=Phélise).

La Balance

Le personnage, « gardien du camp de campigne des campeurs », apparaît au chapitre 15, mais ne livre son nom qu'au chapitre 19. Ultime nom qui donne au lecteur la clef de tous les autres :

> Le nom que je porte, messieurs, m'a voué à un sort singulier. La balance, vous ne l'ignorez pas, est le symbole de la justice, et toute ma vie je me suis efforcé de la faire régner sur terre [...]

Il confie en effet qu'il a zigouillé « trois à quatre cents personnes » qui lui avaient paru « insuffisamment châtiées ». Il obéit donc au symbolisme de l'instrument tenu par l'allégorie de la justice, et il s'agit là de l'emploi noble du terme. Il satisfera aussi à son emploi roturier, au sens argotique du mot « balance », en découvrant et dénonçant le graffitomane – Cidrolin –, objectivant du même coup la métaphore puisqu'il « **projette** dans la pièce l'homme qu'il vient de surprendre en train de couvrir la clôture d'outrageants graffiti ».

Queneau s'est en outre amusé au jeu de l'acronyme* (l'autre exemple dans le roman étant les C.R.S. devenus « les céhéresses ») lexicalisant l'ensemble des initiales de ses prénoms : **L**ouis – **A**ntoine – **B**enoît – **A**lbert – **L**éopold – **A**ntoine – **N**estor – **C**harles – **É**mile, soit La Balance.

Le palimpseste des *Fleurs bleues*

Au Moyen Âge, le copiste grattait parfois tel manuscrit pour lui substituer un nouvel écrit ou une nouvelle glose, mais on pouvait lire ou deviner l'ancien dont les traces mal effacées subsistaient. Le palimpseste désigne ce parchemin mais aussi, par métaphore, tout texte sous lequel transparaît un autre texte, la citation à comparaître pouvant prendre diverses formes : directes, indirectes, allusives, partielles, parodiques, avouées, déguisées... Traductions dans le roman :

> **C'est marrant, dit Cidrolin. Il me semble que ça recommence, que j'ai déjà entendu tout ça autre part.** (p. 86)

et encore,

> **[...] apprends, épaisse brute, que la répétition est l'une des plus odoriférantes fleurs de la rhétorique.** (p. 89)

Humus et plates-bandes

Le roman de Queneau se déploie dans le champ de la littérature ou des littératures, il y pousse et y trouve une partie de sa nourriture. On peut parler de subsistance sous la substitution : *Les Fleurs bleues* éclosent sur un humus de citations.

L'épigraphe du roman que l'on traduit par « En échange de ton rêve, écoute le mien » ouvre certes, thématiquement, sur la boucle onirique qui lie le duc d'Auge et Cidrolin mais constitue aussi une clef liminaire pour un mode d'écriture du romancier.

Raymond Queneau fourre, truffe ou émaille son texte d'autres textes, ente le sien sur celui des autres qui le hantent. Il échange, change, prélève, rend hommage, répète, imite, copie, pastiche, parodie*. En échange de vos textes, voici le mien. La très désuète métaphore, le très daté lieu commun de la « république des lettres » semblent se réaliser : Queneau écrit avec Rabelais, Baudelaire ou Hugo mais aussi avec les proverbes ou les chansons populaires, avec la Bible comme avec Homère… ou lui-même. Le duc d'Auge traverse les siècles et parle tous les langages, Queneau fait écouter au présent tous les auteurs qui restent hautement lisibles.

Ainsi, la littérature s'écrit sans cesse et, si l'on ose cette image, Queneau la tricote avec deux aiguilles, une maille au présent, une maille au passé mais un seul tricot sans couture. Est-ce ainsi qu'elle échappe à l'Histoire qui date, qu'elle reprend, comme au théâtre, le rôle de Schéhérazade qui raconte des histoires pour prolonger indéfiniment la vie ? Cidrolin demande à Lalix : « […] racontez-moi des histoires », à quoi elle répond : « Vous me prenez pour Schéhérazade ? »

La littérature se nourrit de chasse, de pêche et de cueillette

Nous vous proposons un petit jeu : voici une liste de passages originels dont Queneau s'est servi. Nous vous indiquons chaque fois les références des pages ou des chapitres des *Fleurs bleues* où ils sont utilisés. À vous de faire le lien exact entre la source et sa reformulation. Quelques exercices de mise en forme pour commencer :

Exemple de **paronomase*** dans le chapitre 1 : « Loin ! Loin ! ici la boue est faite de nos pleurs ! » (Baudelaire, *Mœsta et errabunda*.)

Exemple d'**auto-citation** sur le mode de la fugue et de la variation* (Queneau eut l'idée des *Exercices de style* après l'audition de *L'Art de la fugue* de Jean-Sébastien Bach). L'essence de fenouil constitue un leitmotiv qui revient cinquante-neuf fois dans le roman. Elle s'annonçait déjà dans *Le Chiendent* : « Ernestine sent croître dans son cœur une immense petite fleur bleue qu'elle arrose d'un pernod fils dont les soixante degrés d'alcool sont légèrement éteints par l'adjonction de quelques centimètres cubes d'eau pure. »

Ou bien encore p. 62 : « Ce que tu te goures, fillette ! ce que tu te goures ! » disait la chanson de Queneau *Si tu t'imagines* interprétée par Juliette Gréco ; et la fillette répond quinze ans plus tard « ce que vous vous gourez, monsieur ! ce que vous vous gourez ! »

Exemple de **baragouin*** qui donne apparence de langue française à un texte qui utilise des mots étrangers, au chapitre 1.

Emprunts à la culture commune

Dans le chapitre 1 : Théodore Botrel et sa Paimpolaise : « J'aime Paimpol et sa falaise, son clocher et son vieux pardon... »

Dans les chapitres 4 et 8 : « Ah ! Ça ira, ça ira, ça ira, / Quand Boileau jadis du clergé parla. / Ah ! Ça ira, ça ira, ça ira, / Comme un prophète, il a prédit cela. / Ah ! Ça ira, ça ira, ça ira, / Les aristocrates à la lanterne... », chante la *Carmagnole* en 1789 dont les mots viennent prophétiquement au duc d'Auge en 1234 (p.79) et que lui chantera Russule au chapitre 8. Ce caractère prophétique semble attaché à cette chanson : si les paroles furent conçues pendant la Révolution, la musique fut composée en 1786, et Marie-Antoinette aimait à jouer cette contredanse sur son précieux clavecin...

Rappelons aussi que la russule est un champignon de couleur rougeâtre, ce que signifiait son étymon latin.

Les lieux communs

Utilisés par dérision et comme interventions de la voix ordinaire, quotidienne, populaire dans la littérature qui voudrait se donner des airs, ils ont plusieurs fonctions dans le roman.

En version chic ou latin de cuisine d'une véritable devise d'un pouvoir spirituel et temporel balayé par l'Histoire au chapitre 2 : « Ad majorem Dei gloriam » : devise des jésuites.

Et toujours au chapitre 2 : « Faute de grive, on mange des merles/Pierre qui roule n'amasse pas mousse. »

La sagesse des nations aime faire retentir la morale selon des structures syntaxiques binaires et des répétitions sonores, allitérations et assonances. Les surréalistes que fréquenta Queneau jouèrent à composer de faux proverbes qui retentissaient d'amoralité sinon d'immoralisme. Robert Desnos inventa, par exemple, un personnage nommé Rrose Sélavy dont les variations* pouvaient donner « Éros c'est la vie », ou Paul Eluard qui produisit un véritable centon (152 proverbes) dont certains devaient plaire à notre auteur : « Les éléphants sont contagieux » ; « À fourneau vert, chameau bleu » ; « Saisir la malle du blond » ; « Gratter sa voisine ne fleurit pas en mai… »

Au chapitre 4, la reprise d'un slogan du régime de Vichy, détournement ironique dans la mesure où Queneau participa à la Résistance en tant qu'écrivain : « Respect aux femmes enceintes et gloire à la maternité ! »

Le lieu commun peut être détourné de façon polémique. Depuis 1924, la « *marquise* » servit à tous ceux, écrivains ou critiques, qui voulurent dénoncer l'illusion réaliste en particulier, et romanesque en général : « Paul Valéry, naguère, à propos des romans, m'assurait qu'en ce qui le concerne, il se refuserait toujours à écrire : *La marquise sortit à cinq heures* » (*Manifeste du surréalisme*).

Queneau, au début du chapitre 13, réutilise cette citation en tant que lieu commun polémique et en cela dénude aussi bien la prétention réaliste que l'efficacité critique que l'on accorda à cette citation.

Rabelais, comme source permanente

Deux premières mises en situation : p. 77, le duc d'Auge évoque « le pays des Amaurotes » où guerroie Pantagruel tout au long du dernier tiers du roman de Rabelais. Il lui emprunte également les « mouches merdeuses » p. 91.

Puis au chapitre 6 : « Chantons, beuvons, un motet entonnons ! – Où est mon entonnoir ? » (*Gargantua*, chapitre 5).

Et au chapitre 7 : « Que diable de langaige est cecy ? » s'exclame Pantagruel entendant le jargon franco-latin de « l'écolier tout mignon » qu'il rencontre au chapitre 6 du *Pantagruel*.

Et au chapitre 8 : « Escrivoit sus parchemin velu, avecques son gros guallimart... » (*Le Quart Livre*, chapitre 32).

Si le guallimart désigne un étui à plumes, l'énoncé dissimule à peine un double sens rabelaisien. Queneau fut secrétaire général des Éditions Gallimard et son œuvre y est publiée.

Et au chapitre 10, le furet de l'oralité populaire court, court, d'une plume à l'autre : « À un filz de prophète en Israël, fendant du bois près le fleuve Jordan, le fer de sa coingnée eschappa et tomba dedans icelluy fleuve. Il pria Dieu le luy vouloir rendre. C'estoit chose médiocre. Et en ferme foy et confiance jecta, non la coingnée après le manche, comme en scandaleux solœcisme chantent les diables Censorins : mais le manche après la coingnée, comme proprement vous distes » (*Le Quart Livre,* Prologue).

Et au chapitre 16 : au chapitre 30 du *Pantagruel*, Panurge ressuscite Epistémon « qui avoit la couppe testée » (contrepèterie), lequel raconte s'être « singulièrement » amusé en enfer, dans la mesure où l'état des damnés est « changé en estrange façon. Car je vis Alexandre le Grand qui repetassoit de vieilles chausses et ainsi gaignoit sa pauvre vie. Xercès crioit la moustarde... » Suit presque une centaine de personnages légendaires ou historiques, et de l'Antiquité à Villon dont le destin infernal est dérisoirement inversé, sur le mode burlesque*.

Gustave Flaubert, l'autre grand homme de la littérature

Au chapitre 15 : « Le climat, pourtant, n'est point, à vrai dire, mauvais, et même nous comptons dans la commune quelques nonagénaires. Le thermomètre (j'en ai fait les observations) descend en hiver jusqu'à quatre degrés, et, dans la forte saison, touche vingt-cinq, trente centigrades tout au plus, ce qui nous donne vingt-quatre Réaumur au maximum, ou autrement cinquante-quatre Fahrenheit (mesure anglaise), pas davantage ! – et, en effet, nous sommes abrités des vents du nord par la forêt d'Argueil d'une part, des vents d'ouest par la côte Saint-Jean de l'autre ; et cette chaleur, cependant, qui à cause de la vapeur d'eau dégagée par la rivière... » (*Madame Bovary*, Deuxième partie, 2).

Et au fil d'un autre roman : « Ce fut comme une apparition.

Elle était assise, au milieu du banc, toute seule ; ou du moins il ne distingua personne, dans l'éblouissement que lui envoyèrent ses yeux. En même temps qu'il passait, elle leva la tête ; il fléchit involontairement les épaules ; et, quand il se fut mis plus loin, du même côté, il la regarda.

Elle avait un large chapeau de paille, avec des rubans roses, qui palpitaient au vent, derrière elle. Ses bandeaux noirs, contournant la pointe de ses grands sourcils, descendaient très bas et semblaient presser amoureusement l'ovale de sa figure. Sa robe de mousseline claire, tachetée de petits pois, se répandait à plis nombreux. Elle était en train de broder quelque chose ; et son nez droit, son menton, toute sa personne se découpait sur le fond de l'air bleu » (*L'Éducation sentimentale*).

Queneau reprend cette description page 266 et le dernier mot qu'il emploie signe l'emprunt : «...il tenait à la main un faubert. » Mais de manière extensive, plus bavarde et méticuleuse, on retrouve des éléments de ce passage intégrés à la description de l'impossible coiffure d'Onésiphore, le patron du bar Biture, pages 121 et 296, en particulier le noir, les pois, l'ovale, le drap. Flaubert avait pris soin de clore ce premier portrait de Madame Arnoux du mot « bleu ».

Un ami, François Le Lionnais

François Le Lionnais qui créa en 1960 l'OuLiPo (Ouvroir de Littérature Potentielle), décrivait à ses camarades de camp de concentration non seulement les tableaux dont il se souvenait mais aussi ceux qu'il inventait selon un principe qui consistait à introduire, par exemple, « d'excitantes baigneuses de Fragonard au beau milieu de *L'Enterrement d'Ornans* de Courbet » puis à laisser son auditoire « se débrouiller ».

Plus tard, l'OuPeinPo (Ouvroir de Peinture Potentielle) utilisera la méthode du tableau tressé qui pourra produire une troisième toile obtenue par l'entrelacement des lanières horizontales, verticales, obliques, courbes ou irrégulières de deux toiles initiales lacérées.

Le chapitre 3 tend une peau qui résonne de multiples échos, comme une seule toile tressée des lambeaux prélevés sur d'autres. Par exemple :

– La discussion sur l'origine divine ou diabolique des rêves parodie une véritable controverse théologique qui occupa l'Église pendant des siècles.

– Celle sur les animaux qui parlent existe dans *Zazie* (début du chap. 14), à propos d'un perroquet dont l'antienne est : « Tu causes, tu causes, c'est tout ce que tu sais faire. » Fragment que l'on retrouve dans la bouche du badaud des *Fleurs bleues* (p.69) sous la forme : « Ils ne comprennent pas ce qu'ils disent » qui rappelle la parole évangélique « ils ne savent pas ce qu'ils font ».

– Les deux lanières du rêve et des animaux qui parlent se croisent dans la demande du duc d'Auge à l'abbé Biroton : « Je voudrais maintenant t'entendre parler des animaux qui parlent dans les rêves » (p. 67).

– Pour clore la conversation entre Cidrolin et le badaud, Queneau fait grommeler à celui-ci « Magnétophone mes narines » qui fait écho au célèbre « mon cul ! » de Zazie.

Des allusions et des citations ici et là

Chapitre 4 : **Julien Gracq**, « du côté du rivage des Syrtes » fait écho au titre de son roman, *Le Rivage des Syrtes*, écrit en 1951.

Chapitre 5 : **François Villon** : « Et Jehanne, la bonne Lorraine/ Qu'Englois brûlèrent à Rouen ? » (« Ballade des dames du temps jadis »).

Lorenzo da Ponte et Mozart, p. 90 : « En Italie six cent quarante,/en Allemagne deux cent trente et une,/cent en France, en Turquie quatre-vingt onze,/mais en Espagne elles sont déjà mille et trois » chante Leporello en dressant le catalogue « des belles qu'a aimées » Don Giovanni dans l'opéra de Da Ponte et Mozart, lequel est peut-être évoqué p. 68 avec Shakespeare par la série des villes d'origine que vont regagner les campeurs du « campigne » (Elseneur et Salzbourg). Le queux du duc d'Auge rapporte que les victimes de Gilles de Rais seraient « mille et trois », mille et trois « petits enfants torturés, égorgés, bouffés... »

Chapitre 6 : **Malherbe**, p. 103, dont deux vers extraits du poème *Consolation à M. du Périer* sont récrits : « Et la garde qui veille aux barrières du Louvre/N'en défend point nos Rois. »

Molière : « C'est à vous, s'il vous plaît, que ce discours s'adresse » (*Le Misanthrope*, I, 2).

Lewis Carroll : « Lorsque moi j'emploie un mot, répliqua

Heumpty Deumpty [...] il signifie exactement ce qu'il me plaît qu'il signifie... » (*De l'autre côté du miroir*).

Chapitre 10 : **Ronsard** : « Je veux lire en trois jours l'*Iliade* d'Homère... » (*Continuation des Amours*).

Bertolt Brecht (1898-1956) qui écrit une pièce intitulée *La Vie de Galilée* (dont le nom italien est Galileo Galilei) en 1947.

Chapitre 12 : **Apollinaire** : « Mon automne éternelle ô ma saison mentale » (*Alcools*). Queneau et Cidrolin avouent la citation écrivant et disant : « Mon automne éternel, ô ma saison mentale » dans laquelle se glisse une erreur involontaire ou consciente sur le genre qui passe du féminin au masculin en quittant un genre – la poésie – pour un autre – le roman.

Chapitre 14 : **Jean Paulhan** : « Mettons que je n'aie rien dit » (Excipit des *Fleurs de Tarbes* de Jean Paulhan).

Joachim Du Bellay : « Revoiray-je le clos de ma pauvre maison, / Qui m'est une province, et beaucoup d'avantage ? » (*Les Regrets,* XXXI).

Chapitre 16 : **Arthur Rimbaud** : « Moi qui tremblais, sentant geindre à cinquante lieues / Le rut des Béhémots et les Maelstroms épais, / **Fileur** éternel des immobilité**s bleues**, / Je regrette l'Europe aux anciens parapets ! » *Le Bateau ivre* (strophe 21).

« Je quitte la France aux nouveaux parapets » où l'on voit qu'une citation détournée peut cacher, à la vingt et unième strophe, le titre même de l'œuvre commise en vingt et un chapitres, crypté par la lecture de Queneau qui, d'une part, sème le champ de son roman des fleurs cueillies à travers toute la littérature et, d'autre part, retrouve chez Rimbaud la graine à éclore des *Fleurs bleues* sinon dans une péniche vouée à l'essence de fenouil du moins dans les soutes d'un bateau ivre.

Chapitre 19 : **Victor Hugo** : « Vous êtes mon lion superbe et généreux ! / Je vous aime », dit Doña Sol à Hernani (*Hernani,* III, 4).

Quelques rappels plus ou moins savants

Chapitre 8 : « Tu quoque fili ! » sont les derniers mots de César assassiné reconnaissant Brutus parmi ses meurtriers.

Chacun se souvient des petits cailloux semés par le Petit Poucet dans le conte de Perrault.

Chapitre 10 : Dans l'*Iliade*, les chevaux d'Achille, Xanthe et Balios, parlent.

Chapitre 11 : Chez Pythagore et Platon le mouvement des astres forme une musique céleste.

Les Rohan, famille aristocratique dont la devise dit : « Roi ne puis, duc ne daigne, Rohan suis », comptent deux membres qui s'opposèrent à Louis XIII puis à Louis XIV, par les armes ou le complot. Le duc d'Auge fournit la sienne : « Ogre ne daigne, bougre ne veut, Auge suis », avant d'évoquer la politique antiféodale de Charles VII qui veut « rogner les ongles » de la noblesse.

Soit « Honni soit qui mal y pense », devise de la couronne d'Angleterre. Le duc d'Auge dit à Russule « Nenni soit qui mal y pense » puis « Hennit soit qui mal y pense » et enfin, à l'abbé Riphinte « Copernic soit qui mal y pense ».

Chapitre 15 : Diogène le Cynique (v. 413-v. 327 av. J.-C.) se promenait, raconte-t-on, dans les rues d'Athènes, au plein jour avec une lanterne pour y chercher un « homme ».

La Bible, livre fondateur

Chapitre 4 : Dans l'évangile de Jean on trouve ce verset à propos du Christ : « Il doit croître, et moi diminuer » que le héraut de Louis IX détourne en : « Il n'est susceptible que de croître, jamais de diminuer » à propos du « compte » concernant « l'emmende » que le duc d'Auge doit payer en compensation de son refus de participer à une huitième croisade.

Au cours de la discussion, apparaissent les chiffres 7 et 12. Une tradition de l'éxégèse biblique affirme que les 12 premiers chapitres de cet évangile s'organisent en 7 sections de 7 ou 14 parties (p. 78).

Chapitre 16 : « Les fils des Elohîm voient les filles du glébeux : oui, elles sont bien.

Ils se prennent des femmes parmi toutes celles qu'ils ont choisies.

IHVH dit : "Mon souffle ne durera pas dans le glébeux en pérennité.

Dans leur égarement, il est chair : ses jours sont de cent vingt ans."

Les Nephilîm sont sur terre en ces jours et même après :
quand les fils des Elohîm viennent vers les filles du glébeux,
elles enfantent pour eux.

Ce sont les héros de la pérennité, les hommes du Nom » (Genèse, VI, 1-4).

Ce passage, très obscur, fait bien état de fils de Dieu qui s'unissent à des femmes, mais le duc d'Auge, p. 246, ne fait allusion qu'au verset 4, soit la dernière ligne de notre citation. Queneau, écrivain, ne voulait-il retenir que cette formule qui affirme que les « hommes du Nom », soit les personnages créés par le langage, sont « les héros de la pérennité », donc échappent à l'usure du temps ?

Et le clin d'œil du chapitre 15... : En 1903, année de naissance de Queneau, le théologien Alfred Loisy vit ses ouvrages d'éxégèse biblique condamnés par l'Église. Ses thèses contestaient que l'Enfer fût intraterrestre.

La culture des Antiques

Homère : « [...] alors Eumée emplit de vin et lui tendit la jatte, la même où il buvait d'ordinaire, toute pleine de vin. Ulysse la reçut et se réjouit en son cœur... » (L'*Odyssée*, Chant XIV).

Ulysse « se réjouit en son cœur » parce qu'il est enfin arrivé à Ithaque et revoit le porcher Eumée qui lui offre à boire. Au début du chapitre 18, le duc d'Auge se réveille « d'excellente humeur », ayant dormi pour la première fois « d'un sommeil profond et sans rêves » : ses errances et parcours sont terminés, il a bu moult essence de fenouil avec Cidrolin-Pénélope et a couché dans sa péniche. Il peut alors imiter Ulysse et inverser le geste d'Eumée : « Il alla pisser dans le fleuve et se réjouit en son cœur du bruit allègre du jet se brisant à la surface de l'eau. »

Virgile : « Ils allaient obscurs, dans la nuit solitaire, à travers l'ombre et à travers les demeures vides et le vain royaume de Dis : tel, le chemin qu'on fait dans les bois, par une lune incertaine, sous une méchante lumière, quand Jupiter a enfoui le ciel dans l'ombre et que la sombre nuit a enlevé aux choses leur couleur » (*Énéide*, Livre VI).

Au chapitre 15, Queneau se souvient de ce passage qui ouvre le récit de l'entrée d'Énée aux Enfers, accompagné de la prêtresse Déiphobé, en retraçant le parcours du duc d'Auge flanqué du prêtre Riphinte. Il le reprend et le travaille selon le procédé de la variation* qui répète en introduisant de légères modifications, respectant en cela non seulement la lettre de Virgile mais aussi sa construction poétique (effets de rimes sonores et sémantiques), son style, ressenti comme archaïque par un lecteur d'aujourd'hui.

Queneau fréquentait depuis longtemps le texte de Virgile qu'il traduisait pour lui-même, déjà, dans son adolescence. Quelques lignes après ce passage, Énée parvient aux fleuves des Enfers : « De là part la route qui mène aux ondes de l'Achéron du Tartare : c'est un gouffre bourbeux, vaste abîme de boue qui bouillonne et qui vomit tout son limon dans le Cocyte. Un nocher terrible garde ces eaux et ce fleuve ; il est d'une épouvantable saleté ; c'est Charon : une abondante barbe blanche, mal soignée, lui tombe du menton ; ses yeux pleins de flamme sont fixes ; un sordide manteau est noué à ses épaules. Il pousse lui-même son radeau avec la gaffe... » *Les Fleurs bleues* font plusieurs fois écho à cette description : page 107, « [...] l'ératépiste manque de se flanquer dans la fange du fleuve ».

Page 176 : « Ils passaient sur la planche passerelle au-dessus du bourbier. La jeune fille majeure dit :

– De loin, c'est chouette, mais de près c'est dégueulasse.

– L'eau paraît un peu sale, mais elle n'est pas stagnante. Ce ne sont pas toujours les mêmes ordures qu'on voit. Des fois, je les pousse avec un bâton [...] »

À peu de mots près le passage est repris, page 266, Lalix étant remplacée par la comtesse d'Empoigne.

Et en guise de conclusion (provisoire)

Voici un extrait qui semble concentrer aussi bien des thèmes que des images, des idées que des choix stylistiques rencontrés par le lecteur des *Fleurs bleues*. Il s'agit de deux paragraphes situés au début du texte de Rimbaud intitulé *Alchimie du verbe* :

« J'aimais les peintures idiotes, dessus de portes, décors, toiles de saltimbanques, enseignes, enluminures populaires ; la littérature démodée, latin d'église, livres érotiques sans orthographe, romans de nos aïeules, contes de fées, petits livres de l'enfance, opéras vieux, refrains niais, rhythmes naïfs.

Je rêvais croisades, voyages de découvertes dont on n'a pas de relations, républiques sans histoires, guerres de religion étouffées, révolutions de mœurs, déplacements de races et de continents : je croyais à tous les enchantements » (*Une saison en enfer*, Délires II).

Ne semble-t-il pas que Rimbaud, qui écrivit : « Je dis qu'il faut être *voyant*, se faire *voyant* » aura prévu *Les Fleurs bleues* et la peinture pénélopesque de Cidrolin, préhistorique du duc d'Auge (celle de Cidrolin recouvrant des graffiti devient posthistorique), le latin d'église du quasi-clergyman à mobylette, les figures « sexcessives » du marquis de Sade et de Gilles de Rais, la ressemblance discrète du duc d'Auge avec Barbe-Bleue, les chansons niaises des « trimelles » ses filles, les « croisades » et « croisements » qu'il accomplit et ceux qu'il refuse, tous les bouleversements historiques qu'il traverse et ces campeurs venus de l'Ancien comme du Nouveau Monde qui passent devant la péniche de Cidrolin ?

Un roman rimé

À propos de son premier roman, *Le Chiendent*, Raymond Queneau explique :

« Je me suis fixé des règles aussi strictes que celles du sonnet. Les personnages n'apparaissent pas et ne disparaissent pas au hasard, de même les lieux, les différents modes d'expression. »

Dans cette perspective qui fonde la création, non pas sur le lyrisme, mais sur la fertilité des contraintes, il n'y a pas de différence essentielle entre le roman et la poésie :

« On peut faire rimer des situations ou des personnages comme on fait rimer des mots, on peut même se contenter d'allitérations. »

La fréquence des échos, des reflets, des symétries témoigne dans *Les Fleurs bleues* d'un parti pris radical, et le lecteur le plus distrait ne manquerait pas d'apercevoir d'étroites correspondances entre :

– des personnages (est-il nécessaire de donner des exemples ?...)

– des lieux (le « campigne » que cherchent les touristes à la fin du chapitre 1 et, « sur les bords du ru », « la situation historique » cosmopolite considérée par le duc d'Auge au début de ce même chapitre)

– des situations (les repas réussis ou « foutus » par Cidrolin et le duc d'Auge ou leur parallèle consommation d'essence de fenouil).

chapitres (1264/1964)	1 ABAB	2 ABA	3 BAB	4 BA
chapitres (1439/1964)	5 BA	6 ABA	7 AB	8 BA
chapitres (1614/1964)	9 BAB	10 ABA	11 BA	12 BAB
chapitres (1789/1964)	13 A	14 ABA	15 BA	16 ABABABA

– des objets (les parpaings qui tombent sur le chef du duc au XIIIe siècle et sur sa « houature » au XXe).

Poursuivant l'analogie entreprise par l'auteur, nous tenterons de considérer les chapitres comme autant de strophes, en faisant l'hypothèse que le « montage alterné » (entre le rêve et la réalité de Cidrolin et du duc d'Auge) suscite un système de rimes, lui aussi alterné. Au bouillant duc reviendrait la rime masculine, ou pour emprunter à la philosophie chinoise chère à Raymond Queneau, le « yin » ; au passif Cidrolin, le « yang » et, par métaphore, la rime féminine...

Soit la rime A pour le duc d'Auge et la rime B pour Cidrolin, voici le carré que nous obtenons (voir ci-dessus)...

... et à partir duquel nous ferons quelques observations :

1) 8 chapitres commencent par la rime A et 8 chapitres par la rime B.

2) Les chapitres 2, 6, 10 et 14 (correspondant à la deuxième colonne) obéissent au même schéma ABA.

3) La dernière période est celle des contrastes : le chapitre 13 est

dévolu au seul duc d'Auge alors que le chapitre 16 offre une multiplication d'alternances.

4) Le passage d'un chapitre à l'autre ne s'accompagne pas systématiquement d'une alternance, sauf dans les cas de changement d'époque (du chap. 4 au chap. 5, du chap. 8 au chap. 9, du chap. 12 au chap. 13).

5) Dans les autres cas, à la transition de deux chapitres, on note 6 alternances (AB ou BA) et 6 enchaînements (AA ou BB).

À défaut de nous renseigner vraiment sur le(s) sens du roman, cette approche poétique permet de mieux comprendre comment Raymond Queneau a écrit certains de ses livres. Sous l'apparente désinvolture, on devine le travail préparatoire – combinatoires, permutations, lois de variations* –, le bâti de l'œuvre.

Les formes du comique

La répétition

Si la répétition intervient comme élément structurant dans la composition du roman, elle contribue le plus souvent à sa charge comique. Ressort de l'écriture de la comédie ou du gag, le comique de répétition produit l'effet d'« une mécanique plaquée sur du vivant », pour reprendre l'expression du philosophe Bergson. On notera la répétition :

– de scènes (repas ou ingestion d'essence de fenouil, sieste ou réveil) ;

– de formules (« Les Normands buvaient du calva », « Encore un de foutu ») ;

– d'apparitions immotivées (le passant ou le quasi-clergyman).

Les jeux parodiques

Parasite, le comique vit de reproduction, de transformation et de détournement. Comme le note le critique Jacques Emelina : « Le comique n'est pas un "genre", mais l'envers de tous les autres. »

Parce qu'elles dégradent les valeurs de sérieux, la caricature ou la parodie* ont une force comique dont la nature est subversive. Mais l'amusement du lecteur est subordonné à sa connaissance des modèles culturels en cause.

Le burlesque – Très usitée dans les *Fleurs bleues*, cette forme comique naît de l'association entre un « sujet noble » et un « style bas ». Prenons l'exemple du débat scolastique* entre le duc d'Auge et Onésiphore : le latin, langue du savoir savant, et les thèmes théologiques sont tournés en dérision dans ce dialogue stérile, rythmé par les gnons et les mornifles. De même, l'alchimiste Timoleo Timolei ne tirera rien d'autre de ses cornues et alambics que de l'essence de fenouil.

L'anachronisme – Ce procédé est souvent au service du burlesque*, mais il a suffisamment d'importance dans le roman pour que nous lui accordions une place à part entière dans cet inventaire des formes du comique. Au futur Saint Louis qui lui demande de partir en croisade, le duc d'Auge répond : « Rien du tout, sire. Moi pas être un intellectuel. »

Le carnavalesque – C'est là une veine comique qui nous vient du Moyen Âge et qui se caractérise par le renversement et le désordre. Convivial comme le carnaval, *Les Fleurs bleues* juxtapose ou brasse :

– des époques : heaume et casquette, château et péniche, lardoires, escabelles et parpaings ;

– des langages : archaïsmes* et néologismes, parler populaire et tours savants, citations littéraires et calembours* ;

– des genres : roman historique, intrigue policière, méditation philosophique.

Le calembour, fréquent dans *Les Fleurs bleues*, représente un type

d'énoncé exemplairement carnavalesque : sous l'air sérieux des « Sarrasins de Corinthe » se cachent des raisins secs. Associé au principe du mot-valise (« bouddhoir » « confuciussonnal » », « sanct-laotsuaire »), il sème une joyeuse panique au royaume des religions.
La dénudation – Subversifs, les jeux parodiques mettent à nu la structure ou les procédés des formes de discours dont ils s'emparent, et ce faisant les élucident ou les expliquent. Considérons le cas de ce dialogue entre Cidrolin et sa fille :

> – Le receveur, il était marrant.
> – J'ai eu droit à des félicitations.
> – Il racontait des choses drôles à chaque voyageur.
> – Il a trouvé que l'Arche méritait deux ancres dans la catégorie A.
> – À moi-z-aussi, il m'a parlé.
> – Pas encore trois ancres. Deux ce n'est tout de même pas mal.
> – Vous êtes vachement mieux balancée qu'une carte hebdomadaire, qu'il m'a dit, et drôlement plus rebondie qu'un carnet de tickets.

Il caricature le défaut d'écoute qui caractérise tant de nos conversations : chacun s'intéresse à ce qu'il dit, et les parallèles, c'est bien connu ne se rencontrent pas facilement…

L'infraction

Nous réserverons cette catégorie aux effets comiques produits par des infractions dans l'ordre des conventions narratives ou linguistiques, sachant que dans tous les cas de figure, et à des degrés divers, la transgression est une définition possible du rire. C'est ainsi que l'humour noir constitue une infraction par rapport au bon goût ou aux tabous ; Raymond Queneau ne le pratique pas souvent dans *Les Fleurs bleues*, mais relèvent malgré tout de ce champ les allusions à Gilles de Rais : « Mettons qu'il ait violé une dizaine de petits garçons et qu'il en ait zigouillé trois ou quatre, il n'y a tout de même pas là de quoi fouetter un maréchal de France […] ».

Infractions aux conventions narratives – Même si de très nombreux anachronismes* éloignent *Les Fleurs bleues* des canons de la vraisemblance, ils contribuent à un système narratif dont le lecteur peut comprendre assez rapidement les lois.

D'autres éléments, en revanche, doivent leur force comique à leur incongruité. Les apparitions saugrenues du passant ou du quasi-clergyman, ou la rencontre du mammouth, entrent ainsi en contradiction avec ce que l'on perçoit comme à peu près logique, c'est-à-dire appartenant à une suite cohérente, régulière et nécessaire d'évènements. À la réflexion, la pure gratuité, le véritable nonsense* sont très rares dans ce roman, et il est possible, mais a posteriori seulement, de raccorder à la trame narrative le mammouth, le clergyman ou le passant.

Infractions aux conventions linguistiques – Peu respectueux des Académiciens, dont on sait qu'ils sont tout de vert vêtus, Raymond Queneau écrit dans *Bâtons, chiffres et lettres* :

« On ne peut soigner la France sans lui dire : « Tire ta langue. » Elle la tire. Moi, je la trouve un peu blanchâtre. Ces sacrés habits verts la soignent mal. Il faudrait qu'elle soit un peu plus rose, cette langue. **»**

Cet appel à un néo-français, plus vivant et plus authentique, s'accompagne d'une virulente attaque contre l'orthographe. C'est avec délectation qu'il cite ces mots rageurs du linguiste Vendryes :

« L'orthographe française est un système conventionnel établi de toutes pièces par la volonté de quelques savantasses. Ce qu'une convention a fait, une convention peut le détruire. Ce n'est pas porter atteinte à la langue que de corriger son orthographe. C'est la débarrasser d'un mal qui la ronge. **»**

Et il en tire les conséquences, transformant la banale voiture en un animal bizarre, la « houature », engendrée par la réinvention orthographique épousant la prononciation populaire du mot.

Des termes franglais – camping ou sandwich –, il fait aussi des objets linguistiques nouveaux, légitimés par la fréquence de l'usage oral. Ce « campigne » ou cet appétissant « sandouiche » sont, comme on dit, bien de chez nous. Des sigles, il annule la technocratique froideur par un redéploiement lexical cocasse : « achélème » pour HLM, « céhéresse » pour CRS. Enfin on trouve dans *Les Fleurs bleues* de très gratuites et poétiques condensations comme « Stènnstu ». Son goût du français parlé contemporain, porteur d'oxygène et de fantaisie, se traduit par des expériences orthographiques aussi drôles qu'inoubliables.

Sans souci de purisme, c'est le moins qu'on puisse dire, il s'amuse à inventer un néo-babélien aggravé d'ortograf fonétic :

> – Sanx, dit-il, et à rivedertchi.
> Et à la fille :
> – Schnell ! Onivati oder onivatipa ?

Drôle pour l'œil que ces anomalies déstabilisent, le texte l'est autrement, quand, lu à haute voix, il retrouve sa source orale.

Notes et variations sur le titre

Considérons le titre du roman comme on regarde ces fleurs de papier très serré que l'on plonge au Japon dans un petit récipient d'eau et qui soudain éclosent en développant tous leurs pétales. Nous entrerons dans un labyrinthe, entendrons, rencontrerons, retrouverons les allusions, citations secrètes, connotations, souvenirs et hommages avec lesquels ces fleurs entrelacent leur odeur.

Le faubert

Les Fleurs bleues entrent textuellement, par mesure et grâce aux allitérations, en écho avec « le faubert » de Lalix, fleur inversée dont on tient la tige parce que les ignobles pétales devenus serpillière ne se déploient plus dans le bleu du ciel mais balayent le pont d'une cidrolinesque péniche.

Flaubert

Aussitôt dit « faubert » et lu l'apparition de Lalix au chapitre 17 qui parodie l'« apparition » de Madame Arnoux aux yeux éblouis de Frédéric, non sur une péniche mais sur un navire à vapeur au premier chapitre de *L'Éducation sentimentale*, l'on entend Flaubert, par effet de paronymie.

Les Fleurs du Mal

Autre figure tutélaire de la littérature reconnue par Queneau, voici Baudelaire qui parvint à extraire de la « boue » du siècle ses *Fleurs du Mal* (s'adressant à Paris il dit : « Tu m'as donné ta boue et j'en ai fait de l'or »), boue et fleurs que l'on voit bien sûr à la dernière phrase du roman :

> Une couche de vase couvrait encore la terre, mais, ici et là, s'épanouissaient déjà de petites fleurs bleues.

Du mal du siècle devenu spleen chez Baudelaire au mal historique se trouve la distance toujours observée par Queneau, mais ses hématomes bleus marquent le texte :

> Tant d'histoire, dit le duc d'Auge au duc d'Auge, tant d'histoire pour quelques calembours, pour quelques anachronismes. Je trouve cela misérable. On n'en sortira donc jamais ?

Mais comment sortir de l'Histoire qui se constitue sur la chronique du mal et des malheurs quand le roman noue par le jeu orthographique l'Histoire, l'histoire et les histoires, et organise une marelle anachronique* qui superpose les époques ?

Le sang bleu

Le duc d'Auge sert de fil rouge au lecteur qui passe d'époque en époque au gré des rêves de Cidrolin et des chevauchées de cet aristocrate, fleur de la noblesse au sang bleu.

Barbe-Bleue

Cependant ce sang bleu ne fait qu'un tour lorsqu'il apprend les ennuis judiciaires de son vieux compagnon (en même temps que celui de la « bergerette » Jeanne d'Arc), le maréchal de France, éventreur et assassin – entre autres – d'enfants, Gilles de Rais, souvent considéré comme le modèle du terrifiant Barbe-Bleue. Le duc d'Auge lui-même suscite des soupçons à propos du destin de sa première épouse. « Tu ne l'as pas tuée, au moins ? Avec toi, on ne sait jamais », lui dit Saint Louis, « assis sous son chêne ».

Des contes bleus

Queneau mobilise tous les domaines quand il s'agit d'allusions, et en l'occurrence, le merveilleux des contes ne manque pas à sa plume. Il suffit que Cidrolin rêve pour que le duc s'ébranle d'Auge vers Paris comme de siècle en siècle, et que celui-ci s'assoupisse pour que le premier s'active à repeindre sa barrière. Nous sommes en plein récit fabuleux, la littérature n'a ni frontière ni mesure, on nous fait des contes bleus.

Un lotus bleu

Le Déluge biblique efface la création pour recommencer à neuf une nouvelle création. En quelque sorte un effet de rime sur lequel Queneau joue en replaçant Auge à la dernière page sur la même scène mais pas exactement dans la même situation : au premier chapitre, il est devant l'Histoire ; au dernier, elle est effacée sous « la vase », comme au premier jour du monde, et s'épanouissent les « fleurs bleues ». L'Égypte ancienne, par exemple, utilisait un rituel de genèse qui consistait à présenter au soleil une fleur de métal au cœur d'or et aux pétales de lapis-lazuli, autrement dit une fleur bleue, image du soleil créateur qui s'éleva des eaux initiales.

Joachim de Flore

Les doubles ne manquent pas dans le roman : Cidrolin/Auge, Onésiphore Biroton/Onésiphore patron du bar Biture, les « trimelles » d'Auge et celles de Cidrolin et leurs époux, Lalix/Russule, Lamélie/Lalix, Mouscaillot/Pouscaillou..., comme si Queneau appliquait la vieille formule qui dit que si l'histoire ne se répète pas, elle bégaie, à la manière des « Bê, bê » de Phélise... et une plus ancienne pensée, celle de Joachim de Flore, théologien du XIIIe siècle qui porte le même prénom que nos doubles héros et le même nom que le titre du roman : « Si nous raisonnons juste, il y a donc deux choses significatrices pour une chose signifiée. »

Les fleurs de la rhétorique

Des doubles mais aussi des répétitions ou des variations* sur un thème, une formule, un motif, bref le lecteur rencontre chez Queneau et en bouquet les fleurs de la rhétorique qui sont autant de moyens, parfois, d'obtenir des éléments de récit, des contraintes productives et calculées. Citons-en quelques-unes, en vrac : parallélisme, antithèse, paronomase*, archaïsme*, baragouin*, calembour*, parodie*, pérégrinisme, verbigération...

Queneau offre même à l'un des chevaux parlants du duc d'Auge le nom du modèle des rhéteurs grecs, Démosthène.

Les Fleurs de Tarbes

Mais la distance ironique ne s'étiole jamais chez un tel auteur qui pensa peut-être à cette pointe d'un contemporain, Jean Paulhan, dont il connaissait et appréciait *Les Fleurs de Tarbes* :

« C'était bon à la rhétorique [...] de nous piper à ses fleurs et à ses règles. »

Un florilège

Si vous consultez, dans les Bilans, la partie intitulée « Le Palimpseste des *Fleurs bleues* », vous lirez aussi la formule « Les Fleurs bleues » comme renvoyant à un texte organisant un florilège.

« Je dis : une fleur ! »

Cependant, le relevé qu'il vous propose reste sans doute lacunaire, vous pourriez donc y ajouter cette citation de Stéphane Mallarmé dans *Crise de vers* (1896), que beaucoup d'écrivains, au XXe siècle, reprirent un peu tel un acte de foi en la puissance littérale de la littérature :

« À quoi bon la merveille de transposer un fait de nature en sa presque disparition vibratoire selon le jeu de la parole, cependant ; si ce n'est pour qu'en émane, sans la gêne d'un proche ou concret rappel, la notion pure.

Je dis : une fleur ! et, hors de l'oubli où ma voix relègue aucun contour, en tant que quelque chose d'autre que les calices sus, musicalement se lève, idée même et suave, l'absente de tous bouquets. »

Spectre et alchimie

Mallarmé succédant à Rimbaud – lequel écrivit un poème, *Fleurs*, où l'on rencontre les couleurs du spectre – fut un nouvel alchimiste de la poésie. Le bleu apparaît dans le titre du roman de Queneau et il annonce la série (le violet, l'indigo, le bleu, le vert, le jaune, l'orangé et le rouge) que l'on trouve à la page 192 :

> Ah, si tu nous voyais, Timoleo et moi, au milieu des athanors et des aludels, des pélicans et des matras, des cornues et des alambics, manipulant les sels et les métaux, les uns violets, les autres indigo, les uns bleus, les autres verts, les uns jaunes, les autres orangés et certains rouges [...]

Des chiffres !

Fleur et bleue sont des mots de cinq lettres, chiffre symbole du mouvement dans le *Yi-King*. Il pleut aux chapitres 5, 15, 20, trois annonces du déluge final. Auge et Cidrolin sont réunis sur cinq chapitres (de 17 à 21).

La philosophie orientale

Queneau cite un apologue de Tchouang tseu sur la quatrième de couverture et Étiemble, dans *Queneau et le taoïsme*, écrit :

« Les fleurs apparaissent à ceux qui étaient imbus de conceptions taoïstes comme participant à une existence idéale. »

La Bleue

Buvons la coupe jusqu'à la lie en évoquant cette essence de fenouil qui revient cinquante-neuf fois dans le texte et renvoie ainsi à la boisson trop bien connue de Verlaine, l'absinthe, que la langue de la rue nommait par métonymie la Bleue. Devenue essence de fenouil, n'est-elle pas, si fréquente, l'absinthe de tous bouquets ?

Traverser le labyrinthe ne change pas le labyrinthe, et le titre de Queneau demeure, têtu et coloré, le nom propre de son roman.

Les mots inter-dits

Le duc d'Auge semble très attaché à deux « soleils noirs » de la transgression, de l'interdit : Gilles de Rais, compagnon de Jeanne d'Arc devenu adepte de l'alchimie et du satanisme, violeur, éventreur et assassin d'enfants ; le marquis de Sade, défenseur de l'abolition de la peine de mort sous la Révolution et romancier éponyme du sadisme.

L'un vient de l'Histoire, l'autre racontait des histoires. Queneau sème tout au long des *Fleurs bleues* quelques gros mots comme autant de petits cailloux noirs qui permettent au lecteur de suivre la trace de ces deux maudits qui riment en situation de prisonniers, échangeant leur fonction de références grivoises du chapitre 5 au chapitre 13. Ils alimentent ainsi le comique populaire, rabelaisien, du roman que n'effraie aucune familiarité – il est vrai que le divin marquis devient l'« excellent ami » du duc d'Auge et que la figure mythique du seigneur de Tiffauges est devenue le Gilles de Raymond.

Nous avons enfermé toutes les grossièretés qui leur rendaient hommage dans la grille que vous trouverez page suivante. Vous pouvez les retrouver littéralement dans tous les sens : la lecture s'effectue selon les mots de gauche à droite ou de droite à gauche, de haut en bas ou de bas en haut, en diagonale de haut en bas ou de bas en haut.

Les mots

Les références vous renvoient à 21 pages du roman…

– **foutu**, p. 30 ;
– **embrener**, p.31 (équivalent de « emmerder » chez Rabelais) ;
– **dressé**, p. 34 ;
– **coyons**, p. 49 ;
– **foireux**, **braquemart**, p. 50 ;
– **étrons**, p. 59 ;

A	S	S	T	I	E	P	J	A	E	L	S	F	D	K	E	M	E	S	S	A
R	E	E	L	G	A	C	N	U	I	P	Y	E	H	E	N	I	A	E	S	S
E	R	U	U	D	A	M	I	O	P	I	E	T	I	V	R	O	K	L	E	S
P	I	Q	I	N	O	U	I	T	E	N	S	R	N	E	U	E	P	O	R	U
L	O	I	T	A	D	T	O	R	E	S	S	I	N	I	B	R	I	C	U	P
A	T	R	O	M	B	I	N	E	R	U	E	E	P	O	T	A	B	O	E	G
T	A	B	L	I	A	R	U	Z	I	Z	R	E	V	E	L	X	O	M	I	S
U	N	U	X	F	I	E	Y	P	A	B	D	O	N	Q	U	E	U	E	R	I
J	I	L	M	U	S	T	R	U	M	T	L	E	J	E	T	U	G	M	E	A
E	B	E	R	T	E	V	U	E	R	E	I	R	R	E	D	I	R	A	T	R
U	M	R	W	H	R	V	I	A	F	T	R	I	I	G	O	D	E	N	X	E
M	O	E	B	U	I	S	M	Z	A	B	O	P	I	T	R	A	Z	I	E	D
O	R	L	U	B	I	E	R	N	E	F	O	U	T	R	E	Q	I	V	S	S
A	T	G	V	O	U	T	O	I	L	E	Z	T	E	T	I	B	R	E	E	E
L	A	N	E	Q	E	D	E	C	O	N	N	E	R	M	O	I	R	L	D	L
J	R	I	A	S	Q	U	T	O	U	T	U	S	V	F	R	C	I	L	N	L
A	C	R	O	U	P	E	L	Y	T	E	R	T	O	L	U	C	U	E	A	I
I	B	T	R	S	E	Z	H	O	B	U	L	L	U	K	N	Q	Y	E	L	G
S	U	S	S	E	T	R	O	N	S	D	I	P	E	A	X	G	I	S	G	I
F	S	Q	T	A	S	D	E	S	O	I	I	R	E	O	D	E	I	R	S	T
A	R	C	H	U	S	E	N	I	A	R	T	E	R	E	I	R	R	A	B	A

– **culot**, p. 60 ;
– **trombinatoires**, **lubriques**, **arrière-train**, p. 62 ;
– **tire**, p. 70 ;
– **manivelle**, **queue**, p. 71 ;
– **foutre**, p. 82 ;
– **baiser**, p. 83 ;
– **déconner**, p. 84 ;
– **bougre**, **Gilles de Rais**, p. 88 (bougre est, par exemple, utilisé par Diderot dans *Jacques le fataliste* au triple sens de bulgare, hérétique et sodomite) ;

– **putes**, **jaëls**, p. 92 (ces deux termes sont synonymes) ;

– p. 112, Queneau ne montre que le début du graffiti qui souille la barrière de Cidrolin, les lettres A et S, mais il fait entendre le mot anglais **ass** : « [...] Cidrolin va chercher le pot de peinture et, d'un pin**c**eau **s**oigneux, étend de belles couches de vert **s**ur la lettre A ; il **s**'applique ; il en remet au point de faire réapparaître ladite lettre par trop de couleur, puis il p**ass**e à la lettre S et **s**a ferveur ne diminue pas. Il n'entend plus le pas du p**ass**ant qui p**ass**e, ni le p**ass**age sur le boulevard de milliers et de milliers de houatures » ;

– **glandes extérieures**, p. 119 ;

– **tringler**, **briquer**, p. 133 ;

– **trombiner**, p 134 ;

– **Donatien**, Cham**burne**-en-Basses-Bouilles, **croupe**, p. 206 ;

– **fente**, p. 241 ;

– **derrière**, p. 251.

Annexes

De vous à nous

Arrêt sur lecture 1 (p. 42)

Les analogies sont spectaculaires

– Pour *Les Fleurs bleues* et *L'Éducation sentimentale*, on retiendra la mention de la date et du moment de la journée en ouverture du roman, la focalisation interne, le soupir du personnage…

– Pour *Les Fleurs bleues* et *Les aventures du dernier Abencérage*, on retiendra la topographie (un sommet), le passage de la description d'un « paysage » à la méditation sur l'Histoire, la liste de noms de tribus.

Avec les analogies apparaissent les écarts, et l'évidence du retournement parodique :

– À l'esthétique réaliste de Flaubert, à sa précision documentaire, Raymond Queneau oppose le refus de la description, remplacée par des jeux de langage.

– Le registre comique des *Fleurs bleues* contraste avec celui, pathétique, du texte de Chateaubriand. Le miroitement poétique des noms propres cède la place à la trivialité des calembours*.

Arrêt sur lecture 2 (p. 101)

La Révolution de 1789

La représentation de l'époque révolutionnaire est beaucoup plus expéditive que celle du Moyen Âge, voire escamotée. Quelques allusions rapides à des faits politiques : le renvoi de Necker, l'Assemblée Constituante, et bien sûr l'émigration des nobles. Le duc dit : « On a bien fourré mon ami Donatien à la Bastille pour des peccadilles. Tiens, cela rime. » Le jeu sur les mots traduit bien la désinvolture de l'ensemble. Les inventions du XVIIIe sont évoquées au détour d'une question de l'abbé étonné par la lanterne du duc : apparaît le nom de Volta, l'inventeur de la pile électrique. On voit bien dans ce cas que c'est la pure fantaisie du récit qui justifie le recours à l'Histoire, ici l'Histoire des sciences.

Que le duc, comme le récit, tourne le dos à son époque en explorant les entrailles de la terre n'étonne pas puisque la classe sociale qui est la sienne y subit un revers définitif. Mais peut-être ces chapitres témoignent-ils aussi de la position sceptique et iconoclaste de Raymond Queneau qui ne fait de cet évènement ni un drame ni un triomphe, juste un épisode mi-ordinaire, mi-pittoresque parmi d'autres.

Arrêt sur lecture 5 (p. 317)

Le tableau de 64 cases

Mystérieuse marelle, peut-être biographique, le tableau propose les motifs du Moyen Âge, du cheval, du Petit Poucet, de la forêt, mais aussi du temps et du voyage. Il en va de même dans les poèmes, qui mettent en scène une quête de la sagesse (« le vin de la vérité ») peut-être au travers de la passivité (« Il se laisse emporter comme une feuille morte »). Le château est « plein d'histoires », et l'image du livre, dans ces petits parcours initiatiques, joue un rôle essentiel : « l'écrit achevé », « les treize livres d'un ouvrage fameux ». Les « éléments » d'une morale, si l'on revient au titre du recueil, seraient peut-être l'eau, le feu, la terre, l'air. La poésie ne se définit-elle pas comme la mise en relation du Cosmos (la Nature), de l'Anthropos (l'Humain) et du Logos (le Verbe) ?

Glossaire

Acronyme : groupe d'initiales lexicalisé. *« Les céhéresses. »*

Anachronisme : erreur sur l'ancrage historique d'un évènement. L'achronie consistant à négliger la temporalité et l'uchronie à passer hors des repères chronologiques habituels, dans la science-fiction, par exemple.

Aphérèse : on retranche une lettre, une syllabe ou plus, au début d'un mot. Démosthène devient *Sthène*.

Apocope : même travail que ci-dessus mais à la fin d'un mot. Stéphane devient *Sthèphe*.

Aporie : difficulté insurmontable qui entrave le développement d'un raisonnement.

Archaïsme : utilisation d'une prononciation, d'un mot, d'un sens, d'une construction qui n'ont plus cours. Sthène et Sthèphe sont des « *chevaus* ».
Baragouin : déformation phonétique ou lexicale du français dans le but d'obtenir une apparence de langue étrangère. Le contre-baragouin consiste à donner une apparence française à un texte constitué de mots étrangers.
Burlesque : forme de comique qui opère un traitement trivial ou vulgaire ou grossier de sujets nobles. « Le vingt-cinq septembre *douze cent* soixante-quatre, au petit jour, le duc d'Auge *se pointa* sur le sommet du donjon de son château pour y considérer, *un tantinet soit peu*, la situation historique. »
Calembour : jeu de mots fondé sur les similitudes de son et les différences de sens. « ... *le Gaulois fumait une gitane*... »
Exégèse : commentaire qui vise à interpréter le sens d'un texte obscur ou sujet à controverses.
Gémination : redoublement d'une syllabe. « *Bê, bê, dit Phélise.* »
Haï-kaïsation : jeu oulipien qui consiste à récrire un poème par effacement afin de ne conserver que les éléments qui peuvent faire ressembler le résultat à un haïku, c'est-à-dire une forme poétique très brève de la tradition japonaise qui remonte au Xᵉ siècle. Un haïku (pluriel haïkaï) se compose de trois vers dont les mesures respectives sont 5, 7 et 5 syllabes. Exemples :

> « Le faucon revenu dans ma main
> Dans son œil
> Le soleil. »
> (Tairo, XVIIIᵉ siècle.)
>
> « Sur une gravure d'Ootsu
> Chie et fuit
> L'hirondelle. »
> (Buson, XVIIIᵉ siècle.)

Incipit : « il commence », en latin. Premiers mots du premier vers d'un poème. Désigne aussi le début d'un roman, et l'excipit la fin.
Litote : manière de s'exprimer qui en dit très peu pour en faire comprendre beaucoup plus. Voir la dernière phrase du chapitre 8, à propos de Russule et du duc : « *Et ils jouèrent jusqu'à l'aube.* »
Nonsense : procédé comique qui consiste à proposer un énoncé, faire intervenir un personnage, développer une description pour lesquels le lecteur sera dans l'impossibilité de déceler aucun lien logique avec leur contexte.

Onomastique : science des noms propres.
Paradoxe : proposition qui défie, qui contredit l'opinion commune.
Parataxe : juxtaposition syntaxique.
Parodie : imitation du style, des motifs, des thèmes d'un auteur ou d'un genre par amplification, déformation ou déplacement dans une intention comique ou pour en mettre à nu les procédés. *« Arrière ! te dis-je. L'arbre de rubis s'est transformé en serin vert et le bec de celui-ci picore déjà l'or nutritiel »* (réplique de Timoleo Timolei parodiant le langage des grimoires alchimiques).
Paronomase : deux mots dont les sonorités sont voisines, se font écho. Le « *faubert* » de Lalix entre en écho avec *Flaubert*.
Scolastique : qui concerne ou rappelle la philosophie du Moyen Âge au moment où, décadente, elle se fige et devient excessivement formaliste, se boursoufle de discours creux et révère sans esprit critique toute autorité intellectuelle venant du passé.
Spéculaire : de *speculum*, miroir en latin. La mise en abyme – récit dans le récit, tableau dans le tableau, théâtre dans le théâtre, film dans le film – est un jeu spéculaire.
Téléologique : la téléologie, en philosophie, étudie les fins de l'homme, le sens final de l'Histoire.
Topos, pluriel **topoï** : dans un récit, scène ou situation existant sous des formes très proches dans d'autres œuvres.
Variation : un élément de l'œuvre (description, récit, dialogue) est repris avec des différences de détail. Voir, par exemple, les apparitions du *quasi-clergyman* ou celles du *passant*.

Bibliographie

La prose de Raymond Queneau

Zazie dans le métro, Folio n° 103.
Pierrot mon ami, Folio n° 226.
Le Dimanche de la vie, Folio n° 442.
Le Chiendent, Folio n° 588.
Loin de Rueil, Folio n° 849, et avec l'accompagnement pédagogique de Jean-Philippe Miraux, La Bibliothèque Gallimard n° 40.

Les Fleurs bleues, Folio n° 1000.
Exercices de style, Folio n° 1363.
Contes et propos, Folio n° 2127.
Le Vol d'Icare, Folio n° 2629.
Les Derniers Jours, Folio n° 3019.
Un rude hiver, L'Imaginaire n° 1.
Œuvres complètes de Sally Mara, L'Imaginaire n° 48.
Saint Glinglin, L'Imaginaire n° 78.
Odile, L'Imaginaire n° 276.
Les Enfants du limon, L'Imaginaire n° 303.

La poésie de Raymond Queneau

Le tome 1 des *Œuvres complètes* dans la Bibliothèque de la Pléiade rassemble les textes poétiques.
Chêne et chien, Poésie-Gallimard (contient aussi *Petite cosmogonie portative*).
Courir les rues, Poésie-Gallimard (contient aussi *Battre la campagne* et *Fendre les flots*).
L'Instant fatal, Poésie-Gallimard (contient aussi *Les Ziaux*).

Les essais de Raymond Queneau

Bâtons, chiffres et lettres, Folio Essais, n° 247.

Sur Raymond Queneau

Les Fleurs bleues, **Jean-Yves Pouilloux**, Foliothèque n° 5.
Pierrot mon ami, **Michel Bigot**, Foliothèque n° 80.
Raymond Queneau, **Emmanuël Souchier**, Seuil, 1991.
La Machine à écrire, CD Rom d'**Antoine Denize** (Textes de **Queneau**, **Perec** et **Calvino**), Gallimard et Microfolies, 1999.
Un site internet dédié à **Queneau** et pourvu de liens : http://www.ping.be/queneau/index.htm.

TABLE DES MATIÈRES

Dans la même collection

Collège

Homère, Virgile, Ovide – **L'Antiquité** (textes choisis) (16)
Évelyne Brisou-Pellen – **Le fantôme de maître Guillemin** (18)
Pierre Corneille – **Le Cid** (7)
Didier Daeninckx – **Meurtres pour mémoire** (35)
Régine Detambel – **Les contes d'Apothicaire** (inédit) (2)
Eugène Labiche – **Un chapeau de paille d'Italie** (17)
Molière – **Les fourberies de Scapin** (4)
Molière – **Le médecin malgré lui** (3)
Molière – **Le bourgeois gentilhomme** (33)
Molière – **Les femmes savantes** (34)
James Morrow – **Cité de vérité** (6)
Charles Perrault – **Histoires ou contes du temps passé** (30)
Marco Polo – **Le devisement du monde** (textes choisis) (1)
Jules Romains – **Knock** (5)
Robert Louis Stevenson – **L'île au trésor** (32)
Jonathan Swift – **Voyage à Lilliput** (31)
Voltaire – **Zadig** (8)

Lycée

Guillaume Apollinaire – **Alcools** (21)
Honoré de Balzac – **Ferragus** (10)
Jules Barbey d'Aurevilly – **Le chevalier des Touches** (22)
Charles Baudelaire – **Les Fleurs du Mal** (38)
Beaumarchais – **Le mariage de Figaro** (28)

Théophile Gautier – **Contes fantastiques** (36)
Nicolas Gogol – **Nouvelles de Pétersbourg** (14)
Victor Hugo – **Les châtiments** (13)
Eugène Ionesco – **La cantatrice chauve** (11)
Sébastien Japrisot – **Piège pour Cendrillon** (39)
Thierry Jonquet – **La bête et la belle** (12)
Marivaux – **Le jeu de l'amour et du hasard** (9)
Guy de Maupassant – **Une vie** (26)
Guy de Maupassant – **Bel-Ami** (27)
Montesquieu – **Lettres persanes** (lettres choisies) (37)
Raymond Queneau - **Loin de Rueil** (40)
Jean Racine – **Britannicus** (20)
Georges Simenon – **La vérité sur Bébé Donge** (23)
Jean Racine **Phèdre** (25)
Jean Renoir – **La règle du jeu** (15)
Stendhal – **Le rouge et le noir** (24)
Émile Zola – **La curée** (19)

Pour plus d'informations :
http://www.gallimard.fr
ou
La bibliothèque Gallimard
5, rue Sébastien-Bottin – 75328 Paris cedex 07

Cet ouvrage a été composé
et mis en pages par In Folio à Paris,
achevé d'imprimer
sur les presses de l'imprimerie Hérissey
en septembre 1999.
Imprimé en France.

Dépôt légal : septembre 1999
N° d'imprimeur : 84366
ISBN 2-07-041083-8

92109